L'APPRENTI-SORCIER

TAHIR SHAH

L'APPRENTI-SORCIER

Au cœur de l'Inde mystérieuse

Traduit de l'anglais
par Jean Bourdier

Éditions de Fallois
PARIS

TITRE ORIGINAL :
SORCERER'S APPRENTICE

NOTE DE L'AUTEUR

Certains noms de personnes et de lieux ont été changés afin de respecter l'anonymat de ceux qui le souhaitaient.

The edition first published
in 1998 by Weidenfeld & Nicolson

The Orion Publishing Group
Orion House, 5 Upper St Martin's Lane
London WC2H 9EA

ISBN 2-87706-411-5

À la mémoire de mon père,
Sayed Idries Shah

هيڅ شئ هغسې نه دي چې ښکاري

Hits shay haghase nu dai che khkari
Rien n’est ce qu’il paraît être.

Proverbe pashtu favori
de Jan Fishan Khan

INDE
0
300 miles
0
300 km
BURHANA
MEERUT
DELHI
VARANASI
CALCUTTA
JAMSHEDPUR
ROURKELA
SAMBALPUR
BOLANGIR
BHAWANIPATNA
JAGDALPUR
BOMBAY
SHOLAPUR
HYDERABAD
GULBARGA
VIJAYAWADA
KURNOOL
ONGOLE
TIRUPATI
MADRAS
BANGALORE

PREMIÈRE PARTIE

Trois choses ne peuvent être rattrapées :
La flèche partie de l'arc,
La parole prononcée hâtivement,
L'occasion manquée.

ALI LE LION, calife d'Islam,
gendre du prophète Mahomet

1

CELUI QUI DISPERSE LES ÂMES

Lorsque la chose se produisit, nous n'eûmes pas conscience du présage qu'elle représentait. Illuminant un ciel indigo presque sans nuages, le soleil venait réchauffer la pelouse encore couverte de rosée. Le jardinier avait sorti son antique machine pour la première tonte de l'été. Le grand if, caressé par le soleil, projetait de longues ombres sur l'herbe. Des écureuils cabriolaient dans l'araucaria et le hêtre rouge. Un massif d'azalées embaumait l'air matinal. Puis, subitement, des grêlons gros comme des marrons se mirent à tomber du ciel, venant rompre la paisible harmonie de cette idyllique matinée. Un unique nuage errant dans l'azur infini avait déclenché ce bombardement inattendu qui dura près de trois minutes. Puis, alors que les derniers grêlons frappaient la pelouse, la sonnette de la porte d'entrée nous annonça l'arrivée d'un visiteur tout aussi inattendu.

Les hôtes étranges n'étaient pas inhabituels dans la maison familiale, située dans un village anglais isolé. Ladite maison, en fait, semblait attirer la bizarrerie comme un aimant. On ne pouvait jamais savoir qui allait s'y présenter soudain. Mais, même au regard de normes dont l'anormal semblait la caractéristique essentielle, l'homme qui se tenait sous le porche faisait encore figure d'exception.

La première chose qui me frappa chez ce gigantesque Pashtun fut son extraordinaire pilosité. Une immense forêt de barbe laineuse masquait la majeure partie de son visage. Cette mousse, noire comme de l'encre, partait dans toutes les directions. Des poils touffus recouvraient également ses mains et jaillissaient de ses oreilles et de ses narines. Aux rares endroits où sa peau était nue – au bout de ses doigts, sur ses paumes et sous ses yeux – elle était ravinée et écailleuse comme la carapace d'un tatou géant. Ses yeux couleur de sable reflétaient l'honnêteté et les plis de son front trahissaient un passé hanté par le souci.

Le géant égalisa un instant sa barbe avec un peigne en matière plastique rouge avant d'épousseter de la main son *salwaar kameez* kaki et crasseux – cet ensemble d'une chemise et d'un pantalon bouffant qui est la vêture habituelle de l'Hindu Kush. Tout en regardant d'un air timide la porte s'ouvrir, il rajusta le turban noué à la mode de Kaboul qui trônait sur son crâne comme une couronne. Mon père, reconnaissant en lui Hafiz Jan, fils de Mohammed ibn Maqbul, lui donna l'accolade.

On transporta cérémonieusement à l'intérieur de la maison l'unique bagage du Pashtun – une cantine scellée portant le mot *ASSAM* en caractères d'imprimerie noirs – qui pesait le poids d'un éléphant en bas âge et sentait le poisson pourri.

Bien qu'arrivant de façon inopinée, Hafiz Jan fut accueilli avec le plus grand décorum. On apporta du thé et des rafraîchissements et on échangea des plaisanteries. On accabla le visiteur de bénédictions et de cadeaux. Conformément à la tradition orientale, mon père exposa en détail les antécédents et états de service du nouveau venu.

Ses aïeux avaient combattu aux côtés de mon propre ancêtre, le chef de guerre et homme d'État afghan Jan Fishan Khan (*nom de guerre* se traduisant littéralement par « Celui qui disperse les âmes »). Et nul n'avait été aussi courageux et loyal que les aïeux d'Hafiz Jan. Ils avaient accompagné le grand guerrier dans toutes ses campagnes. Beaucoup avaient péri au combat, aux côtés de membres de ma propre famille. Quand, en 1842, leur seigneur, avec ses troupes, s'était rendu d'Afghanistan en Inde, ils l'avaient escorté. Lors de son soudain trépas dans la paisible ville indienne de Burhana, ils s'étaient engagés à garder pour l'éternité son mausolée, le mausolée de Jan Fishan Khan.

Plus d'un siècle plus tard, Hafiz Jan tirait fierté d'avoir

hérité cette fonction de gardien de la tombe de mon arrière-arrière-arrière-grand-père.

— Le sanctuaire de Jan Fishan, nous déclara-t-il dans un anglais impeccable, est le sanctuaire des sanctuaires, aussi noble que Celui qui y repose. Il durera dix mille ans et plus !

Suivit une longue harangue, au fil de laquelle le Pashtun loua abondamment la mémoire de Jan Fishan. De telles envolées oratoires semblent plus à leur place à l'issue d'un grand banquet afghan qu'en conclusion d'un modeste thé britannique.

— Son Altesse le Prince Mohammed Jan Fishan Khan, commença Hafiz Jan d'une voix caverneuse, était pieux, généreux, chevaleresque et pétri d'honneur, et il était le plus grand cavalier qui ait jamais vécu. Connu sous le nom de Shah-Saz, « le Faiseur de Rois », c'était un tacticien, un diplomate, un philosophe et un chef de la plus grande sagesse. Aujourd'hui encore, les descendants de ses adversaires tremblent en entendant ce nom légendaire : Jan Fishan Khan, Celui qui disperse les âmes.

Une sorte de frénésie avait progressivement semblé s'emparer d'Hafiz Jan, mais, brusquement, il se tut. La mine anxieuse, il entraîna mon père dans le jardin. Une vingtaine de minutes plus tard, tous deux réapparurent. Mon père resta un moment silencieux, puis, d'un ton un peu hésitant, commença :

— Notre frère Hafiz Jan a traversé plusieurs continents pour nous rejoindre. Il a quitté la tombe de notre ancêtre à la suite d'un rêve inquiétant.

Puis, l'air perplexe, mon père entreprit de raconter le rêve en question. Long et compliqué, comportant de multiples péripéties et rebondissements, celui-ci me concernait directement. À son aboutissement, je trouvais une fin tragique et prématurée dans un puits jusque-là dissimulé à tous les regards. Hafiz Jan avait aussitôt interprété ce rêve comme une prémonition et s'était précipité, franchissant mers et frontières, pour me protéger. Se dressant de toute sa taille, il leva le bras en clamant :

— Soyez assurés que je ne bougerai pas d'ici tant que la menace n'aura pas été écartée.

Cette arrivée soudain d'un vaillant Pashtun faisant serment

de protéger de toutes ses forces un enfant de onze ans pouvait, certes, sembler étrange. Mais un précédent venait donner au rêve du visiteur un poids tout à fait particulier.

Au moment où les Britanniques s'étaient retirés de Kaboul, en 1842, un insurgé avait réussi à se glisser dans les appartements de Jan Fishan Khan. Comme il tirait son poignard pour en frapper celui-ci, l'un des hommes de confiance du grand homme avait surgi de derrière un paravent et tranché la gorge de l'intrus. L'histoire, entrée dans la légende et maintes fois racontée dans notre famille, voulait que le garde du corps – un ancêtre d'Hafiz Jan – ait été avisé du projet d'assassinat de son chef par une prémonition.

Refusant toute installation plus confortable, Hafiz Jan monta, avec sa cantine, les quatre étages menant au palier sur lequel donnait ma petite chambre mansardée. Puis, ouvrant le coffre, il en tira un matelas qu'il déroula devant ma porte.

— Sois tranquille, me murmura-t-il alors, quand le danger se présentera, je l'exterminerai et lui arracherai membre après membre !

Je passai ensuite mon temps à lui rappeler que ce qui me menaçait n'était pas, en principe, un assassin de chair et d'os mais un puits béant – chose qui ne risquait guère de surgir devant moi au dernier étage de la maison. Ce à quoi, gonflant la poitrine et brandissant les poings vers le ciel, il répliquait :

— Ne mésestime jamais la pernicieuse astuce de *Shaitan*, le Diable !

Durant l'été qui suivit, nous passâmes, Hafiz Jan et moi, beaucoup de temps ensemble. Je lui enseignais de douteuses astuces de langage et il me racontait par le menu les multiples et remarquables exploits de Jan Fishan Khan. Ces récits glorieux étaient émaillés, comme tous les propos d'Hafiz Jan, de proverbes pashtuns parfois sibyllins.

— Mieux vaut, disait-il par exemple, en se caressant la barbe, un ennemi intelligent qu'un ami stupide.

Ou :

— Il a appris le langage des pigeons mais oublié le sien.

Ou encore – ce qui était, selon lui, la formule favorite de Jan Fishan Khan :

— *Hits shay haghase nu dai che khkari*... Rien n'est ce qu'il paraît être...

Ce ne fut qu'après m'avoir dûment énuméré les hauts faits de mes ancêtres qu'Hafiz Jan consentit à m'en dire un peu plus long sur l'étonnant voyage qui l'avait amené du nord de l'Inde à notre petit village d'Angleterre. À bord de toute une série de cargos, de porte-conteneurs et de caboteurs aux cargaisons les plus hétéroclites, il avait multiplié les escales dans les ports les plus lointains et les plus excentriques, gagnant son passage en épluchant des pommes de terre ou en organisant des spectacles pour divertir l'équipage.

Le don du spectacle était en effet, comme je ne tardai pas à le découvrir, le point fort du Pashtun.

Au cours des semaines où il resta chez nous, Hafiz Jan fut amené à extirper des profondeurs de sa cantine les objets les plus variés et les plus surprenants. Et il semblait que plus ses grosses mains plongeaient en profondeur dans les ténèbres du coffre, plus le butin devenait impressionnant. En tout cas, plus j'en voyais et plus je m'étonnais et m'alarmais que le service des douanes de Sa Majesté à Southampton ait permis le débarquement sur les côtes britanniques de cette inquiétante panoplie.

Tout au fond du coffre, sous un revolver Webley Scott Mark VI calibre 45, deux ceintures-cartouchières en peau de buffle et une grande boîte métallique cabossée emplie de *naswar*, une poudre à priser narcotique de couleur verte, s'alignaient d'antiques flacons en verre verdâtre aux bouchons bien scellés à la cire, soigneusement emballés dans de la paille. Comme Hafiz Jan les sortait un à un de leur cachette, comme s'il maniait les œufs d'un oiseau rarissime, pour les examiner à la lumière du jour, je m'aperçus que tous avaient un crâne et des tibias croisés gravés dans leur verre et portaient une étiquette à l'inscription menaçante.

Arsenic, cyanure et sodium, strychnine, phosphore et acide nitrique, les noms qui se trouvaient portés là évoquaient l'arsenal d'un maniaque homicide. J'étais si fasciné qu'il ne me vint pas même à l'esprit de m'interroger sur la destination de cet assortiment meurtrier. Après tout, le Pashtun aurait très bien pu avoir pour projet de nous exterminer tous pour mettre fin, par exemple, à ses obligations vis-à-vis du sépulcre ancestral. Avec le contenu de son coffre, rien n'aurait été plus simple. Mais c'était une autre passion, aussi ardente qu'inattendue, qui l'avait poussé à réunir cette meurtrière collection. Hafiz Jan adorait par-dessus tout la magie.

S'il n'y avait eu son rôle héréditaire de gardien du sépulcre, il en aurait certainement fait son métier. Jusqu'à la mort de son père, cinq années plus tôt, il avait étudié l'art de l'illusion avec l'un des plus grands maîtres d'Inde. Mais, depuis que le rôle de gardien du sanctuaire lui était incombé, Hafiz Jan en avait été réduit à ne perfectionner ses talents qu'à ses moments de loisir.

Chaque matin après le petit déjeuner, ayant soigneusement passé un gant de toilette sur la barbe qui lui recouvrait le visage, il me conduisait dans ma chambre et en refermait hermétiquement la porte. Ayant, par souci de protection, glissé l'extrémité de sa barbe à l'intérieur de sa chemise, il fouillait son coffre à la recherche du matériel nécessaire, puis, dans le silence de ma mansarde, nous nous mettions au travail.

Chaque jour, il m'enseignait un nouveau tour. L'« escamotage à la main » – illusion fondée sur un discret mouvement de la main et du poignet – était à la base d'une multitude de ces trucs. Sous la compétente férule d'Hafiz Jan, il m'arrivait souvent de m'entraîner jusqu'à l'aube à exécuter les gestes de base. Ces manipulations étaient essentielles pour montrer à mes parents les talents nouveaux et *inoffensifs* que j'avais acquis. Mais elles ne permettaient pas d'aboutir aux effets dramatiques que les flacons verts pouvaient si facilement prodiguer.

Hafiz Jan n'avait pas manqué de remarquer mon vif intérêt pour les méthodes chimiques les plus spectaculaires. Dans le laboratoire improvisé qu'était devenue ma chambre, les fioles magiques ne tardèrent pas à entrer en action. D'abord, on répandait sur une feuille de carton posée sur le plancher un peu de permanganate de potassium. Quelques gouttes de glycérine, et des flammes ne tardaient pas à jaillir. Puis venait « l'expérience du combat sanglant », comme l'appelait Hafiz Jan. Il utilisait toujours le mot « expérience » plutôt que le terme d'« illusion », car il pensait que cela ajoutait une valeur scientifique à nos jeux.

Pour le « combat sanglant », une solution de chlorure de fer était badigeonnée sur ma jambe. Avant que le liquide n'ait séché, Hafiz Jan s'emparait d'un couteau à découper et le trempait subrepticement dans une solution de sulfo-cyanure de sodium. Puis, appuyant le couteau contre la partie badigeonnée de ma jambe, il faisait mine, avec des gestes dramatiques, de m'ouvrir la cuisse. Tandis que je m'effondrais, apparemment blessé à mort, Hafiz Jan se mettait à rugir de joie. De grandes traînées rouges marquaient ma peau, et le Pashtun les effaçait alors sans laisser de trace. Il me précisait que tous les magiciens utilisaient ce truc, afin de faire croire qu'ils avaient le pouvoir de faire disparaître à volonté les pires blessures.

Tandis que se poursuivaient les édifiantes leçons d'Hafiz Jan, ma famille ne me voyait plus que rarement – juste assez pour savoir que je n'étais pas encore tombé dans le moindre puits. Les jours devenant des semaines, mes parents en vinrent à mettre en question l'influence du Pahstun sur leur très jeune rejeton.

Quand il se retrouvait en présence de mon père ou de ma mère sur le palier où il continuait stoïquement à habiter, Hafiz Jan se bornait à marmonner quelques aphorismes pashtus. Mais le regard de ses grands yeux tristes était si doux et honnête que mes parents reprenaient aussitôt confiance en lui. Alors, Hafiz Jan me rejoignait, faisait apparaître comme par magie un flacon de chlorure de mercure, et nous nous remettions au travail.

— Maintenant, m'annonça Hafiz Jan un matin au petit déjeuner, tu es prêt à captiver un public. Nous allons les envoûter avec notre magie.

— Qui cela, « les » ? demandai-je.

Avec un large sourire, le Pashtun me désigna mes parents, installés dans le jardin. Je considérai immédiatement une telle démonstration comme peu sage, et lui exprimai mon inquiétude.

— Ne sois pas si modeste, tonitrua-t-il. Je veux montrer ce que tu sais faire, mon petit apprenti...

— Mais...

— Nous allons leur offrir un grand spectacle. Que dirais-tu de samedi soir ?

Pendant des journées entières, je m'entraînai, tant à la manipulation qu'aux illusions chimiques, perfectionnant mes nouveaux talents autant que je le pouvais. Chaque moment disponible était consacré à la magie. Pour l'une de nos séances, j'emmenai Hafiz Jan dans une clairière située au milieu d'un petit bois, au bout d'un champ qui s'étendait derrière la maison. En cet endroit s'était élevé autrefois un petit cottage, démoli depuis.

Hafiz Jan commença par me faire la démonstration de « l'eau qui brûle ». Le magicien verse un peu d'eau dans un gobelet en fer et en boit une petite gorgée pour bien montrer qu'il s'agit d'eau ordinaire. Puis, de la même carafe, il verse de l'eau dans un autre gobelet, et celle-ci prend feu dès que le récipient est rempli. Caché au fond du deuxième gobelet se trouvait un morceau de potassium de la taille d'un petit pois, accompagné de trois cuillerées à soupe d'éther. Quand l'eau est versée dans le gobelet, le potassium entre en combustion, mettant le feu à l'éther, qui jaillit à la surface.

— Maintenant, dit ensuite Hafiz Jan, je vais t'enseigner un tour que je pratique avec ma bague magique.

Sur quoi, il retira de son auriculaire droit une bague dorée ornée d'un lapis-lazuli.

— Mais d'abord, ajouta-t-il, il me faut trois champignons sauvages. Pourrais-tu me trouver cela ?

Je me mis à fouiller les broussailles, à la recherche de champignons. J'y découvris un vieux soulier de tennis, un morceau de fil de fer rouillé et une bouteille de bière vide, pas de champignons en vue. J'allais signaler mon échec à Hafiz Jan lorsque mon pied s'enfonça dans une sorte de dépression que dissimulaient les broussailles. Je trébuchai, tombai et m'ouvris le genou.

M'entendant crier, le Pashtun se précipita. Il me banda le genou avec un morceau de son turban, puis, des mains, se mit à fouiller le sol là où j'avais trébuché, déblayant les brindilles, les feuilles mortes et la terre meuble qui s'y étaient accumulées. Quand il eut fini, nous contemplâmes tous deux le sol avec stupéfaction. J'avais apparemment trébuché sur la margelle d'un puits désaffecté.

Comblé depuis longtemps, ce puits n'était plus susceptible de mettre en danger la vie de quiconque, mais le Pashtun, triomphant, passa deux journées entières à l'obturer définitivement avec du ciment.

— Ce soir en enfer, proclama-t-il, *Shaitan* restera sur sa faim !

Notre grand jour, celui de notre démonstration de magie, arriva enfin. On disposa une rangée de chaises dans la cuisine. Hafiz Jan peigna soigneusement sa barbe et alla jusqu'à égaliser les poils de son nez. Son matériel et ses produits chimiques furent rangés dans son coffre, qui servait aussi de malle de magicien. Mes parents, mes sœurs, le jardinier, la gouvernante et la secrétaire furent cérémonieusement conduits à leurs sièges respectifs, où ils attendirent bien poliment que la séance commence.

Tandis qu'Hafiz Jan faisait claquer ses gigantesques mains comme des cymbales, c'étaient des sonneries d'alarmes qui résonnaient dans mon crâne. J'avais heureusement, à la dernière minute, convaincu le Pashtun de modérer un peu ses ardeurs quant au spectacle qu'il comptait présenter. Il comptait primitivement faire brûler, au cours de la séance, un morceau d'une mystérieuse écorce grise. Il m'avait expliqué qu'il s'agissait de l'écorce de ce qu'on appelait en Inde « l'arbre du Diable », et qu'elle était utilisée par les magiciens du cru pour provoquer des hallucinations dans leur public. Certains affirmaient que la fumée de cette écorce et son effet hallucinogène expliquaient le fameux tour de la corde indienne.

Hafiz Jan commença dans la modération, par une série de manipulations, escamotages et matérialisations classiques. Le jardinier fut, ainsi, invité à approcher. Sa montre-bracelet disparut comme le Pahstun lui serrait la main. Elle fut extraite un moment plus tard de la poche d'une de mes sœurs. Je parcourus le public du regard. Mes parents avaient la mine paisible. Tout allait bien jusque-là.

Puis une bassine d'huile bouillante fut retirée de sur la cuisinière et placée devant moi. Sans la moindre hésitation, j'y plongeai le bras gauche. L'assistance faillit pousser un cri d'horreur et retint son souffle, abusée par une simple illusion. Du jus de citron est ajouté à l'huile avant qu'on la fasse chauffer. Ce jus de citron entre en ébullition alors qu'il est simplement tiède, expédiant à la surface un flot de bulles qui donne l'impression que l'huile est bouillante.

Tandis que j'essuyais l'huile sur mon bras, Hafiz Jan tira du four un tisonnier porté au rouge qu'il se mit à lécher. Un horrible grésillement et une odeur de chair brûlée mirent à leur comble l'horreur et la stupéfaction de l'assistance. Hafiz Jan s'était, quelques instants plus tôt, rincé la bouche avec du styrax liquide, qui absorbe la chaleur.

Mes parents semblaient impressionnés. Je me demandais combien de temps leur enthousiasme allait persister. Nous eûmes droit ensuite au « combat sanglant » et une série d'illusions assez inoffensives.

Vint alors un tour plus difficile à avaler – si je puis me permettre cet horrible jeu de mots. Hafiz Jan fit apparaître de nulle part une ampoule électrique, puis, la plaçant dans un mouchoir, l'écrasa de son pied droit. Il me tendit une banane, que je mangeai. Il en mangea une, lui aussi, puis, plaçant sur sa langue un morceau de l'ampoule, il commença à le mastiquer allégrement. C'était alors mon tour. Je plaçai dans ma bouche un fragment de verre et me mis également à le mastiquer.

Mon père me regardait, incrédule. Sa surprise se mua rapidement en colère, mais il se maîtrisa, de peur d'insulter un hôte. En fait, les petits fragments de verre, se logeant dans la banane, passent très facilement par les voies naturelles. Et Hafiz Jan m'avait bien appris à n'utiliser que des ampoules ordinaires, à verre clair, car les ampoules à verre opaque comportaient un oxyde de mercure parfaitement toxique.

Le Pashtun était maintenant prêt à exécuter ce qu'il considérait comme le « clou » de son programme. C'était là une décision courageuse mais peut-être inconsidérée. Il alluma un gros cierge placé à l'avant de ce qui nous servait de scène, et dont la mèche se trouvait à hauteur du regard de l'assistance. Puis il tira de sous sa chemise une poignée d'une fine poudre, marmonna une incantation et lança la poudre sur la flamme du cierge. Se couvrant les yeux avec un pan de son turban, Hafiz Jan roucoula presque de plaisir en voyant une boule de feu se projeter vers mes parents et le reste de l'assistance.

Ce qu'il n'avait pas prévu, c'était l'intensité de la combustion en un local clos. Ses expériences de projection de camphre sur une flamme nue avaient eu lieu, jusque-là, en plein air. Tandis que les spectateurs frottaient leurs sourcils brûlés et leurs visages noircis, je cherchais quoi dire. Le silence me parut finalement la solution la plus sûre.

Le lendemain, Hafiz Jan était debout à l'aube. De ma chambre, je l'entendais se mouvoir discrètement sur le palier. Dès sept heures, ses bagages étaient faits : son matelas de crin avait rejoint, dans sa cantine, les flacons de poisons divers. Puis j'entendis le coffre descendre les escaliers.

Finalement, ma porte s'ouvrit, le grand Pashtun me saisit les joues à deux mains et me dit en souriant d'un air triste :

— Maintenant que le puits – ce sombre tunnel conduisant vers l'enfer – est totalement comblé, il me faut partir. Je dois retourner au mausolée. C'est là qu'est ma place. Jan Fishan m'attend.

Comme Hafiz Jan, fils de Mohammed ibn Maqbul, se préparait à reprendre la route menant à l'Inde du Nord, je me fis un serment. Un jour – je ne savais quand – j'irais le retrouver et reprendrais mon initiation à la magie.

2

FOIES À GREFFER ET AVALEURS DE SERPENTS

Près de vingt ans s'étaient écoulés depuis le jour où l'inimitable Hafiz Jan avait failli carboniser ma famille. Bien que j'eusse maintes fois revécu en cauchemar ce mémorable épisode, mon intérêt pour la magie ne s'était jamais démenti. L'odeur de vanille du styrax liquide continuait à venir chatouiller mon système olfactif. L'idée de mâcher du verre me faisait battre le cœur plus vite. Et le désir d'étudier l'art de l'illusion était toujours là, et bien là, au plus profond et au plus secret de moi-même. Mais manquait l'étincelle capable d'enflammer vraiment ce désir.

Celle-ci survint un soir, très tard, dans un appartement enfumé et mal éclairé des beaux quartiers de Londres. Une assemblée d'amis supposés y tenait ses assises. Tous s'étendaient longuement sur leurs voitures de bonne qualité, leurs emplois sûrs et leurs projets raisonnables en vue d'un avenir raisonnable. Ils évoluaient dans un monde de rideaux à fronces, de papier mural à fleurs, de soufflés aux asperges et de boutons de manchettes en plaqué or.

Je me dis soudain que leurs préoccupations étaient en parfaite contradiction avec les miennes. Je voulais redécouvrir, quant à moi, cette excitation spontanée si intensément entretenue, autrefois, par la magie d'Hafiz Jan. J'aspirais à l'aventure, à la découverte, à l'émerveillement. L'idée d'un avenir sûr, réglé d'avance, m'indisposait fortement.

Mes très raisonnables amis s'étaient maintenant retournés vers moi. Allais-je me décider enfin à acheter un appartement un peu décent, avec des rideaux à fronces et du papier à fleurs ? Pouvait-on attendre de moi que je mène une existence normale – raisonnable ? Pourquoi ne me mettrais-je pas au golf ou n'apprendrais-je pas à confectionner, de temps à autre, un soufflé aux asperges ? Et il était sûrement grand temps que je m'achète quelques chemises convenables, avec des poignets mousquetaires...

Leur verre de porto à la main, mes inquisiteurs attendaient ma réponse. Cela me donna à réfléchir. Et pourquoi donc adopterais-je leur point de vue et leur genre de vie ? C'étaient soudain leurs objectifs « raisonnables » qui me semblaient illusion. Et le porto, dans les verres, me faisait penser aux merveilleuses mixtures d'Hafiz Jan... Illusion... Hafiz Jan... Tout cela se mit à tourner dans mon esprit. Pourquoi ne pas m'évader ? Pourquoi ne pas laisser tout cela derrière moi et m'embarquer dans la grande aventure ?

— Vos bagnoles, vos baraques et vos fringues à la mode, vous pouvez les garder ! clamai-je brusquement. Moi, je vais en Inde pour devenir magicien ..

*

La plus grande excitation régnait dans tous les halls d'hôtel de la capitale indienne. Des flots de visiteurs y arrivaient, gesticulant, riant, pleurant, embrassant à pleines lèvres des amis retrouvés après de longues séparations. Je me demandais ce qui se passait. Puis, dans l'un des hôtels, je remarquai une impressionnante banderole jonquille, suspendue comme une corde à linge entre deux lustres. Elle proclamait : *CONGRÈS NATIONAL DES ASTROLOGUES INDIENS.*

Ce rassemblement, qui avait attiré les spécialistes de tous les coins de l'Inde, expliquait pourquoi tous les hôtels de New Delhi étaient pleins. Les chiromanciens et les dresseurs d'horoscopes côtoyaient les numérologues et les tireurs de cartes, les adeptes de la boule de cristal, les physiognomonistes et les spécialistes de l'interprétation des rêves. Tous étaient venus là pour échanger des secrets, raconter des histoires – et se faire voir.

Tandis que j'attendais un auto-rickshaw, j'en vis encore

arriver par douzaines, parfois chargés d'étranges machines – le dernier cri de la divination automatisée.

Tous les hôtels figurant sur ma liste étaient bourrés à craquer d'extralucides. Que faire ? Où trouver un lit ? Je ne savais. Puis, soudain, j'eus une idée. Quand arriva enfin un rickshaw, je demandai à son conducteur de me conduire à un hôtel réputé comme lieu maudit. Je me disais que ce genre de célébrité avait certainement écarté des clients superstitieux par nature comme par profession. Sans poser la moindre question, l'homme du rickshaw se frotta les mains et se dirigea vers la Vieille Ville.

À toute allure, nous nous mîmes à zigzaguer entre les vaches sacrées et les marchands d'encens dans les ruelles encombrées. Nous passâmes ainsi le colossal Jami'a Masjid et le noble Fort Rouge. Nous descendîmes le Chandni Chowk, le célèbre Bazar d'Argent de Shah Jehan. Nous tournâmes de nouveau à angle droit sur la gauche dans Dariba Kalan – la « Rue de la Perle incomparable » – où les *jalebis* [1] sont mis à bouillir comme des homards dans des marmites d'huile fumante. Freinant enfin, l'homme du rickshaw tourna son guidon vers la droite. Un moment plus tard, nous faisions halte dans le Bazar de Kinari.

C'était un petit marché tranquille, où, dans un climat évident de joie et de bonheur, on vendait étoffes, ferblanterie et guirlandes confectionnées avec des billets d'une roupie.

Tapant sur l'épaule de mon conducteur, je lui demandai si cette joyeuse artère nous menait à l'hôtel le plus chargé de malédictions de Delhi. Resserrant autour de lui la vieille couverture dont il était affublé, il hocha la tête de façon catégorique et pointa son doigt vers le haut.

Sur le côté sud du bazar se dressait un bâtiment décrépit dont un panneau métallique rouillé proclamait l'improbable nom : *HÔTEL DE LA BÉATITUDE.* Ses murs étaient recouverts d'une sorte de mousse verdâtre et fangeuse, ses vitres étaient cassées et sa toiture en zinc percée en plusieurs endroits. L'endroit respirait en effet le malheur et la fatalité. C'était le genre de maison dont, en cas d'épidémie de peste, la porte est

1. Sorte de beignets.

automatiquement marquée d'une croix ensanglantée. À ceci près qu'il n'y avait pas de porte, mais simplement une ouverture béante. Je ne pus réprimer un frisson en contemplant l'ensemble. Le conducteur du rickshaw, qui semblait avoir hâte de s'en aller, déchargea mes bagages. Je le payai en ajoutant un confortable pourboire. Il avait apparemment tenu parole sur toute la ligne.

L'intérieur du bâtiment ne démentait pas son aspect extérieur. Le rez-de-chaussée, qui se trouvait en réalité en contrebas par rapport à ladite chaussée, était complètement inondé, sans doute en raison d'une canalisation défectueuse. Pataugeant dans soixante centimètres d'eau, je gagnai un escalier aux marches couvertes de vomissures. Je l'empruntai courageusement pour arriver au troisième étage, où avait été réinstallée la réception. Les murs étaient noirs comme de la suie, à la suite, apparemment, d'un incendie. Le plancher menaçait de céder à tout instant, et l'odeur des rats noyés se décomposant tranquillement vous prenait à la gorge.

Renversé dans un fauteuil d'osier, le directeur se curait les dents avec un brin de *neem*. Il avait des cheveux bruns presque ras et un regard malin et méfiant. En me présentant, je lui dis que j'étais venu là attiré par l'excellente réputation de son établissement. Il n'en crut évidemment pas un mot.

— Y a-t-il des astrologues ? lui demandai-je d'un ton cordial.

— Aucun, répondit-il.

— Auriez-vous une chambre pour quelques jours ?

— Pourquoi pas ?

L'état de l'Hôtel de la Béatitude incitait vivement ses clients à aller passer leurs journées ailleurs. Après une nuit dans la chambre numéro deux, même le dernier des masochistes aurait eu son compte de sensations troublantes. On pouvait y entendre, au cœur des ténèbres, les rats ayant survécu à l'inondation dévorer à grand bruit les cafards dans le corridor. Les punaises jaillissaient spontanément de couvertures visiblement rachetées lors de la liquidation d'un pénitencier, avides de sang étranger.

Le directeur avait manifestement menti en m'affirmant que l'hôtel était vide. De la cellule faisant face à la mienne s'échappaient les grognements et les gémissements d'un intoxiqué en mal d'héroïne. En passant sur la pointe des pieds devant la porte du malheureux avant d'aller affronter les eaux stagnantes du rez-de-chaussée, je me demandai si tout l'établissement n'était pas un repaire de drogués.

Sans le climat joyeux qui régnait dans le Bazar de Kinari, j'aurais certainement abandonné sur l'heure l'Hôtel de la Béatitude. Mais la rue m'offrait un véritable paradis après les dures réalités de la chambre numéro deux. Les fabuleux étals du marché ruisselaient de couleurs. À l'un d'eux s'entassaient pêle-mêle des fanions en plastique rouge, des noix de coco velues et des paniers emplis de pétales de roses. Un autre proposait des ballons roses prenant la forme de Ganesh, le dieu-éléphant. Des brûle-parfum répandaient des effluves d'encens et de santal, écartant les mouches. Sous le glorieux soleil de décembre s'étalaient complaisamment brocarts, argent et verroterie, à côté de sachets de henné en poudre.

Je m'installai à une petite terrasse derrière le Chandni Chowk, près de l'Hôpital de Jain Bird. Un jeune serveur vint placer devant moi un verre de *chai-i-sabs*, de thé vert très sucré, que je sirotai en regardant rickshaws et bicyclettes zigzaguer au milieu d'une foule aussi hétéroclite que dense. Des femmes circulaient avec des paniers de poisson sur la tête. Un enfant conduisait par la main un lépreux aveugle sollicitant les aumônes. Des marchands ambulants allaient et venaient entre les groupes, proposant des crayons à bille, des torchons multicolores et des chapeaux en papier.

Comme je commandais un deuxième verre de thé, une Européenne d'âge moyen vint s'asseoir en face de moi à la terrasse. Un manteau en renard rouge l'enveloppait tout entière et un foulard Gucci était noué sur ses cheveux blonds décolorés. Elle avait l'air anémique, le visage pâle et fatigué. Je me demandai ce qu'une femme aussi élégamment vêtue venait faire à cette modeste buvette en plein air.

Sans même attendre qu'elle passe commande, le serveur, qui semblait bien la connaître, vint déposer devant elle un verre de thé. Je me redressai sur mon siège en m'efforçant de prendre un air respectable. Sans me regarder, la femme engagea la conversation.

— Je viens ici tous les vendredis, déclara-t-elle avec un fort accent que je n'identifiai pas immédiatement. Voyez-vous, j'adore entendre l'appel à la prière musulman. Nous n'avons pas cela à Moscou. C'est si romantique ! J'adore... Vraiment, j'adore !

Sortant de son sac à main un paquet de cigarettes américaines d'importation, elle en alluma une. Puis, chassant la fumée avec de grands gestes de la main, elle m'expliqua pourquoi elle était venue en Inde.

Son pays d'origine n'avait, je l'appris à cette occasion, que peu de chirurgiens qualifiés, de cliniques privées et de foies humains pouvant être greffés. L'Inde, en revanche, disposait de nombreux chirurgiens compétents, de plusieurs cliniques de grand luxe et, surtout, d'une immense réserve de foies.

— Trouver un bon foie frais est un problème en Russie, précisa-t-elle.

— Vraiment ?

— Un bon foie bien tendre est une merveille, ajouta-t-elle en se léchant presque les babines, comme si elle parlait de quelque spécialité gastronomique.

J'opinai du bonnet dans l'espoir que, forte de mon approbation, elle passe à un sujet de conversation un peu plus appétissant, mais elle n'avait pas dit son dernier mot à cet égard.

— Voyez, reprit-elle après avoir tiré une longue bouffée de sa cigarette, nous autres Russes buvons trop. C'est le problème. Trop vodka et pas assez foies.

Son accent russe s'était soudain épaissi. Elle essuya une marque de rouge à lèvres sur son verre, et, regardant sa montre, déclara :

— En ce moment même, j'attends mon nouveau foie.

Cette précision fut apportée de telle façon que j'aurais été à peine surpris de voir surgir un livreur avec un foie dans un emballage réfrigéré.

Il est vrai qu'en Inde, la vente et l'achat d'organes humains constituent un commerce florissant. Le matin même, j'avais lu dans *The Hindustan Times* une histoire typique à cet égard. Quelques jours avant le mariage d'une sœur à laquelle il était très attaché, un jeune homme du sud de l'Inde s'était suicidé. À côté de son corps, on avait retrouvé une lettre où il demandait que ses organes soient vendus pour constituer une dot à sa sœur.

Des yeux, des foies, des reins et même des cœurs et des poumons sont transplantés couramment dans des cliniques privées de New Delhi – surnommées « les foires aux organes ». Attirés par l'absence de toute liste d'attente et la modicité des prix, de plus en plus d'étrangers se rendent en Inde pour des greffes. Et, quand ils repartent, on peut véritablement dire qu'ils emportent un morceau de l'Inde avec eux...

*

Le lendemain matin, avant même que les étals du Bazar de Kinari aient commencé à offrir leurs richesses, je pris mes deux valises et quittai sans esprit de retour l'Hôtel de la Béatitude. Dans la rue, les habitants procédaient à leurs ablutions à la prise d'eau commune, et des odeurs de savon, de shampooing et de gomina flottaient dans l'air.

Au fond d'une impasse, derrière l'échoppe d'un marchand d'herbes aromatiques, un curieux infirme se préparait à donner une non moins curieuse représentation. Boiteux et aveugle à la fois, il avait le visage émacié, les doigts rendus crochus par l'arthrite et la peau lézardée par les rides. Levant le couvercle d'une jarre de pierre, il en tira un enchevêtrement de minuscules vipères. Tandis que les enfants reptiles grouillaient et se tortillaient de colère, l'homme but trois grandes tasses d'eau. Puis, rejetant la tête en arrière et ouvrant toute grande la bouche, il avala les serpents un à un comme des spaghetti.

Après quoi, il frotta ses yeux aveugles, se gratta le nez et toussa vigoureusement. À ce moment un nœud de cinq petites vipères, enchevêtrées comme des racines, jaillit de sa bouche.

Les serpents en bas âge furent remis dans leur jarre d'origine. Puis un autre récipient, plus vaste, fut ouvert à son tour, et trois vipères adolescentes furent ainsi arrachées à un sommeil réparateur. Le manipulateur aveugle les sortit de la jarre et se mit à les lancer en l'air, jonglant avec elles. Les reptiles, longs de plus de cinquante centimètres, tournoyaient dans l'air avant de retomber vers le sol, d'être rattrapés au vol par la tête et relancés vers le ciel.

Indifférents à ce spectacle, les habitants de l'impasse continuaient à vaquer tranquillement à leurs occupations. Dans les tortueuses artères du vieux quartier de Delhi, un homme comme Amjed, l'avaleur de serpents aveugle, attirait à peine l'attention.

Et pourtant, comme il me le fit remarquer après avoir terminé son numéro, jongler avec des serpents n'est pas chose facile. Cela exige des dizaines d'années de pratique assidue. Mais, malheureusement, le temps est une chose qui fait habituellement défaut aux débutants – et la plupart d'entre eux sont tués durant les premières semaines d'entraînement. Les jongleurs de la vieille école, comme Amjed, ont piètre opinion de ceux qui font préalablement cracher leur venin à leurs serpents. Cette attitude décadente est incompatible avec une carrière honorable. Malheureusement, reconnaît Amjed d'un air mélancolique, la véritable jonglerie avec les serpents est un art qui meurt.

Lourdement chargé de mes deux valises, j'allai à pied du Bazar de Kinari jusqu'au Fort Rouge. Vers la fin de la matinée, je me retrouvai à bord d'un autocar à destination de Chaziabad – première étape de la route me menant vers ma vieille connaissance Hafiz Jan.

Tandis que le car, cap à l'est, entrait dans l'Uttar Pradesh, je repensais à Hafiz Jan. Je revoyais son impénétrable barbe noire, son nez en bec d'aigle, ses mains gigantesques et velues. Il avait fait sur moi une si forte impression que je n'avais jamais pu oublier ni ses traits ni son allure ni même sa vêture. Et maintenant, après presque vingt années, j'allais le revoir...

Au moment où nous avions quitté les faubourgs de Delhi, les auto-rickshaws avaient commencé à se faire rares, puis ils avaient complètement disparu, remplacés par une interminable file de camions Ashok-Leyland peints de couleurs tendres et allant dans la direction inverse de la nôtre pour apporter vers la capitale cannes à sucre et calicot, melons d'eau et poulets vivants.

À côté de moi dans le car était assis un jeune homme long et dégingandé, élancé et alerte comme un lévrier. Il avait des cheveux soigneusement lissés, des yeux olive toujours en mouvement, des souliers impeccablement cirés, une chemise immaculée et un pantalon au pli sans défaut.

Nous engageâmes la conversation. Il s'appelait Maruti, ce qui est l'un des noms de Ganesh, le dieu-éléphant. Il venait d'acquérir la qualification de *mahout* – conducteur d'éléphants – professionnel et se rendait à Ghaziabad pour poser sa candidature à un poste dans une société de louage d'éléphants. Les pachydermes étaient proposés, *mahout* compris, aux riches et aux puissants pour les mariages et cérémonies diverses. Ils pouvaient, au choix du client, être peints ou décorés de multiples façons.

Maruti me raconta dans le plus grand détail son stage d'entraînement dans la forêt enchantée de Pecci, sur la côte de Malabar. Il avait son diplôme dans une grande enveloppe brune posée sur ses genoux.

— Là-bas, à Kerala, dans la forêt de Pecci, m'expliqua-t-il en vibrant littéralement d'enthousiasme, les gens adorent les éléphants. Un *mahout* veille au bien-être de son éléphant avant de veiller à celui de son fils aîné. Pour un *mahout*, voyez-vous, l'éléphant est à la fois un père, un frère, un fils et un meilleur ami. Et si on accorde à l'éléphant amour et respect, il vous le rend au centuple.

Maruti regarda par la portière. Mais je suis sûr qu'il ne vit pas, sur la route, des camions ou des voitures. Il devait voir des éléphants. Rien que des éléphants. Des éléphants partout.

— Un *mahout* de Pecci, poursuivit-il, n'ordonnera jamais à un éléphant d'avancer. On ne donne pas d'ordres à son meilleur ami... Non, le *mahout* invitera poliment l'éléphant à se mettre en route.

Chaque année à la fin du printemps, quand la brise venue de l'est vient rafraîchir la côte de Malabar, la grande fête de Pooram rassemble des milliers de personnes dans le grand parc de Thrissur, à côté de l'antique temple de Vadakkunnatha. Trente grands éléphants venus de la forêt de Pecci défilent alors en direction du temple. Richement caparaçonnés et portant sur leur dos des effigies de divinités hindoues, ils sont conduits par des élèves de l'école de *mahouts*.

— Pooram est notre moment de gloire, souligne Maruti avec émotion. Mais les éléphants aussi le savourent. Ils avancent vers le temple à pas lents et dignes, mais, intérieurement, ils dansent !

En revanche, Maruti n'a pas de mots assez durs pour stigmatiser les mauvais *mahouts*.

— Certains, dit-il, battent leurs éléphants ou les aiguillonnent avec des crochets affûtés. Ils les privent de nourriture s'ils ne veulent pas se lever. Et le plus triste, c'est qu'avec le temps, même les plus maltraités des éléphants en viennent à aimer leur maître.

Notre autocar se trouvant maintenant pris dans un encombrement, je me demandai combien de considérations sur les pachydermes j'allais pouvoir encore supporter. Ma propre fascination pour la magie m'avait fait comprendre qu'une obsession est souvent bénéfique. Chacun devrait être obsédé par quelque chose. Dans l'espoir de diriger la conversation dans mon propre sens, j'expliquai à Maruti que j'allais à Burhana afin de commencer mon apprentissage de magicien.

Continuant à regarder par la portière, Maruti laissa échapper un profond soupir. Ce n'était pas un soupir d'ennui ; il n'avait pas entendu un seul mot de ce que je lui avais dit. C'était un soupir d'amour éperdu. D'amour pour ses éléphants. Son obsession à lui était profonde, totale. Elle seule donnait un sens à sa vie.

Il me poussa du coude. Il avait encore beaucoup à dire, et avait besoin d'un public docile. J'étais ce public. Il me révéla que les éléphants étaient les seuls animaux à avoir quatre genoux, qu'ils avaient des « empreintes digitales », comme les humains, et qu'ils émettaient des sons différents pour exprimer leurs émotions. À l'entendre, on pouvait penser qu'ils différaient peu de nous.

Mais il avait plus grave à dire.

— En Assam, déclara-t-il, des éléphants innocents sont attaqués tous les jours. Quand j'aurai assez d'argent, j'irai là-bas les défendre.

— Pourquoi sont-ils attaqués ? demandai-je innocemment.

Penchant la tête vers moi au bout de son long cou de vautour, Maruti me dit sur le ton de la confidence :

— Les gens disent que les éléphants sont ivres et qu'ils cassent tout sur leur passage.

— Et c'est vrai ? Ils sont ivres ?

— Eh bien, c'est vrai que les éléphants – comme tous les mammifères – aiment bien boire de temps en temps. Ils ne pensent pas à mal. Les humains aussi font des bêtises quand ils sont ivres.

— Mais où trouvent-ils l'alcool ? demandai-je, m'imaginant presque un bar enfumé avec, tout le long du comptoir, des éléphants, la trompe plongée dans une pinte de bière.

— Ils tombent sur des réserves d'alcool clandestines cachées dans la forêt. Un pied qui s'égare, et les tonneaux se fracassent. L'alcool se répand partout. Les éléphants ont soif, et ils boivent. Ce n'est pas leur faute si, ensuite, ils ne se tiennent pas très bien.

Quelque temps plus tard, un titre dans un journal indien devait attirer mon attention : *DES ÉLÉPHANTS IVRES FONT DES RAVAGES*. Maruti, dans sa partialité éléphantine, m'avait présenté avec un peu trop d'indulgence ce qui était devenu, en fait, un problème national. Un troupeau de trois cent cinquante éléphants pris de boisson avait entièrement ravagé un petit village d'Assam, anéantissant les maisons et piétinant à mort treize personnes. L'article précisait que, chaque semaine, des éléphants alcooliques faisaient de semblables ravages dans tout le nord-est de l'Inde.

L'encombrement ayant pris fin, nous arrivâmes enfin à Ghaziabad. Descendant du car, au centre de la ville, Maruti, qui tenait toujours son enveloppe brune, fut absorbé par la foule qui assiégeait le véhicule. Il se retourna pour me saluer d'un grand geste du bras au milieu d'un océan de têtes.

3

LA TERRE DES GUERRIERS

Le car poursuivit cahin-caha sa route vers Meerut. Bien alignés le long de la chaussée, des arbres aux troncs blanchis à la chaux évoquaient l'époque où la région avait été l'un des bastions de l'Empire britannique des Indes. Il était difficile d'imaginer ce matin de mai 1857 où l'Armée du Bengale s'était mutinée, difficile d'imaginer que la fameuse Révolte des Cipayes avait commencé là, dans la ville de Meerut.

Selon l'histoire consacrée, le soulèvement a été provoqué par l'arrivée d'un contingent de nouveaux fusils Lee Enfield à l'intention des troupes indiennes cantonnées à la caserne de Meerut. Quand on distribua les cartouches – enduites de graisse de porc et de bœuf – les soldats ne purent contenir leur fureur. Il y avait parmi eux un grand nombre d'hindous de bonne caste et de musulmans dévots qui considérèrent l'adjonction de cette graisse comme une atteinte directe à leurs principes religieux.

Au nord de Meerut, le car tourna à gauche et emprunta une route secondaire. Une cinquantaine de kilomètres plus loin, nous arrivâmes à Burhana.

Sans perdre de temps, je me dirigeai de l'arrêt du car vers le sépulcre de mon ancêtre. Hafiz Jan m'avait, en son temps, décrit la ville avec le plus grand luxe de détails mais dans le désordre le plus complet. Il me fallut un peu de temps et quelques efforts pour retrouver le chemin du sanctuaire.

Je traversai une vaste pelouse, à la droite de la rue principale, et arrivai finalement devant une grande construction carrée enfouie dans un bouquet de palmiers dattiers et entourée d'un muret. Fait de pierres d'un jaune passé, avec des arches de style mongol, et coiffé d'un dôme gracieux, c'était bien le sanctuaire de Jan Fishan Khan.

Je m'avançai à pas lents vers l'entrée de l'enceinte. Les portes en fer forgé étaient ouvertes. Une soudaine rafale de vent vint agiter les palmes. Plusieurs pierres tombales musulmanes émergeaient des broussailles autour du principal mausolée, vers lequel je me dirigeai à pas de plus en plus lents.

Je vis, assis sur un tabouret à la porte du sanctuaire, un homme revêtu d'un *salwaar kameez* kaki et de *chappals* en peau de buffle, avec de multiples cartouchières et un turban de coton noir. Le nez en bec d'aigle, les poils, maintenant grisonnants, jaillissant de toutes parts, c'était bien le héros de mon enfance, l'incomparable Hafiz Jan.

Il était occupé à affûter méticuleusement une baïonnette sur une pierre, et sa besogne l'absorbait tellement qu'il ne me vit tout d'abord pas. Je continuai à le regarder, savourant cet instant.

Incertain quant à la conduite à tenir, je raclai le plus bruyamment que je le pus la semelle de mon soulier sur le ciment de l'allée. Hafiz Jan cessa aussitôt d'affûter la baïonnette, qu'il brandit devant lui en sautant sur ses pieds. Puis il me vit. Il ouvrit tout grand la bouche, le souffle apparemment coupé, et tous ses traits semblèrent se contracter. Je lui dis mon nom. Toujours muet, il hocha la tête, laissant tomber la baïonnette, les yeux emplis de larmes. Il alla vers moi comme au ralenti, comme un homme évoluant sous l'eau. Puis, d'un seul mouvement un peu gauche, il me saisit et me souleva de terre.

Il fallut quelque temps à Hafiz Jan pour se remettre du choc. Nous restâmes assis côte à côte plusieurs minutes. Je m'excusai de ne pas l'avoir prévenu de ma visite, mais il écarta d'un grand geste mes explications.

— C'est ta maison, me dit-il à plusieurs reprises. Pourquoi préviendrais-tu de ta venue son humble gardien ? Bienvenue sur cette terre, *ta* terre – la Terre des Guerriers. Bienvenue ! J'attends ce jour depuis tant d'années !

Je lui répondis que je rêvais moi aussi depuis longtemps de faire ce pèlerinage au sanctuaire de mon grand ancêtre.

Hafiz Jan avait grande hâte de m'emmener chez lui pour me servir à boire et à manger et me présenter sa femme et ses fils. Mais il y avait plus important à faire auparavant. Ôtant ses *chappals*, il me conduisit à l'intérieur du vaste sépulcre.

Comme mes pieds nus touchaient les premiers degrés de pierre froide, je sentis une vague d'énergie monter en moi. L'intérieur du mausolée était éclairé par le soleil filtrant à travers les fenêtres à croisillons creusées dans le mur faisant face à la porte. Tandis que je regardais autour de moi, l'impression que j'avais eue dès l'entrée ne fit que se préciser ; une grande force m'envahissait, m'aidant à rassembler et à concentrer mes pensées. Peut-être était-ce l'esprit de Jan Fishan.

Hafiz Jan me montra le cénotaphe surmontant la crypte, au centre de la chambre funéraire, et l'inscription en caractères persans chantant les louanges de Sayed Mohammed Jan Fishan Khan, « Prince et Seigneur de la Magnificence ».

Alors que le jour commençait à tomber sur Burhana, je me retrouvai installé avec Hafiz Jan sur la véranda de sa maison. Nous évoquions nos souvenirs communs tandis que ses fils adolescents nous servaient du jus de grenade et du *kishmish*, un mélange de fruits et de noix. Sa femme s'affairait dans la cuisine à préparer un repas de bienvenue. L'appel du *muezzin* à la prière du soir retentissait au-dessus des toits de la ville. Hafiz Jan saisit alors par la joue, de sa main à la poigne redoutable, son fils aîné.

— Mohammed a maintenant quinze ans, me dit-il.

Puis, s'adressant directement à son fils :

— Et que veux-tu faire quand tu seras grand, Mohammed ?

— Je veux garder le tombeau de Jan Fishan Khan, répondit le fils.

Satisfait de la réponse, Hafiz Jan gratta sa barbe de ses énormes doigts.

Un gigantesque festin suivit. On apporta sur de grands plats de cuivre trois montagnes de riz pilaf. Des morceaux de mouton étaient enfouis dans l'une, des morceaux de poulet dans une autre et des morceaux de poisson dans la troisième.

Les fils d'Hafiz Jan m'invitèrent cérémonieusement à m'attaquer aux plats. Leur mère restait dans la cuisine. Un agneau fut mis en pièces et posé devant moi. Hafiz Jan se mit à en prélever un à un les plus gros morceaux pour me les tendre. Ce ne fut que lorsque j'eus fini mon troisième morceau que mes hôtes commencèrent à manger eux aussi.

— C'est un jour béni ! répétait Hafiz Jan. Toutes les souffrances passent sauf les souffrances de la faim. Tu nous honores grandement. Mange ! Mange !

Bien que brûlant de demander au grand magicien de mon enfance s'il accepterait de refaire de moi son apprenti, je réfrénai mes ardeurs. Il me fallait attendre que le cérémonial d'usage ait pris fin pour poser de telles questions.

Quand ce pantagruélique repas fut terminé, Hafiz Jan se frotta de nouveau la barbe d'inimitable façon et remercia encore Dieu de m'avoir envoyé à lui. Puis il remercia Jan Fishan Khan de m'avoir attiré sur la terre de mes ancêtres.

Je lui répondis en précisant que Jan Fishan Khan n'avait pas été seul à m'attirer à Burhana, et qu'Hafiz Jan lui-même y avait été pour quelque chose.

Puis, fortifié et enhardi par les quelques kilos de viandes diverses que je venais de dévorer, j'évoquai sa passion de la magie et de l'illusionnisme. Il parut un moment surpris. Ensuite, triturant les poils de ses oreilles, il me dit :

— Oh, ces vieux tours ! C'était un peu stupide, n'est-ce pas ?

— Comment cela, stupide ? C'était incroyable ! Tu m'as appris tant de choses – comment manger du verre, comment sucer des tisonniers rougis au feu comme s'il s'agissait de sucres d'orge...

Il m'interrompit net :

— Comment manquer tuer l'arrière-arrière-petit-fils de Jan Fishan en envoyant sur lui une boule de feu.

Un moment de silence s'ensuivit, tandis que nous revivions tous deux l'épisode.

— C'était une malheureuse erreur technique, fis-je d'un ton peu assuré.

— Une erreur qui a jeté la honte sur ma famille ! clama Hafiz Jan. De ce moment, je me suis juré de ne plus exécuter aucun tour de magie. Que se serait-il passé si j'avais tué ou blessé ton père ?

— *Aga*, lui dis-je alors, je suis venu ici, à Burhana, pour te demander de tout m'apprendre sur la magie et l'illusion. Je te prie donc de m'accepter comme élève.

Cette fois, le Pashtun prit, d'un air gêné, son incroyable barbe à deux mains et la frotta longuement entre ses paumes. Il l'avait pratiquement tissée en corde lorsqu'il se décida à me répondre.

— Tahir Shah, me dit-il, tu m'honoreras toujours profondément en me demandant un service, quel qu'il soit. T'être d'un quelconque secours est véritablement pour moi un privilège. Mais, *Sahib*, ce que tu me demandes là, c'est de rompre un serment solennel que j'ai fait sur la tombe de Jan Fishan Khan. Près de vingt ans se sont écoulés depuis. Je me suis marié et j'ai élevé deux fils. J'ai oublié – je me suis forcé à oublier – tout ce que je savais. Je suis désolé.

Nous restâmes plusieurs minutes silencieux. Je comprenais le point de vue d'Hafiz Jan et respectais son sens de la parole donnée. Mais j'attendais, en me demandant égoïstement que faire ensuite.

Remerciant de nouveau Dieu pour m'avoir amené dans sa maison, le Pashtun commanda à voix basse à son plus jeune fils d'aller chercher le thé. Je tentai de ranimer la conversation par des questions anodines. Hafiz Jan ne me répondait pas. Il semblait méditer intensément.

On apporta de la cuisine une théière anglaise en porcelaine mauve emplie de *chai-i-sabs*. Le thé vert fut versé très cérémonieusement, comme s'il s'agissait d'une potion magique. Ce ne fut qu'à la troisième gorgée qu'Hafiz Jan se décida à parler.

— Tahir Shah, dit-il, quand j'étais enfant, je voulais être le plus grand illusionniste professionnel du monde. Je ne pensais qu'à cela. Je rêvais d'illusion, vivais d'illusion, ne parlais que d'illusion. Mon père pensait que j'étais fou, car aucun membre de notre famille ne s'était jamais intéressé à cela auparavant. Un médecin a donc été convoqué. Il m'a regardé droit dans les yeux, puis, craignant que je ne sois atteint d'une maladie grave et contagieuse, il a pris la fuite. Mes parents étaient de plus en plus inquiets. Ils priaient Dieu qu'Il les éclaire à mon sujet.

Hafiz Jan reprit une gorgée de thé et continua :

— Dans les mois qui suivirent, je me mis en quête d'un professeur. Mais ce ne fut qu'après de longues recherches que j'en trouvai un, particulièrement brillant, à Ghaziabad. C'était un magicien et un illusionniste de première force. Il avait la réputation d'être le meilleur d'Asie dans sa spécialité. J'ai passé un moment avec lui et j'ai reçu son enseignement. Mais, étant le fils aîné de mon père, je savais que je ne pourrais jamais faire carrière dans cette profession. Tu comprends ?

— Oui, lui dis-je. Je comprends.

Puis, comme je commençais à me résigner à l'idée d'un prompt retour en Europe, Hafiz Jan reprit la parole.

— J'ai une idée, fit-il. C'est une bien modeste idée, de peu de valeur, mais tu pourras peut-être accepter d'y porter attention.

— De quoi s'agit-il ?

— À l'époque où j'étais fasciné par tout cela, j'ai découvert que seule une formation sévère avec un maître exigeant serait en mesure de répondre à mes aspirations.

Il s'interrompit, comme s'il hésitait à aller jusqu'au bout de son propos.

— Mon professeur, reprit-il lentement, a quitté Ghaziabad il y a maintenant bien des années. Il s'en est allé vers l'est, où il s'est installé de façon permanente. Je crois qu'il vit maintenant à Calcutta. Va le voir. Il t'enseignera tous les tours et tous les trucs jamais inventés. Son nom est Hakim Feroze.

*

Ce soir-là, un autre repas somptueux sortit de la modeste cuisine d'Hafiz Jan. Mais j'avais trop de choses en tête pour me concentrer sur la nourriture. J'examinais en tous sens la suggestion du Pashtun. J'aurais préféré rester à Burhana plutôt que de m'embarquer dans une recherche que j'avais toutes les raisons de croire vaine. Et même si je réussissais à mettre la main sur l'illustre magicien, rien ne me disait qu'il m'accepterait comme élève.

Chacun des soirs qui suivirent, alors même que je m'abîmais de plus en plus dans mes réflexions, les festins se firent de plus en plus opulents. Hafiz Jan insistait pour que chacun de ces repas soit pris en commémoration d'un grand événement du passé – généralement un combat auquel nos ancêtres avaient participé côte à côte. Dès le quatrième soir, les plats de riz étaient devenus si lourds que les fils d'Hafiz Jan avaient peine à les soulever. Sous le riz étaient enfouis des pigeons marinés, grande spécialité afghane. Le cinquième soir, un mouton entier fut apporté sur sa broche, accompagné d'un riz spécialement préparé avec du safran, des pignes de pin et des graines de cardamome.

Le sixième jour, je commençai vraiment à m'inquiéter. La femme d'Hafiz Jan cuisinait maintenant jour et nuit. J'avais remarqué qu'elle s'était installé un lit dans la cuisine, qu'elle ne quittait pratiquement plus. Si l'on n'intervenait pas immédiatement, la famille du Pashtun allait être ruinée pour des générations. Mais lorsque je tentai de soulever le problème, Hafiz Jan se redressa comme un cobra royal prêt à frapper.

— Comment pourrions-nous ne pas saluer, nous pauvres mortels, clama-t-il, les triomphes de nos ancêtres ?

J'en arrivais à craindre qu'Hafiz Jan ne finisse par organiser à mon intention une réplique des grands banquets de mariage bédouins, sommets de l'extravagance culinaire. Des œufs servent à farcir des poissons farcissant eux-mêmes des poulets qui viennent farcir à leur tour une brebis, laquelle est finalement insérée dans la chamelle entière servie aux invités.

J'allai chercher refuge dans les tranquilles jardins du sanctuaire de Jan Fishan Khan. La suggestion d'Hafiz Jan me semblait maintenant très tentante, et il me fallait prendre rapidement une décision ; une semaine de plus à festoyer à Burhana, et j'allais être totalement hors d'état de me déplacer. Bien que redoutant toujours que Feroze n'ait rien à me proposer, je résolus d'aller à Calcutta.

Tandis qu'assis au seuil du tombeau, je réfléchissais à la suite de mon voyage, Hafiz Jan s'approcha. Il semblait nerveux. Avant que j'aie eu le temps de lui en demander la raison, il me fit part de ses inquiétudes.

— Tahir Shah, me dit-il, je sais que tu as réfléchi à ma suggestion au sujet d'Hakim Feroze.

Je le lui confirmai d'un signe de tête.

— Je ne saurais trop le recommander, poursuivit le Pashtun. C'est un excellent professeur. En fait, il n'y en a pas de meilleur... Mais fais bien attention !

Et, sur un ton dramatique, il ajouta :

— Feroze est un professeur impitoyable. S'il t'accepte comme élève, il t'écrasera, te laminera – c'est sa méthode. Il exige que ses élèves travaillent et peinent sans relâche. Les détruire le réjouit. Alors, ne va pas le voir si tu n'es pas certain que c'est vraiment là ce que tu veux.

— Mais un simple stage de magie ne peut présenter aucun danger ?

Les joues d'Hafiz Jan – ou, du moins, ce qu'il en émergeait sous les broussailles de sa barbe – devinrent subitement d'un blanc laiteux et ses yeux s'injectèrent de sang. Il leva les bras au ciel.

— As-tu perdu l'esprit ? clama-t-il. Tu n'as pas idée de ce dont tu parles ! Hakim Feroze n'est pas un professeur ordinaire. L'enseignement qu'il dispense n'est pas une simple série de cours pour quiconque s'intéresse vaguement à la magie. En fait, ce n'est pas *du tout* une série de cours. C'est un genre de vie. Un régime cruel – exercice sur exercice, sous la direction d'un sadique. Pendant qu'il te torture tout à loisir, tu te demandes quel moment de folie t'a amené à sa porte. La plupart du temps, il te fait étudier des choses apparemment absurdes... Non, maintenant que j'y pense, il ne faut *pas* que tu prennes contact avec lui. Tu m'es trop précieux pour être maltraité par cet homme...

— Mais, très respecté Hafiz Jan, lui dis-je alors, je n'arrive pas à croire que ton professeur – Hakim Feroze – puisse être aussi épouvantable.

Le Pashtun se prit la tête à deux mains et émit un véritable glapissement. J'eus peur que le fait de se rappeler son ancien professeur ne l'ait conduit à l'hystérie.

— Silence ! gémit-il. Silence !... Ne dis rien de plus, et ne prononce plus jamais ce nom à haute voix !

— Quel nom ?

— Celui d'Hakim Feroze, bien sûr !

— Pourquoi ? Qu'y aurait-il de mal à dire son nom ?

Se grattant la barbe, Hafiz Jan jeta des regards furtifs autour de lui.

— *Il* a des espions, fit-il. Voilà pourquoi. Feroze sait ce que tout le monde fait. Moi, je ne suis même pas sûr de l'endroit où il se trouve en ce moment, mais lui, il connaît certainement les plus minuscules détails de ma vie.

— Mais tu n'as pas été en contact avec lui depuis plus de vingt ans !

— Sans importance ! lança le Pashtun. Comme je te l'ai dit, ce n'est pas un mortel ordinaire. C'est un magicien !

Feroze était-il vraiment un tel monstre ? Il n'y avait qu'un moyen de le découvrir.

Cependant, Hafiz Jan ne cessait de me supplier d'oublier sa « suggestion stupide », en me traçant le tableau le plus terrifiant de ce qui m'attendait si j'approchais Hakim Feroze.

— Passe un jour avec lui, m'affirmait-il, et ton sang se glacera dans tes veines.

Ou bien :

— Il te déchirera entièrement, te dépècera. C'est sa méthode, sa manière. Il tire jouissance des souffrances d'autrui.

Plus il insistait en ce sens, plus montait en moi le désir de rencontrer le Maître, de rencontrer Hakim Feroze.

Puis, à un moment, je ne sais pourquoi, Hafiz Jan parut se résigner à l'inévitable. Un jour, en fin de matinée, il arriva près de la tombe de Jan Fishan, à l'entrée de laquelle je m'étais installé pour lire, conformément à mes nouvelles habitudes, et, sans un mot, me tendit son poing fermé. Puis il ouvrit la main, me présentant une pochette en cuir fatigué. À l'intérieur se trouvait une curieuse pierre rougeâtre.

— Je te la donne, me dit-il, comme Feroze me l'a donnée. Montre-la-lui, et il saura que c'est moi qui t'envoie.

— Qu'est-ce que c'est ?

— C'est un *bezoar.*

— Un quoi ?

— Un contrepoison, une amulette et le symbole de ceux qui recherchent la connaissance. Celui-là vient, paraît-il, de l'estomac d'un aigle.

Tandis que j'attachais le sachet de cuir à mon cou, le

Pashtun m'attira hors de l'enclos du sanctuaire. Là, sur un vaste tapis afghan, un pique-nique avait été préparé. Mais il ne s'agissait pas d'œufs durs ni de sandwiches au concombre. C'était une fois de plus un repas aux redoutables dimensions.

Hafiz Jan plongea les deux mains dans la montagne de riz qui se trouvait devant nous, en sortit un canard sauvage presque calciné qu'il me tendit.

— Khalifa Ashpaz ! s'exclama-t-il en enfournant l'arrière entier d'un autre canard. Le fameux maître-cuisinier de l'Hindu Kush ! C'est sa recette.

S'ensuivirent quatre bonnes heures de ripailles : mouton, canards, poulets, avec d'incroyables quantités de riz pilaf. À la fin de l'après-midi et du repas, je me demandais sérieusement si je serais, un jour, en état d'avaler une bouchée de plus. Il me semblait avoir mangé pour toute ma vie. De toute évidence, Hafiz Jan était devenu fou ; il avait décidé que nous allions tous deux nous suicider en mangeant. Je me décidai à lui dire qu'il fallait, cette fois, arrêter ces folies.

Il me regarda un moment d'un air pensif, le front plissé. Puis, souriant largement, il joignit les mains et me demanda :

— *Imshab chi pukhta bekunem* – qu'allons-nous préparer à manger pour ce soir ?

4

LA CITÉ DE LA LUMIÈRE

La simple mention de l'Express de Farakka, qui se rend chaque jour en cahotant de Delhi à Calcutta, suffit à semer l'émoi chez les voyageurs les plus chevronnés et les aventuriers les plus intrépides. L'un d'eux avait évoqué pour moi, au fin fond du désert de Namibie, après ingestion d'une certaine quantité de liqueurs fortes, ce train tristement légendaire. Il était, à l'en croire, essentiellement peuplé de vampires, de Thugs étrangleurs et de voleurs, et aucun passager attachant quelque prix à sa vie ne devait envisager de l'emprunter.

Comme je lui glissais une liasse de roupies, le préposé au guichet de la gare de Delhi me demanda sans lever la tête :

— Express de Yamuna ou de Farakka ?

La question n'avait rien que de très normal en soi, mais le nom de Farakka déclencha chez moi de telles réminiscences que ma gorge se serra et je restai sans voix.

L'employé me posa de nouveau la question, et l'homme qui se trouvait derrière moi dans la file d'attente me poussa du coude en me disant :

— *Jaldi !* Dépêchez-vous !

Comme chaque fois qu'en Inde une discussion s'amorce dans un lieu public, de nombreuses personnes ne tardèrent pas à s'en mêler. Les observations et suggestions se mirent à pleuvoir autour de moi.

— Farakka très bien, dit quelqu'un.

— Non, non, trop bruyant, répliqua un autre.

— *Sahib*, vous voulez acheter un joli mouchoir ? demanda aussitôt un troisième, chez qui le sens des affaires ne désarmait pas.

En exprimant mentalement tous mes regrets à l'aventurier de Namibie, je murmurai au guichetier :

— Express de Farakka, s'il vous plaît.

Un peu plus tard cet après-midi-là, je me retrouvai installé dans un compartiment de deuxième classe de mon express maudit, attendant avec impatience mon départ pour Calcutta. Je brûlais toujours de rencontrer Hakim Feroze. Avec le *bezoar* accroché à un cordon de cuir sous ma chemise et une lettre de recommandation officielle d'Hafiz Jan en poche, je pensais avoir une réelle chance de devenir un apprenti-sorcier agréé.

Regardant le compartiment, autour de moi, je me demandai pourquoi tant de légendes couraient sur ce train, qui me semblait, au contraire, remarquablement propre et bien tenu. Tous ces voyageurs professionnels adoraient décidément jouer à se faire peur. On frappa à ce moment à la porte du compartiment, qu'on fit glisser latéralement. Un jeune cireur de souliers aux yeux ronds mais au regard vif, vêtu d'une élégante chemise de toile, apparut et examina rapidement l'endroit.

— Les souliers, *Sahib* ? demanda-t-il.

— Non, merci. Je les ai fait nettoyer hier.

— Ils se sont salis depuis. Je fais du bon travail...

Il décrivait des cercles de la main en brandissant un grand chiffon multicolore. Je secouai la tête et il regagna le couloir en refermant soigneusement la porte derrière lui.

Dix minutes plus tard, alors que le train s'apprêtait à partir, la porte se rouvrit. Un jeune couple bien habillé fit son entrée et vint s'installer dans le compartiment. La jeune femme portait un fort beau sari écarlate comme on en fait dans le sud de l'Inde, et des bracelets de verre tintaient à ses poignets. Ses mains et ses pieds s'ornaient de délicats motifs tracés au henné, suggérant qu'elle s'était mariée tout récemment.

Je rompis rapidement le silence.

— Jeunes mariés ? demandai-je.

— Oui, dit la femme. Nous nous sommes mariés hier.

— Vous feriez mieux de faire attention à vos bijoux, lui dis-je. J'ai entendu d'horribles histoires sur ce train.

— Je te l'avais bien dit ! fit la jeune femme, en s'adressant à son mari sur un ton de reproche. Nous n'aurions pas dû prendre mon *trousseau* [1] avec nous !

Je ne pus résister à la tentation de leur relater les légendes circulant à propos de l'Express de Farakka, de leur parler des vampires, des Thugs et des voleurs aux mille astuces.

— L'Express de Farakka, déclarai-je en conclusion, semble avoir sa propre catégorie de bandits. Ils ont recours, paraît-il, à tous les déguisements, et font parfois mine d'être aveugles pour éveiller la pitié des autres voyageurs.

— Mais alors, me demanda la jeune épousée, pourquoi avez-vous pris ce train ?

— Oh ! fis-je. Je ne crois pas à toutes ces sornettes. Regardez autour de vous ; ce train est parfaitement sûr. On ne me raconte pas d'histoires, à moi. Je connais tous les tours de la création...

Vers vingt heures, un modeste dîner végétarien nous fut servi. Après une semaine passée à dévorer d'incroyables monceaux de viande, ce fut un plaisir sans égal.

Les jeunes mariés roucoulaient tendrement tandis que j'engloutissais mes légumes avec délectation. Quand j'eus fini, la jeune femme éplucha un superbe pamplemousse, bien mûr et bien juteux. Elle m'en offrit un morceau, que j'acceptai avec gratitude. Puis je m'étendis sur ma couchette et, ayant pris soin de souhaiter à l'aimable jeune couple une bonne nuit, je sombrai dans un épais sommeil.

Juste avant l'aube, je m'éveillai. Le train s'était arrêté à une gare pour y embarquer des marchandises. Encore à demi endormi, je cherchai à tâtons mon réveil de voyage. Il n'était pas à sa place. Je me dis qu'il avait dû tomber sur le plancher, où j'avais posé la plus petite de mes deux valises. Je regardai à mes pieds. Le réveil n'était pas là. La valise non plus.

Alors, me frottant les yeux, j'appelai les jeunes mariés. Avaient-ils été, eux aussi, victimes de la malédiction de l'Express de Farakka ?

---

1. En français dans le texte.

Nul ne me répondit. Les jeunes mariés s'étaient envolés.

Cinq minutes plus tard, je me retrouvai roulé en boule sur le plancher, les genoux ramenés sous le menton, les mains plaquées sur les oreilles et le visage baissé sur la poitrine. J'avais perdu mon passeport, la majeure partie de mon argent et la moitié de mes bagages. Je remerciai Dieu que le *bezoar* soit toujours à mon cou et la lettre de recommandation d'Hafiz Jan dans ma poche.

L'Express de Farakka, cependant, poursuivait sa course vers le soleil levant. Je boudai le petit déjeuner quand on me le proposa. Et lorsqu'à Allahabad, un nouveau voyageur fit son entrée dans le compartiment, je le boudai lui aussi. Je fixais, par la portière, un regard misérable sur les travailleurs commençant à s'agiter dans les champs de terre rouge et les rizières de l'Uttar Pradesh.

Je finis, toutefois, par sentir le regard du nouvel arrivant peser sur moi et me retournai. C'était un homme solidement bâti, avec une tête en forme d'œuf et d'énormes moustaches. Sa chevelure était crasseuse, ses vêtements indignes d'habiller un épouvantail conservant quelque sens de la dignité et l'ensemble de sa personne répandait une odeur de fromage ayant passé son degré de maturité.

Plutôt que de détourner les yeux tandis que je l'examinais, l'homme me rendit regard pour regard. Nous nous fixâmes un moment comme deux hypnotiseurs en compétition. Aucun des deux ne cilla. Les larmes commençaient à ruisseler sur mes joues.

— Vous vous êtes fait dévaliser, n'est-ce pas ? me dit l'homme, en se détournant soudain vers la vitre.

— Comment l'avez-vous deviné ?

— Souvenez-vous du train à bord duquel vous êtes. C'est l'Express de Farakka... Mais vous ne connaissez peut-être pas la réputation de l'Express de Farakka ?

— Je sais tout sur ce foutu train, merci beaucoup !

— Comment est-ce arrivé ?

— Je pense qu'on m'a drogué.

— Avec des fruits ou des sucreries du Bengale ?

— Des fruits.

— *Chakotra*[1] ou banane ?

— *Chakotra.*

— Intelligent, fit l'homme. Le goût du fruit masque très bien celui des barbituriques.

— Je me sens si bête ! Particulièrement après avoir fait tout un cours aux faux jeunes mariés sur le train et sa réputation. Ils doivent être morts de rire.

Se levant, l'homme alla ouvrir la porte du compartiment et en examina l'extérieur de la vitre.

— Avant que le train ne quitte la gare de Delhi, me demanda-t-il, un cireur de souliers n'est-il pas passé ici ?

— Si, lui dis-je. Comment le savez-vous ?

L'homme tendit vers moi un index maculé de cirage marron.

— C'est un travail d'équipe, m'expliqua-t-il. Le cireur de souliers était en cheville avec le couple de voleurs. Il est d'abord venu en reconnaissance, puis, voyant un étranger tout seul, il a laissé une marque de cirage sur la porte du compartiment. Le couple au *chakotra* drogué n'a eu qu'à suivre la piste.

— Ingénieux, marmonnai-je piteusement.

— Brillant ! rectifia-t-il. Mais il ne faut pas en attendre moins sur l'Express de Farakka.

Mon compagnon se présenta ensuite. Il était de son état détective privé – surnommé « Watson » par ses amis – et il ne tarda pas à m'expliquer que la criminalité à bord de l'Express de Farakka ne représentait que l'aboutissement d'une longue tradition.

— Bien avant qu'un train ne relie Delhi à Calcutta, me dit-il, la route était déjà jalonnée de voleurs. Entre les deux villes se trouve Varanasi[2], le lieu le plus saint de la religion hindoue, un lieu de pèlerinage par excellence. Pendant trois mille ans, les truands de toutes sortes y ont convergé. Chacun sait que les pèlerins sont confiants, naïfs et faciles à dépouiller.

1. Pamplemousse.

2. Plus souvent appelée, autrefois, Bénarès. *(N.d.T.)*

— Vraiment ?

— Bien sûr. Prenez votre propre cas. Bien que connaissant la réputation de ce train, vous baissez immédiatement votre garde. Vous voyez des jeunes mariés, et vous vous attendrissez. Alors que vous auriez dû penser : « Des jeunes mariés ? C'est louche. Ne surtout pas leur faire confiance ! »

— Mais alors, demandai-je, comment saurais-je si je puis vous faire confiance, à vous ?

— Vous ne le pouvez pas, me répondit Watson. Voyez, vous commencez à apprendre…

Dix minutes s'écoulèrent en silence, puis le détective privé reprit, en se frappant le front :

— Du *chakotra* ! Comment avez-vous pu vous laisser avoir comme cela ?

— Je m'attendais à des bandits qui aient l'air de bandits, dis-je, vexé.

Mais Watson était bien décidé à m'instruire au lieu de me plaindre, comme j'en aurais eu envie.

— Savez-vous, me demanda-t-il brutalement, qui est à l'origine de la criminalité moderne en Inde ?

Je secouai la tête.

— Les Thugs ! clama-t-il. Les *Phansigars*, les Étrangleurs – ce sont les ancêtres de tous ces petits truands et charlatans. Ceux-ci sont les minables héritiers d'une grande tradition. Il est triste de penser qu'ils soient réduits à des actes aussi sordides.

— Le dernier en date n'était pas si mal fait, protestai-je avec quelque parti pris.

Mais le détective ne m'écoutait pas. Il poursuivait son cours :

— Les Thugs étaient les adeptes d'un culte voué au meurtre rituel, en l'honneur de la déesse Kali. Les Thugs, voyez-vous, considéraient le meurtre comme une forme de l'art. Ils ne ressentaient aucun sentiment de culpabilité en tuant.

— Et combien de personnes ont-ils exterminées, en réalité ?

Watson fit craquer ses phalanges d'un air sinistre.

— Des millions ! clama-t-il. Au moins des millions ! En ce temps-là, un voyage prenait des mois, parfois des années. Le temps que vous vous aperceviez que la personne qui vous était chère ne rentrait pas à la maison, il était déjà bien trop tard pour faire quelque chose.

— Et qu'est-il arrivé aux Thugs, en fin de compte ?

— Les Anglais se sont rendu compte qu'ils détruisaient le pays. On ne pouvait plus aller nulle part. Les routes étaient devenues beaucoup trop dangereuses. Alors, un homme nommé Sleeman a entrepris d'anéantir les Thugs. C'est un peu dommage, en un sens. Il a appris leur langage secret, le *ramasi*, et découvert leurs préceptes de base.

— Qui étaient ?

— Numéro un, précisa Watson, ne jamais laisser en vie un seul membre du groupe attaqué – étrangler tout le monde avec un *rumaal*, un foulard spécialement noué. Numéro deux : toujours décapiter les victimes, afin de rendre l'identification impossible. Mais, plus important encore, numéro trois : bien préparer son coup. Les Thugs suivaient parfois une future victime pendant des mois, même des années. Ils utilisaient des éclaireurs, comme le cireur de souliers auquel vous avez eu affaire. Ils gagnaient la confiance des domestiques en se faisant passer pour de « saints hommes »... Il n'empêche qu'en trente ans, ils ont été brisés. Vous autres, les Anglais, les avez obligés à abandonner les foulards pour les tapis. Et ils ont fait de très jolis tapis.

Peu avant midi, mon malencontreux voyage à bord de l'Express de Farakka toucha à sa fin. La perspective de passer une autre nuit dans ce maudit train me rebutait d'avance. Rassemblant le peu de biens terrestres qui me restait, je descendis à Mughal Sarai, la gare desservant Varanasi. Je comptais, après avoir signalé la perte de mon passeport et mon argent, continuer mon voyage vers Calcutta par la route.

Watson descendit à la même gare. Il me dit avoir à accomplir une mission discrète pour un client résidant à Allahabad, et nous partageâmes un taxi pour gagner la ville. Durant le court trajet, il daigna me révéler la nature exacte de sa besogne.

— J'avais autrefois des cas plus intéressants, me confia-t-il. J'ai même travaillé sur une affaire de meurtre, ce qui m'a passionné. Mais, ces temps-ci, il faut bien se contenter de la routine. Le plus souvent, cela consiste à rechercher les antécédents d'un fiancé pour savoir si, dans sa famille, il n'y a pas quelques cadavres dans les placards.

— Et si vous trouvez des cadavres ?

— J'en fais part au client, et cela réduit la dot de la fiancée.

*

Depuis plus de trois mille ans, Varanasi, appelée « la Cité de la Lumière », est le centre de l'hindouisme. Située sur la rive occidentale du Gange, le fleuve sacré, la ville attire chaque année des millions de pèlerins. Certains ne restent que quelques jours et repartent, après avoir prié et s'être baignés dans les eaux du Gange. D'autres restent. Ils croient que le fait de mourir dans l'enceinte de la ville sainte – délimitée par la route de Panch Kosi – libère du cycle perpétuel de la réincarnation et permet d'atteindre directement la *moksha*, la lumière. Chaque jour, des milliers d'hindous pieux sont brûlés sur les rives du Gange, sur les marches de pierre descendant vers le fleuve. Après quoi, au crépuscule, les cendres des défunts sont répandues sur les eaux.

Dans le labyrinthe de ruelles où je circulais, au milieu des *sadhus* porteurs de sagesse et des mendiants en loques, des enfants et des buffles, le son des tambours funéraires se mêlait aux cris des conducteurs de rickshaws. Toutes les odeurs venaient m'assaillir, des épices à la bouse de vache. Les symboles étaient partout : swastikas peints au-dessus de portes dérobées, lampes brûlant devant des autels en miniature, vapeurs de santal flottant le long des murs. Tout en n'y comprenant que peu de choses, je ne pouvais m'empêcher d'en être affecté.

*

Je gagnai ainsi le Dhobi Ghat – l'Embarcadère de la Blanchisserie – où, à ce que l'on m'avait dit, on pouvait trouver à se loger à bon marché. Après ma nuit à bord de l'Express de Farakka, tout hôtel normal eût été hors de mes moyens.

Comme son nom l'indique, le Dhobi Ghat est l'endroit où l'on lave le linge dans le fleuve. Sur les marches conduisant à celui-ci, des dizaines d'hommes étaient en action, triturant leur linge comme de la pâte à pain, et se le lançant ensuite pour qu'il soit mis à sécher. Quelque cinquante mille brahmanes habitent à Varanasi, et beaucoup d'entre eux emploient des *dhobis* spéciaux afin de s'assurer que leur linge n'est pas mêlé à celui des castes inférieures.

L'un de ces blanchisseurs comprit vite que je cherchais un gîte et vint vers moi. Il avait le visage totalement plat, avec un nez large et épaté, et les bras tout rouges, ébouillantés jusqu'aux coudes. Il me conduisit à son propre logis, une maisonnette d'une seule pièce ressemblant à un bigorneau retourné. À l'intérieur, il me désigna un matelas de crin et me dit :

— *Das rupias.*

— Dix roupies une nuit pour *ça* !

J'examinai le matelas. Il était à moitié pourri, infesté de vermine et installé près d'une lessiveuse où bouillait tranquillement la chemise d'un brahmane. La vapeur emplissait toute la maison et en avait déjà imprégné les murs, que seule la pourriture semblait maintenir debout.

Tel quel, l'endroit n'aurait certainement pas été admis par la Convention de Genève pour le logement d'un prisonnier. Mais je me dis que, dans la situation où je me trouvais, je n'étais même pas un prisonnier. Et, de toute manière, je n'avais plus guère à perdre ; on m'avait déjà presque tout volé.

— Très bien, dis-je finalement au blanchisseur-logeur, je le prends. Mais je ne fais cela qu'à titre de pénitence – comme Thomas Beckett se contraignait à porter une haire pleine de vermine afin de se mortifier.

Le *dhobi* saisit d'autant moins la subtilité de cette remarque qu'il ne parlait pas un mot d'anglais. Il se borna à sourire en frottant son pouce contre son index pour indiquer que l'on payait d'avance. J'extirpai de ma poche un billet froissé et le lui remis.

Devant la maisonnette, à quelques mètres du Gange, un jeune *sadhu* se tenait accroupi. Son corps nu était recouvert de cendre, sa chevelure formait une masse de tresses enchevêtrées, et des symboles ésotériques étaient peints sur son visage.

Le *dhobi* se confondit en salutations que le saint jeune homme ne daigna pas lui rendre. Il se contenta de saisir son *chilam*, cette pipe de terre caractéristique des *sadhus*, et d'inhaler profondément, puis d'expirer. Un épais nuage de fumée de marijuana l'entoura.

Une banque installée dans le hall d'un hôtel de luxe accepta de m'aider à me faire virer quelque argent. Mais, pour d'inexplicables raisons, les fonds ne pouvaient être touchés qu'à sa succursale de Calcutta. Après la banque, je me rendis au commissariat de police pour signaler le vol dont j'avais été victime dans le train. Ce fut un moment assez embarrassant, car une bonne trentaine de policiers de tous grades vinrent immédiatement se grouper autour de moi pour entendre la dernière histoire en date de l'Express de Farakka.

Peu avant la tombée de la nuit, je redescendis vers les *ghats* en traversant toute une série de petits marchés en plein air. Au bout d'une ruelle, je tombai sur des ateliers où, presque au coude à coude, des femmes se penchaient sur des métiers à tisser. Certaines étaient jeunes – à peine plus de vingt ans – mais la plupart portaient les stigmates de l'âge et de la fatigue. Toutes étaient vêtues de simples saris blancs et aucune ne portait de bijoux. Quelques-unes avaient la tête rasée. Je sus immédiatement ce qu'elles étaient : des veuves.

Considérées par la plupart comme des intouchables et par certains comme des sorcières, les veuves sont rejetées par les hindous traditionnels. On prétend que le malheur s'abat sur quiconque leur parle. Chassées par leurs familles, tenues à l'écart par leurs amis les plus proches, des milliers de veuves se rendent chaque année à Varanasi pour y passer le reste de leur existence. La plupart se refusent à envisager le suicide, car il leur interdirait tout espoir d'un épanouissement final.

On les voit partout dans les ruelles ou sur les marches descendant vers le fleuve. Certaines ont la sébile à la main, mais d'autres sont trop fières pour mendier. Quelques-unes cherchent un emploi et finissent par travailler d'interminables heures dans des ateliers clandestins pour une fraction du salaire normal, souvent violées, battues ou insultées par des employeurs sans scrupules.

À l'un des métiers à tisser, je vis une toute jeune femme, silencieuse et timide, qui s'efforçait de travailler au même rythme que ses compagnes d'infortune. Elle s'appelait Devika. Mariée à treize ans à un homme de vingt-deux ans son aîné, elle était devenue veuve très tôt, à vingt ans. Lorsque son mari était mort, trois années plus tôt, elle avait été chassée de la maison par sa belle-mère, qui l'accusait d'être une sorcière.

Comme toutes les autres veuves de Varanasi, Devika attendait simplement le jour où Dieu l'appellerait au Paradis. Autrefois, le problème des veuves ne se posait pas en Inde. Avant 1828, année où les Britanniques interdirent la pratique du *sati*, une femme qui perdait son mari périssait sur le bûcher funéraire de celui-ci. Mais maintenant encore, une veuve n'a généralement plus que la mort à attendre. À plus long terme.

— Ma belle-mère a vendu toutes mes affaires, me confia Devika après s'être bien assurée que son employeur ne pouvait l'entendre. Elle m'a donné un billet de troisième classe pour Varanasi, en me jurant que, si jamais je revenais, elle m'arracherait les yeux. Quand je suis arrivée ici, j'avais l'impression d'être une lépreuse. Les gens me crachaient dessus et m'abreuvaient d'injures. J'entendais des mères dire à leurs enfants de ne pas me regarder, car j'avais d'horribles maladies. Je remercie Dieu de m'avoir permis de trouver un travail ici. C'est dur, bien sûr, mais c'est au moins un travail. Chaque soir je Le prie de me faire mourir bientôt.

Quand je lui demandai si elle ne comptait pas se remarier un jour, la stupidité de ma question la fit sourire pour la première fois.

— Me remarier ? dit-elle, stupéfaite. C'est impossible. Je suis une veuve.

*

La nuit tomba subitement sur Varanasi. Les métiers à tisser des veuves continuèrent à fonctionner à la lueur de bougies, et, tandis que barbiers et marchands d'étoffes fermaient boutique, une autre foule commença à envahir les rues : celle des pèlerins se dirigeant, en un interminable cortège, vers le fleuve, pieds nus, voûtés, souvent infirmes, traînant les pieds à la lueur vacillante des becs de gaz.

De temps à autre, la foule où se mêlaient prêtres, fidèles et vaches sacrées, s'écartait pour laisser le passage à un cortège funéraire – un cadavre drapé dans une pièce de tissu safran que l'on portait sur une litière vers le Jalasayin, le lieu de crémation. Avant d'y accéder, les porteurs faisaient passer, avec une impeccable précision, leur funèbre fardeau sous un portique détecteur de métal comme on en voit habituellement dans les aéroports. Ce portique avait été primitivement installé pour éviter des attentats terroristes contre le Temple Doré de Varanasi. Mais, depuis longtemps hors d'usage, entièrement décoré de guirlandes orangées, il avait pris une importance religieuse, et les pèlerins se bousculaient pour le franchir, convaincus d'être ainsi sanctifiés.

Sur une plate-forme dressée au bord de l'eau, plus d'une douzaine de bûchers funéraires projetaient dans la nuit leurs gerbes d'étincelles. La mort, avec l'épanouissement qu'elle procure, est la principale industrie de Varanasi. Mais on n'y voit pas les voiles noirs, les yeux rougis, les visages bouleversés et le cérémonial sinistre habituels aux pays occidentaux. La mort, simple transition vers un état meilleur, est un heureux événement.

Tout se déroulait sous le double signe du réalisme et de la simplicité. Le corps acheminé jusqu'à la plate-forme, la quantité de bois nécessaire à sa crémation était dûment pesée et payée. Le bûcher était alors construit et le défunt y était installé tandis qu'on allumait le feu sacré. Lorsque les cendres étaient refroidies, elles étaient rassemblées et jetées dans les eaux noires du Gange.

C'est par la voie fluviale que je regagnai ma couche infestée de vermine, prenant place à bord d'une petite embarcation, à peine plus grande qu'un canoë, servant généralement de taxi aux familles endeuillées. La nuit entière semblait illuminée par les petits fanaux de ces barques et, au loin sur la rive, par les hautes flammes des bûchers funéraires, spectaculaires hommages à la mort salvatrice.

Lorsque je m'éveillai, à cinq heures du matin, après une nuit de mortification propre à satisfaire pleinement Thomas Beckett, le *dhobi* était déjà au travail devant un plein chaudron de vêtements brahmaniques. Enroulant mon drap autour de moi comme une toge, je me dressai sur mon séant. Il faisait encore nuit au-dehors, et, dans la maisonnette, une lampe à pétrole répandait une lueur translucide. Apparemment content de me voir éveillé, le *dhobi* me tendit une pile de vêtements bien pliés. Il s'était arrangé, durant la nuit, pour laver et repasser ma chemise, mon pantalon, mes chaussettes et même mon caleçon. Tout cela fleurait bon la cannelle. Comme je le remerciais, il plissa affreusement le nez, émit deux grognements sourds et s'empara de mon oreiller pour le laver de toute urgence.

Puis, se penchant sur sa lessiveuse, il en tira une chaussette dont il fit sortir à petits gestes précautionneux trois œufs durs – très durs, même, après leur long séjour dans le chaudron.

Comme le jour commençait à se lever, je remarquai un cortège de femmes, pieds nus et en simple sari blanc, se dirigeant lentement vers le fleuve. Ayant gagné un coin désert du rivage, les veuves se lavèrent dans les eaux sacrées du Gange. Puis, s'étant baignées, elles restèrent un moment immobiles, les bras tendus vers le soleil levant, comme suppliant Dieu de les appeler enfin en son Paradis.

★

Il me parut extrêmement difficile de quitter Varanasi ; après moins d'un jour passé dans la ville sainte, j'étais gagné par une étrange inertie. Qu'en était-il donc de mon grand dessein, de mon rêve d'apprendre la magie ? Je me secouai et pris une forte décision. Dès le lendemain, je partirais pour Calcutta.

Fort de cette résolution, je me dirigeai vers le Panchganga Ghat afin de m'y baigner un peu les pieds. Étant donné l'incroyable quantité de cendres humaines qui y sont jetées chaque jour – sans parler des corps à demi calcinés – on pourrait s'attendre à ce que les eaux du Gange soient d'une immonde saleté. Habitants de Varanasi et pèlerins s'y baignent quotidiennement. Ils les boivent, même, les considérant comme plus pures que celles d'un torrent de montagne. On peut se demander comment, avec cette pollution, tous ces dévots ne meurent pas comme des mouches. Des scientifiques semblent en avoir découvert la raison. Ils affirment que le Gange a l'extraordinaire faculté de réoxygéner et d'épurer lui-même ses eaux. Quand des microbes du choléra sont placés dans de l'eau provenant du Gange, ils meurent dans les trois heures. Dans de l'eau distillée, les mêmes germes vivent vingt-quatre heures. Les marins, d'ailleurs, avaient depuis longtemps constaté l'aptitude de l'eau du Gange à conserver sa fraîcheur. Jusqu'à une époque relativement récente, les navires appareillant de Calcutta emportaient autant d'eau du Gange qu'ils le pouvaient.

Quand, en 1902, le maharajah de Jaipur, Sawai Madho Singh II, se rendit en Angleterre, il fit fabriquer deux énormes amphores en argent – réputées les plus gigantesques objets du monde en ce métal. D'une contenance de près de neuf mille litres chacune, elles furent emplies de l'eau sacrée et accompagnèrent le maharajah dans son voyage.

Arrivé au Panchganga Ghat, je me trempai jusqu'aux genoux dans l'espoir de noyer quelques-unes des puces qui m'avaient assailli durant la nuit. Mais le plaisir que me procura le contact de l'eau ne tarda pas à se muer en horreur. Une main humaine calcinée flottait doucement vers moi. Comme je tentais de me maîtriser, on me frappa sur l'épaule. Je me retournai et un homme en robe me tendit une bouteille emplie d'une eau presque opaque en me disant avec un épouvantable accent :

— Sahiiib, eau Gange... très bon à boile. Quinze loupies seulement. Pas serr...

— Non, fis-je en me reculant. Laissez-moi tranquille...

Je me détournai, mais l'homme me tapa de nouveau sur l'épaule. Je m'apprêtais, cette fois, à réagir violemment lorsque l'homme écarta un peu sa robe. C'était Watson, le détective privé, déguisé comme, ainsi qu'il me l'avait confié dans le train, il en avait l'habitude dans ses missions confidentielles.

— Comment avez-vous su que j'étais là ?

— Que croyez-vous ? Je suis détective.

Sur quoi il m'invita à remettre mes souliers et à le suivre.

— De quoi s'agit-il, Watson ? lui demandai-je comme nous nous engagions dans un véritable dédale de ruelles.

— Vous le verrez assez tôt.

— Et avez-vous finalement déniché un cadavre dans le placard de votre famille ?

— Pas un cadavre entier, fit-il en souriant. Un crâne, quelques côtes... pas encore la totalité des ossements. Il me faudra un petit peu plus de temps.

Nous grimpâmes ensemble à bord d'un cyclo-pousse et Watson indiqua la direction du Rani Ghat. Chemin faisant, il m'entretint de son affaire.

— La recherche est en bonne voie, me confia-t-il. Cette enquête va prendre environ deux mois. Nous avons dû vérifier nombre de choses.

— Par exemple ?

— Oh, les choses habituelles ! fit le détective. Si les diplômes scolaires du fiancé sont authentiques, s'il a fréquenté d'autres filles, s'il a des verrues ou des tares physiques cachées... Vous voyez ?

— Pas vraiment.

— Ensuite, nous devons rechercher s'il n'y a pas de querelles de famille ou de vendettas en cours, si le candidat n'a pas de dettes et ne se drogue pas en secret, s'il n'a pas de casier judiciaire ou de malformations héréditaires...

Watson s'interrompit brusquement et demanda au conducteur du cyclo-pousse de s'arrêter. Puis il me conduisit jusqu'à une sorte de terrain vague, derrière le Rani Ghat. Assis au centre de ce terrain se trouvait un *sadhu* en pleine méditation.

Il avait l'air hagard, un visage vieilli avant l'âge et une barbe grise hirsute. Son costume se résumait à un pagne et un collier de corail. À côté de son pied droit était posée la calotte d'un crâne humain.

Cet objet macabre était en soi une indication. L'homme était un *sadhu* Aghori. Les Aghoris, dont les croyances sont proches de celles des shamans traditionnels et qui sont censés avoir le pouvoir de vaincre les esprits maléfiques, étaient à l'origine des cannibales confirmés. Leurs libations, qui incluaient à cette époque de larges rasades de sang humain, requéraient l'usage d'une calotte crânienne authentique. Et cette calotte représentait beaucoup plus qu'un simple récipient ; elle continuait à receler l'esprit du défunt. Celui-ci restait au pouvoir des Aghoris jusqu'à la crémation du crâne et, dûment domestiqué, était utilisé pour les pratiques des *sadhus*.

Le détective me fit signe de m'approcher du « saint homme ».

— Que fait-il ici ? lui demandai-je. Que va-t-il se passer ?

— Attendez et regardez.

Le *sadhu* continuait à méditer, les jambes croisées. Quelques minutes plus tard, un autre homme apparut, creusa avec ses mains un trou assez peu profond dans le sol et disparut. Nous attendions toujours. Une quinzaine de personnes avaient fait leur apparition et formé un cercle autour de l'Aghori. Elles semblaient savoir exactement à quoi s'attendre. Le « saint homme » parut sortir de sa transe et se mit sur pied. Puis, ayant enroulé un morceau d'étoffe autour de sa tête, il enfouit celle-ci dans le trou en se penchant en avant. Du sable fut soigneusement répandu autour de la tête du *sadhu*, qui se tenait maintenant en équilibre les pieds en l'air. Le trou fut ainsi comblé.

— Watson, demandai-je, que se passe-t-il ?

— L'Aghori entre en hibernation.

— Pourquoi ?

— Et pourquoi pas ?

— L'hibernation humaine… J'en ai entendu parler, clamai-je. C'est tout bonnement une illusion !

Watson me lança un regard sévère.

— Je sais bien que c'est une illusion, me chuchota-t-il. Mais arrêtez de crier comme cela.

Une heure se passa. Les spectateurs contemplaient le corps retourné du *sadhu* avec un air de grande concentration. Une autre heure s'écoula. On chassa à coups de bâton un chien errant qui se précipitait vers le crâne de libations de l'Aghori.

Après une troisième heure d'attente muette, je n'y tenais plus. Watson daigna enfin se tourner vers moi pour me demander :

— Avez-vous remarqué que ce qu'on a mis autour du visage de l'Aghori, c'est du sable particulièrement fin et sec ?

— Oui. Tout à fait différent de la terre qu'il y a tout autour.

— Exactement. Le sol, ici, est fait d'argile. Mais on a empli le trou de sable fin. Le *sadhu* peut y respirer.

Quatre heures après le début de son hibernation, l'Aghori sortit soudain sa tête du trou. Il déroula l'étoffe lui entourant le visage et but une gorgée d'eau dans son crâne. Si Watson et moi restions sceptiques devant l'exploit, le reste de l'assistance était visiblement impressionné.

Tandis que nous nous éloignions, je racontai à Watson la plus belle histoire d'hibernation de ma connaissance.

Aux alentours de 1830 vinrent aux oreilles du maharajah de Lahore les échos d'exploits dus, en ce domaine, à un petit homme tout frêle mais à l'œil malin nommé Haridas et habitant un village montagnard proche de Jammu.

Le maharajah, qui était un sceptique, fit venir cet Haridas, et exigea de lui qu'il réédite ses exploits sous un contrôle rigoureux. D'éminents médecins anglais se trouvaient donc à son palais lorsque Haridas s'y présenta. Dès l'examen préliminaire, l'un d'eux remarqua qu'Haridas avait coupé les muscles se trouvant sous sa langue, de façon à pouvoir ramener celle-ci complètement en arrière, bloquant sa gorge.

Durant les jours précédant son inhumation, Haridas se trempa jusqu'aux aisselles dans des bains chauds, libéra complètement ses intestins et ne se nourrit que de lait et de yaourt.

La veille de l'enterrement, il avala une pièce de toile longue de trente mètres, et, sous le regard stupéfait des médecins et de l'entourage du maharajah, la retira de ses entrailles, en évacuant ainsi tout ce qui pouvait y demeurer d'impuretés.

Enfin, il s'installa dans la position du lotus, se boucha les narines et les oreilles avec de petits bouchons de cire, se bloqua la gorge de sa langue et croisa les bras. Son pouls ne pouvait plus être perçu, et les médecins européens étaient déjà au comble de la stupeur.

Haridas fut alors placé dans un grand coffre, fermé par un cadenas portant le sceau personnel du maharajah. Le coffre fut transporté en grande pompe dans les jardins du palais, où une fosse avait été creusée. On l'y installa, et la fosse fut comblée avec de la terre. Pour plus de précaution encore, on planta de l'orge au-dessus de la tombe, qui fut enclose d'un haut mur gardé nuit et jour par des soldats du palais.

Quarante jours s'écoulèrent. L'entourage du maharajah et les observateurs n'en pouvaient plus d'impatience. Le prince finit par donner ordre qu'on abatte le mur, arrache l'orge et creuse la terre. On sortit le coffre de sa fosse, on brisa le sceau du cadenas et, avec de multiples précautions, on souleva le couvercle. À l'ébahissement de tous, le « saint homme » était vivant, assis dans la position même où il avait été enterré plus d'un mois auparavant.

Un médecin retira les bouchons de cire des narines et des oreilles, dégagea la langue et insuffla de l'air dans les poumons du *sadhu*. Au bout d'une heure à peine, celui-ci était en parfaite forme.

Haridas fut alors accablé de louanges par le maharajah, qui lui fit présent d'une pleine poignée de diamants. La population de Lahore tout entière lui fit fête, le suivant partout dans les rues. Après d'autres démonstrations publiques d'hibernation dans diverses villes, Haridas devint une véritable célébrité, et ne tarda pas à troquer son humble défroque d'origine contre de riches accoutrements.

Invité et courtisé par la plus haute société, il tendit à oublier ses origines modestes. Lorsqu'on apprit que le « saint homme » n'avait pas dédaigné d'attirer dans sa couche un certain nombre de dames de noble naissance, les autorités estimèrent que la mesure était comble. Haridas fut réexpédié dans son village d'origine et nul n'entendit plus parler de lui.

Je demandai à Watson ses impressions sur cette histoire.

Il réfléchit un instant, puis, me regardant bien en face, me dit :

— Foutaises !

5

LA COURSE AVEC LES DJINNS

Kipling soutenait que la « Grand Trunk Road », la route allant de Calcutta jusque dans les profondeurs de l'Hindu Kush, était « un fleuve de vie comme il n'en existe nulle part dans le monde », et sa description était parfaitement conforme à la réalité. Mais il ne faut avoir peur de rien pour naviguer sur ce fleuve-là...

En fait, ma décision de gagner l'ouest du Bengale par l'autocar relevait de la folie pure. Quel simple d'esprit échangerait le doux balancement d'un train en marche contre les cahots répétés et brutaux d'un car indien ? Cette question, je me la posai de multiples fois tandis que l'antique véhicule de l'Express Bus Company s'efforçait, entre deux zigzags et deux coups de freins subits, d'atteindre sa glorieuse vitesse de croisière de quinze kilomètres à l'heure.

Le car, il est vrai, se trouvait pris dans une gigantesque marée dont la densité rejoignait la diversité. Il y avait là des chars à bœufs chargés de montagnes de cannes à sucre, des camions où s'entassaient des paniers de poisson pourrissant, des vaches désœuvrées à l'air égaré, des taxis, des rickshaws, des camions-citernes, des rouleaux compresseurs, tout un cirque ambulant avec une roulotte entière de clowns, un convoi d'éléphants, une cohorte de cyclistes semblant transporter leurs familles entières sur le porte-bagages ou sur le guidon et, perdu dans la cohue, un homme à béquilles tentant de maintenir la cadence.

Après quarante heures de cauchemar, notre véhicule pénétra

dans Calcutta et se dirigea vers son arrêt, sur les rives de l'Hoogly. Je m'étais, comme les autres passagers, mis dans la position requise à bord des avions en cas d'atterrissage forcé, mais rien ne se produisit. En descendant du car, je tins à tapoter l'épaule du conducteur. Cet homme avait prouvé tout au long de la route l'exceptionnelle qualité de son système nerveux.

*

Calcutta vit dans un état de suremploi tout à fait spectaculaire. Dans les pays occidentaux, où nous sommes obsédés par les réductions de personnel, où nous rêvons toujours de plus d'ordinateurs et de moins d'humains, nous oublions les multiples satisfactions que peut procurer un système fondé sur la prolifération des employés.

En faisant le tour des hauts lieux de la ville à la recherche d'Hakim Feroze, je tombai en arrêt admiratif devant la Poste centrale, une prestigieuse construction avec un dôme Renaissance, des colonnes corinthiennes et un soupçon de baroque. Mais je ne tardai pas à découvrir que plus impressionnant encore que la Poste était le système postal. Il suffit d'acheter un timbre pour le voir se mettre pleinement en action.

Un premier employé appelle le client dont le tour, dans la file d'attente, est arrivé. Un deuxième employé écoute ce que lui demande le client. Un troisième le note. Un quatrième pèse l'enveloppe. Un cinquième recherche le prix correspondant au poids. Un sixième explique à un septième où trouver le timbre adéquat. Un huitième le détache de la feuille. Un neuvième y badigeonne de la colle. Un dixième le fixe sur l'enveloppe. Un onzième prend l'argent du client, et un douzième établit un reçu.

Je retrouvai ce sens de la répartition des tâches en prenant un taxi pour me rendre à la banque où m'attendait mon argent. À Calcutta, le chauffeur de taxi dispose d'un assistant, qui sert d'intermédiaire avec le client. Assis sur le siège avant, il s'occupe également de la navigation, encaisse l'argent, gratifie les passagers de quelques plaisanteries et entretient les objets de piété garnissant le tableau de bord. Malgré les évolutions menaçantes des autres véhicules, on se sent ainsi en sûreté, entre les mains d'authentiques professionnels parfaitement organisés.

La pièce maîtresse du tableau de bord de mon taxi était une statuette dorée d'une trentaine de centimètres de hauteur représentant la déesse Kali. Des guirlandes de crânes en miniature la revêtaient et ses six bras armés de coutelas s'agitaient au rythme de la musique disco 1970 que diffusait la radio. Toutes les neuf secondes, la bouche de la déesse s'ouvrait pour cracher le long de son torse un liquide rougeâtre. Ce liquide était recueilli dans un petit récipient à la base de la statuette et une pompe aspirante le faisait remonter à l'intérieur de celle-ci afin d'être recraché. Je me demandai combien il avait fallu d'hommes pour réaliser cet ingénieux mécanisme...

*

Calcutta est une grande ville, et, pendant cinq jours d'affilée, je n'y fis rien d'autre que de pourchasser Hakim Feroze. Et je ne tardai pas à me persuader que j'étais à la recherche d'un fantôme. Hafiz Jan s'était-il trompé en me dirigeant vers Calcutta ? Ou Feroze était-il tout simplement allé s'installer ailleurs ? Les deux choses étaient parfaitement plausibles, mais je me rendais compte que ces questions risquaient fort de rester sans réponse.

J'en arrivais à me mettre en tête que plus je poursuivais Hakim Feroze, moins j'avais de chances de le retrouver. Conformément à une tradition bien établie, les djinns, ces esprits malins, m'ayant vu me lancer à la recherche du magicien, avaient décidé de s'amuser un peu à mes dépens et de me le cacher. Il était inutile de faire la course avec eux, mais sans doute qu'en temps utile, un esprit plus bienveillant arracherait le voile qui me dissimulait ma cible.

Évitant de justesse un tramway qui me fonçait dessus, je traversai l'avenue et tournai à gauche dans College Street. Avec les centaines d'échoppes de bouquinistes qui s'y alignent, College Street doit être le plus grand cimetière de livres démodés existant sur cette terre. Une bonne moitié de ces ouvrages érodés par le soleil, les intempéries de la mousson et les doigts fureteurs des passants concerne la terminologie et les programmes, depuis longtemps disparus, des tout premiers ordinateurs. Le reste est essentiellement constitué de touchants romans d'amour.

Au Bazar Mills & Boon [1], hommes d'affaires et collégiennes, employés de bureau et chauffeurs de taxi se pressaient autour des étalages poussiéreux, à la recherche de rêves romantiques. C'est là que l'un des bouquinistes me conseilla d'aller faire un tour à son salon de thé favori. Les guides touristiques vous apprennent volontiers que l'Albert Hall Coffee Shop est ce que Calcutta compte de plus proche d'un café littéraire parisien. Cette séduisante formule a peut-être été véridique – il y a très longtemps.

L'Albert Hall est une vaste salle carrée, située au deuxième étage, avec un très haut plafond où tournent lentement les pales de gigantesques ventilateurs. Les murs sont recouverts d'une épaisse couche de suie, mais la fumée des Gauloises n'y est pour rien et les joutes intellectuelles sont rares autour de la vingtaine de tables occupant la pièce. En fait, lorsque je m'y présentai, l'endroit était presque désert. Seul un bossu d'un certain âge occupé à coller des timbres dans un album était assis à l'une des tables du fond.

Je ne pus résister à la tentation d'aller vers lui. Il avait la tête toute ronde et le visage si cireux qu'il semblait refléter le vinyle de la table à laquelle il était installé. Ses vêtements étaient en piteux état et semblaient avoir servi de réceptacle à toute la poussière que sécrète en permanence Calcutta.

— Jolis timbres, fis-je d'un ton admiratif.

— Comment ? demanda l'homme, qui semblait être dur d'oreille. Que dites-vous ?

— Je dis que ces timbres sont très jolis. De ravissantes couleurs.

J'espérais ainsi me mettre dans les bonnes grâces du bossu.

— Quels timbres ?

La communication paraissait décidément difficile entre nous.

1. Le plus célèbre éditeur britannique de romans du cœur. *(N.d.T.)*

— Ceux de votre album, précisai-je. Ceux-ci sont particulièrement remarquables… Brésiliens, n'est-ce pas ?

— Oh, vous aimez les timbres ?

Merveilleux, me dis-je, le wagon est enfin accroché…

— Oui, j'aime beaucoup les timbres. Comme vous.

L'expression de l'homme se modifia subitement.

— Non ! clama-t-il avec une vigueur inattendue. Je déteste les timbres. Je trouve que ce sont des choses stupides et sans intérêt.

J'en restai un instant pantois.

— Mais alors, demandai-je, pourquoi les collectionnez-vous ?

— Ce n'est pas *mon* album, dit alors le bossu en allumant une cigarette. C'est celui d'un ami. Il est aux toilettes.

À ce moment, un homme de haute taille, souple et élégant comme un torero, avec un type pashtun accentué et des yeux d'un vert profond, revint à la table et s'y assit. Il avait des cheveux gris-acier, bien plaqués à la brillantine, une moustache finement taillée et le visage rasé de près. Il portait, sur sa chemise de toile blanche, un gilet fauve dont le dernier bouton était dûment défait. Son pantalon de gabardine beige et ses souliers Oxford impeccablement cirés étaient autant d'indices de rigueur et de prospérité. Ses mains aux ongles manucurés portaient quelques taches rousses montrant qu'il avait passé la soixantaine. Tout en lui indiquait l'homme de bonne compagnie, mais ce qui frappait le plus était l'impression de majestueuse assurance se dégageant de sa personne.

Se tournant vers son ami, il lui demanda d'une voix basse et mélodieuse :

— Rublu, qui est ta nouvelle relation ?

Le bossu répondit, sans lever la tête :

— Je n'en ai pas la moindre idée. Il s'intéressait aux timbres.

— Je n'ai pu m'empêcher de les remarquer, dis-je alors. C'est une merveilleuse collection que vous avez là, monsieur.

— Oh, merci, jeune homme ! Il y a bien des années que je collectionne. J'ai tous les timbres indiens, et la plupart des britanniques, également… Le tout sur quatre-vingt-trois ans, je pense.

— Les timbres sont des choses sans intérêt, répéta le bossu d'un ton pénétré.

— Ne faites pas attention à Rublu, dit l'autre. Il est jaloux. Il n'a, voyez-vous, aucun sujet d'intérêt. Il n'en a jamais eu.

Le bossu secoua dans son café la cendre de sa cigarette. Puis il avala l'épais liquide noir à même la soucoupe. Je l'observais avec quelque curiosité.

— Pourquoi mettez-vous de la cendre dans votre café ? lui demandai-je.

Le bossu me jeta un regard méprisant.

— Cela rend le café plus amer, fit-il avec hauteur.

Je me tournai vers son compagnon. Celui-ci semblait, tant par ses manières que par son érudition, tout à fait déplacé dans le cadre minable de l'Albert Hall. Se renversant nonchalamment sur sa chaise, il m'entretint de l'histoire de Calcutta, de son rôle dans la vie culturelle de la nation, de sa population et de son riche patrimoine artistique. Je lui racontai mon triste voyage à bord de l'Express de Farakka. Il semblait fort bien savoir ce qui se passait sur ce funeste train.

— Dites-moi, demanda-t-il, qu'est-ce qui vous a amené dans notre modeste ville ?

— Oh ! fis-je, un peu embarrassé. Je suis venu ici afin de rencontrer quelqu'un. Mais le problème, c'est que je n'arrive pas à trouver cette personne.

— Et qui, exactement, êtes-vous venu rencontrer ?

— Un illusionniste, en fait, bégayai-je. Un célèbre illusionniste.

— Un illusionniste, vraiment ?

— Oui. C'est très important pour moi.

— Vous voulez dire quelqu'un comme Houdini et tous les autres ?

— Oui, Houdini et beaucoup d'autres...

— Et quel est son nom... Le nom de l'homme que vous cherchez ?

— Oh, je suis sûr que vous n'avez jamais entendu parler de lui !

Mon interlocuteur remit en place d'un doigt discret l'une de ses mèches argentées.

— Dites toujours, fit-il.

— Je cherche un homme nommé Feroze – Hakim Feroze.

Le bossu leva la tête sans rien dire. Son compagnon me regarda quelques instants, silencieux lui aussi.

— Avez-vous entendu parler de lui ? demandai-je.

— Oui, j'ai effectivement entendu parler de lui. Mais, dites-moi, comment avez-vous appris l'existence de cet illusionniste ?

— Il a été le professeur d'un ami de ma famille.

— Dont le nom est ?

Je me demandai pourquoi mon interlocuteur semblait si soucieux de connaître ces détails.

— Hafiz Jan, me décidai-je à lui préciser.

— Si vous trouvez ce Feroze, poursuivit l'homme, comment lui donnerez-vous la preuve de tout cela ?

— J'ai une lettre d'introduction et une amulette à lui montrer.

Je me disais que j'étais en train de livrer un peu trop de renseignements à de parfaits étrangers, mais les réponses semblaient sortir de moi spontanément.

— Et comment reconnaîtrez-vous ce Feroze quand vous le rencontrerez ?

— Oh ! répondis-je. Je saurai que c'est bien lui, car c'est un maître de l'illusion. Il peut faire apparaître et disparaître les choses comme il le veut.

Je m'interrompis pour prendre une gorgée de mon thé à la menthe devenu tiède. Mais mon verre avait disparu. Il en était de même pour le sucrier, le pot à lait, le cendrier, mon plan de Calcutta, l'album de timbres et même la petite pile de timbres brésiliens à classer. Mon interlocuteur éclata de rire.

— Comment allez-vous ? fit-il. Je suis Hakim Feroze.

6

BÉBÉS EN LOCATION

— Comment va Hafiz Jan ? me demanda Feroze avec un accent de tendresse dans la voix. Je pense que ses garçons poussent bien et que la sciatique de sa femme la fait moins souffrir.

— C'est tout à fait exact, mais comment le savez-vous ? Hafiz Jan m'a dit qu'il n'avait pas été en contact avec vous depuis des années.

— Certes, murmura Feroze. Mais vous savez ce que c'est : je me tiens informé.

Le bossu le regarda en levant un sourcil.

— Hafiz Jan était l'un de mes meilleurs élèves, poursuivit Feroze. Vous l'avait-il dit ? Montrez-moi, si vous voulez bien, la lettre et le pendentif... Ce doit être le *bezoar* que je lui avais donné.

Je lui tendis la lettre et l'amulette. Feroze ouvrit l'enveloppe avec beaucoup de soin. Avant de commencer à déchiffrer l'écriture presque illisible du Pashtun, il porta le papier à son nez et inhala légèrement à trois reprises. Puis, souriant largement, il serra l'amulette dans sa main et la porta également à ses narines. J'aurais pu, de prime abord, douter que j'avais vraiment affaire à Hakim Feroze, mais en voyant la valeur qu'il attribuait à ce dont j'étais porteur, je sentis tout doute s'évanouir.

Il y avait en fait eu une chance sur dix millions que je finisse par rencontrer Feroze, mais celui-ci – comme tous les Indiens auxquels j'eus ensuite l'occasion de raconter cette histoire – ne parut nullement surpris que nous nous soyons retrouvés.

— Bien, dit enfin le Maître, que puis-je faire pour vous ?

Mon cœur se mit à battre un peu plus vite ; je ne redoutais que trop la réponse qui allait être apportée à ma seule et unique question.

— Très respecté Feroze, balbutiai-je, j'ai entendu dire que vous étiez le plus grand illusionniste vivant. J'aimerais recevoir votre enseignement... Mr. Feroze... j'aimerais devenir votre élève...

J'avais littéralement bégayé la fin de ma phrase. Hakim Feroze ne semblait pas écouter. Il regardait d'un air lointain le serveur évoluant entre les tables. Il soupira à deux reprises. J'attendais toujours sa réponse.

— J'ai le regret de vous dire, fit-il enfin d'une voix très douce, que j'ai pris ma retraite il y a déjà quelque temps. Je ne prends plus d'élèves.

— Mais je suis venu de très loin pour vous rencontrer, protestai-je avec toute l'âpreté que me commandait ma déception. J'ai été drogué et dévalisé, j'ai dormi chez un *dhobi* et je souffre encore de mon parcours sur la Grand Trunk Road...

— La GTR, intervint le bossu avec une horrible grimace. Épouvantable !

— Eh bien, déclara le grand magicien, il semble que vous ayez déjà eu votre part d'aventures. Mais je ne puis que vous répéter une chose : je me suis retiré, et je profite dorénavant de ma retraite.

Il semblait futile d'insister plus. Je restai donc muet un instant, me maudissant intérieurement d'avoir poursuivi si longtemps une quête aussi ridicule. Puis, comme je m'apprêtais à quitter en toute hâte l'Albert Hall, quelque chose me retint.

— Pourrais-je solliciter de vous une légère faveur ? demandai-je à Hakim Feroze.

— Bien sûr, me répondit le magicien, dont les yeux verts restaient fixés sur moi.

— En souvenir de votre ancien élève Hafiz Jan, accepteriez-vous simplement, si par hasard vous changiez d'avis, de me le faire savoir ?

Feroze sourit. Il sortit de l'une des poches de son gilet un antique stylo orange, écrivit quelques mots au dos de mon plan de Calcutta et me tendit celui-ci.

— Venez à cette adresse demain à midi, me dit-il. Si j'ai changé d'avis, je vous le dirai.

*

En entamant mes recherches pour retrouver Feroze, je m'étais installé dans une assez minable pension de famille, proche de Park Street, dans le centre de Calcutta. Elle abritait également tout un groupe d'Écossais de Glasgow venus, curieusement, rendre hommage à leur idole, le réalisateur de films bengali Satyajit Ray. En attendant, ils occupaient le salon de la pension en engloutissant force bouteilles de bière locale.

Seul l'un d'eux restait à l'écart de ces bruyantes libations. Perché sur un haut tabouret tandis que les autres entrechoquaient joyeusement leurs bouteilles de bière, il semblait la réserve même. Il avait un visage long et très pâle, avec des favoris grisonnants tout ébouriffés et un nez dont la minceur était encore soulignée par de disgracieuses lunettes à monture noire. Quand je lui demandai s'il était lui aussi un admirateur du cinéma bengali, il me répondit par l'affirmative avec un fort accent du Yorkshire. Il me confia ensuite qu'il s'appelait Horace, qu'il était instituteur en retraite, et que Calcutta était devenue pour lui un objet de passion.

Il finançait ses voyages annuels au Bengale en escortant des groupes de cinéphiles épris de films locaux. Chose assez surprenante à première vue, il ne semblait nullement manquer de clients. Il avait passé des années à étudier l'histoire de Calcutta, mais le présent l'intéressait plus encore que le passé.

— Calcutta est un endroit *indescriptible* ! clama-t-il. Mais ce mot n'est pas à prendre dans un sens négatif, bien au contraire. C'est un effarant mélange de tous les éléments d'humanité possibles. Les Occidentaux tendent à ne remarquer que les aspects sordides, passant ainsi à côté des secrets de la ville. À s'hypnotiser sur les mendiants, les infirmes et les maisons croulantes, on se ferme à la réalité.

— La réalité ?

— Il faut un esprit oriental pour déchiffrer vraiment Calcutta, affirma Horace, en me regardant par-dessus ses lunettes. Si vous interrogez des Bengalis à ce sujet, ils vous répondront sans hésiter. Ils sauront percevoir la réalité.

— Et les étrangers ? demandai-je.

— Calcutta a sur eux un effet curieux, me dit l'ancien instituteur, en jetant un regard vers les Écossais buveurs de bière. La ville les rend nerveux.

— Nerveux ? fis-je, intrigué. Et qu'est-ce qui leur fait cet effet ?

— Tout... Mais surtout les constructions. De voir ces bâtiments autrefois majestueux tomber maintenant en ruines les démoralise. Mais Calcutta vit et évolue. Les façades s'effondrent peut-être, les rues ne sont qu'une suite d'ornières, la circulation est suicidaire et, en certains endroits, il peut faire, à trois heures de l'après-midi, aussi noir qu'en pleine nuit – mais c'est Calcutta, l'authentique.

Je jetai un regard discret vers la porte donnant sur la rue en me demandant comment j'allais pouvoir échapper à la suite de ce cours magistral, mais l'instituteur me rappela à l'ordre en claquant dans ses mains.

— Nous autres Britanniques, poursuivit-il, avons vécu dans une ville qui n'existait pas vraiment, mais à laquelle nous consacrions tous nos efforts. Nous avons élevé des monuments à nos héros, blanchi à la chaux tout ce qui se trouvait à notre portée, nous prélassant sur les rives de l'Hoogly au milieu de nos domestiques en livrée, dans nos bungalows bien aérés. Nous avons obligé tout le monde à parler anglais et à saluer nos rois et nos reines. Nous nous sommes désespérément efforcés de reconstituer Kensington au Bengale. Mais dès que nous nous sommes éloignés, après l'indépendance, Calcutta – la véritable ville de Calcutta – a commencé à revenir en force.

Horace reprit son souffle. Je sentais qu'il en arrivait à l'essentiel de son propos.

— Cinquante ans plus tard, proclama-t-il, le véritable caractère de l'endroit est encore en formation. Chaque jour, une harmonie de vie s'installe un peu plus à Calcutta. Passez un certain temps ici, et vous vous apercevrez que ce qui semble de prime abord le chaos total s'avère un ensemble régi par une authentique méthode. Calcutta a ses propres systèmes, et ils fonctionnent, procurant stabilité et sécurité... Ils sont partout.

*

Je passai devant le Café Flury, un établissement qui avait été à la pointe de la mode vers 1922, en repensant aux propos de l'ex-instituteur. Comment pouvait-il voir des systèmes organisés dans ce qui me semblait, à moi comme à la plupart, un immense chaos ?

C'est alors que je remarquai un homme d'allure éminemment respectable qui conversait amicalement avec les mendiants. Il semblait fort bien les connaître. Me sentant désœuvré et un peu solitaire, j'allai vers lui et engageai la conversation. Calcutta est la seule ville que je connaisse où l'on peut, avec l'approbation générale, arrêter un parfait étranger dans la rue pour tailler une courte bavette.

L'homme portait une veste bleue, avec un mouchoir de soie en pochette. Il avait le teint foncé, les oreilles décollées et des cheveux noirs luisants comme du cirage. Quand je commençai à l'interroger sur les mystères de Calcutta, il montra presque autant d'enthousiasme qu'Horace à me répondre.

Surnommé Nondan – tout le monde, au Bengale, a un sobriquet qu'on utilise dans la vie courante – il s'employait à prêter assistance à quelques-uns des mendiants opérant dans le centre de Calcutta.

— Les rues sont des fenêtres ouvrant sur des millions de vies, me déclara-t-il de façon très poétique. Les mendiants font partie de notre société. Nous ne devons pas les rejeter, mais les aider chaque fois que nous le pouvons. Qui sait ce qui nous arrivera dans une semaine ou dans un mois ? Il se peut très bien que nous finissions comme eux, à mendier pour vivre.

Nous descendîmes ensemble Park Street. Il y avait des mendiants partout, stationnant devant les luxueuses boutiques et les restaurants élégants, se faufilant entre les taxis jaunes et noirs ou s'accroupissant dans les caniveaux.

— Vous vous demandez peut-être pourquoi d'autres ne viennent pas également mendier ici, me dit Nondan en arrivant devant le Moulin-Rouge – version de Calcutta. Nul ne bouderait une occasion de travailler ici, dans Park Street. Mais, voyez-vous, les mendiants ont tous une place bien précise.

Je le regardai d'un air incrédule et il m'expliqua :

— Prenez cette femme par exemple...

Il désigna une vieille femme se couvrant la tête du pan de son sari lilas.

— Comme tous les autres, elle reste dans le secteur qu'elle loue.

— Qu'elle *loue* ? répétai-je d'un ton incrédule.

— Parfaitement. Elle paie aux *Dadas* la moitié de l'argent qu'elle récolte.

— Et qui sont les *Dadas* ?

— Les « Grands Frères » – ceux qui contrôlent tout.

— La Mafia ?

— Eh bien, fit Nondan d'un ton un peu hésitant, on pourrait appeler cela ainsi. Ils exigent de l'argent de tous les mendiants opérant dans ce secteur en échange de leur protection. Tous ceux qui ne paient pas se font rosser.

— Il ne peut pas y avoir beaucoup d'argent à récolter ainsi pour ces *Dadas*, dis-je alors. Pourquoi ne trouvent-ils pas d'autres activités plus lucratives ?

— *Pas beaucoup d'argent ?* répéta Nondan en roulant des yeux effarés. Vous êtes fou ! Les mendiants de Calcutta représentent un chiffre d'affaires de millions de dollars !

— Vous plaisantez !

— Faites un peu le calcul vous-même, répondit Nondan. Calcutta compte au moins quatre-vingt mille mendiants à plein temps. Si chacun d'eux se fait, disons douze roupies par jour en travaillant tous les jours de l'année... Cela fait à peu près... à peu près trois cent cinquante millions de roupies... soit près de dix millions de dollars américains par an à eux tous. Et ce n'est que pour Calcutta. Toutes les villes indiennes ont des quantités de mendiants.

Tandis que je méditais sur ces chiffres, Nondan ajouta :

— Un avertissement : à Calcutta, ne vous laissez jamais abuser par ce qui paraît évident.

— Qu'entendez-vous par là ?

— Regardez cette femme, là-bas. Que voyez-vous au juste ?

— Je vois une femme – comme toutes les autres – tenant dans ses bras un bébé qui hurle.

— Quel âge lui donnez-vous ?

— La cinquantaine. Ce doit être son petit-fils qu'elle tient dans ses bras.

— Faux ! s'exclama Nondan.

— Alors, c'est peut-être l'enfant d'une de ses amies.

— Encore faux ! Souvenez-vous : à Calcutta, rien n'est aussi simple. Je connais cette femme. Elle loue le bébé.

— Impossible !

Nondan me regarda d'un air sévère.

— Mon ami, dit-il, nous sommes à Calcutta. *Rien* n'est impossible. Cette femme n'a pas de jeunes enfants. Ils sont tous adultes. Il lui a fallu des années pour acquérir une place dans cette partie de la ville. Elle sait que les gens donnent plus si vous êtes infirme ou si vous avez un jeune enfant. Alors, elle loue le bébé. Cela lui coûte environ trois roupies par jour. Elle s'en occupe très bien.

— Dans les pays occidentaux, lui fis-je remarquer, les gens paient pour qu'on garde leur enfant.

Nondan secoua la tête, comme pour condamner une vue aussi primitive des choses.

— Est-ce qu'elle doit nourrir le bébé ? lui demandai-je.

— Bien sûr que non ! fit-il, irrité de ma stupidité. Il faut que le bébé pleure. S'il ne pleure pas, personne ne donne d'argent. Et quel meilleur moyen de faire pleurer un enfant que de ne pas le nourrir ?

Il me restait quand même une dernière question à poser :

— Et à qui les mendiantes louent-elles des bébés ?

Nondan me considéra avec le plus profond dédain avant de me répondre :

— Mais à un loueur de bébés, bien sûr...

*

Le lendemain matin à onze heures et demie, je hélai un rickshaw. Calcutta est l'une des rares villes au monde où l'on trouve encore de vrais rickshaws traditionnels tirés à la main. Les premiers y ont été introduits par les Chinois au début du siècle. À l'époque, ce moyen de transport fut considéré comme beaucoup moins barbare que le palanquin, porté avec des brancards. Maintenant, les autorités de Calcutta essaient d'éliminer les rickshaws traditionnels pour des raisons réputées humanitaires, mais cette opération aboutira à mettre au chômage plus de trente mille *rickshawallas*.

— Joyeux Noël, *Sahib* ! me dit le mien.

Je regardai la date à ma montre. Il avait raison. Nous étions le jour de Noël. Je remerciai Dieu de me trouver en pays hindou ; Noël et moi n'avons jamais eu d'excellentes relations.

Je donnai l'adresse indiquée par Feroze.

— *Haa, jadoowalla*, fit alors mon homme. La maison du magicien ?

Je fus surpris à la fois qu'il connaisse Feroze et qu'il parle anglais.

— Comment connaissez-vous cet homme ? lui demandai-je.

— Tout le monde connaît le *jadoowalla*.

— Mr. Feroze ?

— Oui, Monsieur Magicien.

Le *rickshawalla* empestait le *chullu*, l'alcool de grain distillé clandestinement. Il était mince et élancé, sans une once de graisse, et, en dépit de son état d'ébriété manifeste, il plongea dans la circulation avec résolution et agilité, couvrant une distance de près de cinq kilomètres en moins de trente minutes. Il s'arrêta devant une vaste demeure d'aspect traditionnel dans le quartier d'Alipore, juste au sud du Jardin zoologique.

Avant de le laisser partir, je lui demandai comment il avait appris l'anglais.

— *Sahib*, me dit-il en glissant mon billet de dix roupies à l'intérieur de son pagne, j'ai été porteur à la poste de Purulia.

Je me rappelai alors que le Bengale occidental était le seul État indien dont la poste emploie encore, comme à l'époque coloniale, des porteurs, qui se chargent d'acheminer d'énormes sacs de courrier jusqu'à des localités écartées, traversant la jungle armés d'une sorte de hachette ronde, afin de pouvoir se défendre contre bandits et bêtes sauvages. Comme souvent en Inde, la fonction tend à être héréditaire, mais, au fil des ans, les jeunes générations ont souvent préféré abandonner la brousse pour Calcutta, où elles ont fourni de nombreux *rickshawallas*.

Avant de sonner à la porte de Feroze, je vérifiai l'heure. Il était exactement midi.

Un vieux domestique arriva à petits pas à l'entrée principale.

Me disant d'un ton d'excuse que Mr. Feroze n'était pas encore revenu de sa promenade matinale, il m'invita à l'attendre dans la maison. Nous empruntâmes un raccourci pour gagner celle-ci, longeant l'annexe couverte de vigne vierge qui abritait la cuisine, traversant le potager et gagnant finalement la véranda par la cour principale. Curieux croisement entre une villa méditerranéenne et une résidence anglaise de la fin du dix-huitième, la maison, carrée, comportait deux étages, un toit plat et de robustes murs recouverts de lichen. La véranda, dallée et majestueuse, était surmontée d'un vaste balcon à balustres de pierre. Des portes-fenêtres équipées de persiennes de bois ouvraient sur la cour. Un bon siècle des excès climatiques propres à Calcutta avait laissé ses traces sur l'imposante demeure, arrachant à ses murs des pans entiers de plâtre pour dénuder des briques à la couleur de sauce tomate, fendant et fissurant les encadrements de pierre des portes et des fenêtres.

Suivant toujours mon guide, je traversai un grand vestibule pour emprunter un long corridor entièrement tapissé de livres. À son extrémité, je me trouvai contraint de contourner et d'enjamber un incroyable fatras d'objets hétéroclites – des raquettes de tennis, une bicyclette, des complets d'homme sur leurs cintres, trois chaises d'osier et une table boiteuse. Le vieux domestique s'en excusa, précisant que tout cela était destiné à une vente de charité.

En revanche, le salon dans lequel nous pénétrâmes ensuite plaidait en faveur des goûts de Feroze, avec ses murs recouverts d'étagères laquées, son superbe parquet partiellement recouvert d'un tapis Baluchi de prix et ses meubles élégants. Dans un coin de la pièce, une bibliothèque tournante contenait quelques ouvrages de grand format. Contre un mur se dressait un piano droit Steinway, avec une partition de Chopin sur son pupitre, et, au centre, étaient groupées trois bergères de cuir blanc, avec des appuis-tête de dentelle.

Nous arrivâmes ensuite dans le bureau de Feroze, et, trottinant toujours sur ses pantoufles éculées avec un souffle d'asthmatique, le vieux domestique m'escorta jusqu'à un fauteuil cabriolet. Puis il quitta la pièce en refermant bruyamment la porte. Les persiennes étaient fermées et l'endroit obscur, ce qui me mit curieusement mal à l'aise ; j'avais presque l'impression que quelqu'un m'observait. Mon fauteuil était installé à côté d'un bureau en noyer sur lequel des lettres étaient disposées en trois piles symétriques. Sur l'une était posé un cylindre de cuivre, découpé à l'origine dans une douille d'obus mais damasquiné d'argent, avec des caractères arabes. À sa base, une inscription : *Berndorf 1917.*

Il y avait partout des livres en de multiples langues. Beaucoup étaient reliés de maroquin et avaient un numéro gravé au dos. Près de la moitié concernaient la magie et l'illusionnisme. Ainsi, un rayon entier était consacré à la vie et aux exploits d'Harry Houdini, et un autre aux « saints hommes » d'Inde. Un troisième, en revanche, supportait les très nombreux albums de timbres du maître des lieux.

Face à l'étagère vouée à Houdini, près de la porte d'entrée du bureau, une section d'une soixantaine de centimètres du Kiswah était accrochée, encadrée, au mur. Le Kiswah est une immense étendue d'étoffe noire, avec une calligraphie brodée en or, qui est fabriquée chaque année à La Mecque. Pesant plus de deux tonnes, il requiert les soins d'une bonne centaine d'artisans. La présence de l'un de ses morceaux dans le bureau tendait à indiquer que Feroze était un musulman particulièrement pieux, un *hadji* s'étant rendu en pèlerinage à La Mecque.

Attenante au bureau se trouvait une sorte de petite salle d'archives remplie jusqu'au plafond de papiers, de journaux et d'autres livres encore. À côté, une deuxième porte. Je tentai d'en actionner la poignée de cuivre, mais elle semblait fermée à clé.

Alors que je reportais mon attention sur les papiers méticuleusement entassés sur le bureau, j'entendis le bruit de semelles de cuir sur le parquet du salon, à côté. La porte s'ouvrit d'un seul coup. Je pivotai sur moi-même. Dans l'encadrement de la porte se tenait Feroze.

Il portait une toque d'astrakhan noir, un épais imperméable vert épinard et des bottines de daim marron. Curieuse vêture quand il faisait près de trente à l'extérieur...

— Je vois que vous ne vous êtes pas privé de perquisitionner un peu, me dit-il.

— Excusez-moi. Je suis curieux de nature.

— Ah ? Et qu'êtes-vous d'autre « de nature » ?

— Je suis modeste, fis-je, contre toute évidence.

Puis, reprenant place dans mon fauteuil cabriolet, j'attendis que Feroze prenne l'initiative de la conversation. Il accrocha sa toque et son imperméable derrière la porte, et, sans me gratifier d'un regard, alla s'asseoir à son bureau. Il rassembla en une seule pile les papiers qui y étaient posés et les enferma à clé dans un placard, derrière lui.

— Pourquoi voulez-vous apprendre l'illusionnisme ? me demanda-t-il.

— Cela m'a toujours intéressé.

— Êtes-vous seulement « intéressé » ou bien passionné ?

Il insistait sur les mots.

— Je suis *passionné*, affirmai-je. Mais je me rends compte que pour réaliser cette passion, il faut un extraordinaire professeur. Et je crois savoir que vous êtes un extraordinaire professeur.

Cette flatterie parut laisser Feroze parfaitement indifférent.

— Dites-moi, grogna-t-il, faites-vous ce qu'on vous dit ? Autrement dit, êtes-vous obéissant ?

— Oui... Je pense que je le suis.

— Si je devenais votre professeur, vous arriverait-il de vous interroger sur moi ? De vous poser des questions, et de m'en poser ?

— Le souhaiteriez-vous ?

— Répondez.

— Je poserais des questions si, ainsi, je pouvais mieux contribuer à ma compréhension des choses.

Le Maître inclina la tête.

— Si, poursuivit-il, je vous disais de faire quelque chose, le feriez-vous de toute manière, même si c'était pénible ?

Quels projets tortueux pouvait-il bien nourrir ? Je croyais sentir Hafiz Jan m'observant de loin, se rongeant les ongles d'inquiétude. Je m'efforçai de répondre avec circonspection.

— Monsieur, dis-je, si vous me demandiez de faire quelque chose, je déploierais les plus grands efforts pour vous satisfaire.

Se levant, Hakim Feroze prit sur son bureau un compas, qu'il se mit à triturer en regardant par la fenêtre d'un air méditatif.

— Hafiz Jan, me dit-il, était, comme je vous l'ai déjà

précisé, l'un de mes meilleurs élèves. Il avait en lui la passion ; il aimait la magie. J'ai toujours été désolé qu'il ait eu des fonctions ancestrales à assumer.

Il s'interrompit et me fixa un instant, comme s'il regardait non moi mais mes ancêtres.

— Je sais, reprit-il, qu'Hafiz Jan ne vous aurait pas envoyé à moi si vous ne représentiez pas beaucoup pour lui. Pour cette raison, je vais vous donner une chance. Mais je ne suis pas un homme patient. Si vous n'exécutez pas l'un de mes ordres, *quel qu'il soit*, si vous n'accomplissez pas une tâche, *quelle qu'elle soit*, je vous demanderai de partir.

— Merci de me faire confiance, lui dis-je.

— Mon ami, fit alors Feroze sur un ton de dérision, veuillez bien noter que je ne fais confiance à personne. Dites-moi, où logez-vous ?

— Près de Park Street, dans une pension de famille.

— Allez y chercher vos affaires. Vous vous installez ici, afin que je puisse garder un œil sur vous. Cette maison est régie par des règles très précises. Le comprenez-vous ?

Je répondis en levant les deux pouces, ce qu'il accueillit par un regard hautement désapprobateur. Jouant toujours avec son compas, il traversa de nouveau la pièce. Je remarquai alors qu'il portait des souliers différents des bottines avec lesquelles il était arrivé. Ce qui était curieux, c'était que je ne l'avais pas vu changer de chaussures.

— Une fois que vous serez entre ces murs, poursuivit-il, vous ferez exactement ce que je vous dirai. Vous vous lèverez quand je vous dirai de vous lever, vous mangerez ce que je vous dirai de manger et vous suivrez mes ordres à la lettre.

— Et comment devrai-je m'adresser à vous, Mr. Feroze ?

Le magicien passa son doigt sur le haut d'un cadre comme s'il y cherchait de la poussière.

— On m'appelle généralement « Maître », me dit-il.

— Quand devront commencer les leçons ?

Feroze fit claquer les bras de son compas comme des castagnettes, et, son regard vert braqué sur moi, me lança :

— Immédiatement… Nous commençons immédiatement !

DEUXIÈME PARTIE

Le public ne voit que le tour accompli, il n'a nulle idée de l'entraînement complexe qui a été nécessaire au manipulateur pour dominer sa peur.

J.C. CANNELL,
Les Secrets d'Houdini

7

LES TORTURES DE CALCUTTA

Au milieu de la cour principale de la maison de Feroze, sous les rameaux du manguier qui en marquait le centre, je me tenais au garde à vous comme un soldat en faction. Le torse bombé, les talons joints, la colonne vertébrale rigide comme un mât de navire – figé sur place comme un lièvre pris dans les phares d'une voiture. C'était un moment de fierté. Le moment auquel j'avais aspiré. Je me sentais accepté, fort de la conviction que mon apprentissage auprès d'un maître illustre avait enfin commencé.

Les bras écartés comme ceux d'un crucifié, j'attendais de nouvelles instructions. Bien que ne comprenant aucunement le sens de cet étrange entraînement, je m'y pliais avec une inaltérable docilité, soucieux de faire bonne impression durant ma première journée.

Première leçon : se tenir ainsi dans la cour, les bras étendus latéralement, les paumes tournées vers le haut et les doigts bien écartés, avec dix grains de riz dans la main gauche et un seul grain de raisin pelé dans la droite. La finalité de l'exercice m'échappait totalement. Mais, un pied déplacé ou un regard interrogateur suffisant à entraîner l'expulsion, j'obéissais, subissant en silence ce qui n'avait pas tardé à tourner à une véritable agonie.

Tous les quarts d'heure, j'étais autorisé à me reposer pendant une minute, les deux poings crispés sur la tête. Tout était réglé par la luxueuse montre de gousset en argent de Feroze, toujours à portée de sa main. La fin de la minute de répit était signalée par trois légers coups d'une cuiller à thé sur une timbale en émail accrochée à la ceinture du Maître. De temps à autre, celui-ci quittait à pas comptés l'ombre de la véranda pour venir s'assurer que le grain de raisin n'avait pas reçu de poussière et que les dix grains de riz restaient comme il les avait disposés.

Le temps était exceptionnellement chaud pour une fin de mois de décembre, et, le soleil hivernal filtrant à travers les branches du manguier, j'avais l'impression de supporter l'insupportable. Traversés par des ondes de douleur, mes bras tremblaient et semblaient prêts à se briser. J'ignorais encore que, tandis qu'allait se poursuivre ma sévère initiation au monde du magicien, je ne tarderais pas à regretter l'épreuve du riz et du raisin.

L'exercice connut une fin soudaine et brutale. Ses ergots tranchants dressés comme des baïonnettes, un busard jaillit du manguier pour aller s'emparer du raisin. Sous la poussée de ses vastes ailes, je tombai au sol. Reposant son journal, Feroze vint vers moi. Je lui montrai les plaies marquant maintenant mes avant-bras en gémissant de douleur, espérant éveiller sa pitié. Mais le magicien n'était pas homme à s'attendrir sur de simples écorchures. Il préférait les os brisés.

— Vous avez vu cela ? me demanda-t-il.

— Si je l'ai vu ? fis-je. Il m'est tombé dessus ! Regardez un peu ce qu'il m'a fait...

Je lui montrai de nouveau mes bras.

— *Butastur teesa*, fit-il d'un ton pensif. Le busard à l'œil blanc... On n'en voit pas très souvent à Calcutta. Il se peut qu'il fasse son nid ici. Mieux vaut le tenir à l'œil...

Puis il frappa trois fois sa timbale avec sa cuiller à thé. Il était temps de passer à l'exercice suivant.

Deuxième leçon : se déshabiller en ne gardant que son caleçon et ramper sur le ventre tout autour de la cour en ramassant les fragments de coquillages qu'on peut y trouver. Ne s'arrêter que lorsqu'on en a trouvé deux cents.

On ne tarde pas à s'apercevoir qu'à ramper en caleçon dans une cour de Calcutta, on se lacère surtout les coudes et les genoux sur des morceaux de verre invisibles au premier coup d'œil et de vieilles lames de rasoir. Je n'en continuais pas moins à me traîner au sol, laissant échapper de sourdes plaintes comme les fragments de verre me perçaient la peau et m'efforçant de concentrer mon esprit sur de saines et constructives pensées.

Je me forçais à me dire que tout entraînement requiert des sacrifices, et que, dans tout domaine, le succès dépend de l'abnégation. Bien qu'étranges, ces épreuves devaient constituer une préparation nécessaire à mes études de magie, et si je ne m'astreignais pas à les subir stoïquement, je n'irais pas au bout de celles-ci.

Après avoir rampé en zigzag comme un ver de terre pendant trois heures, je n'avais réussi à détecter que trois morceaux de coquillages. Et encore, l'un d'entre eux était d'allure douteuse.

Feroze vint inspecter mon butin.

— Mettez ce que vous avez trouvé là-dedans, me dit-il en laissant tomber à côté de l'un de mes coudes ensanglantés une vieille boîte à tabac métallique.

Le son des morceaux de coquillages tombant dans la boîte ne parut pas lui plaire. Au lieu d'un bruit de grêle, il n'y eut que trois pauvres tintements bien espacés.

— Oh, ciel ! fit-il d'un ton rogue. Cela ne va pas. Cela ne va pas du tout. Mieux vaut continuer et faire un effort.

— Il n'y a vraiment pas beaucoup de coquillages par ici, geignis-je, le nez dans la poussière.

Mais Hakim Feroze n'était plus là pour m'écouter. Il était déjà parti se remettre à l'ombre.

Trois heures plus tard, j'avais péniblement réussi à trouver sept fragments de coquillages. En fouillant le sol, je me demandais combien d'autres malheureux néophytes avaient été soumis à cette épreuve avant moi. La rareté même des coquillages tendait à indiquer qu'il y en avait eu un certain nombre. Hafiz Jan avait-il été contraint d'en passer par là lui aussi ? Cela me paraissait certain. Mais cette atroce collecte faisait-elle partie de toutes les initiations à la magie ? J'en doutais fort.

Comme l'après-midi cédait la place à la soirée, le magicien revint de sa sieste. Il était rasé de frais, vêtu d'une chemise en gabardine aux plis impeccables, d'une culotte de cheval et de souliers de marche couleur de miel. Il me regarda un moment me traîner sur le ventre, comme un alligator malade. L'avant de mon caleçon s'était pratiquement désintégré. Mais mon corps las et meurtri s'efforçait de s'adapter à son nouveau statut d'hybride, moitié taupe et moitié reptile.

Feroze sortit sa montre, la regarda un instant, puis la remit dans sa poche. Je contemplai un moment la poussière devant moi, et reportai ensuite mon regard vers le Maître. Une seconde plus tôt, il se tenait debout près de moi, m'examinant comme un sous-officier instructeur sur le terrain. Et, soudain, je le retrouvais confortablement installé dans une chaise longue. Je ne l'avais vu ni s'asseoir ni même déplier le transatlantique.

— Vous êtes vraiment sale ! me dit-il, comme si la chose le surprenait douloureusement. Il est près de huit heures. Vous feriez mieux d'aller vous laver. Demandez à Gokul de vous donner quelque chose à manger et de vous trouver un matelas. Arrangez-vous pour bien dormir. Nous commencerons tôt demain matin.

— Merci, fis-je timidement.

À mon avis, il n'y avait vraiment pas de quoi.

Gokul, le vieux domestique, surgit de nulle part et m'aida à me remettre sur pied. Après avoir passé le plus clair de l'après-midi sur le ventre, le passage soudain de l'état de reptile en action à celui d'*Homo erectus* n'était pas facile. Saisissant apparemment le problème, Gokul me dit de m'allonger à plat ventre sur la véranda. Il ôta ses sandales et me grimpa sur le dos. Puis il se mit à marcher sur ma colonne vertébrale comme un gymnaste sur une poutre en me massant de ses orteils nus. Puis, après que j'eus pris un bain brûlant dans l'antique baignoire de zinc des domestiques, il badigeonna de la teinture d'iode sur mon estomac à vif.

Il me conduisit ensuite à la cuisine.

— Très chaud, journée sur ventre, me dit-il d'un ton guilleret.

— Oui, c'était dur, fis-je. Beaucoup de poussière.

Il ouvrit une marmite fumante et me servit un bol de légumes mijotés.

— Demain sera belle journée, me déclara-t-il, comme s'il espérait me remonter le moral.

— Vraiment ? Sais-tu ce que Mr. Feroze a préparé pour moi, demain ?

Son visage se crispa légèrement.

— Mangez un peu plus légumes, dit-il. Donne des forces.

*

Cette première phase de l'initiation se poursuivit durant sept jours. Chaque soir, Gokul me massait le dos de ses pieds agiles, enduisait mes plaies de teinture d'iode et raccommodait mes caleçons. Quand l'œil perçant de Feroze n'était pas fixé sur moi, le domestique au cœur tendre me jetait un morceau de noix de coco ou me glissait un gobelet de jus de tamarin.

Chaque jour semblait apporter une épreuve nouvelle et encore plus horrible.

Troisième leçon : creuser dans la cour un trou carré de soixante centimètres de côté et soixante centimètres de profondeur en utilisant une cuiller à thé. La cuiller ne pouvait être tenue que de la main gauche.

Quatrième leçon : courir en marche arrière tout autour de la cour en portant un bloc de glace de cinq kilos enveloppé de toile à sac. On ne pouvait s'arrêter que lorsque la glace avait fondu.

Cinquième leçon : trier, les yeux bandés, le contenu d'une jarre de riz séché et de lentilles.

Sixième leçon : attraper douze cafards vivants et les placer dans un gobelet d'étain. Aucun instrument n'était autorisé pour cette besogne.

Après une semaine entière de ces tortures, je me trouvais hors d'état d'en encaisser beaucoup plus. Mes jambes étaient à vif et mes genoux enflés. Quant à ma colonne vertébrale, elle me semblait tordue à tout jamais. Mes mains avaient été profondément entaillées, mes bras étaient couverts de plaies et mon estomac n'était qu'une vaste ecchymose. Mon visage était gonflé et mes yeux rouges en permanence après tant d'heures passées sous un soleil de plomb. Toutes mes blessures étaient envenimées constamment par la poussière et la crasse.

Feroze ne me semblait plus l'homme raffiné et talentueux que j'avais cru voir au début. J'en étais arrivé à haïr et à mépriser tout ce qu'il pouvait représenter. Toujours immaculé, soigné et bien peigné, il était exactement l'inverse de ce que j'étais devenu. Et même lorsque je me trouvais les yeux bandés, en train d'essayer de trier lentilles et grains de riz, je pouvais le sentir se pencher sur moi. Des effluves d'eau de toilette à la lavande le précédaient, m'avertissant d'une subite inspection.

Peut-être le magicien nourrissait-il, en réalité, une haine tenace pour Hafiz Jan. Et peut-être les multiples tortures qu'il m'infligeait représentaient-elles un tortueux mais plaisant moyen de se venger du Pashtun. Mais je devais me rappeler que celui-ci m'avait toujours mis en garde contre les impitoyables méthodes de Feroze.

Évoquant une sorte de croisement entre les usages d'un camp disciplinaire de la Légion étrangère et les rites d'initiation d'une société secrète, toutes les épreuves se fondaient sur la douleur. Une chose était évidente : ce programme n'avait pu être conçu que par un sadique particulièrement accompli.

Feroze semblait avoir inventé une sorte de mouvement perpétuel de la brimade éducative. Plus intense était la douleur infligée, meilleure était la leçon. La seule chose qui me soutenait était l'idée que toutes ces souffrances menaient peut-être quelque part.

Les brimades supplémentaires étaient décidées selon un principe également étrange. Les rares fois où je parvenais à exécuter complètement les exercices qui m'étaient demandés, je me trouvais encore plus sévèrement traité que lorsque j'avais échoué. Cela venait ajouter à mon sentiment de confusion et de désespoir.

En effet, comme si les épreuves subies dans la cour n'avaient pas été suffisantes, d'autres venaient s'y ajouter sans préavis. Il arrivait que Feroze surgisse au milieu de la nuit dans ma chambre infestée de cafards et de punaises, dans l'aile réservée aux domestiques. Comment il y pénétrait, je l'ignorais. Après sa première intrusion nocturne, j'avais gardé la porte verrouillée de l'intérieur, avec une chaise bloquant le loquet. J'aurais bien voulu savoir comment il avait, ensuite, franchi les barrages sans les déranger, mais il n'était pas homme à se laisser questionner.

Arrivé dans ma chambre, il frappait trois coups sur sa timbale : le signal de mon entrée en action.

— Oui ? murmurais-je, à demi endormi.

— Je veux que vous appreniez ce poème bengali. Je vous interrogerai à ce sujet plus tard.

Sur quoi il laissait tomber au sol quatre feuillets imprimés.

— Mais je ne lis pas le bengali, protestais-je faiblement, sachant bien que cette excuse ne serait pas retenue.

— Eh bien, vous feriez mieux de trouver quelqu'un qui le lise !

J'allais alors tirer Gokul de son sommeil pour le supplier de me lire le poème. Ce qu'il faisait sans un mot de protestation.

À l'aube, quand commençaient les exercices, je demandais au magicien de m'interroger sur le poème. Parfois, il le faisait. Mais d'autres fois, il me demandait simplement :

— Vous l'avez appris ?

— Oui.

— Alors, pourquoi vous interroger ? Nous ne sommes pas à l'école maternelle, vous savez.

*

À dix-huit heures le 31 décembre, Feroze survint à l'endroit où je gisais, face contre terre, comme un soldat fauché par une rafale de mitrailleuse. Pendant la majeure partie de la journée, je m'étais traîné sur les genoux, transportant des cuillerées de terre prélevées dans un seau d'une extrémité à l'autre de la cour.

J'avais réussi jusque-là à me tenir à peu près correctement, mais, à ce moment, j'étais au bord des larmes. Durant cette première semaine de souffrances, il n'avait jamais été question de magie. J'avais l'impression de m'être trompé d'école et surtout de professeur.

L'impitoyable régime imposé par Feroze avait fini par me briser, mais celui-ci, comme toujours, était indifférent à la peine qu'il avait causée. Se penchant au-dessus de moi, il haussa les épaules d'un air dédaigneux. Il me tendit un élégant mouchoir de soie. J'enfouis dans ses plis mon pauvre visage brûlé par le soleil et me mouchai de toutes mes forces. J'eus l'impression que toute la terre et toute la fange de Calcutta s'expulsait de mes narines. C'était une merveilleuse sensation. Incapable de me mettre debout par mes propres moyens, je tendis simplement le bras vers le haut pour restituer son mouchoir au magicien. Celui-ci écarta le carré de soie souillé avec une grimace de dégoût.

Puis Feroze appela Gokul en frappant un coup sur sa timbale. Les quatre domestiques de la maison avaient ainsi leur signal d'appel individuel en une sorte de code Morse mis au point par le Maître.

— Gokul, ordonna celui-ci, tu voudras bien aider Mr. Shah à se remettre sur pied. Fais-lui prendre un bain. Veille à ce qu'il ait les oreilles très propres.

— Bien, *Sahib*.

Puis, me regardant, Feroze me dit :

— Vous ne restez pas ici ce soir.

— Oh ?

— Vous passerez la nuit dans Park Street.

Des visions de grand lit aux draps frais et de jacuzzi me passèrent immédiatement devant les yeux.

— Dois-je prévoir un hôtel ? demandai-je.

— Ce ne sera pas nécessaire, me répondit sèchement le magicien. J'ai prévu pour vous quelque chose de *particulier*. Gokul en connaît les détails. Il vous accompagnera.

Tout en m'efforçant d'éliminer la crasse qui s'était insinuée dans les moindres recoins de mon corps, je sentais monter en moi un regain d'énergie. Park Street, l'équivalent des Champs-Élysées à Calcutta... Quel contraste avec la prison où je végétais depuis une semaine !

Gokul sortit avec moi dans la rue. Il faisait déjà nuit. Le domestique avait sous le bras un paquet enveloppé de papier brun et attaché avec une ficelle.

— Où allons-nous, Gokul ? lui demandai-je.

Il ne me répondit pas, se bornant à me regarder d'un air de commisération. Puis son regard se porta sur le mystérieux paquet.

— Allons-nous à une soirée de Nouvel An ? Y aura-t-il un feu d'artifice ?

Gokul gardait le silence.

— C'est un cadeau que tu portes là ?

Il ne répondait toujours pas.

Quand le taxi finit par s'arrêter tout à l'extrémité de Park Street, je commençai à me poser de sérieuses questions.

— Tous les bons hôtels sont à l'autre bout, fis-je remarquer.

— Oui, dit Gokul. Tous à autre bout.

— Il n'y a rien par ici, sauf quelques marchands de bétel, quelques stations-service et...

Je me rappelai alors une autre chose pour laquelle Park Street était connue, et sentis monter en moi l'angoisse.

— Du bétel, des garages, récapitulai-je, et le cimetière de South Park Street.

Gokul me le confirma d'un hochement de tête. Il ne m'emmenait pas à une somptueuse réception de Nouvel An, mais au cimetière, où je devais passer la nuit. Seul.

— Gokul, lui chuchotai-je comme il poussait les portes de fer forgé du vieux cimetière britannique, ne pourrions-nous pas, par hasard, arriver à un arrangement ?

Il me fit savoir immédiatement qu'il n'en était pas question.

— Maître vous surveiller peut-être, me dit-il d'un ton sévère. Impossible tricher.

Empruntant l'une des allées principales, nous allâmes jusqu'à l'extrémité du vaste cimetière. Là, sans un mot d'avertissement, Gokul s'arrêta net, déposa son paquet sur une tombe et me souhaita bonne chance. Il reviendrait me chercher au matin.

Tournant les talons, il prit la direction des portes du cimetière dans l'obscurité bleuâtre qui régnait de toutes parts. Je sentais que les lieux le terrifiaient, mais il n'en conservait pas moins une allure de parfaite dignité.

Après son départ, j'ouvris le paquet, dont j'inventoriai comme je le pus le contenu dans le noir. Il y avait là, précisément, une bougie, une boîte d'allumettes, une couverture de nylon, une poignée de dattes, six *samosas* [1] frits et une médiocre brochure consacrée au cimetière où je me trouvais.

1. Beignets de viande indiens. *(N.d.T.)*

Malgré les conditions abominables dans lesquelles je fis sa connaissance, je dois reconnaître que le cimetière de Park Street est un endroit fascinant. Installé, à l'origine, à ce qui était l'extrême limite de la ville, il se retrouve maintenant au cœur du Calcutta actuel, mais continue à constituer un monde à part.

Je ne pouvais percevoir les bruits de la ville – et de la vie – qu'à travers un haut mur rongé d'humidité entourant le cimetière tout entier. Ce mur était comme une barrière entre deux mondes. Et il me semblait que, malheureusement pour moi, j'avais franchi le Styx pour entrer chez Hadès.

Soucieux de garder mon équilibre nerveux, je décidai de traiter l'expérience de cette nuit comme une opération de reconnaissance militaire, et de bien me concentrer sur cette idée afin de prévenir toute terreur irraisonnée. Je commençai par me répéter la vieille formule, chère à mon grand-père comme à beaucoup d'autres guerriers : « Le temps passé en reconnaissance est rarement gaspillé. » Puis, les muscles bandés, j'entrepris une exploration préliminaire.

Tout au long des allées envahies par les herbes folles, les tombes les plus diverses et parfois les plus baroques s'alignaient en rangs serrés. Cela allait de pyramides visiblement inspirées par celle de Gizeh à des coupoles romaines évoquant les kiosques à musique de Brighton. Quelques-uns des mausolées avaient les dimensions d'une maisonnette de campagne, avec des façades en marbre de Carrare et d'imposantes urnes de granit au sommet.

Feuilletant la brochure à la lueur de la bougie, je m'instruisais tout en avançant. Fondé en 1769, le cimetière avait été fermé vingt-trois ans plus tard, car il était déjà plein à craquer d'Anglais de bonne souche venus décéder sous ces cieux lointains. Certains des plus illustres bâtisseurs d'Empire étaient enterrés là. Le Calcutta qu'ils avaient connu était fort différent de celui d'aujourd'hui. C'était un endroit d'extrême insalubrité, où d'épouvantables maladies venaient terrasser les plus faibles. Devant le choléra, la rage, la variole, le paludisme et la tuberculose, les fragiles constitutions européennes avaient peu de chances. Plus nombreux encore étaient ceux qui succombaient à des maux mystérieux, au nom totalement inconnu.

Sur la pierre tombale de Jane Eliza Maclean, morte en 1826, cinq mois après son arrivée à Calcutta, on pouvait lire que son décès était dû à « l'un de ces maux fatals engendrés par le climat de l'Inde ».

D'autres, toutefois, devaient plutôt leur trépas à leur genre de vie, l'alcool étant le responsable le plus fréquent. Mais il y avait des cas plus surprenants, comme celui de Sir John D'Oyly, sixième baronet du nom et ancien représentant d'Ipswich à la Chambre des Communes, expédié au cimetière de Park Street par « une maladie nerveuse due à un usage immodéré du narghilé ». Rose Aylmer, une jeune fille de dix-sept ans, reposait sous un cénotaphe aux circonvolutions baroques pour « avoir mangé trop d'ananas ».

Comme je poursuivais ma marche un peu trébuchante, je tombai sur d'autres sépultures intéressantes. Une petite-fille du roi Charles II, un arrière-grand-père de Thackeray et un fils de Charles Dickens reposaient ainsi dans la paix de ce jardin asiatique.

Sous les vastes ramures des *pongamias* plantés par les Britanniques, l'endroit ressemblait finalement plus à une forêt druidique qu'à une nécropole classique. Je découvris que, curieusement, je ne ressentais nulle frayeur à y errer la nuit. Ce sentiment était peut-être dû au fait qu'en Inde, on ne peut jamais être vraiment seul.

À son angle sud-est, le haut mur de briques du cimetière présentait une grande brèche, ressemblant à celle qu'aurait pu y faire un boulet de canon. Par cette ouverture, je pouvais clairement distinguer les feux arrière des taxis circulant à l'extérieur. Ils m'attiraient comme un mirage. Pourquoi ne pas m'évader un peu ? M'échapper sournoisement pour faire un dîner hautement gastronomique... une soirée en ville... puis regagner le cimetière avant l'aube ? C'était extrêmement tentant. Je regardai à droite et à gauche. Rien ne bougeait. Et le silence était total.

Je m'approchai de la brèche. Mais quelqu'un me suivait. J'entendis des pas se rapprocher, derrière moi, et je me retournai brusquement, terrifié. Je ne vis personne.

— Qui est là ? lançai-je.

— Où allez-vous ? me demanda-t-on en excellent anglais.

— Nulle part, balbutai-je. Je voulais juste voir la brèche de plus près.

— Vous ne devez pas quitter le cimetière.

— Oh ! fis-je. Et qui êtes-vous ?

Un personnage surgit sans bruit de derrière une pierre tombale. C'était un garçon d'une quinzaine d'années, pieds nus, vêtu d'une chemise de couleur claire et d'un pagne à carreaux. Il avait des gestes vifs et un peu théâtraux.

— Vous êtes censé rester ici ! clama-t-il.

— Oui, je le sais. Mais comment le sais-tu, toi ?

— C'est mon rôle de savoir les choses, dit-il. Venez vous asseoir avec nous.

— Nous ? Qui cela, *nous* ?

La brochure consacrée au cimetière précisait qu'à un moment des bandits y avaient vécu, enterrant leur butin entre les mausolées. Avais-je affaire à un très jeune bandit ? Et comment était-il au courant de ma situation ?

— Venez avec nous, répéta l'adolescent.

— Qui êtes-vous, au juste ? demandai-je de nouveau.

— Mon nom est Topu, me répondit-il en me faisant signe de le suivre. Je vis ici avec les autres.

Nous arrivâmes à une tente de fortune, à un endroit séparé du reste du cimetière par une modeste levée de terre. Devant cette tente, trois jeunes garçons ayant à peu près le même âge que mon espion étaient recroquevillés autour d'un feu. Ils ne manifestèrent aucune surprise en voyant arriver un étranger.

— Ils ne parlent pas anglais, me précisa Topu.

— Ce sont tes frères ?

— Non, des amis.

— Et que faites-vous ici ?

— Je vous l'ai déjà dit, c'est là que nous vivons.

— Vous vivez dans le cimetière ?

— Qu'est-ce qu'il y a de mal à ça ?

— Rien, je suppose.

Le garçon fit jouer les articulations de sa main droite.

— Bien sûr, dit-il, nous nous faisons très souvent expulser. Les employés arrachent nos tentes et les brûlent. Mais nous revenons toujours. Juste de l'autre côté du mur, il y a tous les matins une distribution gratuite de soupe. Nous sommes presque toujours les premiers dans la queue.

— Comment savais-tu que j'étais censé passer la nuit ici ?

— Un type est venu et nous a dit de vous surveiller.

— Un type... Était-ce un homme assez vieux, bien habillé, avec une moustache ?

— Oui, il était vieux et très bien habillé. Il nous a donné cent roupies.

— Feroze ! fis-je en m'étranglant presque. Il a embauché des espions pour s'assurer que je ne trichais pas !

— Le type nous a demandé de vous surveiller, répéta le jeune garçon.

Je me dis que j'en avais assez du traitement barbare que m'infligeait Feroze. Même quand il m'avait dépouillé de toute dignité, traité comme le dernier des détenus d'un goulag sibérien, j'avais tout subi en m'efforçant de faire bonne figure. Mais cette fois, le magicien était allé au-delà de toutes les limites acceptables.

L'un des garçons me tendit un morceau de *chapatti*[1] presque calciné. C'était étonnamment bon. Je me souvins alors que j'avais, moi aussi, quelques vivres. Je produisis les dattes et les samosas et les fis circuler.

— C'est un grand cimetière, dis-je au bout d'un moment. Pourquoi n'y a-t-il pas plus de gens qui vivent ici ?

— Il y avait des centaines de personnes, répondit Topu en mordant dans un samosa, mais elles ont été jetées dehors quand on a nettoyé le cimetière. Encore récemment, il y avait des tas de criminels qui vivaient ici.

— Oui, c'est ce que j'ai lu.

— C'est vrai, poursuivit le garçon. Certains cachaient leur butin dans la terre. Il y a des tas de trésors par ici. Ils volaient même les squelettes pour les vendre aux *konkalwallas*.

— Et qui sont les *konkalwallas* ? demandai-je.

Topu haussa les sourcils, se pencha vers moi et, baissant la voix, m'expliqua :

---

1. Pain de froment sans levure.

— Les *konkalwallas* achètent les cadavres déterrés dans les cimetières ou mis à la fosse commune. Ils les trempent dans un bain d'acide, puis ils envoient les ossements à l'étranger.

— Et qui achète des squelettes ?

— Les écoles de médecine, bien sûr... Mais maintenant, c'est illégal de les exporter.

Il s'interrompit un instant pour mordre de nouveau dans son samosa.

— Alors, fis-je, le commerce a cessé ?

— Non, mais il est devenu plus discret. Il est devenu clandestin.

Topu me paraissait si au courant de ce commerce de squelettes que je le soupçonnais fort d'y être, d'une manière ou d'une autre, impliqué.

— Comment as-tu appris à parler si bien anglais ? lui demandai-je pour changer de sujet.

— J'allais souvent aider un ami qui vendait des livres dans College Street. Des livres de médecine. Mon ami m'apprit à lire et à parler l'anglais.

— Que fais-tu maintenant ?

— Oh, répondit Topu, nous faisons des petits boulots.

— Pourquoi ne cherches-tu pas les trésors enterrés dans le cimetière ?

Topu me regarda silencieusement et sourit.

Ce furent les corbeaux de Calcutta qui me réveillèrent, me faisant assister au premier lever de soleil de la nouvelle année. Agitant leurs vastes ailes comme des ptérodactyles, les grands oiseaux noirs avaient envahi le cimetière. Je consultai ma montre et vis qu'il était déjà sept heures. Je regardai autour de moi. Les garçons s'étaient endormis sur place, lovés autour du feu qui rougeoyait encore devant la tente.

Soucieux que ni Feroze ni même Gokul n'apprennent que j'avais rencontré les quatre jeunes garçons, je m'apprêtais à regagner l'endroit où je m'étais séparé du domestique, la veille au soir, lorsque, m'entendant, Topu ouvrit les yeux. Il se dressa sur son séant.

— À bientôt, me dit-il.

— Oui, je l'espère, fis-je.

— Si vous avez besoin de quoi que ce soit à Calcutta, vous savez où nous trouver.

— Merci, Topu, je m'en souviendrai.

Le cimetière était aussi tranquille et serein le jour qu'il l'avait été la nuit. Ses tombes semblaient curieusement déplacées, maintenant, telles des reliques d'un monde disparu. Les hommes du Raj [1] qui l'avaient peuplé appartenaient à une autre époque. Comme les somptueux bâtiments impériaux qu'ils avaient construits en ville, les mausolées de South Park Street n'avaient plus leur place dans la vie de Calcutta.

*

À huit heures, Gokul me trouva enveloppé dans ma couverture de nylon rose contre la tombe d'Elizabeth Barwell.

— Vous avoir dormi ?

— Comme un mort.

— Bien, *Sahib*, fit-il, parce que Maître vous attendre.

Comme le taxi s'arrêtait devant la grande maison d'Alipore, je me pris à regretter le cimetière. Là, au moins, je pouvais faire ce que je voulais.

En même temps, tous mes doutes et toutes mes rancœurs remontèrent en moi. Pour quelqu'un qui était venu en Inde afin d'y apprendre la magie, j'avais fait très peu de chemin. Hafiz Jan m'en avait appris beaucoup plus dans ma chambre d'enfant, vingt ans plus tôt. Je regrettais de ne pas avoir persuadé le Pashtun de me reprendre en main à Burhana. J'en étais là de mes réflexions quand Feroze surgit.

— Bonne année ! fit-il. Comment a été votre soirée ?

— Très intéressante. J'ai tout appris sur Park Street.

— Des rencontres sortant de l'ordinaire ?

— Pas spécialement.

Comme à l'habitude, Feroze n'écoutait pas ce que je lui disais.

— Tahir, dit-il d'un ton enjoué, veuillez me suivre.

---

1. L'Empire britannique des Indes.

Le Maître venait pour la première fois d'utiliser mon prénom. Je ne savais même pas qu'il le connaissait.

— Où allons-nous ?

Feroze me conduisit dans la maison principale, dont l'accès m'avait été interdit depuis le début de mes épreuves. Nous montâmes un escalier de teck avec une rampe délicatement ouvragée. Sur le palier du premier étage, le magicien introduisit une clé de cuivre dans la serrure d'une porte laquée de blanc.

Je pénétrai à sa suite dans une vaste chambre aux murs couleur de lavande, où trônait un superbe lit à colonnes d'acajou recouvert de plusieurs oreillers et d'un édredon brodé. Pour un homme ayant passé la nuit à la belle étoile dans un cimetière, c'était un spectacle irrésistible.

La chambre, qui comportait également une élégante table de toilette en pin et un canapé en bois de rose, sentait furieusement la naphtaline.

— À titre de cadeau de Nouvel An, me dit Feroze, vous pouvez vous installer ici.

— Je suis très bien dans les quartiers des domestiques, fis-je.

— Vous en êtes *vraiment* sûr ?

— Eh bien, répondis-je en éprouvant de la main l'élasticité du lit, si vous insistez pour que je reste ici, je ne voudrais surtout pas vous décevoir.

Feroze eut un petit rire moqueur.

— Si c'est tout ce qui vous préoccupe, fit-il, vous pouvez très bien rester avec Gokul autant que vous le voudrez !

Sans une autre parole imprudente, je m'emparai de la clé et suivis le Maître au rez-de-chaussée. Le règne de la terreur et de l'arbitraire était-il terminé ? Allais-je enfin passer à un travail sérieux ?

Cela restait, bien sûr, à voir.

— Montrez-moi vos mains, me lança Feroze d'un ton sec dès que nous fûmes arrivés dans son bureau.

Quand je les lui présentai, il les inspecta très soigneusement, examinant la peau entre les doigts, les ongles abîmés, les phalanges lacérées et les paumes meurtries.

Il eut une sorte de soupir où perçait une certaine satisfaction et me dit :

— Il est essentiel que lorsque je vous dis de faire quelque chose, vous le fassiez à la perfection. C'est à ce prix seulement que vous pourrez progresser dans le domaine de la magie. Or, maintenant, vous m'avez prouvé que vous pouviez obéir – que vous saviez obéir.

Sur quoi il alla à la fenêtre et regarda au-dehors d'un air méditatif. Je me dis alors qu'au lieu de viser, comme j'avais pu le penser, à m'écœurer et à me chasser, les épreuves que j'avais subies jusque-là ressortissaient apparemment à une méthode similaire à celle employée par le SAS [1] – une méthode de sévérité décroissante. On commence par la partie la plus dure de l'entraînement, les exercices les plus pénibles, et l'on va ensuite à reculons. Cette méthode permet d'éliminer les inaptes et les indésirables – le « bois mort » – dès les premiers obstacles du parcours.

— Maintenant qu'elles sont terminées, demandai-je à Feroze, pouvez-vous me dire quel rapport les épreuves que vous m'avez fait subir ont avec l'illusionnisme ?

— Vous voulez dire rester les bras étendus avec des grains de riz et de raisin dans la main, creuser la terre avec une cuiller à thé, ramper pour ramasser des fragments de coquillages... tout cela ?

— Oui, *tout cela*... Quel rapport avec des études de magie ?

Le Maître claqua des talons et émit une petite toux.

— Tout cela, me répondit-il d'un ton sec, n'a strictement rien à voir avec l'illusion ou la magie.

— Alors, pourquoi ai-je dû le subir ?

La colère fit se contracter le visage de Feroze.

— Contesteriez-vous mon jugement ? demanda-t-il.

— Certainement pas.

— Vous dites, fit-il en me regardant bien en face, que vous voulez apprendre l'illusionnisme et la magie. Mais, avant que vous appreniez quoi que ce soit, avant que nous

1. *Special Air Service*, l'unité d'opérations spéciales la meilleure et la plus redoutable de l'Armée britannique. *(N.d.T.)*

commencions à travailler, il y a certaines choses que vous devez comprendre.

— Bien sûr.

— Vous devez vous rappeler que nous sommes en Inde. Et qu'en Inde, l'illusionnisme est différent de la version que vous pouvez en trouver dans les pays occidentaux. En Inde, l'illusion, la magie, la sorcellerie – quel que soit le nom que vous lui donnez – n'est pas une petite chose amusante et frivole. C'est une affaire extrêmement sérieuse. C'est un instrument aux pouvoirs incomparables.

Tout en commençant à défaire ses boutons de manchettes, Feroze se lança dans une véritable harangue.

— Chaque jour dans tout ce pays, déclara-t-il, des gens utilisent les techniques de l'illusionnisme pour les raisons les plus diverses. *Sadhus*, guérisseurs et mendiants, mystiques et astrologues, prétendus « saints hommes » et bateleurs des rues, tous usent de la magie scénique. Ses trucs permettent à certains de gagner leur vie, de façon honnête ou malhonnête selon les cas, mais ils en amènent aussi d'autres à amasser d'extraordinaires richesses et à conquérir un écrasant pouvoir. Rappelez-vous ce qu'était l'Europe il y a deux ou trois cents ans. Les gens étaient superstitieux. Ils croyaient à la sorcellerie, à la magie, aux miracles et à toutes sortes de puissances surnaturelles. Si vous considérez l'Inde d'aujourd'hui, vous trouverez des gens ayant exactement les mêmes croyances. Choisissez quelqu'un au hasard dans la rue, faites surgir de nulle part une montre en or et il sera persuadé qu'il s'agit de *vraie* magie.

Feroze avait parfaitement raison. Dans les pays occidentaux, nous réduisons l'idée de magie à celle de prestidigitation. Chacun sait qu'un tour de cartes de magicien n'est jamais qu'un tour, précisément. En Inde, les actes d'illusionnisme les plus simples suffisent à enflammer des milliers de personnes.

— J'ai passé ma vie à étudier l'illusionnisme, reprit Feroze. Et à étudier aussi ses effets sur le psychisme humain, la puissance d'un « miracle » sur un villageois de l'Orissa ou sur un croyant de Varanasi. J'ai voyagé dans toute l'Inde, des grandes villes aux régions les plus reculées, à rechercher et à observer ceux qui vivent de l'illusion et de son effet sur les masses.

Il alla à la porte, qu'il ferma à clé, puis revint vers le rayon consacré aux ouvrages sur Houdini. À ma grande stupeur, il posa le nez sur le dos d'un volume, tout à l'extrémité du rayon, et se mit à respirer profondément. Il respira de même, l'un après l'autre, tous les livres du rayon, contractant en même temps les muscles de son dos et crispant les poings. Il semblait tirer des forces nouvelles de cet exercice. Il ne reprit la parole qu'après avoir ainsi respiré tous les volumes du rayon.

— Maintenant que vous avez montré que vous pouviez obéir à mes ordres, me dit-il, je suis disposé à passer à l'étape suivante. Le moment venu, je vous enseignerai quelques-unes de mes techniques. Ce sera à vous de faire de ces connaissances l'usage que vous voudrez. Il se peut que, les ayant acquises, vous décidiez qu'elles constituent un outil trop puissant pour être utilisé. Vous seul pourrez prendre cette décision.

Mon attention fut détournée un court moment par le bruit d'une collision entre deux véhicules, dehors, dans la rue. Je tentai de voir ce qui s'était passé, puis, me rendant compte qu'une haie bloquait la vue, je me retournai pour faire face de nouveau à Feroze. Mais celui-ci avait disparu.

La porte du bureau était fermée de l'intérieur, et la clé était toujours en place dans la serrure. Les deux autres portes ouvrant également sur la pièce étaient également fermées à clé. Les fenêtres étaient closes. Je cherchai une trappe, une issue secrète, mais en vain. La seule chose sortant de l'ordinaire était, devant l'étagère supportant les ouvrages sur Houdini, une flaque d'une huile à moteur noire et visqueuse.

8

L'APPRENTI-SORCIER

— Pour devenir un grand illusionniste, me dit Feroze lorsque nous nous retrouvâmes à six heures le lendemain matin, vous devez étudier les principaux experts.

— Quels experts ?

— Tout d'abord, vous devez vous plonger tout entier dans Robert-Houdin et Houdini, Cagliostro et Kellar. Puis il y a les illusions des « hommes de dieu », des sages et des *sadhus* – des sublimes magiciens – à étudier de près.

En costume d'équitation complet, culotte de cheval, bottes et veste de tweed, Feroze me désigna de sa cravache plusieurs rayons de sa bibliothèque.

— Voici les textes classiques, indiqua-t-il. Vous devez tous les lire et vous en pénétrer. Mais avant cela, il y a encore beaucoup de préparation à prévoir. Tout est dans la préparation.

Il avait sorti des rayons une biographie de Cagliostro, dont il caressait la reliure comme s'il s'agissait d'un trésor.

— Avant que Cagliostro ne se révèle à vous, fit-il, il y a d'autres choses à étudier... Avant l'astuce perverse de Cagliostro vient le génie d'Houdini.

Le propos fut interrompu par Gokul, qui frappa à la porte et entra avec un plateau à thé. Feroze lui désigna la table basse du bout de sa cravache, et, traînant la savate comme à son habitude, le vieux domestique alla y déposer le plateau.

— Au cours de vos études, reprit le Maître, je serai amené à vous révéler des choses qui vous feront sans doute bondir d'horreur. Mais, pour en mesurer le sens, vous devez bien saisir un point essentiel.

— Je vais tenter de comprendre, lui dis-je. Quel est-il ?

— Un élément central unit tous les grands maîtres de l'illusion et de la magie, répondit Feroze en se versant une tasse de thé et en humant la vapeur comme s'il s'agissait du plus délicat des parfums. Chacun d'eux a identifié et reconnu ce qui est la clé de toute magie.

— Et quelle est cette clé ? insistai-je.

Feroze avait l'art de doser ses réponses – et de les faire attendre.

— Rien en illusion, proclama-t-il, n'est aussi important que la transfertilisation de l'information.

— Pardon ?

Feroze fendit l'air de sa cravache.

— La maxime d'Harry Houdini ! rugit-il. « C'est la compétence polymathique qui fait un magicien. » Vos études doivent couvrir de multiples domaines – tant théoriques que pratiques. Les mathématiques, la chimie, les arts, la psychologie ! Vous devez tout explorer et tout apprendre, de l'apiculture à la campanologie.

— La campanologie ? répétai-je d'un air sans aucun doute ahuri.

— L'étude des cloches et de leurs sonneries, expliqua le magicien, visiblement excédé par mon ignorance crasse.

Sans me laisser le temps de me poser la moindre question sur la place que pouvait tenir dans le monde de l'illusionnisme cette science très particulière, Feroze poursuivit :

— C'est sur ces fondations qu'un magicien construit son art et son action. Il ne sert à rien d'apprendre un tour si votre esprit n'est pas suffisamment exercé et développé. Cette préparation constitue la première partie obligée de votre cycle d'études. Si vous accomplissez bien le travail de base, vous pouvez évoluer. Les illusions elles-mêmes représentent la partie suivante de votre formation. Puis... Puis viennent les « informations particulières »...

— Les « informations particulières » ? fis-je. Qu'est-ce que cela à voir avec la magie ?

— Pour exceller dans l'illusionnisme, expliqua le Maître, il faut avant tout apprendre des secrets et les appliquer. Si vous arrivez à découvrir le secret d'un autre, vous avez d'abord la satisfaction d'avoir résolu un problème, et vous vous êtes aussi procuré un élément d'information que vous pourrez, à un moment ou à un autre, utiliser vous-même.

J'avais bien des questions à poser, mais, quand je me décidai à le faire, le magicien se borna à me répondre par d'autres interrogations :

— Combien durera le cycle d'études ?

— À quelle vitesse apprenez-vous ?

— Combien me ferez-vous payer ?

— Avez-vous payé votre père pour vous apprendre à nager ?

— Pourquoi répondez-vous toujours à une question par une autre question ?

— Pourquoi pas ?

*

Le travail commençait chaque matin à six heures, par quatre heures d'étude personnelle, généralement fondée sur des textes scientifiques des plus rébarbatifs. Tout comme les pénibles épreuves dans la cour, ces exercices purement académiques me semblaient, d'une façon générale, dépourvus de tout objet. Quel illusionniste a besoin de connaître parfaitement la table des logarithmes, les noms latins des principales cactées ou la théorie de Boltzmann ?

En même temps, j'en apprenais plus sur les manies et les obsessions de Feroze. Jamais je n'avais rencontré un homme aussi préoccupé par le temps et son emploi, de même que par les détails de la vie de tous les jours.

Considérant les repas comme une perte de temps, il limitait chacun d'entre eux à douze minutes exactement. Il ne prenait d'ailleurs qu'une ou deux bouchées de ce que lui proposait Gokul. Le déjeuner commençait à dix heures cinq précises. Il était suivi d'une période de quatre heures, au cours de laquelle on me prodiguait une instruction sur les sujets les plus variés et souvent les plus déconcertants. Cela allait de la numismatique à l'architecture religieuse dans la France du treizième siècle. Le dîner se situait à quatorze heures cinq, toujours précises. Ensuite, je devais faire face par mes propres moyens à une liste toujours croissante de lectures et de tâches théoriques.

Le constant souci du temps avait, chez Feroze, un caractère manifeste d'obsession maladive. Chaque chose était minutée, et sa montre de gousset était toujours à portée de sa main. Il m'arrivait de le surprendre notant le temps qu'il lui avait fallu pour boire son thé, pour aller de la cuisine au bureau, pour lire un chapitre d'un livre ou dépouiller son courrier.

La rigidité de l'emploi du temps qui m'était imposé menaçait de me rendre fou. Mais ce à quoi j'étais soumis n'était rien en comparaison du régime personnel du magicien.

L'ayant servi fidèlement pendant de nombreuses années, Gokul connaissait toutes les manies de son maître. Un matin, il m'en énuméra quelques-unes.

— Avec lui, me dit-il, rien ne doit jamais changer. Son bain est toujours à la même température, il se rase en sept mouvements de lame, pas un de plus et pas un de moins, et il boutonne sa chemise de la main gauche. Ses lacets de souliers doivent être changés chaque jour, et les ongles de ses orteils taillés le mercredi soir. Dans sa penderie, les vêtements sont accrochés face à l'ouest. Il tourne sa cuiller dans le sens des aiguilles d'une montre pour le thé, et dans le sens contraire pour le café. Il n'entre jamais dans une pièce ni n'en sort sans avoir pressé deux fois du pouce le bouton de la porte, et il ne peut dormir si la fenêtre n'est pas ouverte de sept centimètres et demi exactement...

— Dis-moi, Gokul, demandai-je alors, que se passe-t-il si un de ces rites n'est pas observé ?

Gokul se leva d'un bond, l'air totalement horrifié, et balbutia, le visage décomposé par la terreur :

— Non, non ! C'est impossible !

*

J'avais d'abord éprouvé un certain soulagement à mon changement de régime. Bien qu'écrasants, les travaux qui m'étaient imposés n'avaient rien à voir avec les souffrances que j'avais dû subir dans la cour. Ma nouvelle chambre, dans sa propreté et son confort, était également fort différente de mon ancien grabat dans les quartiers des domestiques. Mais ce sentiment de relatif bien-être ne tarda pas à tourner à la consternation devant la tâche monumentale qui m'incombait chaque jour et les effets qu'elle commençait à avoir sur moi. Feroze semblait n'avoir aucune idée des limites des capacités humaines, dans le domaine intellectuel comme dans le domaine physique.

Chaque jour, il entassait devant moi des douzaines de volumes.

— Un ou deux de plus pour votre collection, me disait-il d'un ton moqueur.

J'avais, à ce moment, saisi sa diabolique astuce : d'abord susciter chez son élève un faux sentiment de sécurité, puis l'accabler de travail. Après m'avoir cruellement abîmé le corps, il s'attaquait à mon esprit.

Au fil des jours, je ne cessais d'aborder des sciences nouvelles, acquérant ainsi toutes sortes de connaissances. Toutes sortes de connaissances, à l'exception de celle de la magie. Quand Feroze me surprit lisant en cachette l'un des livres sur Houdini, sa rage explosa.

— Terminé ce que vous aviez à faire ? me demanda-t-il d'un ton furieux. Eh bien, voilà de quoi vous occuper encore un peu !

Il lança sur la table devant moi une demi-douzaine de volumes sur les effets de la pollution sur l'environnement.

— Pourquoi dois-je étudier tout ce fatras ? protestai-je.

— Apprenez à préparer votre esprit. Sans fondations, la plus impressionnante construction s'effondre.

— Mais je veux juste apprendre l'illusionnisme ! C'est pour cela que je suis venu ici !

Le Maître regardait sa montre, semblant suivre d'un air attentif la progression des aiguilles. Deux minutes s'écoulèrent ainsi dans le silence le plus complet. J'attendais, après l'éclat que je venais de faire, mon ordre d'expulsion. Il ne vint pas.

Au lieu de me chasser, Feroze doubla mon volume de travail. Chaque jour, à chaque heure, le régime devenait plus draconien encore. Et quant aux résultats, rien de moins que l'excellence n'était attendu. Tout fléchissement donnait lieu à une suite d'humiliations nouvelles, et lorsque, par hasard, venait un éloge, il était formulé de telle façon que bien des gens l'auraient pris pour une légère réprimande.

— La vie, disait le Maître en examinant ses ongles, ne reconnaît pas le bon ni le mauvais, mais seulement l'excellent.

Ce ne fut qu'après trois nuit passées dans mon somptueux lit à baldaquin que je compris le véritable génie de tortionnaire d'Hakim Feroze.

Loin d'être destiné à laisser se reposer une tête infiniment lasse et une colonne vertébrale pratiquement disloquée, cette couche moelleuse n'était qu'un instrument de persécution de plus – et un instrument particulièrement vicieux. À Alcatraz, les condamnés à long terme ne se voyaient accorder qu'un seul luxe : une douche bien chaude tous les matins. Mais ce luxe était le fruit d'arrière-pensées machiavéliques de leurs gardiens. Si les prisonniers avaient dû s'habituer à une eau glaciale, ils se seraient endurcis à cet égard et seraient devenus capables de résister éventuellement à la température peu aimable de la mer dans la Baie de San Francisco, ce qui aurait risqué de favoriser quelques évasions de « l'endroit dont on ne s'évade jamais ». De la même façon et conformément au même principe, le confort de mon lit visait à m'affaiblir. En conséquence, après la troisième nuit, je résolus de coucher sur le sol.

Mais aucun trait de mon terrible régime, aucune des bizarreries marquant la vie de la maisonnée, n'était aussi troublant et déconcertant que certains des exploits régulièrement accomplis par Hakim Feroze. Par « exploits », je n'entends pas des tours d'illusion, même exceptionnellement réussis, mais les manifestations d'aptitudes semblant ressortir directement à l'occulte – semblant trouver leur source dans un surnaturel ne devant rien à la technique.

Comment pouvait-il changer de souliers à volonté, entrer au milieu de la nuit dans une chambre verrouillée de l'intérieur, surgir dans diverses parties de la maison sans s'être déplacé d'un pas ? Comment pouvait-il connaître les plus récentes péripéties de l'existence de gens n'ayant eu aucun contact avec lui depuis des années ? Ou comment, aussi, pouvait-il « lire » un livre et en absorber la substance en le tenant fermé entre ses mains ?

Quand je me tournai vers Gokul pour tenter d'obtenir quelques explications, il évita mon regard. Continuant à contempler, les yeux baissés, la pâte qu'il pétrissait dans la cuisine, il répondit d'un ton anormalement grave :

— Ne posez pas ces questions... Dangereuses questions appellent dangereuses réponses...

L'intérêt que je portais à l'illusionnisme et à la manipulation se fondait sur une forte dose de scepticisme, et, pensais-je, de réalisme. Mais plus se prolongeait mon séjour à Alipore, plus je me sentais ébranlé. Ébranlé au point de commencer à envisager l'existence d'authentiques pouvoirs surnaturels. Pour la première fois de ma vie, j'en arrivais à remettre en question mon cynisme initial.

Un jour, je m'en ouvris directement au Maître, et il s'exclama aussitôt que j'étais simplement victime de mon imagination.

— La vraie magie, affirma-t-il, n'est rien d'autre qu'une illusion réussie.

Mais le doute n'en avait pas moins commencé à cheminer dans mon esprit, me taraudant de plus en plus. Se pouvait-il qu'il existe une forme de sorcellerie ou de magie authentique ? Et, si tel était le cas, Feroze, sorcier à part entière, n'était-il pas capable, malgré ses dénégations, d'accomplir des actes véritablement surnaturels ?

Au fil des jours, je me surprenais à observer Feroze d'aussi près qu'il m'observait. Comme deux poissons rouges prisonniers du même bocal, nous nous scrutions mutuellement, chacun cherchant à surprendre l'autre. Je brûlais de voir Feroze effectuer un acte de magie véritable, et il brûlait en permanence de découvrir des lacunes dans mon savoir fraîchement acquis – ce qui lui donnait un bon prétexte pour me châtier à sa manière.

*

Le plus mauvais moment de chaque journée était l'« examen », au rituel immuable et compliqué. Sans avertissement préalable, je m'entendais commander d'adopter la « position d'examen ». La position en question, qui devait avoir été empruntée à quelque protocole maçonnique, était pour le moins insolite. Feroze affirmait qu'elle aidait à se concentrer – ce par quoi il voulait sans doute dire que cela l'aidait, lui, l'interrogateur, à se concentrer, car il n'en était guère ainsi pour le malheureux sujet.

Je plaçais deux chaises à soixante centimètres l'une de l'autre au milieu du bureau. On me remettait un bandeau de velours indigo que je devais me nouer sur les yeux, comme un condamné à mort sur le point d'affronter le peloton d'exécution. Puis je me mettais debout sur les chaises, un pied sur l'une et un pied sur l'autre. Et l'interrogation commençait, impitoyable.

L'« examen » prenait la forme de cinq questions, apparemment choisies au hasard. Si je commettais la moindre faute, je devais en subir cinq autres. Feroze s'était toujours ostensiblement réjoui du fait que je n'avais jamais réussi à répondre correctement aux cinq questions. L'examen lui fournissait ainsi des heures de distractions.

— Dites-moi, qu'est-ce que la loi de Coulomb ?

— C'est la loi fondamentale..., commençais-je à balbutier.

— Plus fort ! Plus fort ! Je n'entends rien, mon garçon !

— C'est la loi fondamentale affirmant que...

Si j'avais répondu correctement à cette question, Feroze passait en hâte à la suivante. Ce qui l'intéressait n'était pas ce que je savais, mais ce que je risquais d'ignorer encore.

— Question suivante. Qu'est-ce que le procédé de Joosten ?

— Eh bien, commençais-je. Mais j'ai étudié cela il y a très longtemps !

— Je répète : qu'est-ce que le procédé de Joosten ?

— Le procédé de Joosten est...

Je me prenais la tête à deux mains, debout sur mes deux chaises et m'efforçant de ne pas perdre l'équilibre.

— C'est l'utilisation d'une réaction chimique entre des solutions de chlorure de chaux et de silicate de soude pour consolider les sols meubles lors de l'excavation d'un tunnel.

— Troisième question... sur la *Mahabharata*...

Il suffisait que j'entende le nom de cette épopée indienne pour qu'une horrible douleur vienne me poignarder soudain. Ce récit, totalisant 220 000 vers, semblait obséder littéralement le magicien. Affirmant en avoir personnellement mémorisé la majeure partie, il proclamait que cette œuvre était indispensable à la formation de tout élève digne de ce nom. Or, suivre le déroulement incroyablement compliqué de la *Mahabharata* constituait déjà un exploit en soi. S'en souvenir en était encore un autre.

— Pour commencer, me demandait Feroze, dites-moi ce qui s'est passé après que Dhritirastra se fut emparé du trône de Kuru.

— Eh bien, répondais-je, Dhritirastra étant aveugle, son frère Pandu a assumé le pouvoir. Mais une malédiction l'a contraint à y renoncer. Dhritirastra a repris le contrôle des choses tandis que Pandu s'en allait, avec ses deux épouses, vivre en ermite dans l'Himalaya. Mais les cinq fils de Pandu...

— Assez là-dessus ! Dites-moi qui a écrit le poème.

— Nul ne le sait de façon certaine, mais la légende veut que l'œuvre ait été dictée tout entière par Vyasa à Ganesh, le dieu-éléphant. Il est dit que Ganesh n'a accepté d'entreprendre ce travail qu'à la condition que Vyasa dicte le poème sans une seule interruption. Ganesh a dû soutenir le rythme à tout prix, et, à un certain moment, il a brisé l'une de ses défenses pour s'en servir comme d'une plume, son stylet étant hors d'usage.

— Bien, coupait Feroze. Assez là-dessus ! Dites-moi ce qu'est exactement l'occiput.

Ce passage brutal de la mythologie hindoue à l'anatomie crânienne était totalement dans sa manière.

— Dernière question. Quelle est la formule chimique de l'acide glutamique ?

— Impossible ! m'exclamais-je. Nul ne peut se rappeler immédiatement cette formule.

Feroze avait alors un petit sourire satisfait.

— Vous connaissez la règle, disait-il. Veuillez me la rappeler à haute et intelligible voix.

Sur quoi je récitais, comme s'il se fût agi d'une loi de physique :

— Toute erreur de la part de l'élève, si insignifiante soit-elle, autorise le maître à prolonger son examen de cinq questions supplémentaires.

— Très bien ! s'exclamait alors Feroze. Tout à fait exact ! Laissez-moi une minute pour réfléchir à la suite.

L'insistance de Feroze sur des sujets totalement étrangers à la magie était devenue source de conflit entre nous. Je me disais qu'après tout, les exercices dans la cour, si pénibles qu'ils aient été, et même les formules mathématiques obscures pouvaient avoir, ultérieurement, quelque portée sur ce qui m'intéressait. Mais qu'il n'y avait certainement aucun objet à l'étude de sujets aussi ésotériques que les diverses sortes de fil de fer barbelé ou l'entretien des cornemuses.

Je me formulais ces réflexions chaque soir en me couchant, et il se trouvait que, depuis l'épisode du cimetière, le sommeil tendait à me fuir. Il me fallait, chaque soir, plus de temps pour commencer à m'assoupir, et les sujets récemment étudiés se mélangeaient d'étrange façon dans ma tête. Cela allait de la théorie des quanta aux héros multifaces de *Mahabharata* en passant par le vocabulaire des services de renseignement russes et la cuisine indienne. J'en arrivais, au terme de véritables hallucinations, à voir Krishna étudier l'un des codes du KGB avec un physicien tout en préparant un poulet au curry.

Tandis que je m'efforçais d'échapper à tous ces fantasmes, j'entendais soudain gratter à la porte. Je me dressais brusquement sur mon séant. Le grattement reprenait, strident et irritant. Il se répétait une troisième fois. Comme à l'habitude, la porte était verrouillée de l'intérieur, et il n'y avait en principe aucun moyen que Feroze entre dans la chambre. Mais, à ce moment, il s'y trouvait déjà, m'imposant un nouvel examen en guise de soporifique.

*

Les personnes véritablement sujettes à des obsessions souffrent souvent de vieilles frayeurs bien enfouies au fond d'eux-mêmes. Et, pendant des années, j'avais pris des notes sur les obsessions et les phobies qu'elles recouvraient généralement –

cet acharnement à tout noter en ce domaine confinant lui-même à l'obsession maladive. J'avais ainsi pu remarquer que, plus le comportement d'un sujet était porté à l'obsession, plus la phobie qu'il dissimulait était ridicule. Ainsi, l'une de mes amies, dont le caractère obsessif est porté à l'extrême, souffre de « pognophobie » – l'horreur des pilosités faciales. Il suffit que se présente à elle un moustachu pour qu'elle perde tout contrôle d'elle-même.

Le comportement de Feroze était si obsessif qu'il devait, j'en étais convaincu, abriter au plus profond de lui-même une belle et bonne phobie bien juteuse, ne demandant qu'à être exploitée par un esprit un peu malveillant. Il ne me restait plus qu'à trouver son talon d'Achille.

Rien n'est plus plaisant, à mon avis, que de fouiller clandestinement dans les affaires d'autrui. Abandonné un moment par le magicien, qui était allé rejoindre son vieil ami Rublu, je délaissai le traité de phonétique dont l'étude m'avait été imposée, me glissai dans le bureau et en refermai soigneusement la porte. Puis, ayant fermé les stores, je me mis à fouiller tout ce qui m'apparaissait, à la recherche du talon d'Achille de Feroze.

Les bibliothèques de chêne laqué qui garnissaient les murs traduisaient la multiplicité des goûts et sujets d'intérêt du magicien. Les volumes, sur les rayons, étaient rangés dans un ordre méticuleux et groupés par thèmes.

On pouvait lire au vol des titres aussi déconcertants que *La Cuisine de Nouvelle-Guinée*, *Traité avancé de vulcanologie*, *Le Cannibalisme et ses problèmes moraux* et *Techniques élémentaires de chirurgie esthétique*.

Les espaces entre les bibliothèques étaient occupés par une multitude de médailles, de diplômes encadrés et de photographies. On pouvait ainsi remarquer une étoile d'or à douze pointes montée sur fond de soie rose dans un cadre vitré : la plaque de commandeur de l'Ordre soudanais de la Distinction. Cette plaque de poitrine voisinait avec le collier de l'Ordre du Niger, la Croix de la Bravoure du Malawi, l'Étoile des Îles Salomon et une décoration fidjienne. Au-dessous, on découvrait une lettre de remerciements encadrée du général Perón, un diplôme d'une école parisienne de haute cuisine et, auprès de deux poignards arabes courbes richement ornés, la photographie d'un Noir trapu avec une trompette. Elle portait la dédicace : « *À mon cher ami Feroze avec tous mes vœux, Louis.* »

Derrière le canapé chesterfield, une vitrine contenait une bonne douzaine de coupes et médailles témoignant de la haute valeur de Feroze en des sports aussi variés que l'escrime, le tir à l'arc et l'aviron. Auprès de la vitrine, une merveilleuse horloge d'acajou rappelait l'obsession du temps habitant le magicien.

Les tiroirs du bureau en noyer, que j'explorai sans vergogne, contenaient des lettres d'écrivains, de savants et d'hommes politiques fort connus. La plupart remerciaient le Maître pour ses judicieux conseils.

Une fois de plus, je restai sidéré par la multiplicité des compétences de Feroze, des compétences qui allaient bien au-delà de l'illusion et de la magie et s'étendaient, apparemment, à la cartographie comme à la linguistique, à la physique pure comme à la cryptographie, à la musique comme à la diplomatie, au ballet comme au cinéma. Ses connaissances ne semblaient pas avoir de bornes, et il apparaissait, de toute évidence, à beaucoup de gens comme un homme de la plus haute valeur. Il m'apparaissait plutôt, à moi, comme un meneur d'esclaves assoiffé de ma sueur et de mon sang. Mais, ainsi que je me contraignais à me le rappeler, il était avant tout mon maître.

Le respect était une chose. La nécessité de survivre en était une autre. Il était important que je conserve bien en tête mon ordre des priorités. Après une heure de fouille systématique du bureau, je renonçai. Je n'avais pas trouvé le moindre indice d'une phobie secrète. Il me vint alors une autre idée. Si Feroze avait une faiblesse, il y avait un homme qui la connaissait sûrement : Gokul.

Je me précipitai vers la cuisine. Le vieux domestique y épluchait des légumes.

— Gokul, lui dis-je, je suis en train de jouer à un petit jeu très drôle.

Il leva la tête et se mit à sourire.

— Quel jeu ? demanda-t-il.

— Eh bien, pour commencer, tu dois révéler ce dont tu as le plus horreur, ce qui te fait le plus peur. Moi, par exemple, je déteste les cafards... Ils me donnent la chair de poule.

— Oh ! fit Gokul, toujours épanoui. Moi pareil avec les serpents.

— Et le Maître ? demandai-je avec un petit rire très étudié. Qu'est-ce qui lui fait vraiment horreur ?

Plantant son couteau dans la planche à découper, Gokul me regarda, le visage figé.

— Il y a quelque chose le Maître pas aimer, déclara-t-il avec une réticence manifeste.

Je me penchai vers lui, me forçant à continuer à sourire.

— Dis-moi ce que c'est, que nous puissions continuer à jouer.

Sa bouche se contracta.

— Peux pas vous dire, fit-il.

— Allons donc ! fis-je. Ce n'est qu'un jeu.

Après dix bonnes minutes d'insistance, de cajoleries et de plaidoyers divers, Gokul finit par accepter de me révéler le secret qu'il détenait. En me précisant bien qu'il ne le faisait que pour ne pas compromettre le jeu. Se penchant vers moi, il me souffla :

— Élastiques. Le Maître détester vraiment, vraiment les élastiques...

Si je n'avais pas passé des années à étudier les obsessions et les phobies d'autrui, j'aurais certainement été sidéré par la révélation de Gokul : le grand Feroze indisposé par de simples petits élastiques comme on en trouve dans presque tous les bureaux !

Mais je me souvenais du récit d'une amie, qui m'avait raconté comment, enfant, elle avait été présentée au défunt financier Sir James Goldsmith. Tout s'était d'abord très bien passé, mais, à un certain moment, mon amie avait, dans un mouvement d'espièglerie enfantine, projeté dans la pièce un élastique, qui était venu tomber aux pieds de l'éminent financier. Celui-ci avait alors manifesté tous les signes d'une véritable détresse.

Après avoir dûment remercié Gokul pour sa participation à mon jeu, je retournai en toute hâte fouiller le bureau de Feroze. Au terme d'une perquisition en règle, je n'y trouvai pas un seul élastique. Un sourire sardonique aux lèvres, je revins au salon et à mes études. Je tenais maintenant le talon d'Achille du magicien.

*

Cependant, les intenses pressions exercées sur moi par le régime imposé par Feroze commençaient à avoir de déplaisants effets sur ma malheureuse personne. Une mystérieuse et douloureuse éruption se mit à se développer sur mon épaule gauche. Au bout de trois jours, elle descendait jusqu'au coude et était devenue purulente. Quand je la montrai à Feroze, il m'expliqua qu'il s'agissait d'une affection assez courante – encore qu'elle affectât plus fréquemment l'intérieur des cuisses. Il m'ordonna de nettoyer matin et soir la zone affectée avec une solution de permanganate de potassium. Quelques jours plus tard, tout avait disparu.

Quand je fus guéri, le Maître prononça les paroles que j'attendais depuis si longtemps. Il m'annonça que le moment était presque venu de passer au stade suivant de mes études – l'étude véritable de l'illusionnisme.

— Et quand allons-nous entamer cette nouvelle phase ? lui demandai-je aussitôt.

— Quand vous aurez passé l'examen final.

Bien que se déroulant pour moi dans l'incommode position habituelle, cet examen final allait prendre une forme nouvelle. Au lieu d'être soumis à toute une série de questions précises sur les thèmes les plus variés, j'allais faire un exposé sur un sujet unique de mon propre choix. Si cet exposé était jugé insatisfaisant, je devrais refaire tout le cycle d'études précédent. Et une simple étourderie, un simple oubli ou une unique inexactitude pouvaient le faire estimer « insuffisant » par le Maître. L'examen était prévu pour le lendemain matin, à cinq heures cinq.

La seule pensée de devoir revivre, en cas d'échec, le martyre des trois semaines précédentes aurait glacé le sang de n'importe qui. Je méditais de gratifier le magicien d'un exposé sur le sujet le plus extraordinaire que j'avais pu trouver. Si Feroze aimait l'insolite, il allait au moins être servi de ce côté.

Quand je posai ma tête lourde et lasse sur l'oreiller, ce soir-là, j'avais les traits tirés, les yeux cernés et injectés de sang. Et, dans la nuit, la tension nerveuse eut raison de moi. Gokul me retrouva peu après deux heures du matin accroupi sous le manguier de la cour. Sous l'impulsion d'un rêve mystérieux, j'avais quitté ma chambre et gagné l'arbre dans mon sommeil. Le manguier m'avait appelé. Il m'avait dit de grimper à lui et de m'abriter dans son feuillage pour me cacher de mon maître tyrannique. Lui-même avait été l'élève de celui-ci, mais, comme il avait manqué son examen final, le sorcier l'avait transformé en arbre. Et il me répétait dans mon rêve : « Il n'y a qu'un moyen de rompre le sort, c'est de trouver un élastique. »

Me prenant très doucement par la main, Gokul me reconduisit au lit.

Trois heures plus tard, je me retrouvais les yeux bandés, debout sur mes deux chaises dans le bureau de Feroze.

— On a eu une agréable crise de somnambulisme ? me demanda celui-ci.

— C'est la tension, balbutiai-je. Elle commençait à me gagner.

— Êtes-vous prêt pour votre petit examen ?

— Oui.

— Quel est votre sujet ?

— J'ai choisi le cas étrange de l'Homme au Masque de fer.

Feroze leva le sourcil gauche.

— Le prisonnier de Pignerol et de la Bastille ? demanda-t-il.

— Non, l'autre.

— Quel *autre* ?

— Harry Bensley... le Masque de fer le moins connu.

— Très bien ! fit Feroze d'un ton rogue en posant sa montre de gousset sur le bureau. Vous avez quatre minutes pour parler de votre Homme au Masque de fer. Cela commence... maintenant !

— En 1907, fis-je en desserrant légèrement mon bandeau de velours, Lord Lonsdale et John Pierpont Morgan bavardaient à leur club, après un copieux déjeuner. Ayant discuté d'abord de grands problèmes d'actualité, les deux milliardaires portèrent ensuite leur attention sur des sujets plus futiles. Ils en arrivèrent ainsi à se demander s'il serait possible à un homme de faire le tour du monde sans jamais montrer son visage. Le milliardaire américain soutenait que c'était impossible. L'aristocrate anglais estimait que cela pouvait être fait. Sans plus barguigner, ils parièrent chacun 100 000 dollars sur la chose. Il ne leur restait plus qu'à trouver quelqu'un d'assez insensé pour entreprendre l'expérience. Heureusement pour eux, un jeune homme nommé Harry Bensley se trouvait également présent dans le fumoir du club.

« Bensley, un play-boy de trente et un ans, sauta sur l'occasion. Des investissements en Russie lui fournissaient des revenus suffisants pour lui permettre une vie de loisirs. Mais, un peu lassé de celle-ci, il proposa ses services aux deux milliardaires.

« Lonsdale et Morgan mirent au point ensemble une règle du jeu extrêmement stricte. Bensley porterait constamment un masque de fer. Il pousserait un chariot tout au long de son voyage autour du monde. Il partirait avec simplement une livre en poche, et n'aurait droit à aucun bagage personnel, à l'exception d'un jeu de sous-vêtements de rechange. Il devrait passer par un nombre bien précis de villes de Grande-Bretagne, puis par au moins cent vingt-cinq localités de dix-huit pays. On exigeait, de plus, qu'il trouve, au cours de ce voyage, une femme qui accepte de l'épouser sans avoir vu son visage. Le voyage devait être financé par Bensley lui-même, vendant les cartes postales transportées dans le chariot. Les deux milliardaires avaient embauché des surveillants, qui devaient suivre Bensley en s'assurant qu'il n'enfreignait aucune de ces règles.

« S'étant attaché sur la tête le casque de fer de deux kilos qui avait été préparé à son intention, Bensley partit le 1er janvier 1908 de Trafalgar Square en poussant devant lui le chariot, également en fer, de quatre-vingt-dix kilos.

« Durant les deux années qui suivirent, il le poussa au travers de douze pays différents, dont les États-Unis, le Canada et l'Australie. Lorsqu'il arriva à Gênes, en août 1914, il ne lui restait plus que six nations à visiter. Mais, la Première

Guerre mondiale ayant éclaté, il fut contraint d'annuler le reste de son voyage. À son arrivée en Grande-Bretagne, Morgan et Lonsdale lui offrirent un prix de consolation de 4 000 livres, dont il fit don à des œuvres charitables. Il s'engagea peu après dans l'armée. En 1917, malheureusement, avec la Révolution bolchevique, ses investissements russes se trouvèrent confisqués. Harry Bensley devait mourir pauvre en 1956 dans un garni de Brighton.

Lorsque j'eus terminé mon récit, Feroze me commanda de descendre de mes deux chaises et de retirer mon bandeau. Dehors, dans la cour, Gokul épluchait des pommes de terre. Il n'était pas encore six heures du matin.

Le Maître se leva alors et alla vers l'étagère contenant ses livres concernant la magie. Sans hésiter, il prit sur le rayon consacré à Houdini un volume à la jaquette violette déchirée.

— C'est pour vous, me dit-il en me le remettant.

Je lus le titre à haute voix :

— *La Magie d'Houdini.*

Feroze opina du chef.

— Houdini le Magnifique, fit-il, la mine grave. Acquérez son œil pour le détail, son sens du moment exact, perfectionnez-vous, maîtrisez ses tours et...

Feroze s'interrompit, les narines palpitantes.

— Et... quoi ? demandai-je.

Feroze se caressa la moustache de sa main.

— Vous le saurez quand vous en serez là, dit-il.

9

AVALER DES PIERRES

Le soleil matinal baignait tout entier le bureau de Feroze, faisant reluire les dorures et illuminant les reliures des volumes alignés sur les étagères. Au-dehors, on apercevait un chien errant qui avait réussi à s'introduire dans la cour et explorait son nouveau territoire avec des petits gémissements mélancoliques. Il était rare que des chiens s'aventurent près de la maison. Un homme venu affûter les couteaux dans la cuisine m'avait raconté en un anglais plus qu'hésitant que, comme tous les autres animaux, ils redoutaient les tours de sorcellerie du Maître. Il avait ajouté que, longtemps auparavant, Feroze avait jeté un sort à un voleur, le transformant en un chien galeux.

Rublu, l'ami bossu de Feroze, se trouvait là. Il était venu prendre une tasse de thé et participer au déjeuner de douze minutes offert par le Maître. Seul un ami de longue date pouvait accepter de voir transformer son repas de midi en une formalité accélérée se situant à dix heures cinq précises.

Feroze était assis en tailleur sur le plancher du bureau. Il avait ôté ses souliers et défait les trois boutons supérieurs de sa chemise. Relevant sa main gauche, il me demanda de lui prendre le pouls. J'appuyai mon index et mon médius sur son poignet. Tout me sembla normal.

— Laissez vos doigts où ils sont, me dit le magicien.

Puis, projetant les épaules en arrière, les paumes des mains tournées vers le haut, le regard perdu, Feroze entra en méditation. Son corps se mit bientôt à trembler. Il avait atteint l'état de transe connu des mystiques indiens sous le nom de *dhyaan*, ce qui signifie littéralement « concentration ». Un filet de salive avait commencé à apparaître au coin droit de sa bouche. Me tenant tout près de lui, maintenant, les doigts toujours posés sur son poignet ainsi qu'il me l'avait commandé, j'enregistrais, avec ce qui ressemblait de plus en plus à de l'épouvante, un phénomène ahurissant. Le pouls de Feroze se ralentissait. Il se ralentissait de plus en plus. Puis il s'arrêta totalement.

Fou d'inquiétude, j'interpellai le bossu. Celui-ci daigna lever la tête de son journal.

— Son pouls ! criai-je. Il a disparu !

— Du calme ! fit Rublu en retournant à ses mots croisés. Il n'y a pas de quoi s'inquiéter.

— Mais je crois qu'il est mort !

— *Vraiment ?* demanda Rublu derrière son journal. Alors, il n'y a qu'à appeler les pompes funèbres...

Un jour, une vaillante et astucieuse infirmière écossaise, alors occupée à soigner la jambe gangrenée d'un combattant afghan, m'avait appris un truc professionnel dont elle m'avait garanti l'efficacité. Pour vérifier si quelqu'un qui vient apparemment de mourir est vraiment passé de l'autre côté, il faut lui saisir les lobes des oreilles et les tirer à deux reprises, aussi fort et aussi brusquement qu'on le peut. Si le sujet est encore en vie, il doit se réveiller. Je n'avais encore jamais eu l'occasion de mettre la chose en pratique, mais je pensais que, cette fois, le moment était venu. Et j'avoue que la perspective de tirer les oreilles de Feroze ajoutait du charme à l'opération. Si, par hasard, le magicien était encore en vie, c'était l'occasion de tirer une très minime vengeance des souffrances qu'il m'avait fait endurer.

Je saisis donc les deux lobes et les tirai vigoureusement à deux reprises, comme si je m'essayais à traire une vache.

Le résultat fut immédiat. Les yeux de Feroze, qui étaient complètement révulsés, se remirent en position. Son corps cessa de trembler et son pouls redevint instantanément normal.

— Je vous ai ramené à la vie ! clamai-je triomphalement,

les doigts toujours cramponnés à ses oreilles. Même Rublu pensait que vous étiez mort !

— Je n'ai jamais rien pensé de tel, protesta le bossu.

— Sornettes ! déclara le Maître en frottant ses lobes endoloris. Ce n'était rien de plus qu'un simple tour d'illusion. Et, la prochaine fois, veuillez laisser mes oreilles tranquilles...

— Mais vous n'aviez plus de pouls ! Vous étiez mort... C'est moi qui vous ai ramené à la vie. Je suis incroyable !

— Vous n'êtes incroyable que de bêtise ! rétorqua Feroze. Mais, effectivement, ce que vous avez vu *était* incroyable. D'abord, je suis mort. Puis je suis revenu de l'au-delà. Si j'étais un prétendu « homme de dieu », vous seriez peut-être tombé à genoux devant moi, en adoration. Mais, malheureusement, je ne suis qu'un illusionniste, et je me suis borné à exécuter un tour élémentaire.

Il me regarda fixement et ajouta :

— Sachez que tout le monde peut revenir de chez les morts, sans être pour autant un zombie. C'est le premier tour de magie scénique que vous allez apprendre.

Sur quoi Feroze glissa sa main droite à l'intérieur de sa chemise et retira de sous son aisselle un petit objet.

— Ceci, fit-il en me montrant une noix, est le secret de la résurrection à laquelle vous venez d'assister.

J'étais si gêné de m'être laissé duper que je m'abstins, sur le moment, de poser la moindre question. Un peu réconforté par l'idée que mon entraînement pratique avait enfin commencé, j'attendis patiemment l'explication.

— C'est un tour élémentaire, me déclara Feroze après avoir reboutonné sa chemise. D'abord, vous placez la noix sous votre aisselle et faites mine d'entrer en état de *samadhi.* Puis, vous pressez doucement mais régulièrement sur la noix. Le tremblement censé résulter de votre état de méditation masque la contraction des muscles de votre épaule. Et, comme vous avez pu le constater, la noix ne tarde pas à ralentir votre pouls par pression sur l'artère axillaire.

Le Maître m'ordonna de me débarrasser de toutes les notes que j'avais accumulées jusque-là. Les épreuves subies sous le manguier avaient représenté la préparation de mon corps, et la frénétique absorption de connaissances hétéroclites la préparation de mon esprit. Le moment était venu d'amorcer le véritable enseignement.

Mon excitation était telle que je tendais soudain à oublier – et à pardonner – les souffrances engendrées par les deux phases précédentes.

Le Maître remit en place son bouton de manchette en argent dont la décoration – un carré accompagné de compas – tendait à me confirmer sa qualité de franc-maçon. Je n'avais jamais aperçu d'autres symboles maçonniques dans la maison, mais depuis notre première poignée de main à l'Albert Hall j'avais eu peu de doutes à ce sujet. Feroze avait, en effet, pressé le pouce droit entre mon médius et le doigt voisin.

— Rublu, dit-il, tu voudras bien nous excuser un moment.

Ouvrant la vitrine qui abritait ses trophées sportifs, il prit au fond de l'une des coupes une clé de forme carrée. Puis, me conduisant vers la porte voisine de celle de la réserve attenante à son bureau, il glissa la clé dans la serrure, la tourna dans le sens contraire à celui des aiguilles d'une montre, pressa, comme à son habitude, deux fois son pouce sur le bouton de la porte et ouvrit celle-ci en la tirant vers lui.

— Venez avec moi, me dit-il à voix basse, c'est ici que, dorénavant, vous travaillerez.

Je me retrouvai dans un véritable laboratoire. La pièce, qui sentait curieusement les produits chimiques et la viande faisandée, avait un sol dallé et des murs bleu pastel. Elle était dépourvue de fenêtres et occupée en son centre par un large établi couvert d'alambics de tailles diverses, de tubes à essai, de bacs Bunsen et d'un générateur Van de Graaff. Une épaisse couche d'une poussière sombre et huileuse recouvrait toutes choses, des toiles d'araignées pendaient du plafond et des crottes de rat jonchaient le sol. Il était sidérant qu'un tel endroit soit tombé dans un tel état d'abandon. Je ne pus m'empêcher de le faire remarquer.

— Je vous avais bien précisé que je m'étais retiré, dit Feroze d'un ton sec.

Il appela Gokul, qui, une brosse d'une main et une serpillière de l'autre, entreprit de faire le ménage.

Le magicien me ramena dans son bureau et, tandis que nous parvenaient des bruits de verre brisé en provenance du laboratoire, me déclara :

— Tout d'abord, méditez un peu sur le terme « illusion ». Demandez-vous ce qu'il signifie vraiment.

Je réfléchis un instant et dis :

— Cela signifie « l'effet de... »

Feroze m'interrompit aussitôt :

— Cela veut dire quelque chose qui vous abuse en produisant une fausse impression de réalité ou, si vous voulez, une fausse interprétation de la réalité.

Je répétai cette définition, mais, déjà, le magicien poursuivait :

— Comme je vous l'ai déjà dit et répété, il vous faut étudier tous les grands maîtres de l'illusion. Cherchez ce qu'ils jugent important... apprenez leurs techniques de prestidigitation... voyez comment ils manipulent un public... posez-vous toutes les questions que ce public ne se pose pas. Et puis, entraînez-vous, entraînez-vous, entraînez-vous !

À ce moment, Gokul traversa le bureau en traînant la savate, portant une pelle à poussière pleine de crottes de rat.

— Mais avant tout, continua Feroze sans paraître s'en apercevoir, vous devez prêter attention au détail. À partir de maintenant, le détail – quel qu'il soit – est d'importance primordiale. Si vous devenez expert en la matière, vous excellerez en tant qu'illusionniste.

— Le souci du détail est-il plus important que les tours eux-mêmes ? demandai-je.

— Les illusions sont, bien sûr, capitales, mais vous pourrez un jour vous en aller et mettre au point vos propres tours. Je ne serai pas toujours derrière vous. Mais, avant que vous me quittiez, il faudra que vos yeux se portent toujours dans les bonnes directions, que vos oreilles captent les bonnes fréquences.

L'horloge sonna midi. Comme à un signal, Rublu s'étendit sur le canapé chesterfield et s'endormit promptement. Feroze me surprit à le regarder, constatant une fois de plus sa malheureuse apparence physique et l'aspect un peu minable de sa vêture.

— Fermez les yeux, m'ordonna le magicien. Maintenant, dites-moi comment Rublu est habillé. Décrivez ses vêtements dans tous les détails dont vous pourrez vous souvenir.

Les paupières closes, j'essayai de me concentrer et me représenter le plus précisément possible le bossu.

— Il porte des souliers marron à lacets, commençai-je. Sa chemise est blanche. Son cardigan est d'une sorte de vert poussiéreux, et son pantalon bleuâtre, je pense.

Le magicien ne parut que très médiocrement satisfait de ma démonstration.

— Et où sont donc les détails ? demanda-t-il.

Puis, fermant les yeux à son tour, il déclara :

— Rublu porte l'une de mes vieilles chemises de coton, d'une teinte que le chemisier appelle, je crois, « maïs ». Elle a des pointes de col allongées, des poignets simples, deux poches de poitrine plissées et des boutons nacrés. Par-dessus la chemise, il porte un cardigan vert fougère à col en V, tricoté au point de mousse, avec une poche ouverte du côté gauche, légèrement bouffant aux poignets. Il a six boutons en os. Son pantalon est en tissu léger, polyester et rayonne…

Feroze s'interrompit quelques secondes, les paupières contractées, et reprit :

— Je me souviens qu'il a des revers, une braguette boutonnée, un pli très affûté. Quant à la couleur… elle est bleu de Prusse.

— Excellent ! sifflai-je.

Mais le magicien n'avait pas terminé.

— Ses chaussures, précisa-t-il, sont des souliers de marche faits à Calcutta en cuir de buffle de qualité assez inférieure. Si je ne me trompe pas, elles viennent du quartier chinois de Tangra. Le cuir a été teint en un gris assez inégal. Les souliers sont éculés et passablement avachis – en raison de la posture adoptée par le pauvre Rublu. Je crois que c'est à peu près tout…

Il ouvrit les yeux et sourit, puis se reprit soudain :

— Oh, non ! fit-il. J'oubliais totalement sa montre. C'est un chronomètre Titan à boîtier d'acier et bracelet de vinyle. Il prend trois à six minutes de retard par jour.

Feroze offrait un exemple qui était difficile – sinon impossible – à suivre. Il considérait l'observation des détails comme l'élément le plus important de son enseignement.

— Apprenez à percevoir l'imperceptible, avait-il coutume de dire, et tout le reste suivra.

Ce principe, comme je ne tardai pas à l'apprendre, avait été emprunté à Harry Houdini lui-même.

En étudiant de plus près les méthodes d'Houdini, je commençai à me rendre compte des similitudes qu'il y avait entre lui et Feroze.

Tous deux comprenaient et mesuraient la puissance, pratiquement sans limite, que pouvaient prendre la magie et l'illusionnisme – surtout dans les pays encore primitifs. Tous deux étaient arrogants au-delà de toutes proportions. Tous deux exigeaient de leurs élèves de véritables miracles. Tous deux étaient passés maîtres dans l'art du spectacle et de la manipulation des foules. Tous deux observaient la plus rigoureuse minutie et la poussaient au point de l'obsession maladive.

Maintenant qu'il en était arrivé au corps principal de son enseignement, Feroze passait à toute allure d'un tour d'illusion à l'autre. Après une démonstration initiale, je me voyais enjoindre d'expliquer comment chaque tour avait été réalisé, avant de l'exécuter moi-même. Beaucoup des tours les plus simples relevaient de la pure manipulation. Mais, s'ils sont faciles à comprendre, ces tours de « passe-passe » exigent des heures d'un entraînement pénible et lassant.

En Inde, l'un des tours les plus fréquemment pratiqués par les « hommes de dieu » et les *pandits* religieux implique l'apparition et la dispersion d'une cendre argentée connue sous le nom de *vibhuti* et réputée sacrée. Les magiciens religieux la font surgir de nulle part et la répandent dans les mains tendues de leurs disciples, qui la lèchent avidement. Quiconque a la faculté de produire cette cendre est considéré comme doué de pouvoirs surnaturels.

Je commençai par soutenir que ce tour serait de peu d'intérêt pour moi, car je n'avais aucune intention de revendiquer des pouvoirs spirituels, mais Feroze insista, soulignant que cet exercice contribuerait considérablement à développer ma technique de manipulation. Il précisa qu'un bon magicien était capable de manger, de boire ou d'écrire avec une ou deux petites boulettes de cendre « sacrée » logées à l'endroit adéquat – dans un repli de peau entre le pouce et l'index. D'un mouvement circulaire de la main, il arrive, à point nommé, à déloger une boulette et à l'écraser du bout des doigts pour répandre la cendre.

Feroze me montra comment confectionner ces minuscules boulettes. Une certaine quantité de cendre ordinaire et de poudre parfumée est mélangée, dans une casserole, avec un peu de *kanji*, une eau dans laquelle on a rincé du riz et qui est devenue, de ce fait, légèrement amidonnée. On forme ainsi une pâte, que l'on divise en boulettes de la taille d'un petit pois. Celles-ci sont ensuite séchées, prêtes à être utilisées.

Comme je l'avais supposé et craint, le rythme de ces exercices pratiques était incessant. Feroze me présentait dix tours nouveaux chaque jour, en exigeant que je les maîtrise avant le lendemain matin. L'exécution des tours appris la veille était toujours suivie par une interrogation en règle sur la vie et l'œuvre des illusionnistes célèbres. Après quoi, le magicien m'ordonnait de décrire dans les plus minuscules détails un objet de son choix.

Les règles et obligations qui entouraient chaque aspect de la vie dans la maison de Feroze demeuraient presque insupportables. Mais ma consolation était que, contrairement à ce qui s'était passé auparavant, je me concentrais sur l'étude et non sur la simple survie. J'apprenais enfin ce que j'étais venu apprendre.

Tandis que je me livrais à mes expériences quotidiennes dans le silence du laboratoire de Feroze, j'avais l'impression d'être reporté vingt années en arrière, à l'époque où Hafiz Jan faisait mon éducation dans ma mansarde. Je le sentais presque se penchant sur mon épaule pour m'expliquer la préparation d'un tour. Et la joie m'envahissait à la pensée d'être devenu l'élève de l'homme qui avait tout appris au Pashtun. J'étais sûr que celui-ci serait très fier de me voir accepté par son redoutable professeur.

*

Un matin, Feroze fit son entrée dans le laboratoire avec un vieux carton à chaussures dont le couvercle avait été percé en plusieurs endroits à l'aide d'un crayon à bille. Il posa la boîte à l'extrémité de l'établi et entreprit de me faire exécuter les tours que j'avais étudiés la veille.

Il y eut d'abord l'illusion des « doigts fumants ». On prépare un mélange de phosphore et de disulfure de carbone dans la proportion d'un pour six. On met deux gouttes de ce mélange sur le pouce et l'index. Quand on frotte ensuite ces deux doigts l'un contre l'autre, un mince nuage de fumée s'élève de la main.

Ensuite, Feroze me commanda de boire une tasse de thé et d'écrire un texte sous sa dictée en gardant deux boulettes de *vibhuti* dissimulées entre mes doigts. Je m'exécutai avec un relatif succès.

Après cela, il m'ordonna de faire brûler un cube de camphre et de le placer sur ma langue. En dépit de séances d'entraînement régulières, l'expérience demeure impressionnante. Le camphre auquel on met le feu a la taille approximative d'un morceau de sucre normal. Comme les flammes commencent à en jaillir, on le jette en toute hâte sur sa langue et on referme très vite, et bien hermétiquement, la bouche. On paraît, pendant deux ou trois secondes, avoir les joues incandescentes. Bien que propre à pétrifier de terreur le public, le tour n'est pas réellement dangereux. Même quand le camphre brûle, le bas du cube – c'est-à-dire la partie qui repose sur la langue – reste relativement frais. Et, avant que le feu ait pu occasionner une véritable brûlure à la langue, d'ailleurs protégée par son revêtement de salive, le dioxyde de carbone en provenance des poumons éteint la flamme. Mais le tour est d'autant plus impressionnant que beaucoup d'Indiens pensent que le camphre ne peut brûler qu'en offrande à une divinité.

Après m'avoir regardé opérer, Feroze, comme à son habitude, me donna une note pour chaque tour. Comme on pouvait s'y attendre, il n'était pas très généreux dans l'attribution des points. Je n'avais jamais réussi à dépasser trois sur dix.

Ce matin-là, quand je lui demandai ce que contenait le carton à chaussures, le magicien, sans me répondre, m'ordonna de lui décrire le piano se trouvant dans le salon. Je me sentis brusquement très soulagé ; ce piano était ce que je connaissais le mieux dans la maison.

— C'est un Steinway droit, commençai-je, fabriqué à Hambourg, avec un clavier classique de quatre-vingt-huit notes. Les touches, qui sont en ivoire authentique, ont jauni avec l'âge. Celles qui sont le plus fréquemment employées sont légèrement usées aux extrémités. L'une – un « do » – est craquée et a été réparée dans le passé avec du mastic. Le corps de l'instrument est en noyer, sur un cadre d'acajou. Il y a sur la partie supérieure une marque circulaire, là où, peut-être, avait été posée une jardinière. Les pédales de cuivre sont bien astiquées, mais il y a un résidu de cire sur l'une d'elles. L'une des roulettes a été cassée et remplacée par un livre. Je pense que c'est une édition de 1913 de *La Terre des Monts et des Pampas* de Jesse Page, toilée de rouge.

Quand j'eus fini, Feroze fit tourner sa montre entre ses doigts.

— C'est tout ce que vous pouvez me dire ? demanda-t-il.

J'opinai assez piteusement du bonnet.

— Et la sonorité ?... Et l'odeur ?... La sensation au toucher ?... Le mécanisme interne ?... Comment avez-vous bien pu faire pour laisser de côté tous les détails les plus importants ?

À mon avis, le métier de l'enseignement attire deux types de sadiques. Il y a d'abord ceux qui, bien que se montrant d'impitoyables tortionnaires, espèrent secrètement que leurs élèves vont faire des progrès. Et il y a ceux qui utilisent les mêmes méthodes, mais uniquement pour la beauté de la chose, en ne se souciant pas le moins du monde de ce qu'il advient de leurs administrés. Feroze appartenait de toute évidence à la seconde catégorie.

— Assez sur le piano ! finit-il par dire avec une sorte de jubilation maligne. Le moment est venu de passer à quelque chose d'assez particulier.

Gagnant l'extrémité de l'établi, il ouvrit le carton à chaussures et en tira, avec quelque précaution, une vipère enroulée sur elle-même. Puis, prenant la tête du serpent dans la main gauche et saisissant la queue de la droite, il étira le reptile.

— Ce matin, annonça-t-il, je vais vous enseigner l'un des tours de magie les plus anciens et les plus importants de tous. Nous allons transformer une baguette en un serpent. Cette illusion a envoûté pendant plus de trois mille ans les rois comme les simples laboureurs. Elle reste entourée de mystère et a la même place capitale dans le légendaire de la magie que la corde indienne, la planche à clous ou même la lévitation. Si vous arrivez à maîtriser cette expérience, vous aurez l'avantage d'exécuter un tour qui a été l'une des clés du développement de l'illusionnisme.

— Et quand a-t-il été accompli pour la première fois ? demandai-je.

— La Bible, répondit Feroze, rapporte qu'Aaron a réalisé ce « miracle ». Vous trouverez cela dans le Livre de l'Exode, chapitre sept, verset dix. Mais cette illusion est encore plus vieille qu'Aaron. Les textes égyptiens anciens parlent aussi de la transformation d'une baguette en un serpent. Les derviches de l'Asie centrale usaient de ce tour comme d'une démonstration de vraie magie.

— Si c'est là le serpent, où est la baguette ?

— Vous la voyez, dit Feroze. C'est le serpent. Il n'y a pas de baguette. C'est de l'illusionnisme sous sa forme la plus pure. Nous allons utiliser l'instinct du reptile pour créer l'illusion.

— Qu'est-ce que l'instinct du serpent a à voir avec tout cela ?

— D'abord, je dois vous dire que le serpent a été gardé au froid pendant trois heures. Il est donc un peu plus engourdi qu'à l'habitude. Maintenant, regardez la façon dont je presse mon pouce – très fermement – au milieu de sa tête. Et mon index exerce une pression équivalente de l'autre côté, sous la mâchoire.

Le magicien souleva la tête de la vipère pour bien l'offrir à mon regard.

— Le manipulateur, poursuivit-il, maintient la pression pendant plusieurs minutes. Son effet est d'étourdir et de neutraliser le serpent – qui croit être attaqué par un prédateur de taille gigantesque. Incapable de se défendre, il est en état de choc. Même si je laisse sa queue toucher le sol, il ne peut toujours pas bouger.

Feroze en fit aussitôt la démonstration. Il avait raison. Le serpent était complètement paralysé.

— Maintenant, dit-il, regardez ce qui arrive si je jette la vipère au sol.

Prenant garde de ne pas causer de dommage à ce délicat reptile, il le laissa simplement tomber sur le dallage du laboratoire. Deux ou trois minutes plus tard, le serpent se remit à bouger et à onduler.

— Nous savons, *nous*, que, se rendant compte qu'il était libre, le serpent est simplement sorti de son état de choc, dit Feroze en ramassant la vipère avec soin. Mais, avec un peu de mise en scène et un éclairage convenable, l'assistance est convaincue d'avoir vu un miracle se réaliser sous ses yeux.

Durant l'après-midi, après m'avoir interrogé sur la vie d'Harry Kellar, un illusionniste américain grand ami d'Houdini, Feroze sortit de l'un des placards de teck garnissant l'un des murs du laboratoire, un grand bocal de verre plein de cailloux.

Il en dévissa le couvercle et en sortit sept cailloux. Ils avaient chacun la taille approximative d'un œuf de caille. Il les essuya soigneusement avec un chiffon, but un gobelet d'eau et avala une à une les pierres. Sans plus d'effort apparent que s'il avait dégusté une glace à la vanille.

— Maintenant, c'est votre tour, annonça-t-il après avoir absorbé la septième pierre.

— Il n'en est pas question ! protestai-je. Je n'avalerai pas de pierres ! Elles ne passeront pas dans mon appareil digestif. Je viens de déjeuner…

— Ce n'est pas un dessert, me dit le Maître d'un ton facétieux. De toute façon, ces pierres ne passeront pas par votre appareil digestif.

Il se détourna pour se mettre face à la porte. Deux minutes plus tard, les yeux injectés de sang et les paupières clignotantes, il plaqua à grand bruit sur l'établi les sept cailloux qu'il avait précédemment avalés.

— Voilà ! clama-t-il. Ils ne sont pas passés par mon appareil digestif !

Certains des exercices que m'avait imposés le Maître avaient été incontestablement pénibles. Mais jusque-là, aucun ne m'avait vraiment paru mettre ma vie en danger.

— Je n'avalerai pas de pierres, ne répétai-je. Je suis désolé, mais, là, nous sommes à la limite que je ne peux dépasser. Traitez-moi de dégonflé ou de lavette si vous voulez, mais je ne franchirai pas la ligne.

Sur le moment, Feroze ne répondit pas. Il alla laver sous le robinet ses sept cailloux et les remit dans le bocal. Puis, se caressant le menton, il me lança un regard inquisiteur.

— Ces pierres sont trop grosses pour vous, hein ? fit-il.

— Beaucoup trop grosses, bredouillai-je.

— Alors, nous allons commencer avec quelque chose d'un peu plus petit.

Il tira de sa poche une cuiller à thé et en frappa la timbale d'étain toujours pendue à sa ceinture. Une seconde plus tard, Gokul apparut. Où qu'il se trouvât, il répondait toujours avec une étonnante vitesse à la convocation du Maître.

— Gokul, dit celui-ci, va chercher quelques pommes de terre nouvelles.

— Oui, *Sahib*. Combien rapporter ?

— Oh ! dit Feroze, une petite douzaine suffira.

Vingt minutes plus tard, j'avais avalé ma première pomme de terre crue. Certes, ce n'était qu'une petite, récoltée dans le jardin, mais l'exploit m'avait rempli d'une fierté immédiate – et prématurée. Comme je reprenais ma respiration et attendais que mes yeux retrouvent leur place normale dans les orbites, Feroze me lança une autre pomme de terre.

— Allez-y ! fit-il. Il en reste.

— Je ne voudrais pas tout accaparer, lui dis-je. Servez-vous. Je ne tiens pas à passer pour un goinfre.

Mais le magicien se refusa à me suivre sur ce terrain. Je dus céder et, l'une après l'autre, les petites pommes de terre descendirent dans mon œsophage réticent.

— À combien en sommes-nous, maintenant ? me demanda Feroze, qui jouissait visiblement de la situation.

— Cinq, fis-je d'une voix étranglée. Je ne voudrais pas jouer les délicats, mais je ne pense vraiment pas que mon organisme puisse en accepter plus. Vous devez déjà l'entendre protester.

Le magicien me versa un gobelet d'eau. J'avalai en hâte le liquide, qui cascada en direction des pommes de terre, procurant quelque adoucissement aux parois meurtries de mon œsophage. Mais mon estomac continuait à se révolter, refusant toute autre ingestion de légumes importuns.

Feroze parut réfléchir un instant, puis il emplit un gobelet à une autre carafe.

— Je ne crois pas que je pourrai en avaler plus, lui dis-je. Mon estomac refuse.

— Vous *devez* boire cela, déclara-t-il en me tendant le gobelet.

Hors d'état de discuter, j'obéis. Alors que j'avais déjà la bouche pleine de liquide, je me rendis compte que celui-ci n'était aucunement de l'eau. Il n'en avait ni la fraîcheur ni, surtout, l'effet adoucissant. Bien au contraire, ma bouche, mon gosier, mon œsophage et ce qui pouvait me rester d'estomac se révulsèrent d'horreur à son contact.

En un clin d'œil, je fus saisi d'une crise de vomissements comme je n'en avais encore jamais connu de ma vie, rejetant soudain tout ce que j'avais pu absorber dans la journée. Une masse à demi digérée de lentilles, de riz, de purée de mangues, de yaourt à la noix de coco, s'expulsa avec une incroyable vélocité des profondeurs de mon corps. Et cette expulsion massive fut suivie d'un véritable tir de barrage de pommes de terre nouvelles.

Feroze étant celui qui m'avait fait absorber l'émétique – en l'occurrence une puissante solution d'ipéca – il n'était que juste qu'il fût aspergé par mes vomissures, mais cela eut pour effet de dissiper chez lui tout esprit d'indulgence. Certes, la vue de sa veste et de sa chemise abondamment souillées me procura une amère satisfaction, mais les représailles ne tardèrent pas à s'exercer. Feroze n'était pas homme à pardonner quoi que ce soit, même une réaction physique involontaire.

Pendant les six jours qui suivirent, je fus soumis à un régime totalement barbare, dont le but premier était d'éduquer mon estomac et de faire de la régurgitation un exercice courant.

Feroze commença par supprimer mon modeste déjeuner de douze minutes, prétendant qu'il gênait mon entraînement. Il porta ensuite à trois par jour le nombre des séances de régurgitation, tout en continuant, dans le même temps, à m'enseigner de nouveaux tours de magie – qui prenaient d'ailleurs un caractère parfaitement répugnant. Des séances supplémentaires, survenant souvent au milieu de la nuit, étaient consacrées à des cours magistraux sur l'illusionnisme et ses grands maîtres. Immédiatement après chaque cours, j'étais invité à rédiger une dissertation sur le sujet qui venait d'être traité. Elle était invariablement notée de la façon la plus catastrophique.

Dès le troisième jour, j'avais l'estomac si douloureux qu'il n'acceptait plus la moindre nourriture solide. J'attirai l'attention de Feroze sur ce fait. Mais, semblant toujours me tenir la plus grande rigueur de l'aspersion dont il avait été victime lors de la première séance, il coupa court très sèchement à mes plaintes.

— Vous devez apprendre à contrôler votre estomac, proclama-t-il. Houdini s'était entraîné à faire agir chaque muscle de façon indépendante, à sa volonté. Vous devez faire de même. Ce n'est pas ma faute si vous êtes *un peu* incommodé.

Feroze ne s'en rendait pas compte, mais il m'avait de nouveau poussé à bout. Je m'étais remis à ruminer de sombres projets de vengeance. Mais je ne voyais qu'une façon de percer les défenses du magicien : je devais tenter de l'atteindre à travers sa phobie. Mais, pour ce faire, il me fallait des munitions ; je devais me constituer de toute urgence une réserve d'élastiques.

J'explorai la maison de fond en comble. Aucun élastique en vue. Et je n'avais pratiquement pas l'occasion de quitter les lieux. S'il m'avait surpris en train de me faufiler dehors au milieu de la nuit – et même s'il avait ignoré que le but de mon excursion clandestine était l'achat d'élastiques – Feroze se serait mis dans une rage folle. Gokul et Rublu circulaient fréquemment, mais je ne pouvais faire confiance à aucun d'eux. Après avoir longuement et profondément médité, je finis par trouver un moyen détourné de me procurer ce que je convoitais. Je demandai à Gokul s'il pouvait m'acheter, en allant faire les courses habituelles, un paquet de bâtonnets de *neem* pour me nettoyer les dents, ce que le vieux domestique accepta immédiatement de faire. Or, chacun sait que les paquets de bâtonnets destinés à cet usage sont maintenus par des élastiques de couleur...

En attendant, les exercices se poursuivaient. Le quatrième jour, je réussis, sans l'aide d'un émétique, à rejeter mon premier caillou. Il semblait en fait que mon œsophage et mon estomac aient enfin accepté de m'obéir – à condition que l'ipéca n'intervienne pas. Je m'avisai que j'étais devenu capable de régurgiter par simple contrôle de mes muscles internes.

Bien sûr, Feroze s'attribua tout le mérite de cette évolution. Il me fit signe de remettre le caillou dans son bocal d'origine, mais je m'en abstins et l'enveloppai subrepticement dans mon mouchoir. À mes yeux, il avait pris valeur historique, et j'entendais le garder comme un porte-bonheur.

Me déclarant que nous reprendrions plus tard les exercices de régurgitation, le magicien frappa sa timbale, et Gokul apparut, fantomatique, semblant, comme à son habitude, sortir du néant. Il avançait encore plus lentement que de coutume, le corps penché en avant et les bras tremblant légèrement. Il portait un pot qui paraissait d'un poids considérable.

— Pose-le ici, lui dit Feroze en désignant un large trépied de fer.

— Oui, *Sahib*, fit le domestique, à bout de souffle.

Au moment où il quittait la pièce, je lui lançai un regard interrogateur. Il secoua la tête. Pas encore de bâtonnets – ni d'élastiques.

Lorsque le pot fut posé sur le trépied, le magicien alluma un bec Bunsen au-dessous. J'y jetai alors un coup d'œil. Il n'était pas étonnant que Gokul ait paru tant peiner en portant le récipient. Celui-ci était plein de plomb fondu.

— Je vous préviens, dit Feroze, que vous avez intérêt à vous montrer prudent avec cela. Le plomb fondu peut être très dangereux s'il n'est pas manié avec précaution.

— Je m'en doute, fis-je, en m'interrogeant avec une anxiété

croissante sur le rôle qu'allait jouer le plomb fondu dans le prochain exercice.

Le Maître sortit de l'un des placards muraux une boîte à biscuits de chez Fortnum & Mason dont il souleva le couvercle. Elle était pleine de sable ordinaire.

— Je vais vous enseigner, me dit alors Feroze, la manière de mettre votre main dans un pot de plomb fondu. Avant, il faut se préparer avec soin. Sans préparation adéquate, des erreurs se produisent, qui font des victimes.

— Je comprends, je comprends, me hâtai-je de dire.

— Avant de plonger votre main dans le plomb, poursuivit le magicien, il vous faut la « laver » dans du sable bien sec. Il absorbera toute l'humidité. Vous devez tenter le tour *immédiatement* après vous être frotté les mains dans le sable. Si vous attendez une seconde de trop, les mains se remettent à transpirer. Et les mains moites et le plomb fondu ne font pas très bon ménage. C'est compris ?

— C'est compris.

— Bien. Alors, regardez.

D'un mouvement simple et vif, il plongea les doigts de sa main droite dans le métal en fusion. Il compta jusqu'à trois aussi vite que possible, et, me regardant droit dans les yeux, retira ses doigts.

— À votre tour, maintenant, dit-il.

M'étant dûment frotté les mains de sable, je pris position au-dessus du pot où fumait le plomb.

— Je vais compter, annonça Feroze en desserrant légèrement son foulard.

Il adorait cela.

— Attendez, fis-je. Laissez-moi me préparer.

— Le temps de la préparation est passé ! dit sèchement le Maître. Vos doigts vont commencer à transpirer. Un... deux... trois... maintenant !

Je ne pus retenir un cri en plongeant les doigts de ma main gauche dans le métal en fusion. Avant de les retirer une fraction de seconde plus tard.

— Pas besoin de faire tant d'histoires, me dit alors Feroze. On croirait vraiment que vous venez d'accomplir un miracle...

Feroze saisit sa timbale pour convoquer Gokul, mais, avant même qu'il ait eu le temps de la frapper de sa cuiller, le domestique apparut. Il éteignit le bac Bunsen et remporta le pot de plomb.

— Maintenant, déclara Feroze d'un ton pompeux, je vais vous parler d'Houdini.

— Mais nous ne faisons que cela ! protestai-je.

Un regard furibond salua ma remarque. Le Maître cligna des yeux à trois reprises. J'étais maintenant en mesure de déchiffrer le code ; trois clignements d'yeux risquaient fort d'annoncer une séance de régurgitation. Je sentis mon estomac se nouer à cette perspective, et me hâtai de m'excuser.

— Désolé de cette sortie, fis-je.

Feroze eut un sourire en biais.

— Donc, reprit-il en me conduisant vers son bureau, étudions un peu le génie qu'était Harry Houdini.

Sachant que j'aurais, peu après, à rédiger un texte détaillé sur la question, je mobilisai toute mon attention.

— Harry Houdini, commença Feroze, en faisant sonner ce nom avec quelque grandiloquence, naquit en 1874. Il s'appelait Erich Weiss. Il choisit le nom de scène d'« Houdini » en hommage au grand illusionniste du dix-neuvième siècle Robert-Houdin. « Harry » fut ajouté pour l'allitération. Ce respect pour Robert-Houdin s'évapora au fil des ans. Et Houdini en arriva à multiplier les efforts pour discréditer son ancienne idole.

Ici, le magicien fit une pause et me foudroya du regard. Imaginait-il qu'un jour, devenu en pleine possession de mes moyens, je me retournerais contre lui ? Je répondis à son regard furieux par un sourire horriblement servile.

— En dépit de tout cela, reprit-il, Houdini était un extraordinaire illusionniste. Il émergeait du lot car il possédait à lui seul les dons et les talents des magiciens les plus divers. C'était un brillant prestidigitateur, et il était capable en même temps de créer et de maîtriser les tours les plus complexes. Parfait exécutant et acteur consommé, il était toujours plein d'audace et d'agressivité, avec une présence et une rapidité d'esprit sans pareilles. C'était un maître du mystère et un homme à qui nul détail n'échappait. Et nous avons vu l'importance du détail.

Je crus bon d'approuver :

— Oui, le détail est capital, fis-je d'un ton pénétré.

— Houdini, poursuivit Feroze, apparemment satisfait de l'attention que je portais à son discours, comprenait que sans mystère, il n'y avait pas de magie. Il savait aussi que, sans publicité, l'habileté est gaspillée. Il savait créer, construire peu à peu un climat de mystère. Il savait faire attendre son public. Au point que celui-ci était déjà au comble de la fièvre lorsque le maître daignait paraître en scène. Ses numéros étaient toujours émaillés de faux indices destinés à détourner l'attention de l'assistance. Bien sûr, c'est l'art de l'évasion qui a fait avant tout sa légende. L'évasion n'est pas ce qui nous intéresse au premier chef, mais ses méthodes peuvent beaucoup nous apprendre. Lorsqu'en tournée il arrivait dans une ville, il lançait un défi aux fabricants de coffres-forts locaux, leur demandant de lui faire livrer leur meilleur coffre la veille de la représentation. Au cours de la représentation, il se faisait enfermer dans le coffre, pris dans une camisole de force. Un rideau était tiré autour du coffre, et le public attendait. Une heure après, Houdini sortait de derrière le rideau. Le public l'acclamait. Mais il faisait bien attention de ne pas être trop bon.

— Qu'est-ce que vous voulez dire par là ? demandai-je à Feroze. On ne peut pas être « trop bon » !

— Mais bien sûr que si ! me répondit le magicien. Houdini pouvait, en fait, sortir du coffre en cinq minutes. C'est ce qu'il faisait, d'ailleurs, mais il passait le reste du temps à lire un roman populaire ou à s'entraîner pour un autre tour. S'il avait émergé du rideau au bout de cinq minutes, tout le monde aurait su que le tour était truqué.

— Et il était truqué ?

Feroze me regarda comme s'il avait affaire à un idiot de village.

— Bien sûr qu'il était truqué ! s'exclama-t-il. Dès que le coffre-fort avait été livré, la veille, Houdini et son équipe avaient commencé à en retirer le mécanisme de fermeture pour le remplacer par un autre, de leur construction. Quelquefois, la besogne prenait toute la nuit. Cependant, personne ne devinait ce qui s'était passé. Avant restitution du coffre, tout le mécanisme d'origine avait été remis en place.

— Et Houdini truquait souvent ses tours ?

— Qu'est-ce que vous racontez là ? demanda Feroze. C'est à croire que vous n'avez rien appris ! Évidemment, il truquait ses tours ! C'était un *illusionniste.* Et dans illusionniste, il y a illusion, au cas où vous ne vous en seriez pas rendu compte encore...

Il alla jusqu'à la bibliothèque et un tira un volume à la reliure fatiguée, qu'il me tendit.

— *Les Secrets d'Houdini,* lus-je à haute voix. De J.C. Cannell.

— Vous feriez mieux de commencer à le lire dès maintenant, me dit Feroze en tirant sa montre de sa poche. Je vous donne une heure.

Le livre de Cannell décrivait en détail nombre des trucs diaboliques utilisés par Houdini. Quiconque tient à conserver l'image d'Houdini, « l'incorruptible champion de la magie », ferait mieux de ne pas lire cet ouvrage. Houdini avait peut-être toutes les extraordinaires qualités que ne cessait de vanter Feroze, mais il avait recours aux duperies les plus éhontées qui aient jamais été imaginées. Il utilisait, par exemple, des menottes truquées pour ses démonstrations d'évasion. Il plaçait des compères dans l'assistance. Les malles dont il s'échappait avaient des panneaux coulissants, les fourgons blindés de faux planchers et les cuves d'eau des rivets truqués. Mais, comme Feroze me l'avait justement rappelé, Harry Houdini était un maître de l'illusion.

— Souvenez-vous, me dit le Maître le lendemain matin en lisant mon texte sur Houdini, que la clé de la réussite, dans le domaine de l'illusion, réside pour une bonne moitié dans la mise en scène. C'est elle qui vient rehausser le mystère. Et plus celui-ci semble épais, plus les spectateurs parleront de ce qu'ils ont vu ou cru voir, plus vite le bruit se répandra et la réputation se formera. Il en est de même ici, en Inde. Si un « saint homme » éblouit ceux qui l'entourent, ils se précipitent pour en parler à d'autres.

Cela, je commençais à bien le comprendre.

— Houdini, poursuivit Feroze, était un grand illusionniste. De cela, il n'y a aucun doute. Mais il était, avant tout, un grand homme de spectacle. Il prenait le public sous son charme. Il encourageait les spectateurs à venir inspecter son matériel. Il savait les exciter pour mieux les subjuguer.

Il s'interrompit pour rectifier le pli d'un tapis.

— Belle matinée, fit-il soudain.

— Certes, dis-je. La première matinée à la fois fraîche et ensoleillée depuis plus d'une semaine. Allons-nous commencer par la régurgitation, aujourd'hui ?

— Une autre fois, me répondit-il avec une pointe d'impatience. Il fait vraiment beau, aujourd'hui. Si beau que ce jour mérite quelque chose d'un peu spécial.

— Plus spécial que d'avaler des pierres ?

— Oh, oui ! *Beaucoup* plus spécial.

À neuf heures et demie, Rublu arriva, escomptant un déjeuner rapide, comme à l'habitude. Je remarquai ses vêtements. Ils me semblaient vaguement familiers : un pantalon en coton vert olive et une chemise, également en coton, couleur de pêche. Je me souvins alors que Feroze avait porté des vêtements ayant ces teintes cinq jours auparavant, et, soudain, je compris. C'étaient le pantalon et surtout la chemise sur lesquels j'avais déversé le contenu de mon estomac. Plutôt que de les remettre, même dûment nettoyés, le Maître en avait fait don à son ami et protégé.

— Vous me préviendrez quand vous serez prêts à passer à table, marmonna Rublu en s'emparant d'un journal.

— Oh ! fit Feroze d'un ton détaché. Nous n'avons pas le temps de déjeuner aujourd'hui, Rublu. Mais je suis sûr que Gokul a prévu quelque chose pour toi.

Étaient-ce les brimades consécutives à mes manifestations stomacales qui se poursuivaient ?

— Nous prendrons juste une tasse de Darjeeling, me dit Feroze en m'entraînant dans le laboratoire.

À ce moment, comme par magie, Gokul surgit avec un plateau. Il avait en commun avec Feroze l'art de se matérialiser subitement, comme s'il sortait de nulle part. J'en arrivais à me demander si le vieux domestique avait été envoûté par le magicien, ou s'il était magicien lui-même.

En me versant mon thé, Gokul me fit un discret clin d'œil.

Ce signal ne pouvait vouloir dire qu'une chose : que les bâtonnets que j'avais demandés étaient enfin arrivés – et avec eux les élastiques.

— Maintenant, annonça Feroze, passons à ce petit quelque chose spécial...

Le connaissant, je redoutai immédiatement le pire.

— D'abord, pour nous échauffer un peu, dit-il en retroussant ses manches. L'un des tours favoris de ce tordeur de cuillers israélien...

— Vous ne voulez pas dire Uri Geller ?

— Bien sûr que si... Uri Geller, le plus célèbre illusionniste du monde occidental, et celui qui prétend que ses illusions sont *vraiment* de la magie.

— Peut-être a-t-il *vraiment* un don, dis-je.

— Il est certain qu'il a un don, répliqua Feroze, mais ce don n'a rien de magique. Rappelez-vous : tous les exploits de Geller ont reçu une explication, des cuillers tordues à la lecture de documents scellés. Si vous voulez, nous en reparlerons plus tard. Mais, pour le moment, nous avons un peu de travail à faire...

Feroze me tourna un instant le dos, puis, me faisant de nouveau face, me tendit un morceau de papier d'aluminium – de celui qu'on utilise pour envelopper et conserver les aliments – froissé et formé en boule.

— Je veux, me dit-il, que vous teniez cela bien serré dans votre main. Quand je le dirai, et seulement quand je le dirai, *moi*, ce papier d'aluminium commencera à chauffer. Êtes-vous prêt ?

— Oui, répondis-je, serrant la boule de papier d'aluminium dans mon poing fermé.

— Très bien, dit Feroze en s'éclaircissant la gorge. Je vais me concentrer sur cette boule de papier d'aluminium.

Et il porta l'extrémité de ses doigts à ses tempes.

— Dites-moi quand vous commencerez à sentir le papier chauffer.

Une minute s'écoula. Puis une autre. Rien. Le papier d'aluminium restait à la température de la pièce. Mais, assez rapidement, tandis que je restais le regard fixé sur le dallage, je sentis venir la chaleur.

— Ça y est ! clamai-je. Je sens le papier se réchauffer ! Oui, il devient beaucoup plus chaud, maintenant !

— Bien, fit doucement Feroze, les doigts toujours aux tempes. Maintenant, quand je vous le dirai, le métal va commencer à tellement chauffer que vous serez contraint de le lâcher.

Rublu rompit ma concentration en nous appelant du bureau pour le déjeuner.

— Rublu ! cria le Maître d'un ton de colère. Je te l'ai dit : nous ne déjeunons pas. Il y a beaucoup trop à faire. Va te mettre à table seul.

Nous pûmes entendre les pas de Rublu se dirigeant vers la salle à manger.

— Où en étais-je ? marmonna Feroze. Ah, oui ! Quand je compterai trois, vous trouverez l'aluminium brûlant et presque impossible à tenir… Un ! Deux ! Trois !

L'aluminium était déjà extrêmement chaud. Il devint si brûlant que je dus le lâcher et lancer la boule sur l'établi.

— Excellent ! déclara Feroze. Mes pouvoirs de concentration ont rempli leur office.

— Qu'entendez-vous par là ? lui demandai-je. Vous avez utilisé de *véritables* pouvoirs psychiques ?

— Soyez donc un peu moins naïf ! me lança-t-il. C'était de la magie, mais de la magie scénique.

— Comment cela se fait-il ?

— C'est un truc célèbre, répondit le Maître. Vous avez peut-être remarqué qu'avant de vous remettre la boule de papier d'aluminium, je vous ai tourné le dos.

— Oui, j'ai remarqué.

— Eh bien, c'était pour recouvrir l'une des surfaces du papier d'aluminium d'une solution de nitrate de mercure. Je l'ai fait avec le dos d'une cuiller.

— Du nitrate de mercure ! répétai-je. Mais est-ce que ce n'est pas extrêmement toxique ?

— En fait, oui, me répondit tranquillement Feroze. C'est mortel. Cette toxicité du produit utilisé constitue le grand défaut de ce tour. Mais passons : le point à retenir, c'est que le produit provoque une oxydation très rapide du métal. C'est la réaction exothermique qui crée la chaleur – pas le pouvoir de l'esprit.

— Et c'est l'un des trucs de Geller ?

— Il l'adore. C'est parfait pour des publics restreints ou des démonstrations télévisées. Mais le tour est aussi utilisé très fréquemment par les « saints hommes » d'ici. Ils poussent les choses un peu plus loin en introduisant une amulette ou un anneau quelconque dans la boule de papier d'aluminium. Quand un croyant retrouve l'objet dans la boule, il est encore plus persuadé que c'est de la vraie magie qui a opéré.

Tandis que je me lavais méticuleusement les mains, Feroze claqua dans les siennes.

— Maintenant que nous avons expédié les hors-d'œuvre, lança-t-il, passons au *plat de résistance.*

— Qui sera ? demandai-je avec méfiance.

Feroze avait la mine réjouie. Trop réjouie pour mon goût. La seule chose qui le réjouissait autant était la souffrance. La souffrance d'autrui, bien sûr.

— C'est un tour très ancien, commença-t-il. Vous le trouvez sous des formes multiples dans toute l'Asie, mais la base en est partout la même.

— C'est-à-dire ?

— Je vais vous apprendre à élever de façon très spectaculaire votre température corporelle.

— Et pour quoi faire ?

Feroze me regarda, visiblement stupéfait que je n'aie pas immédiatement saisi l'importance de la chose.

— Le pouvoir de faire s'élever sa température à près de 50 degrés centigrades, me dit-il, suffit à faire croire à des capacités surhumaines.

— Est-ce que les lamas tibétains n'arrivent pas à faire monter très haut leur température corporelle ? demandai-je alors.

Je me souvenais avoir vu des photos de lamas nus dans la neige.

— Les lamas, dit Feroze, arrivent à conserver leur chaleur corporelle par des temps infernaux, mais ils le font en s'enduisant de graisse de yak.

Sa réponse me rassura au moins sur un point : elle tendait à indiquer que nous n'aurions pas, quant à nous, recours à la graisse de yak. C'était toujours cela.

— Mais, demandai-je, si nous n'utilisons pas de graisse de yak, comment faisons-nous pour élever notre température ?

Comme il le faisait toujours lorsqu'il s'apprêtait à me révéler une chose importante, Feroze alla jusqu'à la porte du laboratoire pour s'assurer qu'elle était bien fermée.

— Aujourd'hui, me déclara-t-il ensuite, vous allez découvrir la hausse de température. Je vais vous guider tout au long de l'expérience.

— Cela ne va être trop pénible pour moi ?

— Non, non, affirma Feroze d'un ton presque guilleret. Pas du tout.

— Très bien, fis-je. Allons-y, alors. Que dois-je faire ?

— Eh bien, me dit-il, commencez par manger cela. Et arrangez-vous pour bien mâcher.

Il me tendit une chose blanche ayant deux fois le volume, à peu près, d'une gomme d'écolier. Cela avait la consistance à la fois souple et ferme d'un morceau de savon. Je me plaçai la chose sur la langue et commençai à mâcher. La confirmation fut immédiate : c'était bel et bien du savon. Et du savon au goudron, plus propice aux gros travaux ménagers qu'au récurage des peaux délicates.

— Comment pouvez-vous me faire manger du savon ? m'exclamai-je.

— Pourquoi ? Vous n'aimez pas cela ?

— C'est dégoûtant ! déclarai-je, la bouche pleine de mousse. Vous en avez mangé, vous ?

— Oh, oui ! fit le Maître d'un air presque rêveur. J'en ai mangé bien des fois.

Quand j'eus fini de mâcher, je m'efforçai d'avaler. Le savon glissa le long de mon œsophage. Mon estomac, déjà irrité et soupçonneux de tout ce qui pouvait l'atteindre, protesta violemment.

— Très bien, me dit le Maître après avoir constaté que je lui avais obéi. Maintenant, vous pouvez avoir une tasse de thé.

Il remplit à ras bord une tasse de Darjeeling et la fit glisser vers moi.

— Buvez cela entièrement, me commanda-t-il. Jusqu'à la dernière goutte.

Le thé était bouillant mais il me nettoya agréablement la

bouche. Ce ne fut que lorsqu'il atteignit mon estomac que je sentis celui-ci se soulever. Les larmes m'en vinrent aux yeux.

— C'est un émétique ? hoquetai-je. Je vais me remettre à vomir ?

— Non ! me dit avec force Feroze en se repliant prudemment à l'autre bout de la pièce. Arrangez-vous pour ne rien rejeter !

Mon estomac était devenu, me semblait-il, semblable à une machine à laver où l'on aurait mis trop de détergent. Je sentais des bulles me remonter jusqu'au fond de la gorge.

— Et qu'est-ce que tout cela a à voir avec une hausse de la température corporelle ? demandai-je.

Feroze regarda sa montre et en frappa le cadran du doigt.

— Attendez cinq ou dix minutes, me dit-il, et vous aurez la réponse à votre question.

Trois minutes plus tard, le savon, le thé et mes sucs gastriques s'étaient collectivement transférés dans mes intestins. La tête me tournait, j'avais la bouche sèche, je sentais la peau de mon dos me brûler et ma vision se brouillait. La sueur commençait à dégouliner sur mon visage.

— Vous avez chaud, hein ? demanda Feroze quelques minutes plus tard.

— Oui, chaud ! haletai-je. J'ai chaud...

— Brûlant ! fit alors Feroze. Vous allez commencer à vous sentir brûlant.

— Qu'est-ce qu'il m'arrive ? Qu'est-ce qu'il m'arrive à moi...

Je m'interrompis, car j'étouffais. Un morceau de savon non digéré m'était remonté dans la bouche.

— Vous avez mangé, m'expliqua Feroze en allant me chercher une couverture dans le bureau, un morceau d'excellent savon de ménage Crabtree and Evelyn. Le savon – un alcalin – mélangé au thé, qui contient de l'acide tannique, provoque une curieuse réaction lorsqu'il atteint l'estomac.

— Curieuse ? gargouillai-je.

— Restez tranquille une minute, me dit Feroze en m'introduisant un thermomètre sous la langue.

« Excellent ! fit-il. Vous avez déjà atteint quarante-sept degrés.

— Et cela va encore monter ? demandai-je. De combien ?

— Attendons cinq minutes de plus.

Cinq minutes s'écoulèrent donc. Je sombrais parfois dans l'inconscience, revenais un instant à moi et reglissais dans le néant. Le Maître remit le thermomètre sous ma langue et s'exclama :

— Dans le mille ! Vous en êtes presque à quarante-neuf. Excellent ! C'est tout à fait impressionnant.

Quant à moi, drapé dans ma couverture noire, rouge et verte de la tribu des Angami Nagas, je tremblais sans pouvoir me contrôler.

Feroze semblait plus excité qu'il ne l'avait jamais été depuis le début de mon douloureux apprentissage.

— Rublu ! clama-t-il. Viens voir ! Et toi, Gokul, viens aussi ! Il ne faut pas rater cela !

Je brûlais tout entier, maintenant, de façon insupportable. Mon corps était agité de spasmes, comme celui d'un drogué en manque. Je distinguais vaguement, dans un brouillard, le Maître, Rublu, Gokul et d'autres domestiques venus profiter du spectacle. Fureur et rancœur devaient m'habiter, au plus profond de moi-même, mais j'étais en trop piteux état pour m'en préoccuper vraiment.

— Feroze, dit Rublu, j'espère que tu n'es pas, une fois de plus, allé trop loin avec un de tes élèves. Tu devrais être raisonnable.

Le Maître leva le doigt comme pour faire taire l'accusateur.

— Eh bien, dit-il tranquillement, peut-être lui ai-je donné un peu plus de savon que je ne l'aurais dû. Mais comment faire avancer la connaissance sans expérimentation ?

10

MISSION D'INFORMATION

De fait, Feroze était, cette fois, allé un peu trop loin, comme nous n'allions pas tarder à nous en rendre compte. Faire redescendre ma température des incroyables sommets qu'elle avait atteints avait déjà exigé des mesures radicales. Gokul avait reçu ordre de trouver de toute urgence un *barafwalla* – un marchand de glace. Il était revenu avec deux énormes blocs de glace à l'arrière d'une charrette. Là, Feroze avait pris la direction des opérations, désignant du bout de sa cravache la baignoire, réservée aux domestiques, la glace et finalement ma modeste personne. Sur quoi les *barafwallas* avaient déversé leur chargement de glace dans la baignoire et m'avaient jeté sans ménagement par-dessus.

Ma réaction avait été immédiate.

Les *barafwallas*, le Maître, Rublu et toute une série de domestiques s'étaient réunis autour de la baignoire, me regardant, fascinés, grelotter de froid et de chaud en même temps. Ils voyaient un véritable océan de sueur savonneuse sortir des pores de ma peau.

Puis il y eut une exclamation générale de stupeur : dans la glace, qui fondait rapidement, était apparu un rat mort qui y avait été emprisonné.

Tel un archéologue sur le terrain, Gokul entreprit de creuser méticuleusement la glace avec l'extrémité d'une cuiller pour dégager le défunt rongeur.

— Bien joué, Gokul, déclara Feroze qui, contrairement à moi, semblait passer un excellent moment. C'est vraiment un gros rat, même pour Calcutta. Quand tu l'auras sorti de là, tu le mettras au réfrigérateur. Nous le disséquerons un peu plus tard.

Trois jours entiers s'écoulèrent avant que je puisse ingérer le moindre aliment. Et même ensuite, je dus me limiter, compte tenu des effets des pierres, des émétiques et du savon sur mon estomac, à un régime de soupe aux lentilles et de bananes écrasées accompagnées d'eau chaude. Gokul faisait de son mieux pour m'aider à me rétablir, mais les dégâts avaient été trop importants. Douleurs abdominales, perte d'appétit et vomissements répétés : tous les symptômes classiques de l'ulcère à l'estomac étaient là. Mon état eût inquiété le plus blasé des médecins.

Heureusement, malgré la gravité de mon état, persistait en moi un profond désir de vengeance qui ne pouvait que m'inciter à me rétablir à tout prix.

Le surlendemain de l'épreuve de hausse de température, dans l'après-midi, Gokul profita d'un moment où nous nous trouvions seuls, lui et moi, pour plonger la main sous son pagne et en tirer un objet qu'il me remit très discrètement. Il s'agissait d'un fort joli paquet de bâtonnets de *neem*. Il s'excusa auprès de moi du fait que les bâtonnets soient restés en contact avec ses parties intimes, mais c'était là, selon lui, le seul endroit où ils avaient pu échapper à la constante vigilance du magicien. J'examinai mon butin à la dérobée et pus constater que les bâtonnets étaient attachés par trois élastiques de couleur turquoise. Arrivé dans ma chambre, je dissimulai les élastiques sous la semelle intérieure de mon soulier gauche. J'étais prêt à passer à l'action. Je n'avais plus qu'à guetter le moment propice pour attaquer.

Quand je l'informai du pitoyable état de mon estomac et du fait qu'il ne cessait d'empirer, Feroze jeta un coup d'œil au calendrier accroché au mur de son bureau.

— Nous sommes à la mi-février, fit-il d'un ton sec. Je suppose qu'il est temps que vous sortiez un peu de la maison... Je ne peux pas vous laisser cloîtré ici éternellement.

— Je ne sais pas si vous comprenez bien ce qui se passe, lui dis-je. Je pense que j'ai un ulcère à l'estomac. Il faut qu'il soit soigné sans délai.

Feroze sortit d'un tiroir un bloc médical, dévissa le capuchon de son Parker Duofold mandarine et se mit carrément à rédiger une ordonnance.

— Allez à la pharmacie du Swastika dans Shakespeare Sarani, me prescrivit-il. Remettez-leur cette ordonnance et prenez les pilules qu'ils vous donneront... Trois fois par jour.

Feroze considérait que les maladies, comme les repas, représentaient avant tout une perte de temps. Il détestait relever chez quelqu'un de son entourage le moindre indice d'une faiblesse inhérente à la constitution humaine.

— Quand vous aurez vos médicaments, ajouta-t-il, vous irez à la recherche d'« informations particulières », cette recherche constituant le troisième élément de votre cycle de cours.

Je me tenais le ventre comme une femme enceinte.

— Ne pourrais-je pas prendre quelques jours de congé ? demandai-je.

— Pour quoi faire ?

— Me rétablir, lui dis-je. J'ai lu autrefois un roman où le héros mourait dans d'atroces souffrances d'un ulcère semblable au mien.

— Intéressant, fit-il d'un air narquois. Vous m'en donnerez le titre.

— Et quelle sorte d'« informations particulières » voudriez-vous que je trouve ?

— Vous le saurez quand vous les aurez trouvées, répliqua-t-il. Maintenant, laissez-moi en paix ; j'ai un rat à disséquer...

*

— Très douloureux, ulcèle estomac, me dit le pharmacien.

— Oui, lui confirmai-je. Tlès, tlès douloureux.

— Plenez six cachets pal joul pendant une semaine, ajouta l'homme de l'art.

— Ce ne serait pas plutôt trois cachets par jour ? demandai-je.

Le pharmacien secoua la tête et me dit d'un air réjoui :

— Oh, non, non, non ! Médicament en plomotion : double dosage, même plix.

Je notai mentalement l'adresse de la Pharmacie du Swastika. Une maison à ne pas oublier : un vrai rêve d'hypocondriaque...

— Et la douleur ? croassai-je. Ils sont efficaces contre la douleur, ces cachets ?

— Douleul ? fit le pharmacien. Douleul insuppoltable ?

— Oui, oui, oui ! clamai-je. Insuppoltable !

Le pharmacien me regarda fixement, puis, ouvrant un tiroir tout au bas de son comptoir, il en sortit une bouteille de verre marron emplie de comprimés carrés.

— Soulagent toutes douleuls, affirma-t-il d'un ton résolu en plaquant la fiole de comprimés sur le comptoir.

— Combien vous dois-je ? lui demandai-je

— *Tue-douleul*, insista-t-il. Tue-doulel, glatuit... expélimental.

Et, posant un doigt sur ses lèvres, il m'adressa un grand clin d'œil. Je dois avouer qu'avant de me décider à avaler deux des vastes comprimés crayeux contenus dans la fiole, je me demandai si, au lieu de « tuer la douleur », ils ne risquaient pas de tuer le patient. D'autant que, compte tenu de leurs dimensions, les comprimés se révélaient presque aussi difficiles à avaler que les pierres chères à Feroze.

Je comptai jusqu'à dix. Puis jusqu'à vingt. Apparemment, j'étais toujours en vie. Mais, tout en descendant Shakespeare Sarani, j'eus soudain l'impression de flotter. Et, comme je me dirigeais vers le Maidan – l'immense parc au centre de Calcutta – il me semblait avoir totalement échappé aux lois de la gravitation. Peut-être les comprimés « expélimentaux » de l'aimable pharmacien requéraient-ils quelques perfectionnements supplémentaires, mais j'avais provisoirement oublié mes douleurs.

Hébété mais insouciant, je m'étais engagé sans hésitation aucune dans l'incroyable flot de voitures, de taxis et de chars à bœufs du Chowringhee, une artère où se trouvent portées à leurs extrémités ultimes les folies circulatoires d'un pays où la prudence dans le déplacement est chose inconnue.

Dans l'avenue principale de Calcutta, on n'évite les plus

gros véhicules – autocars scolaires ou camions chargés à ras bord de denrées diverses – que pour se heurter aux plus petits – rickshaws et vélos. Miraculeusement, je pus me frayer un passage entre ces roues et ces pneus de tous calibres, ces pieds et sabots de tous genres martelant la chaussée.

Arrivé dans le Maidan, je me dirigeai vers le Monument Ochterlony, une sorte de haut minaret ressemblant à un phare en albâtre. C'était à son ombre que s'assemblaient fakirs, magiciens, acrobates, guérisseurs et bonimenteurs.

Un peu titubant, la tête légère, j'allai de l'un à l'autre, à la recherche d'éventuelles « informations particulières ». À un endroit, une fillette d'une douzaine d'années faisait la démonstration de son aptitude à écrire avec un crayon à bille logé entre ses orteils. Pour une roupie, elle vous rédigeait ainsi une lettre d'amour ou un horoscope. Face à elle, était assis, les jambes croisées, un jeune *swami*. Il avait le visage passé au blanc et des taches orange peintes sur les mains. Devant lui, posé sur un mouchoir à carreaux, se trouvait un vieux pot calciné contenant de la graisse de crocodile, censée être un remède souverain contre l'arthrite, l'impuissance sexuelle et les troubles intestinaux. À côté du pot étaient empilés des coquillages « miraculeux » des Îles Andaman. Une heure plus tôt, je me serais précipité pour acheter une pleine jarre de graisse de crocodile, mais, à ce moment, la lancinante douleur occasionnée par mon ulcère à l'estomac n'était plus qu'un lointain souvenir.

Un peu plus loin, un maigre garçonnet faisait marcher un chien sur un fil de fer, et, plus loin encore, un autre jeune garçon faisait de même avec des rats dressés.

Celui qui occupait la portion de terrain voisine avait le même âge – moins d'une quinzaine d'années, apparemment – mais il était différent. Il avait un sourire à la Charlie Chaplin, exhibant des dents éblouissantes au milieu d'une série d'extraordinaires fossettes. Bien que rapetassés, ses vêtements étaient propres et bien entretenus. Mais ce ne fut pas sa mise qui retint mon attention ; ce furent ses manières pleines de hauteur.

Il était, de plus, littéralement assiégé d'amateurs enthousiastes s'efforçant d'attirer son attention. Intrigué, je fendis la foule, et, arrivé au premier rang, je me mis à observer attentivement son manège.

Un spectateur remettait au jeune garçon un billet de cent roupies – l'équivalent approximatif de vingt francs, somme déjà considérable en Inde. Le billet était alors plié en deux, puis encore en deux. Après quoi, il était glissé dans une enveloppe de papier brun qui était ensuite placée sur une brique, devant un perroquet vert. Le perroquet saisissait l'enveloppe avec son bec, en déchirant ainsi un coin. Puis le garçon jetait l'enveloppe ainsi marquée dans une boîte contenant d'autres enveloppes identiques mais intactes. Il secouait ensuite la boîte avec vigueur. Puis il invitait la personne ayant donné le billet de cent roupies à chercher l'enveloppe qui contenait celui-ci.

Invariablement, l'enveloppe marquée par le perroquet avait disparu.

En dépit de l'état d'étourdissement dans lequel m'avait placé le « tue-douleul » du savant pharmacien, je me sentais certain de pouvoir prendre le garçon à son propre jeu. À quoi aurait servi l'incroyable entraînement que je venais de subir si je n'étais pas capable de démasquer un charlatan de moins de quinze ans ?

Aussi, lorsque le garçon me lança son défi, je l'acceptai. Mon billet de cent roupies fut plié en deux, puis encore en deux, avant d'être inséré dans son enveloppe de papier brun. Le perroquet remplit scrupuleusement son office, et l'enveloppe au coin déchiré fut dûment placée dans la boîte en carton, dont on remit en place le couvercle avant de l'agiter. Puis, le couvercle fut retiré et le garçon m'invita à rechercher mon billet.

J'écartai la boîte d'un geste majestueux de la main. Les spectateurs me regardaient d'un air intrigué. Le jeune magicien, lui, fronçait les sourcils. J'arrachai alors, d'un geste dramatique, la nappe posée sur sa table.

— Voilà où tu as caché mon argent ! m'exclamai-je.

Mais la table était nue.

La foule se mit alors à glousser de joie. Tenant visiblement à éviter tout problème avec un étranger, le jeune garçon, arborant de nouveau son sourire à la Charlie Chaplin, remballa table, nappe, boîte en carton et perroquet avant de s'esquiver.

De retour à la maison d'Alipore, je trouvai Feroze arpentant la cour en piaffant comme un étalon sur la ligne de départ.

— Ah ! Enfin ! fit-il en me voyant arriver.

Sans captif à tourmenter, le magicien semblait s'être ennuyé ferme.

— Comment était le rat ? lui demandai-je en arrivant vers lui.

— Très intéressant, en fin de compte, répondit-il. Il avait une tumeur des intestins. Même s'il n'avait pas été gelé, il n'aurait pas tardé à trépasser… À propos, avez-vous eu vos pilules ?

— Oui, lui dis-je. Et j'ai eu aussi un incroyable analgésique. Plus puissant que tout ce que j'ai jamais pu prendre en ce genre.

— Ah, oui ? Puis-je voir cela ?

Feroze examina la fiole, la déboucha et en renifla le contenu d'un air circonspect. Il leva un sourcil, jeta un coup d'œil à sa montre et toussota.

— Vous permettez que je vous en prenne une ? me demanda-t-il.

— Servez-vous. Vous avez des douleurs ?

Il ne releva pas le propos, et changea brutalement de sujet en me demandant quelles « informations particulières » je lui avais rapportées. Quand je lui dis que mon état de santé m'avait interdit d'en recueillir la moindre, il entra dans une violente colère.

— Ne revenez jamais, hurla-t-il, je dis bien *jamais* ici sans avoir accompli la tâche que je vous ai assignée !

Je m'empressai de lui présenter mes plus plates excuses, mais, le soir, dans la solitude de ma chambre à coucher, repensant aux injustes mouvements d'humeur du magicien, je soulevai la semelle intérieure de mon soulier et contemplai un moment les élastiques. La vengeance serait douce lorsqu'elle surviendrait.

*

Le lendemain matin, Feroze m'accueillit au bas de l'escalier. Il ne faisait pas encore jour au-dehors.

— Bonjour, lui dis-je, étonné de le trouver là.

— Tahir, fit-il alors, d'un ton anormalement amical, vous vous souvenez de ces comprimés que vous avez rapportés hier.

— Bien sûr, lui répondis-je, les « tue-douleuls »...

— Eh bien, j'ai analysé celui que vous m'avez donné, dit le magicien. Il contenait du chlorure de mercure. Vous en prenez deux ou trois de plus, et vous êtes mort.

— Vous êtes sûr ?

— Si vous ne me croyez pas, répliqua-t-il d'un ton froid, vous n'avez qu'à essayer et vous verrez bien. N'oubliez pas que nous sommes en Inde. Quand un charlatan quelconque vous dit qu'un médicament est « expérimental », vous prenez vos jambes à votre cou...

Pendant quelques secondes, je me sentis profondément touché par l'attitude qu'avait soudain prise Feroze à mon égard. Mais ce sentiment ne persista pas ; j'en avais beaucoup trop enduré pour oublier et pardonner.

Où peut-on aller dans une ville aussi vaste, diverse et grouillante de population que Calcutta pour rechercher des « informations » – particulières ou non ? Je me souvins de ce qui constitue la règle d'or de l'Inde : faire exactement le contraire de ce que vous feriez partout ailleurs.

Comme j'ai déjà eu l'occasion de l'expliquer, il faut savoir qu'en Inde, un ordre extrêmement subtil règne sous les apparences de l'anarchie totale. Ce qui semble le fruit des amours contrariées du désordre et du hasard est en fait le produit de cinq mille années de pratique et d'expérience. Règle impérative : se laisser porter par le flot – ne jamais tenter de remonter le courant et d'aller contre les impulsions naturelles du pays. En agissant ainsi, en se laissant porter, on doit tôt ou tard atteindre son but.

Si j'avais eu à explorer quelque métropole occidentale pour lui arracher ses secrets, je serais allé directement au cœur de la ville. Mais, me souvenant que je me trouvais en Inde, je tournai le dos au centre de Calcutta et me rendis en flânant vers les rives tranquilles du canal de Nullah de Tolly.

Je m'installai sous un banian pour consommer le repas froid que m'avait préparé Gokul. Il n'était que dix heures cinq, mais mon organisme s'était habitué aux horaires très particuliers décrétés par Feroze. Au bord de l'eau, quelques hommes coupaient du cresson à la faucille. D'autres, s'étant avancés jusqu'au torse dans le canal, pêchaient avec de curieux filets en accordéon. Sur la rive, derrière eux, une famille faisait sécher des briques confectionnées à l'aide de bouse de vache et devant servir de combustible. Quatre jeunes garçons plongeaient tour à tour dans le canal, battant l'eau de tous leurs membres et glapissant de joie.

En Europe, la dernière personne dont j'irais solliciter l'aide serait, bien sûr, celle avec laquelle je n'aurais aucun langage commun. Mais, si l'on veut appliquer la règle indienne, cette personne devient, de toute évidence, celle à qui il convient de s'adresser.

Allant m'installer près d'un barbu paraissant à peu près mon âge qui entassait consciencieusement ses briquettes de bouse de vache, je m'efforçai d'engager la conversation.

— Savez-vous où je pourrais trouver quelques « informations particulières » ? lui demandai-je.

L'homme me regarda d'un air de profonde incompréhension.

— In-for-ma-tions, ren-sei-gne-ments, con-nais-san-ces ? répétai-je, en agitant les mains comme un mime en pleine crise d'épilepsie.

Fronçant les sourcils dans ses efforts pour comprendre ce que je lui demandais, le barbu secoua la tête. Puis, semblant avoir réfléchi, il fit soudain :

— *Haa*[1].

D'un doigt tout enduit de bouse de vache, il me désigna, au loin, un bâtiment entouré d'un haut mur. Et lorsque, cherchant confirmation, je tendis moi aussi le bras vers l'édifice, il hocha vigoureusement la tête.

Excellent, me dis-je. Enfin une piste !

Dix minutes plus tard, je me retrouvais devant le bâtiment qui m'avait été ainsi indiqué. Il avait des murailles ocre rouge crénelées, des fenêtres à barreaux, et deux sentinelles montaient la garde devant une porte qui s'ouvrait de temps à autre pour laisser passer un fourgon cellulaire.

1. Oui.

— La prison d'Alipore, me précisa un marchand de bétel, accroupi devant la porte.

— Oh ! fis-je. Drôle d'endroit pour aller chercher des informations...

Le marchand de bétel, qui avait un œil blanc, me demanda alors :

— Chercher Bhola Das ?

— Je cherche des informations, répétai-je. Qui est Bhola Das ?

Le marchand de bétel cligna deux fois de son œil valide.

— Bhola Das, célèbre bourreau du Bengale, dit-il.

Je saisis la balle au vol.

— Ah, oui ! répondis-je. C'est lui que je cherche. C'est exactement lui.

Qui aurait pu détenir de plus passionnants secrets professionnels qu'un exécuteur des hautes œuvres ?

— Où dois-je aller ? demandai-je.

Le marchand borgne me désigna un guichet dans la massive porte cloutée de la prison. J'y frappai deux coups. Nul ne répondit. Je frappai de nouveau. Le guichet finit par s'ouvrir, et le visage d'un gardien apparut derrière une grille.

— Bhola Das ! hurlai-je alors. Je suis venu voir Bhola Das – le célèbre bourreau du Bengale !

Le gardien referma le guichet, j'entendis un bruit de clés, et une petite porte s'ouvrit dans la grande.

Le gardien qui m'avait ouvert me conduisit à travers une cour à une autre porte, où je l'entendis donner, comme simple mot de passe, le nom du bourreau.

Après un assez long moment, je me retrouvai dans le bureau du directeur.

— Je suis venu voir Bhola Das, expliquai-je à celui-ci. Je pense qu'il m'attend.

— Très bien, monsieur, me dit alors le directeur.

Il me signa un permis de visite et pressa un bouton. Avant même que j'aie eu le temps de me retourner, un gardien était apparu. À sa suite, je parcourus les interminables et tortueux corridors dallés de la prison d'Alipore. Nous finîmes par arriver devant une impressionnante porte métallique. Là, le gardien fit halte et me demanda de nouveau :

— Bhola Das ?

— Oui, lui confirmai-je. C'est bien le bourreau que je suis venu voir.

— Très bien, monsieur, fit alors le gardien avant de frapper à la porte.

Celle-ci s'ouvrit, et je pénétrai dans une pièce carrée, aux murs de pierre, éclairée par la lumière du jour. Dans un coin se trouvait une robuste table de bois sur laquelle reposait une grosse corde de chanvre nouée en collier, de façon on ne peut plus éloquente. Devant la table, un homme était assis sur un trépied. Il avait les cheveux d'une blancheur de neige, une barbe grise lui envahissait entièrement les joues. Ses yeux étaient également gris derrière des lunettes aux verres tout éraflés. Sa chemise et son pagne étaient loin d'être neufs mais impeccablement propres.

— Bhola Das ? demandai-je.

— Oui, dit l'homme. Je suis Bhola Das.

— J'aimerais vous parler quelques minutes.

Le bourreau jeta un coup d'œil à une pendule accrochée au mur.

— Vous avez une exécution ? m'enquis-je.

— Non, dit-il d'un air morne, je n'ai pas de travail aujourd'hui.

Tandis qu'en Inde, d'autres États se réservent le soin de désigner leurs bourreaux, au Bengale occidental, la fonction demeure héréditaire.

— Mon père, le père de mon père et, avant lui, le père du père de mon père ont tous été bourreaux, m'expliqua Das en écartant ses longs bras décharnés comme les ailes d'une sauterelle. Mon père a tué plus de six cents condamnés, mais c'était du temps des Anglais, et il y avait alors beaucoup plus de gens à exécuter. Il a même, au temps du Raj, été envoyé à Glasgow pour pendre des Indiens à la prison locale. On pourrait dire, je suppose, que j'ai la pendaison dans le sang.

— Quel effet cela fait-il de pendre un homme ? lui demandai-je.

Le bourreau regarda un moment le sol, puis, reportant sur moi son regard couleur d'acier, me dit d'un ton égal :

— Tuer un homme est une chose terrible. Mettre fin à une

vie humaine est presque insupportable. Je suis un exécuteur héréditaire. C'était le travail de mes aïeux. Je n'ai pas à juger la profession qu'ils ont choisie pour ma famille. Mais je fais en sorte que tous les hommes que je tue meurent avec dignité et sans souffrances. Je pense que je suis le meilleur bourreau d'Inde. Et je ne dis pas cela pour me vanter gratuitement. Pendant les trois jours qui précèdent une exécution, je ne dors plus et ne mange plus. Je passe mon temps seul, à penser à la vie que je m'apprête à supprimer. Puis, avant de lui passer la corde au cou, je sollicite le pardon du criminel. Je lui dis que je ne fais que ce que le gouvernement et le tribunal me demandent de faire.

Puis, remontant ses lunettes aux verres épais sur son nez, Bhola Das ajouta :

— Quand, *moi*, je pends un homme, la victime demeure intacte. Elle n'a pas de sang sortant des narines, des oreilles ou de la bouche. C'est la marque du professionnel.

— Dites-moi, lui demandai-je à voix presque basse, tandis que les pas d'un gardien résonnaient dans le couloir, devant la porte, y a-t-il des secrets de la profession qui vous ont été transmis par vos aïeux ?

Das hocha la tête d'un air sagace, en regardant deux pigeons qui s'étaient posés sur le rebord de la fenêtre.

— Oui, dit-il. Il y a des secrets de famille...

— Pourriez-vous me les révéler ?

Le bourreau plissa les yeux.

— Les secrets dont je parle, me répondit-il, ne sont connus que de moi et des hommes que j'exécute.

— Ah ! fis-je avec une grimace, en desserrant machinalement mon col de chemise. Je comprends. Mais n'y aurait-il pas un tout petit tuyau que vous pourriez me donner, pour prouver le soin avec lequel vous exercez votre art ?

Bhola Das se frotta lentement les mains.

— D'abord, chuchota-t-il en regardant tout autour de lui, je lubrifie la corde avec un morceau de savon, en m'assurant bien que cela pénètre dans tous les interstices. Cela réduit l'effet de friction. Puis je frotte une deuxième fois la corde avec une banane. C'est la seule façon d'être sûr que le nœud glissera facilement.

Das baissa encore la voix et poursuivit :

— Mais le plus important est de glisser dans la corde un gros écrou de cuivre. En disposant la corde, je m'arrange pour que l'écrou soit sur le côté du cou. Ainsi, dès que la trappe s'ouvre, l'écrou glisse vers la colonne vertébrale et la sectionne d'un seul coup.

Il s'interrompit un instant et ajouta :

— Une demi-heure plus tard, quand je défais la corde, il arrive qu'un cri étrange s'échappe de la bouche du condamné. Mais c'est seulement l'air qui s'expulse de ses poumons...

— La pendaison est le seul mode d'exécution au Bengale ?

— Malheureusement oui, me dit Das. Récemment, quatre hommes ont été condamnés à mort pour avoir violé une petite fille de neuf ans. On m'a commandé de les pendre. On aurait dû les jeter dans une cage pleine de fauves. La corde était trop bonne pour eux !

Bhola Das retira ses lunettes et se frotta les yeux. J'avais devant moi un homme honorable, poursuivant le travail de ses ancêtres.

— Vos enfants veulent-ils maintenir la tradition ? lui demandai-je.

— Oui, me répondit-il. Mon fils aîné veut faire le métier. Je lui ai déjà appris à tresser une corde et à faire correctement un nœud. Il m'a aidé à plusieurs reprises. Mais il voudrait un salaire un peu plus élevé et une meilleure sécurité de l'emploi. Il dit que, sans cela, notre profession n'a pas d'avenir.

Muni de ce que je considérais en toute modestie comme des « informations particulières » de haute valeur, je remerciai dûment le vieux bourreau et appelai le gardien, afin qu'il m'escorte jusqu'à la porte de la prison. Bhola Das me prit les mains et me murmura à l'oreille :

— Si jamais vous avez besoin de mes services, n'hésitez surtout pas à m'appeler.

Tout en remontant Baker Road pour regagner la maison de Feroze, je repensai à cette offre spontanée. Je ne voyais pas, dans l'immédiat, en quelles circonstances je pourrais requérir les services privés d'un bourreau expert en pendaisons. Mais je me dis que je pouvais toujours garder cette proposition en réserve. On ne sait jamais ce dont on peut avoir besoin, dans la vie...

★

C'est dans un état proche de la béatitude que je fis mon entrée dans la maison du Maître. J'avais hâte de rapporter à celui-ci tous les renseignements que j'avais glanés. Mais je décidai, avant d'aller faire mon rapport, de monter dans ma chambre pour prendre une douche et me changer. Dans l'escalier, un coadjuteur de Gokul astiquait les tringles de cuivre maintenant en place le tapis. Je l'enjambai et gagnai le couloir du premier étage. Ma chambre était située à l'extrémité, mais plusieurs autres portes donnaient sur ce corridor. Habituellement, elles étaient fermées à clé, et Feroze semblait tenir tout particulièrement à ce qu'il en soit ainsi. Remarquant que, cette fois, la deuxième porte sur la droite était entrebâillée, je ne pus résister à la tentation. Je poussai le panneau et passai la tête à l'intérieur.

Une extraordinaire surprise m'attendait.

C'était, de toute évidence, une chambre de petit garçon. Une maquette d'avion était accrochée au plafond, et des animaux en peluche jonchaient le lit. Un cartable ouvert était appuyé à une chaise, et des dessins d'enfant étaient épinglés à l'un des murs. Sur un petit bureau s'étalaient des jouets divers : un lance-pierres, des billes, une tête de poupée...

La pièce aurait pu ressembler à n'importe quelle chambre d'enfant s'il n'y avait pas eu son éclairage. Les volets étaient hermétiquement clos, et une unique ampoule rouge projetait dans la chambre une sinistre lumière écarlate.

Saisi par ce spectacle, je reculai, mais, au moment où j'allais fermer la porte, j'aperçus une forme recroquevillée sur un tabouret bas. C'était Feroze. Il avait les yeux fermés, et, de façon tout à fait surprenante, il ne m'avait pas entendu. Je me repliai sur la pointe des pieds.

M'étant douché et changé, je descendis à la cuisine à la recherche de Gokul. À coup sûr, le vieux domestique du Maître allait pouvoir m'expliquer le mystère de cette chambre.

Gokul était fort occupé à faire cuire sur le gaz une copieuse louchée d'épices.

— Bonjour, *Sahib*, me dit-il sans se retourner.

— Comment as-tu su que c'était moi ? lui demandai-je.

— Marcheur très bruyant, fit-il avec ce qui ressemblait fort à du dédain.

— Gokul, repris-je, je viens de voir quelque chose d'assez étrange.

— Comment étrange ?

— Il y a, en haut, une chambre avec une lumière rouge. Le Maître est assis là, les yeux fermés.

Le vieux domestique retira sa louche de la flamme et se retourna pour me faire face.

— Il y a longtemps, dit-il d'une voix qui tremblait presque, fils et femme du Maître ont été tués.

— Comment ? demandai-je. Comment est-ce arrivé ?

Gokul se frotta les yeux de la main gauche et renifla.

— Étaient en cyclo-pousse dans Calcutta, expliqua-t-il. Cyclo-pousse écrasé par camion-citerne plein d'essence... Maître a gardé chambre du fils comme était.

Et il ajouta en baissant la voix :

— Aujourd'hui, anniversaire mort.

Laissant Gokul à ses épices, je quittai la cuisine la tête basse. Le magicien m'avait, certes, abondamment torturé, mais j'étais prêt à lui accorder au moins une trêve. Sa férocité à l'égard de ses élèves était-elle liée à la mort tragique de sa femme et de son enfant ?

Une heure plus tard, Feroze vint me retrouver dans le bureau, où j'étais en train de parcourir un exemplaire de *Hobson-Jobson*. Il n'avait pas son dynamisme habituel. Ses yeux étaient cernés, ses traits tirés, son visage pâle, et ses vêtements étaient en désordre.

— Qu'avez-vous fait ? me demanda-t-il en parlant entre ses dents.

— Eh bien... commençai-je en refermant mon livre d'un geste joyeux.

— M'avez-vous trouvé quelques « informations particulières » ?

Je réfléchis un instant à ce que j'avais appris à la prison d'Alipore et aux secrets professionnels de Bhola Das, bourreau héréditaire du Bengale occidental. Par quoi devais-je commencer ? Par le savon, par la banane ou par l'écrou de cuivre qui brise net la colonne vertébrale ? Je regardai alors Feroze. Il n'était visiblement pas lui-même. Comment allais-je pouvoir, en un tel jour, disserter sur les astuces professionnelles d'un bourreau devant un homme ayant perdu sa famille de si horrible façon ?

— Je suis désolé, lui dis-je finalement, mais mon estomac m'a encore joué des tours. Je vous promets de vous apporter une double dose de renseignements demain.

*

Le lendemain, bien avant que Gokul ait fait son apparition avec le thé matinal, j'étais discrètement sorti de la maison. Je m'étais juré de me racheter à tout prix ce jour-là.

Le petit matin à Calcutta est un moment fascinant. Comme le pourtour du plateau dans un studio d'Hollywood, la ville est soit bruissante de monde, soit silencieuse comme un vaisseau fantôme. Calcutta est la seule cité au monde qui entre ainsi en action comme à un signal donné, passant sans transition d'une muette situation d'attente et de préparation à une fébrile et bruyante activité.

À six heures du matin, les premiers personnages s'approchent du plateau – comme les figurants et les machinistes d'un film. Ils sont bien reposés et prêts à une journée entière de furieuse agitation. Quelques-uns frottent les pavés ou récurent les caniveaux en silence. D'autres installent de vieux exemplaires du *Time* ou du *National Geographic* sur des étals de bois. Non loin de là, des mendiants viennent se mettre en position en boitillant ou sautillant pour attendre la foule. Des astrologues des rues dressent des panneaux sur lesquels ils ont eux-mêmes peint les constellations, tandis que des marchands de parfums époussettent leurs flacons de verre taillé, que les vendeurs de cure-dents alignent leur stock et que les pickpockets vont discrètement prendre position dans les embrasures de portes. Les fruitiers disposent en pyramides régulières leurs oranges amères. Les agents de la circulation resserrent les jugulaires de leurs casques blancs et montent sur leurs petites plates-formes.

Alors – et alors seulement –, comme si un metteur en scène invisible avait soudain crié « Action ! », Calcutta se met en mouvement.

Quelques instants plus tard, les chaussées sont bondées de véhicules. Les gaz d'échappement emplissent l'air. Et, sur les trottoirs, une marée humaine avance, épaule contre épaule.

Rien, à Calcutta, n'est aussi important que les trottoirs. Loin d'être de simples passages pour piétons, comme dans tant d'autres villes, les trottoirs de Calcutta sont aussi des dortoirs, des bureaux de dactylographie, des marchés, des cafés, des dispensaires et des ateliers de réparation de parapluies. Conçus par les Britanniques pour faire honneur à une grande métropole impériale, ils sont généralement plus larges que dans nombre de villes de même importance, et, en vingt mètres, ils proposent plus de denrées, substances et objets divers que des pays tout entiers : peignes en plastique et jouets en caoutchouc, bonnets de bain roses et œufs durs, blocs moteurs et téléphones en bakélite, boules de naphtalines en sachets et betteraves, tubes de dentifrice et jambes de bois, déambulateurs et raquettes de tennis, maillets de polo et théodolites...

Tout en refluant devant la poussée de la foule, je remarquai, assis devant une porte, un homme qui n'avait plus ni pieds ni mains. Ses moignons étaient propres et nets, avec une peau lisse et bien tendue. Des douzaines d'infirmes mendient dans Lal Bazaar Street, mais je repérai particulièrement celui-là car il portait sur la tête une paire d'antennes de Martien en matière plastique – du genre de celles qu'on portait parfois dans les surprises-parties il y a une vingtaine d'années. Comme je me penchais vers lui, il fit bouger l'une des antennes à l'aide de son moignon droit.

— Oui, *Sahib* ! clama-t-il, flairant un possible client. *Panch rupias* – cinq roupies !

— Et qu'est-ce que j'en ferais ? lui demandai-je.

— Très bonne qualité, affirma-t-il. Très bon prix. Moi infirme. Pas famille. Pas argent.

Je lui remis un billet et pris les antennes. Je me disais qu'après tout, je finirais peut-être par leur trouver une utilisation. À Calcutta, tout est possible.

J'ajustai sur ma tête les antennes, au bout desquelles tressautaient des yeux en faux verre au regard diabolique...

Personne ne se retourna sur moi, mais j'aperçus, peu après, un homme qui me faisait de grands signes, de l'autre extrémité de la rue. Pensant qu'il s'agissait d'un autre mendiant à l'affût d'un client facile, je me retournai et rebroussai chemin. Mais des grincements de roues ne tardèrent pas à m'indiquer que, sans doute installé sur un chariot d'infirme, l'homme me poursuivait. Sans tourner la tête, je m'enfilai dans une ruelle adjacente, mes yeux de démon continuant à tressauter au bout de leurs antennes. Les roues me suivirent.

— Très bien, fis-je d'un ton rogue, en me retournant vers mon poursuivant. Qu'est-ce que tu veux ?

Ce fut alors que je m'aperçus que le poursuivant n'était pas un mendiant sur un chariot, mais un *rickshawalla*.

— *Jadoowalla !* – le magicien ! clama-t-il. Vous vous souvenir ? Maître magicien...

L'homme était pieds nus et extrêmement maigre. Sa chemise safran déchirée laissait voir un dos décharné et contusionné, mais avec des muscles tendus comme des cordes à violon. À l'arrêt, son corps oscillait d'avant en arrière. Il était parfaitement ivre.

— Qu'est-ce que tu veux ? demandai-je de nouveau.

L'homme me désigna du doigt, puis désigna son rickshaw et se livra à une petite pantomime. Ses traits commençaient à me sembler familiers.

— Tu n'es pas, lui demandai-je alors, le *rickshawalla* qui m'a emmené à la maison de Feroze, il y a quelque temps ? Tu as été courrier à Purulia, non ?

Il inclina la tête de droite à gauche.

— *Haa, Sahib* – oui, monsieur, fit-il. Courrier. Moi courrier. Nom : Venky.

Sur ce, le *rickshawalla* fit craquer les jointures de ses mains comme pour me démontrer qu'il était au sommet de sa forme.

— Où vous vouloir aller ? demanda-t-il.

— Eh bien, lui dis-je, tu peux peut-être m'aider.

Il se pencha vers moi, attentif.

— Je cherche quelque chose d'un peu spécial, m'efforçai-je de lui expliquer. Je cherche des « informations particulières ».

Venky leva les sourcils aussi haut qu'il le put en secouant la tête. Il empestait le *chullu*.

— Tu comprends ? lui demandai-je. Je veux qu'on me conduise à quelqu'un qui ait des informations pas comme les autres à me donner.

L'homme tapota de sa paume calleuse le siège du rickshaw. Je m'y installai et nous prîmes le départ. Venky semblait savoir où il allait.

Ondulant entre les taxis, les camions-remorques, les cyclo-pousses et même les musiciens d'une fanfare avançant à pied au centre de la chaussée, le *rickshawalla* se dirigeait vers le Bow Bazaar, célèbre pour ses bijoux produits sur place, dans des ateliers jouxtant les échoppes, avec des astrologues expliquant la signification astrale de chaque pièce.

Sans avertissement préalable, Venky stoppa net et me désigna une vache attachée à un poteau, une guirlande de fleurs autour du cou. À côté d'elle se tenait une femme d'âge moyen revêtue d'un simple sari blanc noué à la mode du Bengale.

— Comment un animal pourrait-il avoir des « informations particulières » à me donner ? demandai-je alors.

Le *rickhsawalla* hésita un instant.

— Pas comprendre, dit-il.

— Alors, pourquoi m'as-tu amené à cette vache ?

Venky avança la lèvre inférieure, découvrant ses gencives imbibées de *chullu*. Nos relations étaient récentes, mais, je ne sais pourquoi, il me semblait l'avoir connu toute ma vie.

— Bon, fis-je. Puisque nous sommes là, demande à la femme ce qu'elle fait de sa vache.

Soudain promu interprète, Venky engagea la conversation avec la femme, qui se mit à lui brandir sous le nez une touffe d'herbe.

— Elle dire, commença Venky dans son meilleur anglais, gens payer un peu d'argent pour nourrir la vache.

— Et pourquoi les gens paieraient-ils pour nourrir sa vache ?

— Nourrir vache porter bonheur, répondit le *rickshawalla*.

— Et la vache lui appartient ?

Une nouvelle conversation très animée s'engagea alors entre Venky et la femme.

— Non, me précisa mon interprète au bout d'un certain

temps. Vache pas à elle. Vache est au laitier. Elle payer laitier pour vache pendant journée.

— Tu veux dire que cette femme loue chaque jour la vache une fois que le laitier a fini de la traire, et qu'elle fait payer des étrangers pour la nourrir ?

Venky réfléchit un moment, puis il sourit et m'accorda son satisfecit :

— Oui, *Sahib*, me dit-il. Très bon.

Ce merveilleux arrangement était typique de Calcutta. En quel autre endroit pourrait-on trouver un système aussi ingénieux dans sa simplicité même ? Le laitier trait sa vache, puis, au lieu d'avoir à se préoccuper de garder la vache toute la journée, il la confie à une femme qui le *paie* pour avoir le privilège de veiller sur le ruminant. Mais, loin d'y perdre, la femme, elle, fait payer des gens pour donner quelques brins d'herbe à la vache. Ceux-ci, de leur côté, y gagnent la sérénité que procure naturellement un acte pieux. Et, pour arrondir encore un peu plus les bénéfices, la femme vend, comme combustible, des briquettes confectionnées avec la bouse de la vache. C'est encore mieux que la location des bébés.

— Venky, dis-je à mon *rickshawalla* tandis qu'il recommençait à zigzaguer entre les musiciens de la fanfare, tu es un génie !

Encouragé par ce premier succès, je me mis à l'affût des autres professionnels de la rue. Si une simple vache pouvait me révéler tant de merveilles cachées, j'étais en droit d'espérer plus encore de l'humanité du Bow Bazaar.

De fait, avant même que j'aie eu le temps de ranger mon carnet de notes, Venky me désigna du doigt un groupe d'hommes nettoyant les caniveaux.

— *Ghamelawalla !* clama-t-il.

— Qu'est-ce que tu racontes ? demandai-je. Qu'est-ce qu'un *ghamelawalla* ?

Mon *rickshawalla* parut surpris que je ne connaisse pas le terme.

— *Ghamelawalla*, répéta-t-il avec conviction. Balayeur d'or.

— Venky, lui dis-je, sois un peu sérieux, ces gens sont des

balayeurs, un point, c'est tout. Ils nettoient le caniveau et entassent leurs balayures sur une voiture à bras.

Venky agita frénétiquement le doigt en signe de dénégation.

— *Ghamelawalla* en train chercher or, affirma-t-il.

Tandis qu'il continuait ses explications en un anglais dont l'incertitude devait être encore accentuée par le liquide couleur d'opale contenu dans le flacon dissimulé dans sa sacoche, je me dis que, compte tenu des ressources étonnantes du Bow Bazaar, il n'était pas déraisonnable d'imaginer qu'on cherche de l'or dans les caniveaux. Et, après tout, je devais déjà à Venky la découverte de la vache, et de ses multiples usages. J'apprêtai donc mon crayon.

Je me souvenais, d'autre part, que, même dans les pays occidentaux, on ne négligeait pas les rognures et débris balayés sur le sol des ateliers d'orfèvres. Un vieux bijoutier oriental de Manhattan m'avait raconté un jour comment il avait été amené à vendre les vieux planchers de son atelier, et comment l'acheteur les avait brûlés pour récupérer l'or qui, au fil des ans, s'était logé dans les interstices des planches. Mais je ne tardai pas à me rendre compte que le clan des *ghamelawallas*, les chercheurs d'or de Calcutta, était capable de rendre des points aux plus grands « recycleurs » de New York.

Les *ghamelawallas* – qui doivent leur nom à la *ghamela*, cette grande poêle de fer qui leur sert de battée – commencent à travailler au milieu de la nuit, longtemps avant l'ouverture des nombreuses bijouteries jalonnant les rues de Calcutta. Contre quelques roupies données aux propriétaires, ils balaient minutieusement les ateliers. Aucun grain de poudre d'or ne leur échappe. Tout est récupéré pour être refondu.

La plupart d'entre eux habitent dans la rue. Ils viennent de la campagne et ont souvent, loin de Calcutta, des femmes et des enfants qu'ils ne voient guère qu'une fois par an. Ils ont presque tous appris le métier de leurs pères, dès l'âge de six ou sept ans.

Leur mode de vie est des plus rudimentaires, mais leur manière d'explorer et d'exploiter les débris recueillis par eux est quasi scientifique. Ils commencent par en retirer les morceaux de papier, de bois, de paille ou de chiffon. Tout cela sera vendu ultérieurement à des *ruddiwallas* – des chiffonniers. Ce qui reste, la poussière, est d'abord lavé à l'eau claire. Puis, lorsque l'ensemble a bien été imprégné d'eau, on y ajoute quelques gouttes d'acide nitrique, ce qui a pour effet de dissoudre tous les résidus métalliques à l'exception de l'or. Ensuite, une solution de baryum permet d'amalgamer les particules d'or. Et l'ensemble est placé dans un creuset, sur un petit fourneau appelé *choolah*, afin d'obtenir une véritable petite pépite.

D'autres villes indiennes ont également leurs *ghamelawallas*, mais ceux de Calcutta n'ont que mépris pour ceux qu'ils dénoncent comme des amateurs, si ce n'est des imposteurs. Il faut dire que nulle part, l'art du recyclage n'a atteint les sommets qu'on peut constater à Calcutta. Ainsi, les *ghamelawallas* de Bombay – pour citer un exemple – ne travaillent qu'une seule fois les débris qu'ils recueillent. À Calcutta, on ne s'en tient pas là. Leur première fusion opérée, les *ghamelawallas* revendent la poussière dont ils ont extrait leur or à un autre groupe de professionnels, moins fortunés, qui répètent le processus, recueillant encore quelques minuscules résidus du précieux métal. Sa besogne faite, le deuxième groupe revend ses restes à un troisième, qui va les laver et les passer sur les rives de l'Hoogly. Les résidus de cette dernière opération sont vendus à des maçons, qui en font des briques.

À la fin de la matinée, quand la première équipe de *ghamelawallas* a fait le tour des ateliers, elle tourne son attention vers les caniveaux de l'inépuisable Bow Bazaar. Armés de brosses bien dures, ses membres raclent tout ce qui se présente et chargent leur récolte sur une voiture à bras. Avant d'aller faire leur sieste, chassés par l'écrasant soleil de l'après-midi, ils édifient dans les caniveaux tout un réseau extrêmement complexe de barrages en miniature pour empêcher les précieux débris d'arriver aux égouts. Ceux-ci n'en sont pas moins explorés la nuit par un autre régiment de *ghamelawallas*.

Selon Venky, il y avait environ cent mille *ghamelawallas* opérant à Calcutta. En admettant que chacun d'eux récolte une vingtaine de roupies par jour en travaillant onze mois sur douze, on arrivait à un ensemble de treize millions de livres sterling par an. Pas si mal pour de l'argent récolté à partir de rien. Mais, comme on dit à Calcutta, *« Ak janar chai, annyar sona »* – « Les restes d'un homme sont l'or d'un autre »...

11

MARIAGE DANS LE MÉTRO

Le Maître resta impassible quand, le lendemain matin dans son bureau, je lui fis le compte rendu de mes découvertes et expériences. Il avait posé sa montre sur sa table de travail et chronométrait mon exposé. Quand j'eus fini, il fit claquer l'un contre l'autre les talons de ses souliers de daim marron.

— Dites-moi, fit-il, après plusieurs minutes de silence, avez-vous trouvé vous-même la vache et les *ghamelawallas* ?

Je m'efforçai de réfléchir très vite. Avait-il pu, d'une façon ou d'une autre, me suivre ? Avait-il pu voir Venky ? Avait-il lancé une cohorte d'espions à mes trousses ?

— Oui, finis-je par répondre avec un brin d'inquiétude. J'ai tout fait par mes propres moyens. Vous savez... comme un chien de chasse sur la piste...

Feroze se leva et se tint un moment debout devant son bureau, les pieds à angle droit. Puis, comme un tigre marchant sur sa proie, il alla vers moi. Arrivé à vingt centimètres, il tira de sa poche de chemise ses lunettes en demi-lunes et les posa sur son nez. Puis il observa de tout près les traces de transpiration sur mon front.

— Vous avez l'air d'avoir un peu chaud, constata-t-il.

— Non, pas vraiment, balbutiai-je.

— Alors, veuillez m'expliquer, dit le Maître en allant se rasseoir derrière son bureau, comment vous avez communiqué avec tous ces gens. Mes instructions vous interdisent de prendre un interprète.

Rien ne m'aurait donné, à ce moment, plus grand plaisir

que d'éventrer Hakim Feroze avec un sabre ébréché. C'est alors que je me souvins des élastiques. La trêve était terminée. Tournant le dos au magicien, je fis mine de rattacher mon lacet. Pendant ce temps, je cherchais du bout des doigts les élastiques dissimulés sous la semelle intérieure de mon soulier.

— Allez ! insista Feroze. Comment ont-ils fait pour vous donner tous ces détails ? Ils parlaient l'anglais d'Oxford ? Ou avez-vous appris parfaitement le bengali depuis hier ?

Résolu à ne pas révéler l'existence de Venky, mon arme secrète, je glissai les élastiques dans la poche de ma chemise et m'efforçai de tenir tête à mon tourmenteur.

— Eh bien, fis-je, je n'avais qu'un moyen à ma disposition...

— Ah, oui ? Lequel ?

— Je me suis servi...

— Oui, de quoi ?

— Je me suis servi du langage des signes.

Feroze humecta de la langue l'extrémité de son index et en lissa l'un de ses sourcils. J'attendais avec impatience qu'il détourne un moment le regard. Il me suffirait d'une fraction de seconde pour projeter les élastiques sur le bureau.

Le magicien me regardait dans les yeux comme un télépathe. Il me semblait qu'il lisait en moi, fouillant mon esprit et ma mémoire, explorant jusqu'à mes souvenirs les plus reculés. Je m'en sentais vidé, affaibli.

Il fallait à toutes forces que je mette fin à cette agression magnétique et psychologique. À un moment, Feroze se détourna pour prendre sa tasse de thé posée sur le rebord de la fenêtre. Je me frottai les yeux et saisis l'occasion qui s'offrait à moi. Du mieux que je pus, je lançai sur le bureau les trois élastiques turquoise. Ils me parurent voler au ralenti à travers la pièce, avant d'aller atterrir à côté de la montre du Maître. L'inquiétude me contractait l'estomac. Feroze sirotait tranquillement son thé. Puis son regard vint se poser sur la montre. Le temps me parut s'arrêter. Une angoisse allait-elle se manifester chez mon tourmenteur ? Hélas, il n'en fut apparemment rien. Son impitoyable exploration de mon esprit l'avait-elle informé de mon projet ? L'absence, chez lui, de tout signe de surprise me conduisait presque à le penser.

Sans un mot, Feroze jeta sur les trois élastiques un mouchoir de soie à pois. Il en enveloppa les caoutchoucs offensants et jeta le tout dans la corbeille à papier.

— Vous allez sortir, me dit-il après un long silence, et utiliser encore un peu votre « langage des signes ». Je veux deux bons échantillons de votre savoir pour cet après-midi. Quand vous serez de retour, vous aurez une douzaine d'illusions de plus à apprendre, et un examen sur ce que vous avez étudié jusqu'ici. Nous travaillerons tard, ce soir ! Et maintenant, allez...

Je me levai et gagnai la porte en silence. Comme je m'apprêtais à l'ouvrir, le Maître me lança :

— À propos, il y a bien des années que j'ai dominé toutes mes phobies. Et je n'apprécie pas l'humour aux dépens d'autrui. Mais ne vous inquiétez pas pour cela ; c'est Gokul qui va être sanctionné.

*

Je m'étais bien douté, tout au fond de moi-même, que le magicien n'allait pas se laisser impressionner par trois articles de papeterie à bon marché. Je m'étais également douté que, malgré mes louables efforts, mon apport d'informations de la veille serait jugé insuffisant. J'avais donc organisé à l'avance une autre rencontre avec Venky. Embaucher le *rickshawalla* allait peut-être contre les instructions du Maître. Encore que communiquer avec Venky ne fût pas, en soi, une mince besogne.

Au lieu de rendez-vous, je trouvai le *rickshawalla* en train de faire un sort à une bouteille de son alcool clandestin favori. À en juger par ses contorsions faciales pendant qu'il buvait, le liquide devait faire sur son tube digestif l'effet approximatif de l'acide sulfurique sur une plaque de zinc. Il tapota le siège du rickshaw de la main pour m'inviter à embarquer et partit au grand trot.

Ne s'arrêtant qu'une seule fois pour extirper un morceau de verre de ses pieds, Venky parvint en quelques minutes à la station de métro Bhawanipur. Même ivre, il avait des jambes d'acier et une étonnante endurance. Les années de randonnées dans la jungle de Purulia avaient visiblement constitué un très bon entraînement. Ayant repris son souffle, il regarda directement le soleil.

— Tôt, constata-t-il.

Je regardai ma montre.

— Il est neuf heures quarante, lui dis-je. Tôt pour quoi ?

Venky se pencha et contempla une seconde le cadran de la montre.

— Montre pas bonne, décréta-t-il avec vigueur. Soleil bon... Soleil jamais en panne.

Je n'allais pas me lancer dans une discussion sur les mérites comparés du chronomètre suisse et du cadran solaire.

— Venky, demandai-je, qu'est-ce que nous attendons ?

— Homme-mariage.

— Qu'est-ce que tu veux dire par là ?

Le *rickshawalla* écarta les doigts de la main droite et se mit à les faire onduler frénétiquement d'avant en arrière et retour. Je me dis que j'aurais bien aimé voir Feroze essayer de déchiffrer lui-même ce « langage des signes »...

En attendant l'arrivée de l'« homme-mariage », Venky me parla un peu de lui-même.

— Nom Venkatraman, me dit-il. Né Tamil Nadu. Père installé Bihar. Ma femme à Gomoh, près Dhanbad.

— Et tu as des enfants ? lui demandai-je.

— Quatre fils, répondit-il fièrement. Rentrer chez moi une fois par an. Voir enfants. Voir femme. Très bien.

— Quand vas-tu y aller, cette fois-ci ?

— Pâques.

— Pâques ? Tu es chrétien. ?

Venky, qui était occupé à retirer de son pied un autre morceau de verre, répondit par l'affirmative.

— Et ta vie ici ? poursuivis-je. Comment est-ce de travailler à Calcutta ?

— Travail dur, fit-il, la mine tendue. Calcutta ville dure. Payer quinze roupies pour location rickshaw. Travailler toute la journée pour gagner quarante-cinq roupies. Envoyer argent à femme.

— Et y a-t-il des membres de ta famille ou des amis qui viennent de Bihar te voir ?

Venky se mit à triturer un cal dans sa main droite.

— Ami venir, dit-il d'une voix lente. Mais ami me voir... Ami rire de moi... Moi seulement *rickshawalla*...

On peut se sentir très seul à Calcutta. Venky n'y avait trouvé qu'un seul ami véritable. Il s'appelait *chullu*.

— J'aime boire *fenny*[1], me confia-t-il d'un ton timide. *Fenny* bon... Vous aimez *fenny* ?

— Eh bien, en fait, lui dis-je, je ne bois pas. Et toi, tu devrais faire attention. Le *fenny* est quelque chose de très fort... De plus, mon estomac n'est pas en très bon état. Trop d'émétiques. Il s'est abîmé quand j'ai avalé des pierres.

Le *rickshawalla* avait le front plissé par l'effort en traduisant mentalement en bengali « avaler » et « pierres ». Puis il me lança un regard en biais.

— Vous manger pierres ? demanda-t-il d'un ton inquiet.

— Seulement dans les grandes occasions, précisai-je. Je n'en mange pas tous les jours.

Venky daigna sourire. Il regarda de nouveau le soleil.

— Temps maintenant, dit-il. Nous entrer.

Nous traversâmes la rue pour gagner la station de métro Bhawanipur. Ayant confié son rickshaw à un marchand ambulant et me faisant signe de le suivre, Venky commença à descendre les marches de marbre de la station d'un pas un peu incertain. Je compris qu'il n'avait encore jamais emprunté le seul chemin de fer souterrain de toute l'Inde. Je pris deux billets à trois roupies chacun et nous descendîmes jusqu'au quai. Bien blotti dans les entrailles de la ville, la folle circulation se donnant libre cours très loin au-dessus, le métro de Calcutta semblait une sorte d'Éden urbain.

Le métro à ligne unique de Calcutta a été construit en 1984 pour un prix estimé à quelque 300 millions de livres. Dans un pays où 300 livres représentent déjà une somme énorme, ce peut paraître monstrueux, mais l'orgueil du Bengale occidental était en jeu, et il est incontestable que l'argent a été scrupuleusement dépensé.

Le métro de Calcutta est, en effet, tout ce à quoi on ne

1. Alcool de noix de coco ou de noix de cajou.

s'attend pas. Il est frais, d'une impeccable propreté, silencieux comme une tombe, fort apaisant pour les nerfs et fleurant bon la lavande. Les quais jouissent de l'air conditionné, de la télévision par satellite et de la musique enregistrée. Dans les wagons, où l'on chercherait vainement chewing-gum usagé et graffiti, les œuvres de peintres locaux sont généreusement exposées.

Mais le plus curieux est que ce fabuleux moyen de transport est fort peu utilisé. Quand j'ai demandé à des habitants de Calcutta pourquoi ce qui représentait l'orgueil de leur ville restait si vide, j'ai eu droit à des sourires embarrassés. Quelques-uns soulignaient que les Bengalis aimaient à sentir le sol sous leurs pieds. D'autres proclamaient qu'il faisait trop frais dans le métro. Selon d'autres encore, beaucoup de gens craignaient que tout ne s'effondre. À en juger par la réaction de Venky, il devait y avoir un peu de vrai dans les trois versions. Le simple fait de se trouver sur le quai semblait rendre mon *rickshawalla* nerveux.

Après avoir attendu une vingtaine de minutes, je commençai à me demander ce qui se passait. Des rames arrivaient et repartaient. Mais Venky m'avait clairement fait savoir qu'il n'était pas question de les emprunter.

— Pas circuler, m'avait-il déclaré avec un geste impératif de la main. Attendre homme-mariage.

— Tu ne m'as toujours pas dit, soulignai-je alors, qui diable est cet « homme-mariage »...

Au bout d'un moment apparut un personnage à la silhouette toute ronde et aux yeux en boutons de bottines. Il était vêtu d'un élégant complet fauve, avec de larges revers et six boutons à chaque manche.

— Bonjour, dit-il en un anglais impeccable. J'ai été un peu retardé. J'étais en train de mettre au point une réception de mariage.

M'étant présenté, je lui expliquai que Venky ne m'avait pas dit pourquoi nous devions nous rencontrer.

— J'organise des mariages, fit l'homme. Trouver un endroit convenable est devenu très difficile, surtout en ce moment, en pleine saison des épousailles. Les familles s'arrachent presque les cheveux. Elles veulent un endroit où il fasse frais et où l'on puisse se détendre vraiment, loin du bruit, de la pollution et de la populace. Un endroit facile d'accès, propre et assez vaste pour accueillir tous les invités. C'est pourquoi je loue des quais de métro.

— Je ne suis pas sûr de bien comprendre.

L'homme sourit et m'expliqua :

— Qu'y a-t-il de mieux pour une réception de mariage qu'un quai de métro ? C'est propre, frais et facile à trouver. Il y a des toilettes, des téléviseurs, des haut-parleurs partout. Impossible de trouver meilleur endroit.

— Mais vous travaillez pour le métro de Calcutta ?

L'homme se mit à rire en frottant son ventre rebondi.

— Bien sûr que non ! fit-il. Je glisse une pièce au chef de station, et l'affaire est faite.

Il rit de nouveau, puis reprit :

— Nous avons un mariage ici ce soir. Je suis venu régler quelques détails. Les invités entreront par ici...

Il désigna le tourniquet donnant accès au quai. J'avais une dernière question à lui poser.

— Y a-t-il, lui demandai-je, un secret qui a rendu tout cela possible ?

L'homme parut réfléchir un instant en caressant sa fine moustache et regardant les rails, devant lui.

— Oui, déclara-t-il finalement. Il y a une chose qui me garantit de n'avoir aucun problème.

— Laquelle ?

— Je m'assure toujours, murmura-t-il, que chaque invité a un ticket de métro valable.

*

Le grand avantage de cette recherche d'« informations particulières » était que je pouvais m'échapper de la maison du magicien – et échapper aussi aux règles qui m'y étaient imposées. Je pouvais au moins manger ce que je voulais, quand je le voulais et où je le voulais.

Venky parut tout excité lorsque je lui proposai d'être mon invité pour un déjeuner rapide.

— Nous allons aller, lui dis-je, à un restaurant que

je connais dans Park Street. On y sert de très bons *tandooris*[1].

Le *rickshawalla* s'essuya la bouche avec le col de sa chemise et déclara :

— Bien manger à la gare de Sealdah.

Je me rendis compte alors que Park Street, avec sa clientèle un peu snob, risquait de le gêner.

— Eh bien, allons à la gare de Sealdah, lui dis-je.

Venky saisit aussitôt les brancards de son rickshaw et plongea tête baissée, en faisant sonner sa clochette, dans la circulation d'A.J. Chandra Bose Road. La perspective d'aller déjeuner à son endroit favori semblait lui donner une énergie supplémentaire. Quant à moi, je sentis soudain toutes les émanations toxiques de Calcutta m'emplir les poumons au point de les faire éclater. Pour la première fois de ma vie, j'eus l'impression d'être sur le point de succomber à une crise d'asthme.

Lorsque nous finîmes par atteindre la gare de Sealdah, j'arrivais à peine à respirer. Constatant mon état, Venky appliqua ses doigts épais sur la chair molle située de part et d'autre de ma mâchoire inférieure et pressa. Très rapidement, ma respiration redevint normale.

— Comment as-tu fait cela ? demandai-je alors à Venky.

Il sourit.

— Truc de *rickshawalla*, fit-il.

*

Le buffet de la gare de Sealdah, auberge favorite de Venky, ne ressemblait à aucun des restaurants que j'avais pu connaître jusque-là. Ayant confié son véhicule à un autre *rickshawalla* devant les guichets de la gare, Venky me fit traverser les voies pour me conduire à l'endroit de ses rêves.

Celui-ci, situé près d'un poste de signalisation, débordait déjà d'habitués. Aux alentours, une trentaine de mendiants attendaient la bonne occasion.

---

1. Plats préparés dans un *tandoor*, four cylindrique en terre cuite.

Une volumineuse matrone vêtue d'un sari fuchsia lançait d'une voix tonitruante ses instructions à une demi-douzaine de jeunes assistants. L'un s'affairait à découper des légumes, un autre brassait le contenu d'une gigantesque marmite avec une sorte de louche ayant les dimensions d'une pelle, un troisième éventait le charbon de bois sous l'énorme récipient. Venky me chuchota que la matrone était la propriétaire de l'endroit et qu'elle s'appelait Sharmila Roy.

Nous nous assîmes sur un petit terre-plein recouvert d'herbe, et mon *rickshawalla* me livra, sur sa cantine de prédilection, quelques précisions qui eurent le regrettable effet de me couper légèrement l'appétit.

Il me confia notamment que, chaque matin, Sharmila Roy envoyait ses enfants explorer les poubelles et les dépôts d'ordures en divers points de la ville, à la recherche de produits alimentaires mis au rebut. Ils les rapportaient au buffet de la gare, et, grâce à son grand talent de cuisinière, Sharmila Roy en tirait toute une série de plats délicieux. *Rickshawallas* et mendiants venaient de plusieurs kilomètres à la ronde pour savourer cette cuisine raffinée.

J'avais vu un jour un reportage télévisé sur un restaurant fonctionnant selon le même principe à Washington. L'astucieux propriétaire envoyait, de façon analogue, ses employés fouiller les poubelles des riches et des puissants. Le résultat de l'opération était un menu où l'on voyait figurer du caviar de la Caspienne, des tournedos au fromage de chèvre rôti et aux pignons de pin, une terrine de langoustines et des cailles rôties.

En dépit de cette glorieuse réminiscence, je me sentis un peu mal à l'aise en écoutant les explications de Venky. J'avais la nette impression qu'un repas tiré des poubelles de Calcutta risquait fort de ne pas avoir la même tenue qu'un dîner de même origine dans la capitale américaine. Aux États-Unis, un produit est réputé dangereux dès que sa date limite de consommation a été dépassée de trente secondes. Mais à Calcutta, un léger relent de décomposition est considéré comme un attrait supplémentaire.

L'écumage des dépôts d'ordures n'était pas le seul secret de Sharmila Roy. La plupart des restaurateurs s'appliquent à ne servir que les clients munis d'argent. Mais, au restaurant de la gare de Sealdah, on avait résolu d'élégante manière le problème posé par les multitudes de gens n'ayant pas un sou en poche. Les clients étaient invités à payer en nature plutôt qu'en espèces. Si on n'arrivait pas à réunir les trois roupies nécessaires pour s'offrir un robuste déjeuner, aucun problème. Il suffisait d'apporter un ballot de chiffons, quelques mètres de fil téléphonique, un vieux soulier, un pot à confitures, une brosse à dents, une ampoule électrique volée dans un train de banlieue ou une série de lames de rasoir rouillées pour se voir servir sans discussion un copieux curry aux têtes de poissons.

Étant visiblement un habitué, Venky fut accueilli avec la plus grande cordialité par Sharmila Roy, bien que quelques clients parussent s'inquiéter de la présence d'un étranger à ses côtés. Mon *rickshawalla* me procura comme siège une balle de chiffon, et l'une des filles de Sharmila Roy – qui ne devait guère avoir plus de six ans – nous apporta des feuilles de bananier en guise d'assiettes.

— Bon manger, m'annonça Venky, les yeux brillants.

Avant que j'aie eu le temps de dire un mot, un amas de têtes de poissons, d'os de poulet bouillis et de légumes mélangés fut déposé sur ma feuille de bananier. Le tout était copieusement épicé, mais le puissant arôme des piments ne parvenait à masquer entièrement une tenace odeur de poisson pourri. Venky se mit à attaquer sa propre portion avec vigueur et allégresse.

Des vagabonds de tous genres étaient venus assister à notre festin. Ceux qui pouvaient marcher avaient formé cercle autour de nous. Une douzaine de lépreux voisinaient avec quelques victimes d'accidents de la route, dont deux culs-de-jatte. S'y ajoutaient deux poliomyélitiques et un homme atteint d'éléphantiasis aigu. Une bonne douzaine de *rickshawallas* faisaient contraste avec ce troupeau d'éclopés ; comme Venky, ils semblaient d'une robustesse à toute épreuve.

J'avais le cœur qui chavirait à l'idée d'un déjeuner concocté avec le produit des poubelles de Calcutta. J'ai toujours été assez délicat, en toutes circonstances, en ce qui concerne la nourriture. Cependant, il allait bien falloir que je mange, sous peine d'offenser gravement Venky et ses collègues. Mon *rickshawalla* favori perdrait à coup sûr la face si son invité ne faisait pas honneur à ce qui lui était servi.

Je plongeai bravement mon pouce et mon index dans l'amas de nourriture posé sur ma feuille de bananier, puis me demandai quoi faire. Sharmila Roy était venue personnellement s'assurer que j'étais bien servi. J'avais d'abord espéré avoir un instant de répit pour trouver une solution, mais je m'aperçus que toute la clientèle de l'endroit me guettait, attendant que j'avale la première bouchée.

Je pris entre mes doigts une masse d'entrailles de poisson pour le moins odorante et la portai lentement à mon visage. Une bonne soixantaine d'yeux suivaient attentivement mes mouvements. Le moment crucial était arrivé. J'avais les doigts qui tremblaient et la bouche qui se contractait déjà d'horreur. Puis, au dernier instant, alors que j'allais devoir me décider à avaler, il me vint une idée. Elle n'était peut-être pas géniale, mais, sur l'inspiration du moment, ce n'était quand même pas trop mal. Plutôt que de mettre dans la bouche les entrailles de poisson, je pratiquai un simple tour de prestidigitation, et les fis glisser à l'intérieur de ma chemise.

— Délicieux ! m'exclamai-je, après avoir expédié de la même façon plusieurs poignées de mon curry aux déchets. Je reviendrai. C'est un merveilleux endroit, Venky !

Mon *rickshawalla* s'empressa de traduire mes élogieux propos à toute l'assistance, à la grande joie de Sharmila Roy, déjà enchantée de mon bon appétit.

Dans mon enthousiasme, j'avais glissé deux têtes de poissons, une paire de pattes de poule, quelques légumes moisis et toute une variété d'entrailles en décomposition à l'intérieur de ma chemise de velours marron, qui en était devenue noire de graisse. Je n'étais toutefois pas plus graisseux, en fin de compte, que ceux qui m'entouraient, et rien ne me distinguait plus vraiment d'eux, ni l'apparence ni surtout l'odeur.

Le repas enfin terminé, je me levai, et sentis alors le peu appétissant contenu de ma chemise glisser sournoisement dans mon caleçon. Tandis que, précédé de Venky, je traversais de nouveau la voie ferrée, la force de gravité expédia des résidus de poisson jusque dans mes souliers.

La pire des réceptions m'attendait à la maison de Feroze. Celui-ci était justement en train de s'entretenir, sur la véranda, avec un important diplomate d'Extrême-Orient en visite à Calcutta et accompagné d'un attaché militaire et d'un factotum en grande tenue.

Me voyant arriver dans la cour, Feroze eut la malencontreuse idée de me faire signe, m'invitant à rejoindre ses invités. Il n'avait pas encore remarqué l'état de mes vêtements, l'odeur putride qui se dégageait de moi et les têtes de poissons logées dans les revers de mon pantalon.

M'approchant de la véranda en faisant des efforts aussi frénétiques que vains pour remettre un peu d'ordre dans ma tenue, je crus bon de clamer :

— Vous ne devinerez jamais par quoi je viens de passer !

Malheureusement, l'odeur de putréfaction avait précédé mes paroles d'avertissement. L'attaché militaire réprima mal un haut-le-cœur. Le diplomate sortit un mouchoir immaculé de sa poche et le porta précipitamment à ses narines. Feroze, qui tremblait littéralement de rage, me fit signe d'approcher d'un index vengeur.

— Dans le laboratoire, me murmura-t-il quand je me fus approché de sa chaise d'osier. Immédiatement ! Vous avez l'air d'avoir faim. Allez vous restaurer : dix cailloux...

*

Deux jours se passèrent, au cours desquels le magicien continua à manifester sa rage à mon égard. Il hantait la maison, la mine féroce, en claquant violemment portes et volets. Mes excursions à l'extérieur avaient été suspendues. J'étais condamné à pratiquer à longueur de journée des tours d'illusion élémentaires.

Je suppliai Feroze de comprendre la situation inextricable dans laquelle je m'étais trouvé, mais il ne voulut rien savoir. Il ne voulut pas non plus entendre mon rapport – pourtant riche en « informations particulières ». Je lui avais manqué. C'était tout ce qu'il retenait.

— Mais écoutez-moi un peu ! lui dis-je le troisième jour.

C'est un simple tour de prestidigitation qui m'a mis dans cet état lamentable...

Le Maître eut un reniflement dédaigneux.

— J'ai pratiqué l'illusionnisme pendant bien des années, me dit-il d'un ton acerbe, et je ne me suis jamais retrouvé avec du poisson pourri dans mes pantalons.

— Très bien, fis-je alors. Si vous ne voulez pas écouter ce que j'ai à vous dire sur les mariages dans le métro ou sur mon repas à la gare de Sealdah, donnez-moi au moins une autre chance d'aller chercher des informations.

Attrapant une mouche d'un geste souple de la main, le Maître se tourna vers moi et me dit d'un ton froid :

— Qu'on ne me dise pas que je manque d'indulgence ! Je veux bien vous donner une autre occasion de faire vos preuves. Une erreur, une seule, et vous aurez tout un bocal de pierres pour vous récompenser...

À mes yeux, Feroze évoquait plus un abominable vizir des *Mille et Une Nuits* qu'un éminent illusionniste. À la grande époque, un individu de sa trempe aurait certainement contrôlé un empire. Hafiz Jan avait dit vrai quant à ses méthodes d'enseignement : ce n'était rien d'autre qu'un régime de terreur mis au point par un sadique confirmé. Mais, bien qu'avide de vengeance, je persistais à vouloir impressionner le Maître. Un simple mot de félicitations m'aurait payé de mes souffrances.

Le projet que je me mis à nourrir pour y arriver relevait de la folie furieuse, car il s'agissait d'infiltrer l'une des corporations les plus dangereusement fermées de Calcutta : celle des marchands de squelettes. Mais le jeu me paraissait en valoir la chandelle : si Feroze voulait des « informations particulières », il risquait d'être servi.

Je pris un rickshaw pour me rendre au cimetière de South Park Street, mais au lieu d'y entrer par la porte principale, je passai par la brèche du mur est en m'efforçant de ne pas me faire remarquer.

Moins d'une heure plus tard, j'avais réussi à retrouver Topu, le jeune garçon dont j'avais fait connaissance au cours de ma nuit dans la nécropole. Quand je lui expliquai que je souhaitais une entrevue avec les *konkalwallas* de la ville, il ne manifesta aucune surprise. Il me dit que, moyennant quelque argent, il pourrait organiser cette rencontre. Je n'avais qu'à revenir au cimetière peu avant minuit.

Tout cela semblait de la plus grande simplicité – comme si Topu avait passé sa vie à arranger des rendez-vous avec les trafiquants de squelettes. Mais, en lui remettant quelques roupies pour huiler un peu les rouages, je me sentis assailli par quelques doutes. Et si les *konkalwallas* se bornaient à m'assommer pour m'ajouter à leur collection ? Si je me retrouvais, avant d'avoir eu le temps de respirer, emballé dans une caisse à destination de Zurich comme spécimen médical ?

Les risques étaient bel et bien là, mais je n'allais pas me laisser arrêter par cela. Il me fallait, toutefois, quelqu'un pour m'accompagner dans cette incertaine expédition. Je réfléchis un moment. À qui pouvais-je bien faire appel, comme témoin et comme soutien ? Le Maître ? Aucune chance. Il ne voudrait jamais se mêler d'une affaire de ce genre. Gokul ? Trop vieux. Rublu ? Trop bossu. Ma liste arriva vite à son terme. Un seul nom restait, en fait : Venky. Je le connaissais depuis trop peu de temps pour savoir comment il réagirait face à un péril, mais je n'avais pas le choix.

Topu s'était montré hésitant lorsque je lui avais dit que je viendrais avec un ami, mais un versement supplémentaire, en beaux billets de cent roupies, avait eu raison de son indécision. Venky, à mes yeux, valait cette dépense : il représentait mon assurance contre un bain d'acide et un emballage prématuré.

En sortant du cimetière, je gagnai, à Chetla, au sud d'Alipore, une sorte de buvette fréquentée par les *rickshawallas.* Venky m'avait dit que c'était là qu'on pouvait le trouver quand il était « au repos ». Malheureusement pour sa famille à Purulia, ses heures de repos étaient essentiellement consacrées à boire ses bénéfices de la journée.

La buvette, une sorte de baraque en bois située au milieu des buissons, en bord de la route, était fréquentée par tout un assortiment de cirrhotiques notoires. L'alcool de contrebande y était dispensé par un récipient unique, une sorte de grosse jarre pleine d'un liquide trouble, et une forte odeur d'urine alcoolisée régnait dans l'enceinte. Lorsque j'y fis mon entrée, sept ou huit consommateurs gisaient, comateux, sur le sol en terre battue. L'un d'eux était Venky.

— Venky, lui dis-je, je voudrais que tu viennes avec moi ce soir.

Le *rickshawalla* n'était pas en état de faire la conversation. Il chantait dans son sommeil. Je relevai l'une de ses paupières. L'œil était complètement révulsé. Comme je tentais de lui prendre le pouls, le propriétaire de la buvette, un grand et massif gaillard à la barbe de six jours, vint vers nous. Il me désigna d'un air interrogatif le *rickshawalla* inconscient. Je hochai la tête. Saisissant Venky par la gorge, le patron le remit sur pied. Venky ouvrit un œil et parcourut la salle du regard.

— *Haa, Sahib !* croisa-t-il en fixant sur moi son seul œil ouvert, la pupille très dilatée.

— Venky, réveille-toi ! hurlai-je. C'est très mal de boire comme cela ! Tu devrais avoir honte de toi !

Les marques des doigts du patron toujours imprimées sur son cou, Venky se mit au garde à vous comme il le put.

— Tu vas venir avec moi ce soir, poursuivis-je. J'ai besoin de tes services.

Il toussa et réussit à articuler :

— OK. Où aller ?

— D'abord à Park Street, dis-je. Puis nous irons retrouver quelques vieux habitants de Calcutta.

— Très bien, fit Venky. Vieux gentlemen ?

— Oui, répondis-je. Vieux gentlemen. Je suppose qu'on pourrait les appeler ainsi.

12

LA MALÉDICTION DES TRAFIQUANTS DE SQUELETTES.

La lune luisant au-dessus de nos têtes et les chauves-souris menant grand tapage dans les manguiers, nous sortîmes de Calcutta, Venky, Topu et moi, pour aller à notre rendez-vous nocturne avec les trafiquants de squelettes. Le trajet était trop long pour être fait en rickshaw, et nous prîmes un vieux taxi Ambassador tout décrépit. À voir son discret enthousiasme, je me dis que ce devait être la première fois que Venky montait dans un taxi.

Après avoir cahoté dans les rues désertes du centre de Calcutta, la voiture franchit le pont de Vidyasagar Setu et prit la direction du nord-est. Venky se mit à affirmer que nous aurions dû tout simplement prendre son rickshaw, mais ses vantardises se tarirent brusquement lorsqu'il perdit connaissance. Il semblait toujours avoir de l'alcool pur dans les veines.

Vingt minutes après que nous eûmes traversé l'Hoogly, Topu fit s'arrêter le taxi. Nous réglâmes la course et descendîmes au milieu des broussailles. Venky se refusait à sortir de sa torpeur. Je craignais qu'il ne soit finalement plus gênant qu'utile. Topu se pencha sur lui, et lui pinça un nerf derrière l'oreille gauche. Je ne sais de quel nerf il s'agissait, mais la réaction fut spectaculaire. Le *rickshawalla* fit un bond en avant, soudain chargé d'adrénaline.

Nous attendîmes dans un fossé de drainage, près d'un feu de signalisation intermittent, qui venait, à intervalles réguliers, nous faire baigner dans une jolie lumière safran. À trente mètres devant nous, la route s'enfonçait dans l'obscurité.

Quand je demandai à Topu ce que nous faisions là, il me dit simplement d'être patient.

Les squelettes m'ont toujours attiré. Cette fascination a commencé à s'exercer quand, enfant, on m'a emmené dans la crypte d'un ancien monastère cistercien, à Sedlec, dans ce qui est maintenant la République tchèque. Cette crypte du treizième siècle avait été conçue comme un ossuaire. Régulièrement, quand le cimetière se trouvait plein, les villageois exhumaient des ossements, qu'ils entassaient comme des bûches sous la voûte. Vers 1870, plus de quarante mille squelettes, disait-on, avaient ainsi été remisés dans l'ossuaire de Sedlec.

Prise d'un étrange caprice, la famille Schwartzenberg, qui était propriétaire des lieux, avait engagé un artiste alors en renom, Frantisek Rint, pour décorer la crypte à l'aide des ossements qui s'y trouvaient.

Rint avait ainsi transformé toute une série d'os humains en urnes, en chandeliers, en ancres de marine, en chérubins sculptés, avec, comme pièce de résistance, les armoiries de la famille. Rint était allé jusqu'à apposer sa signature sur certains des os qu'il avait ainsi travaillés.

Une demi-heure se passa. Aucun signe de qui que ce soit. Notre fossé était plein de cafards, ce qui ne rendait pas l'attente plus confortable. Une autre demi-heure s'écoula. Venky dormait paisiblement, toujours ignorant de l'objet de notre attente. Puis, alors que je m'apprêtais à interroger Topu pour la cent unième fois, une mince silhouette surgit des broussailles derrière nous. Je ne pus d'abord, dans l'obscurité, distinguer le visage du nouveau venu. Tout ce que je pus voir, c'est qu'il portait une veste à carreaux de bûcheron.

Topu échangea des salutations avec lui, puis nous présenta, Venky et moi. À ce moment, la lumière safran vint éclairer le visage de l'homme. Il était réellement hideux, avec de petits yeux hostiles en boutons de bottines, une profonde cicatrice qui lui fendait toute la joue droite et un menton en galoche. On aurait difficilement pu imaginer un physique convenant plus à sa profession de voleur de cadavres.

Venky et moi l'ignorions, mais il se trouvait que le vaste

terrain enclos de murs que longeait la route était l'un des principaux dépôts de cadavres de Calcutta. En file indienne, nous longeâmes un mur, puis Menton-en-Galoche tira du fossé une échelle, qu'il appuya à la paroi. Nous montâmes l'un après l'autre et sautâmes dans le champ clos.

Respirant à pleins poumons l'odeur de la chair en décomposition, Venky se retourna vers moi, comme pour exiger une explication.

— Les vieux gentlemen, lui sussurai-je.

Des douzaines de piétons sont tués chaque mois à Calcutta dans des accidents de la circulation. La plupart des corps sont réclamés par les familles et dûment incinérés. Néanmoins, un nombre considérable de cadavres ne sont jamais revendiqués. Certains sont trop mutilés pour être formellement identifiés. D'autres sont purement et simplement abandonnés par des familles n'ayant pas les moyens de payer une crémation.

Calcutta étant tout près du Bangladesh, farouchement musulman, les autorités ont peur de déclencher de nouveaux conflits religieux en incinérant automatiquement les cadavres « laissés pour compte », conformément aux rites funéraires hindous. En conséquence, les corps non réclamés sont déposés dans un terrain clos aux alentours de la ville. Ils sont en principe destinés à être finalement inhumés, mais, dans l'intervalle, les trafiquants de cadavres ont le champ libre.

Même de nuit, avec le faible éclairage lunaire, le spectacle était horrible. Des douzaines de corps gisaient, épars, à des stades divers de décomposition. Certains avaient été la proie des chiens errants. Des têtes, des mains ou des membres entiers manquaient. Quelques-uns étaient partiellement habillés et d'autres étaient envahis par une étrange végétation. Tous pourrissaient, et la puanteur vous coupait le souffle.

Suivant Menton-en-Galoche, qui avançait à grandes enjambées, j'avais mis mon poing dans ma bouche et le rongeais presque. Je n'étais décidément pas taillé pour le métier de voleur de cadavres. Venky, en état second, titubait derrière moi.

Menton-en-Galoche fouillait le terrain autour de lui à l'aide d'un bâton, à la recherche d'un cadavre à sa convenance. Il finit par en choisir un relativement récent. C'était celui d'une femme. À la lueur de ma torche-stylo, j'examinai rapidement le visage. La mort est un état qui amène toujours les gens normaux à se poser de multiples questions. Je me demandais comment étaient survenues les répugnantes meurtrissures marquant ce visage, pourquoi les mains étaient aussi tordues et convulsées. Allais-je, un jour, ressembler moi aussi à cela ?

Me voyant regarder ce cadavre avec une sorte de fascination morbide, Topu me posa la main sur l'omoplate et me poussa en avant. Peut-être avait-il senti ce qui se passait en moi. Mais si mon désarroi restait silencieux, il n'en était pas de même pour Venky. Celui-ci s'était mis à prier à pleine voix. Et, quand je tentai de le calmer, sa détresse et son volume sonore ne firent que s'accroître.

Craignant sans doute que les cris du *rickshawalla* n'alertent le voisinage, Menton-en-Galoche souleva le cadavre comme un simple mannequin et le dissimula sous des branchages. Il allait sans aucun doute revenir le chercher ultérieurement.

Topu m'avait fait jurer le secret quant à l'emplacement de l'usine de traitement des cadavres où nous nous rendions, me disant que si je révélais quoi que ce soit, il en serait tenu pour responsable. De toute manière, il était hors de question que je puisse me rappeler l'itinéraire compliqué que nous empruntâmes.

À trois heures du matin, nous finîmes par arriver à notre but.

Tandis que Menton-en-Galoche disparaissait dans l'obscurité, une porte s'ouvrit devant nous. Topu entra le premier, puis, au bout de quelques instants, il nous fit signe, à Venky et à moi, de le suivre. De la façon dont Topu fut accueilli par la douzaine de personnes travaillant à ce moment dans l'usine, je pus déduire qu'il était directement lié à l'entreprise. Vendait-il, à ses moments perdus, d'antiques et respectables squelettes anglais en provenance du cimetière de Park Street ?

Les deux heures que nous passâmes, Venky et moi, dans les ateliers de préparation des squelettes furent certainement parmi les plus éprouvantes de ma vie. Rien ne pourrait s'y comparer. Cependant, le travail auquel j'assistais me parut, en fin de compte, positif. Son produit consistait en des squelettes destinés à l'étude médicale, et la matière première – ces cadavres en décomposition – avait été, de toute manière, mise au rebut.

Installée dans un entrepôt abandonné aux murs de briques, l'usine comprenait toute une série de petits compartiments séparés, qui, éclairés par quelques ampoules électriques de faible voltage, avaient chacun leur destination précise.

Les ayant traversés, nous arrivâmes dans un modeste bureau de réception meublé d'un divan très fatigué et d'une table à écrire. Aux murs, des affiches représentant les sommets de l'Himalaya s'efforçaient de communiquer une impression de sérénité. Un homme était arrivé pour nous faire visiter les lieux en détail. Se présentant pompeusement comme le « directeur de nuit », il espérait visiblement, à en juger par ses manières obséquieuses, une confortable gratification en fin de parcours. Il avait un corps énorme juché sur de tout petits pieds, ce qui, lorsqu'il se déplaçait, lui donnait l'allure d'un lutteur de sumo en train de faire des pointes.

Se lissant les ongles sur son tablier de cuisine vert aux taches suspectes, il entreprit de me donner quelques détails statistiques sur sa profession. Topu assurait la traduction.

Il m'expliqua que, depuis le milieu des années quatre-vingt, Calcutta était devenue la plus importante exportatrice de squelettes humains de toute l'Asie. Près de cinquante mille crânes et plus de vingt mille squelettes complets en étaient expédiés chaque année à destination d'acheteurs internationaux. La plupart étaient envoyés illégalement en Europe via le Bangladesh. Des États indiens particulièrement pauvres, comme le Bihar et l'Orissa, n'avaient que deux catégories de choses en abondance : les habitants vivants et les habitants morts. Au total, en 1988, soixante-dix mille squelettes humains avaient quitté clandestinement l'Inde à destination de l'étranger. La plupart provenaient de victimes d'accidents de la route. Des milliers avaient été exhumés.

Dans toute l'Inde, on volait des cadavres – dans les morgues, dans les tombes fraîchement comblées, dans les crématoriums. Un homme venant de perdre un membre de sa famille avait écrit aux journaux pour dire qu'à la morgue de sa ville, il avait vu un individu dépeçant des têtes humaines qu'il s'apprêtait sans aucun doute à expédier contre finance à Calcutta.

Nous faisant visiter son usine, le « directeur de nuit » nous conseilla, à Venky et à moi, de nous couvrir le nez. Quant à lui, il paraissait tout à fait habitué à l'horrible puanteur régnant partout.

Le premier atelier où nous entrâmes avait la taille et la forme d'un wagon de chemin de fer. Ses murs avaient été noircis par l'accumulation de macabres résidus, et le sol était recouvert, comme celui d'une étable à porcs, d'une boue suspecte. Mais, surtout, l'endroit empestait la mort. L'odeur produite par la décomposition de la chair humaine est quelque chose qui agresse brutalement tous nos sens. L'organisme humain, en fait, y réagit instinctivement comme à une sorte de signal d'alarme. Curieux de voir la réaction de Venky, je jetai un coup d'œil discret dans sa direction. Les muscles de son visage semblaient s'être pétrifiés.

— Ne t'inquiète pas, chuchotai-je à travers le mouchoir que je maintenais contre mes narines. C'est une simple expérience scientifique.

Le *rickshawalla* se borna à cligner des paupières. Le choc l'avait rendu muet. Devant lui, deux des employés dépouillaient un cadavre mâle de ses vêtements. L'aisance de leurs gestes indiquait que cette besogne leur était familière.

Avec, comme source d'information principale, une télévision judicieusement aseptisée, l'homme occidental a souvent une idée tout à fait erronée de ce qu'est un cadavre et de la façon dont il se présente dans la réalité. Dans les feuilletons policiers d'usage courant, nous sommes habitués à voir, étendus sur les dalles et les tables des morgues, des corps bien propres et bien nets, dans des positions voisines du garde à vous. Cinq minutes dans une « usine à squelettes » du Bengale suffisent à dissiper cette illusion. Les cadavres n'y sont ni propres ni nets. Ils sont gonflés par les gaz. Leur peau, en pourrissant, se détache des os. Leurs membres sont tordus, et leurs doigts contractés comme des griffes. Les visages sont gonflés, eux aussi, et convulsés, la bouche ouverte et le nez putréfié. La peau n'a pas la pâleur un peu verdâtre des corps de télévision. Elle est noire et tuméfiée.

⋆

Tout en nous guidant vers l'atelier suivant, le directeur nous expliqua, en se lamentant quelque peu, la difficulté qu'il y avait à trouver des cadavres de bonne qualité.

— On nous en propose énormément, dit-il, mais les gens ne sont pas sérieux. Ils ne font pas attention à l'état des os. À quoi peut servir un corps abîmé dans un accident de la route ? Comment peut-on exporter ce genre de choses ?

Je ne pouvais que compatir.

— Nous ne traitons que des cadavres en parfaite condition, poursuivit le directeur. Avant toutes les interdictions que nous connaissons maintenant, nous n'exportions que le crâne si le corps était en mauvais état. Mais maintenant, nous sommes beaucoup plus prudents. À Calcutta, nous vendons moins de squelettes, mais nous nous assurons qu'ils sont en bon état. Le plus grand problème, ce sont les dents. Qui voudrait avoir un joli squelette dans son bureau s'il lui manque les dents de devant ? Or, la plupart des vieux cadavres ont des dents épouvantables, et les jeunes se sont souvent trouvés dans des accidents de la route.

— Alors, quel est le spécimen idéal ? demandai-je, écartant une seconde mon mouchoir de mon nez pour poser la question.

Le directeur sourit, visiblement sensible à l'intérêt que je portais à ses explications.

— Eh bien, dit-il, les meilleurs sujets sont généralement les jeunes gens morts de maladie.

— Quel genre de maladies ? me hâtai-je de demander.

J'imaginais soudain d'horribles risques de contagion.

— Oh, un peu tous les genres, fit le directeur d'un ton détaché. Nous avons beaucoup de cas de tuberculose, de variole, de choléra et de maladies vénériennes. Tant que cela n'a pas amené une détérioration ou une déformation des os, tout va bien. Nos fournisseurs sont furieux quand nous refusons leurs cadavres. Mais s'ils sont morts de la poliomyélite ou d'éléphantiasis, comment pourrions-nous les accepter ?

Il s'interrompit un instant pour chasser un rat du bout du pied.

— Parfois, reprit-il, nous pensons avoir trouvé le candidat idéal. Un jeune homme de bonne taille, avec de bonnes dents. Nous nous disons qu'après nettoyage, nous allons avoir un très joli squelette. Mais quand nous avons retiré la chair, nous nous apercevons que les os ont été rongés par la syphilis. Et nous y sommes de notre poche, car nous payons le fournisseur avant d'avoir traité le corps.

— La syphilis, intervint Topu d'un air sombre, c'est la malédiction des marchands de squelettes.

— Les sujets sont morts depuis combien de temps quand ils arrivent chez vous ? demandai-je alors.

— C'est souvent difficile à dire, répondit le directeur. Parfois, ils sont relativement frais – une semaine ou deux. D'autres fois, ils sont beaucoup plus anciens – des mois, des années, même.

Nous passâmes dans le compartiment suivant. Beaucoup plus large que le précédent mais plus bas de plafond, il abritait toute une série de cuves métalliques grises un peu cabossées.

— Les corps, expliqua notre guide, sont placés dans l'acide une journée entière. L'acide doit dissoudre l'essentiel de la chair, mais il ne doit pas commencer à attaquer l'os. Si cela se produit, le cadavre est inutilisable. Nous faisons donc très attention au dosage.

Il nous conduisit dans l'atelier suivant et alluma une *biri*, une cigarette roulée à la main.

— Après un jour passé dans l'acide, dit-il, nous ressortons le corps et ce qui reste de chair est retiré à la main. Le squelette est ainsi nettoyé. Les vertèbres, les pieds, les doigts exigent beaucoup de travail. Mais le plus difficile à préparer est le crâne. Ce qui reste de cervelle doit être éliminé, ainsi que les plus petites traces de chair et de peau. Seuls des ouvriers très expérimentés peuvent nettoyer un crâne.

Quatre hommes étaient accroupis sur le sol de béton. Sans lever la tête, ils poursuivirent leur travail. Toute une série d'os étaient éparpillés devant eux, comme les pièces d'un puzzle macabre. L'un des ouvriers s'occupait d'un crâne. Un autre finissait de nettoyer une vertèbre à l'aide d'une brosse à dents.

— Voyez avec quel soin ils travaillent ! s'extasia le directeur. Tous nos employés se plaisent beaucoup ici. Bien sûr, avant l'interdiction, nous avions beaucoup plus de personnel. Nous exportions dans le monde entier, faisant entrer dans le pays une somme de devises considérable.

Ayant exhalé son amertume devant le sort injuste réservé à son industrie par une législation imbécile, il poursuivit ses explications :

— Quand toute la chair a été retirée, les os sont plongés

dans une série d'autres bains. D'abord des acides puissants, puis une solution de chlore.

— Et ensuite ? demandai-je. Après le chlore ?

— Ensuite vient la partie la plus longue et la plus délicate. Les os sont examinés afin de bien vérifier leur état, puis ils sont percés et ajustés les uns aux autres. On insère un cartilage synthétique entre les vertèbres et dans la cage thoracique. Tout cela est fait dans un autre établissement.

À ce moment, une sorte de gémissement continu et strident vint interrompre le directeur. Nous nous retournâmes d'un seul mouvement, Topu, lui et moi. Derrière nous, à genoux devant une pile de crânes, les mains plaquées sur le visage, Venky se balançait d'avant en arrière en exhalant la longue plainte qui nous avait tous fait sursauter.

*

De retour à Alipore, je fis à Feroze le compte rendu de mes observations de la nuit. Feignant de ne porter aucun intérêt aux descriptions d'ordre général, le magicien m'interrogea sur toute une série de détails bien particuliers. De quelle couleur était la chair retirée des vertèbres ? Le métal des cuves d'acide présentait-il des traces de corrosion aux jointures ? Y avait-il des dents sur le sol ?

Une fois de plus, je restai muet sur la nature des contacts m'ayant donné accès à l'usine à squelettes. Le Maître feignait de ne rien savoir de cette industrie, mais il en connaissait, de toute évidence, les moindres détails.

— Vous avez bien travaillé, me dit-il d'un ton légèrement sarcastique lorsque j'eus fini mon exposé.

— Merci.

Il regarda sa montre.

— Vous pouvez prendre le reste de la matinée, fit-il, grand seigneur.

Il était midi moins le quart. J'avais donc quinze minutes de congé. Je me rendis à la cuisine pour bavarder un peu avec Gokul.

Le vieux domestique était debout sur une chaise, en train d'accrocher un ruban de papier tue-mouches au plafond.

— Vous avoir mauvaise voix, me dit-il. Mauvaise poitrine.

— C'est la pollution, lui répondis-je. Je n'avais encore jamais eu d'asthme. À Calcutta, on devrait porter un masque à gaz.

— Vous savoir, fit alors Gokul. Quelqu'un me parler traitement spécial contre asthme. À Hyderabad. Cure miracle gratuite pour un jour, mois juin.

— Cure miracle ? De quoi s'agit-il ?

Gokul leva les épaules.

— Pas savoir quoi, dit-il. Mais toujours voulu aller là. Moi, asthme aussi...

Il émit alors un râle affreux pour bien me montrer le sérieux de son état.

— Intéressant, fis-je. J'irai voir ce dont il retourne si jamais je me trouve à Hyderabad en juin.

Quand l'horloge sonna le dernier coup de midi dans le bureau de Feroze, je m'y tenais, pratiquement au garde à vous.

Le magicien, assis à sa table, leva les yeux. Il me désigna une pile d'une quarantaine de livres, consacrés pour la plupart à l'illusionnisme.

— Les avez-vous lus ? me demanda-t-il.

— Oui, tous, dis-je. Dois-je les remettre sur les rayons ?

— Avez-vous exécuté tous les tours que nous avons étudiés la semaine dernière ?

— Oui.

— Vous êtes-vous bien passé les ongles au chlore, après votre petite expédition de la nuit dernière ?

— Oui. Deux fois.

— Très bien, dit le Maître en se levant. Vous allez venir avec moi.

Arrivé dans la rue, Feroze héla un taxi. Il quittait souvent la maison pour aller retrouver Rublu à l'Albert Hall, mais il m'avait rarement invité à l'accompagner où que ce fût.

— Nous allons prendre le café à l'Albert Hall ? demandai-je, avec un optimisme un peu excessif.

Le Maître ne répondit pas. Il avait d'autres idées en tête.

— Vos chaussures sont-elles imperméables ? me demanda-t-il au bout d'un moment.

— Pas réellement, lui répondis-je. Elles sont en daim. Mais je pense qu'elles valent bien vos mocassins.

— Ne vous inquiétez pas pour moi, fit-il sèchement.

Évitant le centre de Calcutta, le taxi prit la direction du nord-est et s'engagea dans les inextricables encombrements de Tangra, le faubourg chinois de la ville. De nombreux lacs, les uns d'eau salée et les autres d'eau douce, occupaient naguère une partie des environs de Calcutta. Mais des opérations immobilières avaient conduit à l'assèchement illicite de beaucoup d'entre eux, ce qui avait occasionné une modification climatique sensible. Je demandai à Feroze ce qu'il en pensait, mais il m'intima silence. Là encore, d'autres problèmes accaparaient son attention.

Au sortir de Tangra, le taxi déboucha sur une sorte de chemin de halage à peu près désert, et roula pendant une bonne demi-heure, empruntant une piste de plus en plus assiégée par une végétation sauvage. Le Maître, le regard baissé, semblait toujours perdu dans ses pensées.

Cinq minutes encore, et le taxi vira à angle droit de façon tout à fait inattendue. Feroze frappa alors sur l'épaule du chauffeur pour lui ordonner de s'arrêter. Le taxi freina si brusquement qu'il dérapa longuement sur le sol.

— Venez avec moi, me dit alors Feroze. Bienvenue aux marécages de Calcutta Est.

Nous nous dirigeâmes vers une étendue d'eau où nous attendait une barque en piteux état. L'homme qui s'y trouvait nous aida à embarquer, et Feroze lui donna, d'un ton de grande autorité, toute une série d'instructions.

Chaque jour, un bon tiers du contenu des égouts de Calcutta se déverse directement dans les marécages. Mais il s'agit là d'un bienfait plus que d'une calamité ; avec quelques efforts humains soutenus et une aide puissante de la nature, les toxines s'éliminent, le sol et les eaux se fertilisent. Poissons et légumes croissent et se multiplient. Les vingt-trois millions de litres d'eaux usées et de déchets industriels venus quotidiennement des tanneries du quartier chinois et des dépotoirs de Dhapa arrivent à produire en fin de compte des centaines de tonnes de denrées alimentaires.

Cet extraordinaire phénomène d'assainissement des déchets est dû en partie à l'efficacité des chiffonniers et « récupérateurs » divers de Calcutta, qui prélèvent au passage tout ce qui peut être, d'une manière ou d'une autre, réutilisable – des résidus de nourriture aux plus infimes fragments de métal, de tissu, de verre ou de matière plastique. Mais c'est l'exceptionnelle vie végétale des marécages qui fait le reste. Les jacinthes d'eau filtrent les métaux à forte densité, y compris le mercure, tandis que d'autres plantes éliminent les huiles, les graisses et les toxines d'une façon générale. Une forme de richesse en résulte ; si l'on observe bien les marécages, on y découvre des douzaines de rizières en miniature et des potagers dissimulés au milieu des roseaux et des herbes hautes.

Il n'empêche que les politiciens locaux n'ont qu'une idée en tête : drainer les marécages pour pouvoir construire de nouveaux logements à bon marché à l'intention de leurs électeurs. Pour eux, ces huit mille hectares de paradis botanique devraient céder au plus tôt la place à un gigantesque lotissement.

Feroze, toutefois, se refusa à discuter le problème lorsque je tentai de l'aborder. Et lorsque je lui demandai où nous menait au juste cette barque faisant eau de toutes parts, il m'imposa de nouveau silence.

Je m'étais mis à sommeiller lorsqu'il prit soudain la parole.

— Les prétendus « saints hommes » triomphent partout en Inde ! s'exclama-t-il brusquement.

— Mais il n'y a là rien de nouveau, lui fis-je remarquer. Cela fait des milliers d'années qu'ils sévissent.

— C'est vrai, rétorqua le Maître, mais ils prolifèrent plus que jamais. Et ils évoluent ! Ce faisant, ils accroissent leur emprise sur chaque hameau, chaque village et chaque ville. Bientôt, tout le pays sera à leur merci.

Une telle emphase n'étant pas dans le style habituel de Feroze, je soupçonnais celui-ci d'avoir une idée précise à développer.

— Mais, lui dis-je, vous avez vous-même enseigné des tours de magie à ces « saints hommes ».

— Peut-être, répondit-il. Je ne condamne pas le phénomène, mais je tiens seulement à souligner un point. Il y a aujourd'hui en Inde environ cinq mille « saints hommes » de quelque importance. Cela revient à cinq mille petits dieux à forme humaine. Les plus renommés mobilisent des centaines de milliers de disciples allant du dernier des paysans au Premier ministre.

— Et vous leur êtes hostile ?

— Absolument pas, protesta le Maître. Je connais nombre d'entre eux depuis le début même de leur carrière. J'ai enseigné des tours d'illusionnisme à des douzaines d'entre eux. Croyez-vous qu'ils ont réalisé tous ces « miracles » par leurs propres moyens ? Les « miracles » sont chose facile – vous le savez. Mais ils ne sont pas tout.

— Alors, demandai-je, quelle est la clé de leur succès ?

— La présentation, dit-il. Prêchez. Parlez pendant trois heures d'affilée de *kundalini*, d'énergie divine, d'auto-purification, d'âme cosmique ou de karma, et vous garderez vos disciples derrière vous. Souvenez-vous-en : les tours d'illusionnisme sont la flamme qui attire le papillon. Le reste ressortit au don oratoire.

— Et tous ces Occidentaux qui viennent ici à la recherche d'un gourou ?

Feroze secoua la tête.

— Tous ces étrangers, dit-il, cherchent quelque chose de tout à fait différent de ce que cherchent les Indiens. Les Indiens – surtout dans les villages et les petites villes – demandent qu'on guérisse leurs maux ou qu'on les rende plus riches. Souvenez-vous que gourou veut dire « celui qui dissipe les ténèbres ». Mais les Occidentaux, eux, cherchent tout autre chose. Ils cherchent quelqu'un qui renforce leur ego...

À ce moment, notre batelier se leva et se mit à écoper. La barque était relativement stable, mais nous nous retrouvions dans une bonne vingtaine de centimètres d'eau. Mes souliers de daim étaient définitivement hors service. Je jetai un regard discret vers les pieds de Feroze pour voir où en étaient ses élégants mocassins. Je m'aperçus qu'il était maintenant chaussé de robustes bottines de marche Gore-Tex. Je ne l'avais à aucun moment vu changer de souliers.

Tandis que le Maître continuait à discourir sur la puissance et l'importance de la magie dans le maniement des foules indiennes, la barque vint s'échouer sur un banc de sable, et nous en descendîmes.

— Vous ne voulez pas me dire où nous allons ? demandai-je, comme nous nous mettions en route sur une vaste étendue de boue.

— Vous verrez bien, me dit Feroze.

Le sol était mou et parsemé de plantes épineuses qui s'accrochaient à mon pantalon. Feroze, cependant, me pressait.

— Nous n'avons pas beaucoup de temps, me dit-il à un moment, en consultant sa montre. La réunion est sur le point de commencer.

— Quelle réunion ? demandai-je. De quoi s'agit-il ?

Ces questions, elles aussi, demeurèrent sans réponse. Nous arrivâmes à un village, et Feroze, qui semblait en connaître fort bien la topographie, se dirigea immédiatement vers la place centrale.

Près de trois cents personnes s'y trouvaient déjà. Serrées les unes contre les autres comme des moutons dans leur enclos, elles formaient une sorte de demi-cercle à l'une des extrémités de la place. Il y avait là des hommes et des femmes, des vieux et des jeunes, des mères de famille avec leurs enfants. Tous regardaient le personnage qui se tenait devant eux.

Nous allâmes nous placer tout à gauche du public, et je demandai à voix basse à Feroze :

— Qui est cet homme ?

— C'est un chirurgien psychique, me répondit-il.

— Mais je ne pensais pas que les mages indiens pratiquaient la chirurgie...

— Ils ne la pratiquent pas, fit Feroze d'un ton sec.

— Mais regardez, cet homme est indien...

— C'est l'un des seuls chirurgiens psychiques du pays, dit le magicien. Il a appris la chose avec un Philippin à Madras. Et maintenant, il essaie de se faire un nom à Calcutta... Il parle très bien le bengali.

Avant qu'il ait pu me donner d'autres détails, la séance commença.

Le « chirurgien psychique » était un homme de haute taille, presque chauve, avec un très vaste front, des traits un peu avachis et des mains grandes comme des cymbales. Il était revêtu d'une somptueuse robe bleu-vert serrée à la taille par une écharpe rouge légèrement effrangée. Il se tenait à sept ou huit mètres de l'assistance, derrière une grande table de salle à manger recouverte d'une nappe en plastique. Devant cette table avait été déployé un tapis.

— Soyez très attentif, me souffla Feroze comme le rituel s'engageait.

L'un des assistants du « chirurgien » s'avança avec un encensoir de cuivre dont s'échappait une épaisse fumée grise. Il le déposa du côté droit du tapis. Son maître s'était assis, les jambes croisées, au centre de celui-ci : l'assistant revint avec un deuxième encensoir, identique au premier, qu'il posa au coin supérieur gauche du tapis. Les yeux fermés et la tête rejetée en arrière, le chirurgien s'était lancé dans une suite d'incantations, tandis que la fumée des encensoirs revenait vers les villageois assemblés.

Après une longue série d'incantations, il leva les bras vers le ciel et commença à haranguer son public.

— Il leur dit, me traduisit Feroze, que c'est Dieu qui l'a envoyé ici. Que ses mains ont le pouvoir de guérir. Aucune maladie ne peut lui résister. Il y a de l'espoir pour tous.

Un frisson parcourut l'assistance. Un vieil homme applaudit et un jeune garçon se mit à louer bruyamment l'orateur. Une sorte de mouvement spontané poussa les trois cents villageois en avant. Le « chirurgien » leur ordonna aussitôt de rester en place.

— Maintenant, me traduisit Feroze, il leur dit que ses pouvoirs ne pourront s'exercer que si chacun demeure parfaitement immobile. Si quiconque bouge, ne serait-ce que d'un centimètre, son pouvoir magique se dissipera et personne ne sera guéri.

Le mage demanda ensuite à la foule qui souffrait d'un mal quelconque. Presque tous levèrent la main.

La première personne choisie fut une vieille femme qui paraissait anémique. Elle disait avoir un ulcère à l'estomac, mais quand on lui demanda d'indiquer l'endroit où elle souffrait, elle montra sa poitrine. Sous le regard fasciné de l'assistance, elle fut hissée sur la table – dont la hauteur et la disposition interdisaient aux spectateurs toute vue claire des opérations en cours. Et, durant son examen de l'abdomen de la patiente, le « médecin » eut soin de se placer entre celle-ci et le public, qui n'en cherchait pas moins à voir ce qui se passait. Certains des villageois gardaient un visage impassible, mais d'autres parlaient avec animation à leurs amis.

Puis le chirurgien sortit de sa ceinture un scalpel d'une propreté plus que douteuse et l'agita comme un sabre. Retenant leur souffle, les villageois ne purent s'empêcher d'avancer légèrement. Un assistant versa alors sur les encensoirs un peu de beurre fondu, et, très vite, un épais nuage de fumée enveloppa la table d'opération.

Tandis que le praticien maniait apparemment son scalpel avec la plus grande énergie, l'un de ses assistants frappait rythmiquement un tambourin. Ce bruit, la fumée qui prenait tout le monde à la gorge, l'odeur de l'encens et du bois de santal, l'éclat du scalpel, tout semblait concourir à fasciner et hypnotiser l'assistance. Le rythme du battement sur le tambourin ne cessait de s'accélérer. Un autre assistant sauta devant la table et se mit à tourner sur place comme un derviche. Tandis que le battement se faisait plus précipité encore, il bondit vers la foule en poussant un terrible hurlement. À ce moment, le chirurgien jeta en l'air un morceau de viande. Saisi d'une main experte par l'assistant, celui-ci fut montré aux villageois. Censé être l'ulcère extrait de la femme, il était blanchâtre et ressemblait étrangement à un morceau de graisse de mouton…

Je demandai à l'assistant si je pouvais l'examiner de plus près. Mais, à ce moment précis, il le jeta à un chien errant, qui l'avala. Une seconde plus tard, le corps du délit avait ainsi disparu.

Le chirurgien essuya avec un torchon ses mains ensanglantées et aida la femme à se lever de la table d'opération. Très ostensiblement, face au public, il essuya une tache sanglante sur l'estomac de la patiente. Toute plaie et toute autre trace de l'opération avaient disparu, grâce aux pouvoirs magiques du « chirurgien psychique ». La vieille femme remercia son bienfaiteur en affirmant qu'elle se sentait beaucoup mieux.

Quand l'assistance eut fini d'applaudir, l'homme de l'art demanda un autre patient. Un garçon de sept ans environ fut poussé en avant par ceux qui l'entouraient. Le chirurgien lui parla un moment, puis fit une déclaration à l'intention de la foule.

— Il dit, m'expliqua Feroze, que le garçon a une amygdalite. Il va, en conséquence, lui enlever les amygdales. Une fois encore, observez bien comment le tambourin et la fumée détournent l'attention du public.

Comme l'avait fait la vieille femme, le garçon s'allongea sur la table et resta immobile. On vit luire au soleil au-dessus de lui la lame du scalpel, mais, à ce moment, une louchée de beurre fondu fut versée sur chacun des encensoirs, faisant cracher à ceux-ci une épaisse fumée, tandis que retentissait de nouveau le bruit rythmé du tambourin. L'assistance poussa des cris stridents lorsque fut lancé en l'air ce que l'on supposait être les amygdales du jeune garçon. Le chien eut droit à un autre repas. Quelques instants plus tard, le garçon se leva, cracha un peu de sang et rejoignit ses camarades – miraculeusement guéri.

À vrai dire, les « chirurgiens psychiques » eurent des débuts quelque peu difficiles en Inde, par la faute de l'un d'eux, venu de l'étranger au début des années quatre-vingt. L'homme, qui affirmait avoir le pouvoir de tout guérir par les forces de l'esprit, tomba lui-même malade, victime d'une grave intoxication alimentaire, et dut être transporté d'urgence à l'hôpital. Cela porta un coup fatal à sa crédibilité, les gens se demandant à bon droit pourquoi il n'était pas arrivé à se soigner lui-même.

C'est Manille qui demeure le principal centre de la « chirurgie psychique ». Les spécialistes philippins de la chose se limitent le plus souvent à des simulacres d'opération, mais quelques-uns profitent de l'état d'exaltation où se trouvent portés leurs patients pour effectuer des interventions mineures mais réelles sans anesthésie. La chose a également été observée en Amérique latine, mais l'adjectif « psychique » n'est plus guère de mise en pareil cas.

De nouveau, Feroze m'enjoignait de prêter attention à ce qui se passait. Le patient suivant était déjà sur la table. Il s'agissait d'une femme d'une quarantaine d'années qui se plaignait de violentes douleurs abdominales. Quand le chirurgien lui palpa la région de l'appendice, elle se mit à pousser des cris perçants. Il fut décrété qu'elle souffrait d'une appendicite aiguë et qu'une opération immédiate était nécessaire si l'on voulait lui sauver la vie.

Cette fois, l'opération en question fut plus longue et plus compliquée. On banda les yeux de la femme et un nouveau scalpel fut remis au chirurgien, qui en essaya le tranchant sur une mèche de cheveux. Il coupait apparemment comme un rasoir. On remit du beurre fondu dans les encensoirs, et le tambourin commença à battre sur un rythme nouveau. Le chien, lui, se léchait d'avance les babines. Les villageois s'étaient, pour la plupart, dressés sur la pointe des pieds pour mieux suivre le spectacle.

M'attirant vers lui et désignant le chirurgien, Feroze me murmura à l'oreille :

— Observez bien l'avant de sa robe. Ne vous laissez pas distraire par le reste de la comédie.

Les yeux fixés sur les mains du praticien, j'eus la surprise de le voir sortir de sous sa robe un gros morceau de viande, visiblement du mouton cru. Tout en agitant d'une main son scalpel, il pressait, de l'autre, une éponge imprégnée de sang sur l'abdomen de la patiente. Puis il brandit triomphalement son morceau de viande. Aucun des villageois ne parut s'étonner qu'un appendice humain ressemble à ce point à une portion de gigot. Tous étaient trop fascinés pour poser la moindre question.

— Très bien, me dit Feroze, tandis que se présentait un quatrième malade, nous en avons assez vu. Rentrons à Calcutta.

Pataugeant dans la boue, nous regagnâmes l'endroit où nous attendait patiemment notre batelier.

Contre toute prévision, le chauffeur de taxi avait pensé à revenir nous chercher, et il nous attendait lui aussi. C'était bon de se retrouver au sec.

— Comment avez-vous trouvé tout cela ? me demanda Feroze sur un ton pour une fois aimable.

— Pas mal, fis-je. Pas mal du tout. Surtout l'opération de l'appendicite.

— Je suis heureux que ce spectacle ait reçu votre approbation, me dit alors le magicien. Vous pourrez y repenser en partant.

— En partant ? m'exclamai-je. En partant où ?

— Oh ! fit-il d'un air faussement surpris. Je ne vous l'avais pas dit ?

— Pas dit quoi ?

— Vous partez en voyage.

— Vraiment ? Et quelle sorte de voyage ?

Le Maître abaissa la vitre du taxi pour laisser entrer une pleine bouffée de l'air pollué du quartier chinois.

— Un voyage d'exploration et d'observation, déclara-t-il.

— Dites m'en un peu plus, s'il vous plaît.

— Ce voyage constitue la phase suivante de votre cours de formation, dit le magicien. Vous le consacrerez à observer les gens.

— Les gens ? fis-je. Seulement les gens ? Et le décor ? Et les paysages ?

— Sornettes ! répliqua-t-il. Ne prêtez aucune attention au décor. Les gens changent. Ils changent tout le temps... Ils bougent... Ils font des choses... Le décor reste là, et sera toujours là... Non, les gens sont ce que vous devez observer.

— Et quel genre de gens ? demandai-je alors.

— Tous les gens, répondit Feroze. Mais je veux que vous recherchiez avant tout les « saints hommes », les *sadhus*, les astrologues, *tous* ceux qui sortent de l'ordinaire. Souvenez-vous du principe d'Houdini : chacun, si curieux que cela puisse paraître, détient une chose utile à apprendre. Vous prendrez des notes sur tout ce que vous aurez observé – et vous me les ferez parvenir régulièrement.

— Mais où dois-je aller, au juste ?

— Où vous voudrez.

— Combien de temps ce voyage est-il censé durer ?

— Un jour... Un mois... Un an... Toute la vie... Le temps qu'il faudra.

Ce flou artistique était irritant au plus haut point. Sachant combien j'aimais les réponses claires et précises, Feroze avait conçu tout cela pour me persécuter un peu plus. Ou pour se débarrasser de moi.

— Si vous ne voulez pas me dire où aller et pour combien de temps, fis-je, me direz-vous au moins quand je dois partir ?

Comme le taxi s'arrêtait à un feu rouge, Feroze tendit par la portière une pièce d'une roupie à un mendiant, puis il se retourna vers moi.

— Vous partez demain à l'aube, dit-il.

TROISIÈME PARTIE

Les voyages forment la jeunesse

Proverbe bien connu

13

LE TROU NOIR

Gokul se glissa dans ma chambre au milieu de la nuit et entreprit de préparer mes bagages aussi furtivement qu'un agent secret en mission. À cinq heures et demie du matin, il me réveilla en me secouant le petit doigt de la main gauche, m'arrachant ainsi à un épouvantable cauchemar.

— Temps pour douche, me souffla-t-il.

— Gokul, fis-je en bâillant, j'ai eu un rêve abominable.

— Quel rêve ? demanda-t-il, plein d'attentions.

— J'ai rêvé que Feroze m'expédiait au diable...

Gokul ne répondit pas. Il était trop occupé à caser ma trousse de toilette dans la poche latérale de ma valise.

— Pas perdre temps, dit-il quelques instants plus tard. Maître dit vous devoir partir six heures. Vingt-cinq minutes.

Mon estomac se noua d'un seul coup. L'avenir devenait brusquement incertain. D'une incertitude totale. Où devais-je aller ? Comment étais-je censé m'y rendre ? Cela voulait-il dire que j'étais exclu, que l'enseignement s'arrêtait là ?

Ordonnant subitement à Gokul de déballer mes affaires, je me précipitai en bas pour aller affronter le Maître. J'en avais assez d'être utilisé et manipulé de cette façon. Comme à son habitude, il abusait de la situation, profitant de mon serment de totale obéissance pour se jouer de moi.

Je fouillai le bureau, le laboratoire, le salon et même la cuisine sans le moindre succès. Le magicien n'était nulle part.

Gokul, qui avait allégrement ignoré mes instructions, était en train de tirer ma valise jusqu'au bas de l'escalier.

— Sais-tu où est le Maître ? lui demandai-je.

— Lui sorti, répondit le vieux domestique. Lui vous souhaiter bonne chance et vous voir quand vous revenir dans quelques mois.

— Quelques mois ? fis-je. Je suis censé être parti plusieurs mois ?

Gokul leva une épaule, puis l'autre.

— Oui, dit-il. Sans doute.

— Et il n'a pas voulu me dire au revoir lui-même ?

— Oh, non ! Trop occupé. Il a affaires à voir en ville.

— À six heures du matin ?

Gokul tira alors des profondeurs de son pagne un paquet enveloppé de papier vert.

— Maître dire vous donner cela, fit-il. Presque oublié.

— Ah, excellent ! m'exclamai-je. Ce sont sans doute mes instructions pour le voyage.

À l'intérieur du paquet, il y avait une carte et un mot écrit de la main du magicien. Je le lus à haute voix :

« Faites un voyage fructueux. Bonne chance. Feroze. »

Avec un demi-sourire, Gokul entreprit de transporter ma valise dans la cour.

— C'est tout ? lui demandai-je.

Il hocha la tête affirmativement.

Je dépliai la carte, qui était doublée de toile raide. J'avais l'impression de brasser la voile d'un yacht de dimensions moyennes. Toute la péninsule indienne y figurait. L'examinant attentivement, j'y cherchai des indications – des lignes, des flèches, des croix, que sais-je encore ? Mais la seule marque que portait cette carte ancienne – fabriquée par Sifton, Praed & Co de Saint-James, Londres – était un cercle entourant la ville d'Hyderabad.

— Hyderabad ? demandai-je à haute voix. Que peut-il bien y avoir à Hyderabad ?

— Famille Gowd guérir asthme, dit alors Gokul.

— Mais, fis-je, ce n'est pas avant la première semaine de juin ?

Je regardai la date à ma montre.

— Et nous sommes le 3 mars, ajoutai-je.

Gokul m'avertit qu'il était six heures moins une, et que le

Maître serait fou de rage s'il me trouvait encore là à son retour. Nous nous hâtâmes de traverser la cour.

— Bon voyage ! s'exclama Gokul en m'ouvrant la porte. Et attention !

— À quoi ?

Gokul porta la main à son front en une sorte de salut militaire.

— Vous savoir, fit-il. Vous savoir bientôt...

*

Ne voyant personne d'autre à qui m'adresser, je traversai Alipore dans l'espoir de trouver Venky à sa buvette habituelle. Je m'attendais plus qu'à moitié à le trouver étendu, inconscient, sur le sol après une nuit de beuverie. Mais il représentait ma meilleure chance de m'en tirer dans la situation nouvelle où j'avais été brusquement précipité.

Celle-ci m'inquiétait profondément. Feroze était décidément passé maître dans l'art de déstabiliser les autres. Il devait avoir remarqué que je commençais à m'accoutumer au régime de sauvage discipline qu'il m'imposait, avec une sorte de masochisme qui était, en fait, une simple réaction de survie. Je m'étais progressivement installé, en creusant la terre avec une cuiller à thé, en apprenant par cœur les œuvres choisies de Platon ou la formule de l'acide nitrique, en faisant monter ma température corporelle à près de cinquante ou même en avalant des pierres, dans une sorte de confort paradoxal. Et, brutalement, le magicien balayait tout cela pour me laisser à moi-même, me condamnant soudain à la pire des épreuves : celle de la liberté. Or, comme un détenu jeté hors de prison à l'expiration de sa peine, je me rendais compte que j'étais devenu dépendant de ma condition carcérale.

Qu'allais-je faire maintenant ? Je courbais le dos. Mais, soudain, une force obscure me fit m'arrêter net et me redresser. Une sensation chaude et plaisante m'envahit. Et j'entendis une voix familière me dire : « Ne vous laissez pas faire ! Ne vous avouez jamais vaincu ! Souvenez-vous de votre ancêtre Nawab Jan Fishan. Même après que ses propres fils eurent péri, il a continué à combattre jusqu'à la victoire. »

C'était, bien sûr, Hafiz Jan dont je croyais sentir l'étreinte et entendre les paroles. L'illusion disparut, mais la sensation resta. Pourquoi se laisser ainsi gagner par la peur et le doute ? Pourquoi ne pas parcourir un certain temps l'Inde à la recherche de « saints hommes », d'illusionnistes et de tours fabuleux ? J'avais, au fond, tout mon temps. Je n'avais pas dépensé grand-chose pendant que je résidais chez Feroze. En économisant un peu, je pouvais survivre financièrement pendant des mois.

J'allais donc suivre les instructions du magicien. Mais, au lieu d'une minable petite quête, c'était un grand voyage que j'allais entreprendre.

Venky n'était pas, comme je l'avais imaginé, inconscient sur le sol de la buvette d'Alipore. Bien au contraire, je le trouvai revêtu d'un pagne neuf et d'une chemise de coton propre, avec un *tikka*[1] au front. Il était dans la rue, occupé à laver son rickshaw.

— Venky, c'est bien toi ? fis-je, sidéré. Que se passe-t-il ? Tu n'es pas ivre ?

Le *rickshawalla* interrompit ses opérations de nettoyage, me gratifia d'un *namaskar*[2] et m'offrit son petit gobelet en terre plein de thé au lait froid. Comme je le refusai, il le vida d'un trait et l'envoya se briser dans le caniveau.

En Inde d'une façon générale et à Calcutta en particulier, tout se réutilise – des feuilles de thé aux morceaux de sparadrap – et rien n'est jamais jeté... sauf les *bharhs*, les minuscules gobelets de terre cuite, à peine plus grands que des dés à coudre, servant à boire le thé. Leurs fragments jonchent tous les caniveaux. Si un pauvre étranger comme moi parle de les conserver, il ne fait que déclencher une hilarité apitoyée.

— *Sahib*, me dit Venky, vous m'avoir été envoyé !

---

1. Marque de piété inscrite sur le front à l'aide d'une poudre vermillon.

2. Salut consistant à incliner la tête en joignant les mains paume contre paume.

— Envoyé ? fis-je. Qu'est-ce que tu racontes, Venky ? Je t'ai trouvé tout seul. Nul ne connaît ton existence. Tu es mon arme secrète...

Mais le *rickshawalla* protesta :

— Non, *Sahib*, vous pas comprendre... Vous m'avoir été envoyé par anges. Par anges du Ciel...

Je me dis que je m'étais trompé ; il devait bel et bien être ivre.

— Je pensais que tu étais à jeun, lui dis-je. Tu devrais vraiment faire attention.

— Mais, *Sahib*, me répondit-il, moi pas saoul. Moi plus jamais boire. Vous m'avoir été envoyé comme avertissement de Dieu. Moi boire trop... dépenser trop d'argent... presque rien envoyer femme... Dieu vous avoir envoyé à moi !

— Venky, déclarai-je alors, si tu n'es pas saoul, tu es fou. Comment peux-tu penser un instant que je t'ai été envoyé du Ciel ?

Pour mieux m'expliquer, il s'étendit de tout son long sur le sol, faisant mine d'être un cadavre.

— *Konkalwallas*, fit-il. C'était signe !

Et il me raconta comment les horreurs qu'il avait vues dans l'usine à squelettes l'avaient poussé vers une vie nouvelle, toute de sobriété et de rigueur. En conséquence, il me considérait comme son sauveur, sa providence personnelle. Mais je n'avais guère le temps de me laisser aduler.

— Venky, lui dis-je, je pars en voyage. J'ai besoin de ton aide.

— Voyage ? fit-il. Très bon. Où vous aller ?

— Je ne sais pas.

— Quand vous partir ?

— Immédiatement, dis-je en tapotant ma montre.

Mon *rickshawalla* me gratifia d'un regard où perçait une certaine méfiance.

— J'ai besoin que tu me donnes quelques idées, expliquai-je. Si tu voulais, ici, en Inde, rencontrer un « saint homme », où irais-tu ?

— « Saint homme » ?... *Sadhu* ?

— Oui, c'est cela.

Venky se mit à réfléchir profondément, les mains au visage.

Une minute se passa ainsi. Puis cinq. Le *rickshawalla* semblait avoir sombré dans une sorte de transe. Peut-être le fait d'avoir mis fin si brutalement à sa consommation d'alcool avait-il mis son organisme à trop rude épreuve.

— Venky ! lui criai-je soudain. Qu'est-ce qu'il t'arrive ?

— Moi penser, *Sahib*.

— Très bien, mais maintenant, arrête ! Que peux-tu me dire ?

Il leva un doigt, comme pour déterminer la direction du vent.

— Moi aller Hôpital Mental Jamshedpur, déclara-t-il d'un air inspiré.

— Où est-ce ?

— Bihar.

— Très bien, mais je ne suis pas fou. Du moins, je ne crois pas que je le sois encore...

— Oui, *Sahib*, me concéda charitablement Venky. Vous pas dingo. Célèbre *sadhu* Hôpital Mental Jamshedpur. Très populaire.

— Et il est fou, lui ?

— Oh, non, *Sahib* ! protesta Venky. Lui pas dingo non plus. Juste vivre là.

— Hum ! fis-je. Un asile pour gens sains d'esprit... Pas bête, cela. Pas bête du tout...

Je tirai la carte de ma poche-revolver et y cherchai Jamshedpur.

— Ce n'est pas très loin, remarquai-je. À l'ouest. Je suppose que c'est un point de départ comme un autre.

Venky tapota le siège de son rickshaw.

— Train partir gare d'Howrah, dit-il. Moi vous conduire.

Comme je l'ai déjà souligné, l'Inde est en proie à une sorte de mouvement perpétuel. À tout moment, on peut y voir neuf cents millions de personnes se déplacer, tourner et virer, évoluant, comme des constellations dans le cosmos, selon des trajectoires prédéterminées, malgré l'impression de totale anarchie qui se dégage de l'ensemble. Et, au centre de chacune de ces innombrables galaxies, se trouve la version indienne du Trou Noir : une gare.

Dans le chaos structuré qui caractérise l'Inde une place toute spéciale et capitale est réservée aux grandes gares. Ceux qui y pénètrent ne peuvent jamais savoir de façon certaine quand et comment ils en sortiront. En fait, certains n'en sortent jamais. Ils deviennent prisonniers d'un monde et d'un cycle particuliers où l'astiquage des souliers, le vol à la tire et la vente du jus de mangue ne sont que quelques activités parmi tant d'autres.

La gare d'Howrah est certainement le plus spectaculaire de ces Trous Noirs. Elle n'a peut-être pas la bizarre splendeur indo-gothique du Terminus Victoria de Bombay, mais l'incroyable marée humaine qui l'occupe en permanence ne peut qu'engendrer une fascination immédiate – et persistante. Dans cette cohue où ceux qui l'oseraient pourraient à peine bouger – mais où, comme dans un gigantesque jeu de chaises musicales sans musique ni chaises, les centaines de personnes assises sur le sol s'efforcent de ne pas se lever sous peine de perdre immédiatement leur place – se pressent épaule contre épaule des personnages de tous les genres, exerçant toutes les sortes d'activité – ou d'inactivité. Il y a là des marchands de fleurs brandissant d'épais bouquets de lys, un dentiste armé du davier qui constitue son matériel unique et éminemment transportable, un groupe de pèlerins Jains avec des masques de carton blanc, cinquante écoliers faisant la chasse aux mégots abandonnés, une portée de chatons délaissés par leur mère, soixante porteurs en turban, un mendiant aveugle accompagné d'un singe infirme, un *sadhu* adorateur de Kali avec un sabre trempé dans la peinture rouge...

Quand le guichet se décida à ouvrir, je pris un billet de deuxième classe pour l'Express de Hatia à destination de Jamshedpur. Le départ n'en était pas prévu avant 21 heures 35, ce qui laissait treize heures à attendre.

Venky me proposa de me ramener en ville, mais j'avais déjà été gagné par l'indifférente torpeur marquant la vie dans le Trou Noir. Je pris donc congé de mon *rickshawalla* favori, en soulignant qu'il fallait que je me dépêche si je voulais trouver une place convenable pour mon attente sur le quai numéro neuf. Une fois de plus, Venky remercia Dieu de m'avoir envoyé à lui. Il m'affirma qu'il ne boirait plus jamais de *chullu*. Il était un homme nouveau.

Mes cinq premières heures d'attente passèrent très lentement. Le kiosque à journaux du quai n'avait jamais fait de telles affaires. Rien que durant la première heure, je parcourus, tout en consommant cinq sodas à la mangue, six magazines de cinéma bengalis et entamai la lecture d'un livre intitulé *Comment élever des reptiles*. Quand je me fus bien pénétré de cet art subtil, je m'attaquai à *Comment entretenir les prothèses dentaires* et *Comment dessiner des cathédrales*. Les kiosques à journaux des gares indiennes semblent en effet se spécialiser dans les ouvrages pratiques dont le titre commence invariablement par « comment ». Quel meilleur moment pour s'instruire, après tout, que celui où l'on se trouve bloqué dans un Trou Noir ferroviaire ?

Vers la dixième heure, je cédai aux sollicitations d'un très jeune cireur de souliers. Mes chaussures s'étaient retrouvées, je ne savais comment, couvertes de bouse de vache. Dès que le petit cireur se fut enfui avec ses cinq roupies, je me trouvai assailli par une nuée de commerçants amateurs aux propositions éminemment variées. Voulais-je acheter une série de boules de billard, un passe-montagne en mohair vert émeraude, une brosse à cils, dix litres de gazole, une portée de souris blanches, un perroquet vert, une lampe de chevet ?

Je venais de repousser toutes ces offres alléchantes lorsque se présenta un deuxième cireur de souliers, remorquant, celui-là, un petit chariot.

— *Sahib*, fit-il, cirer souliers ?

— Non, merci, lui dis-je. Cela vient d'être fait.

L'enfant fit la grimace. Je regardai mes pieds. Mes souliers étaient de nouveau couverts de bouse de vache bien diluée. Je remarquai alors la boîte métallique que transportait le jeune garçon sur son chariot ; elle était pleine de bouse de vache prête à servir. Suivant mon regard, l'ingénieux cireur battit précipitamment en retraite.

Deux heures avant le moment prévu pour l'arrivée de l'Express de Hatia, un assez curieux événement se produisit sur le quai numéro neuf. Un jeune magicien vint s'installer à quelques mètres seulement de l'endroit où j'étais assis. Il commença par exécuter divers tours de manipulation et de prestidigitation relativement simples. Une petite foule muette de porteurs, de vendeurs de souris blanches ou de passe-montagnes et de voyageurs ne tarda pas à s'assembler autour de lui.

Alors, le garçon – il n'avait guère plus de treize ans – entama un autre numéro. Il réussit à convaincre un spectateur de lui remettre un billet de cinquante roupies. Le billet fut plié en deux et placé dans une enveloppe brune, sur laquelle le spectateur fut invité à inscrire ses initiales. L'enveloppe fut alors jetée dans une boîte qui en contenait déjà d'autres, identiques. Mais quand l'homme la rechercha ensuite dans la boîte, elle avait disparu. Le tour était exécuté avec une incontestable habileté, et le public applaudissait chaque fois qu'un nouveau client en était victime.

Comme je regardais le jeune magicien collectionner ainsi les dupes, ses traits commencèrent à me paraître familiers. Écartant quelques spectateurs, je réussis à m'approcher et le regardai mieux. Le visage... Le sourire à la Charlie Chaplin... C'était bien lui. Le garçon du Maidan, celui qui m'avait escroqué de cent roupies.

Sans perdre un instant, je marchai vers lui et lui ordonnai de me rendre mon argent. Je proférai à son égard toute une série de menaces parfaitement vaines : j'allais prévenir ses parents, le chef de gare, la police... Mais le garçon me répondit par une grimace de dérision et harangua son public attentif, qui se tourna immédiatement contre moi. Tout en remettant pieusement au jeune escroc un billet de cinquante roupies, une femme m'invita véhémentement à me trouver un adversaire de mon âge et de ma taille. Un homme me cria de retourner au plus vite dans mon pays d'origine. Devant cette explosion de colère populaire, je regagnai ma place en ruminant de sombres projets de vengeance.

Encore une heure à attendre. J'avalai une poignée de bonbons à la menthe en déployant ma carte de l'Inde, que j'étalai sur le sol afin de l'étudier.

Après mon asile d'aliénés, où allais-je bien pouvoir me rendre ? Combien de villes et de provinces devrait couvrir ce voyage d'exploration qu'on m'avait enjoint d'entreprendre ? Je commençai par encercler sur la carte Calcutta, puis Jamshedpur. Pourquoi Hyderabad était-il déjà marqué ? Le Maître me commandait-il impérativement de m'y rendre ? Après tout, c'était sa carte, et ce devait normalement être lui qui y avait tracé ce cercle autour d'Hyderabad. De toute manière, les promesses de guérison miraculeuse de l'asthme faites par Gokul justifiaient déjà à elles seules le déplacement. J'avais chaque jour de plus en plus de mal à respirer, et les inhalateurs n'avaient que fort peu d'effet. Une autre raison de me rendre dans cette ville était mon désir de voir le Rock Castle Hotel cher à l'explorateur Wilfred Thesiger.

Selon Gokul, la cure miracle proposée par la famille Gowd avait lieu au début de juin. C'était dans trois mois. Il me fallait donc trouver une autre destination avant Hyderabad. Pourquoi pas Bangalore et son Temple du Taureau ? J'entourai donc Bangalore d'un cercle. J'allais mettre d'abord cap au sud, puis je reviendrais sur mes pas pour me trouver à Hyderabad au début de juin.

Avec vingt bonnes minutes d'avance, l'Express de Hatia entra en gare, ce qui fit, dans le Trou Noir, l'effet d'un coup de pied donné dans une fourmilière. Un bon millier de porteurs en chemise rouge se précipitèrent, des ballots sur la tête, tandis que des vagues entières de voyageurs partaient à l'assaut du train en se montant littéralement les uns sur les autres. Je repérai soudain mon jeune arnaqueur, et comme, cette fois, il n'avait pas une cohorte de fidèles pour le soutenir, je lui mis la main au collet.

— Rends-moi mes cent roupies ! clamai-je.

— Oh, c'est vous ? fit le garçon, comme s'il était presque content de me voir. Très bien, voilà votre argent. Je le gardais simplement pour vous.

Sur quoi il me tendit deux billets de cinquante roupies. Compte tenu de la facilité avec lequel il le fit, je me dis que ses bénéfices de la journée avaient dû être considérables. De plus, il se fit arrogant.

— Vous devez en avoir plus besoin que moi, me dit-il en excellent anglais. Vous êtes habillé d'une façon qui ferait honte à un mendiant. Où allez-vous maintenant ? Dormir avec les rats dans les égouts ?

— Comment oses-tu m'insulter, odieux petit crétin ? protestai-je. Je n'ai d'ailleurs pas de temps à perdre avec toi. Je m'en vais faire un déplacement très important à Jamshedpur.

Sur ces fortes paroles, je grimpai dans mon wagon à la recherche du siège que j'avais réservé : une place près de la portière pour moi tout seul. Un rêve ! Mais mon euphorie fut de courte durée. Je ne tardai pas à me retrouver comprimé comme une sardine dans sa boîte au milieu de quelques centaines d'autres personnes.

À vingt et une heures trente-cinq précises, l'Express de Hatia quitta la gare d'Howrah pour entrer dans l'inconnu. L'homme assis – tout aussi inconfortablement – à côté de moi m'adressa un petit sourire un peu timide et me dit :

— C'est un plaisir de faire votre connaissance. J.P. Kamaraj, à votre service. Appelez-moi J.P.

Sur quoi il rajusta la perruque de crin noir qu'il portait et ouvrit l'attaché-case gris qu'il avait posé sur ses genoux. Les trains indiens sont toujours pleins de messieurs à perruques et à attachés-cases. La plupart sont des voyageurs de commerce. Les autres se présentent comme des scientifiques.

— Je suis un savant, me dit tout naturellement J.P. tandis que le train prenait de la vitesse, pour échapper sans doute à la force de gravitation exercée par le Trou Noir d'Howrah.

— Vraiment ? fis-je poliment. Et quel est votre secteur de recherches ?

J.P. Kamaraj referma son attaché-case d'un air furtif.

— C'est un projet très secret, déclara-t-il.

— Oh, je vois ! dis-je. Je ne voudrais surtout pas être indiscret...

À ce moment, la porte du compartiment s'ouvrit et mon jeune arnaqueur apparut.

— Oh, non ! m'exclamai-je. Pas toi !

J.P. leva la tête, comme s'il attendait que je fasse les présentations.

— Un de vos amis ? demanda-t-il.

Entre-temps, le petit effronté s'était tranquillement installé à côté de moi.

— Ce n'est certainement pas un de mes amis ! protestai-je.

C'est un petit escroc de bas étage. Il extorque de l'argent aux naïfs.

— Je vous ai rendu votre argent ! clama alors le jeune garçon. De toute façon, je n'en avais pas besoin. Cent roupies, ce n'est rien pour moi !

— Va-t'en et fiche-moi la paix ! lui dis-je. Tu vois bien que j'ai une conversation sérieuse avec ce monsieur.

Le garçon tira alors de sous ses vêtements une épaisse liasse de billets de cinquante roupies tout usés. Il se lécha le pouce et se mit à les compter avec la dextérité d'un caissier de banque.

— Cinq mille ! annonça-t-il triomphalement. Je ne suis pas un petit escroc de bas étage !

— Chacun de ces billets, lui dis-je, représente une personne que tu as dépouillée. Tu devrais avoir honte de toi !

Sur quoi, tournant le dos au garçon, je parlai à J.P. de mon apprentissage chez Feroze et du voyage de découverte et d'observation que j'entreprenais. Il m'adressa les plus vifs éloges, mais, à ce moment, mon jeune ennemi intervint :

— Je viens avec vous, me dit-il d'un ton catégorique.

— Certainement pas ! m'exclamai-je.

— Oh, si, répondit-il. Je viens, et il n'y a rien que vous puissiez faire pour m'en empêcher.

— Pourquoi ne vas-tu pas escroquer quelques innocents de plus et ne me fiches-tu pas la paix ?

— Parce que je reste avec vous.

— Comme tu voudras.

J'étais certain qu'il allait très vite se lasser. Après tout, il était très jeune.

— Je suis désolé, J.P., dis-je à mon voisin. Avant que nous soyons grossièrement interrompus, vous me parliez de votre projet.

Oubliant apparemment le caractère ultra-secret de ses travaux, J.P. se mit en devoir de tout m'expliquer.

— Nous mettons au point, m'annonça-t-il, une sorte d'Habbakuk.

— Une sorte d'Habba-quoi ? demandai-je.

Mon interlocuteur posa sur le sol son attaché-case et se pencha vers moi.

— C'est un autre nom de code pour la Pykrite, me chuchota-t-il. Nous sommes en train d'en réaliser une version indienne...

— Et qu'est-ce que la Pykrite ? Un détergent ?

J.P. se mit à rire.

— Non, pas du tout, fit-il. Pendant la guerre un savant britannique nommé Geoffrey Pyke a mis au point un amalgame de glace et de pulpe de bois. C'était douze fois plus résistant que le béton, très peu cher à fabriquer et cela flottait. Mountbatten et Churchill y ont eu recours pour l'« Opération Habbakuk ».

— Qui était ?

— Attendez un peu, je vais vous le dire. Voyez-vous, leur idée était de construire d'énormes cuirassés en Pykrite, de six cents mètres de long et d'un déplacement de deux millions de tonnes.

— Et qu'est-il arrivé ?

Mon interlocuteur fronça les sourcils.

— Après des essais tout à fait réussis au Canada, déclara-t-il, le projet Pykrite a été mystérieusement abandonné.

— Mais pourquoi ?

— Ils ont rencontré des difficultés. Et puis, voyez-vous, ils voulaient utiliser la chose pour faire la guerre.

— C'est logique, fis-je. On était en pleine Deuxième Guerre mondiale.

— Ce n'est pas une excuse, rétorqua J.P. en agitant un index vengeur.

— Mais, demandai-je alors, si vous n'envisagez pas d'utilisations militaires, pour quel usage réalisez-vous cette Pykrite ?

Un sourire épanoui apparut sur le visage du digne chercheur scientifique.

— Nous construisons, annonça-t-il pompeusement, un temple sur une base de Pykrite. Il sera dédié à Krishna et parcourra toutes les côtes indiennes. Il fera escale dans tous les ports et les gens monteront à bord pour faire leurs dévotions.

— C'est une idée stupide, proclama le jeune escroc, qui écoutait de toutes ses oreilles.

— Tais-toi ! lui dis-je d'un ton féroce.

Mais il avait parfaitement raison : toute cette histoire était absurde.

J.P. n'en disserta pas moins quelque deux heures sur son grandiose projet de temple flottant. L'ensemble comporterait des jardins et des fontaines taillés dans la glace, un centre de méditation, un hôpital, des logements pour le personnel, des bains publics, une bibliothèque, un réfectoire, une grande salle de réunion et une laiterie.

— Est-ce que les vaches n'attraperont pas froid ? demandai-je. Après tout, elles vont se retrouver dans un ensemble gelé.

J.P. Kamaraj éclata d'un rire perçant.

— Oh, non ! clama-t-il. Les vaches n'auront absolument pas froid. Elles seront au contraire bien au chaud.

— Mais avec toute cette glace ? insistai-je.

Il secoua la tête. Il avait évidemment tout prévu. Se protégeant la bouche de la main, il me souffla son secret à l'oreille :

— Chauffage central ! Toutes les vaches auront le chauffage central.

14

UNE VISITE À L'ASILE

Quelques minutes avant sept heures du matin, le jeune arnaqueur me secoua, me tirant d'un profond sommeil. Il me dit que le train était resté à l'arrêt pendant cinq heures durant la nuit, mais que Tatanagar, la gare de Jamshedpur, n'était plus qu'à un ou deux kilomètres.

— Je n'ai pas besoin de ton aide, merci beaucoup ! criai-je avec une parfaite mauvaise foi.

En fait, le retard de la nuit m'avait bien rendu service ; sans lui, j'aurais certainement raté ma gare. L'explication en était au demeurant simple. La locomotive avait heurté une vache égarée sur la voie, et, en hindou pieux, le conducteur avait fait halte afin de prier pour l'animal.

Comme je me préparais à descendre, J.P. Karamaj me souhaita bonne chance pour la suite de mes pérégrinations. Lui-même se rendait à Hatia afin d'acheter de la pulpe de bois pour son temple en Pykrite. Avant de quitter le train, je jetai un coup d'œil à l'endroit où s'était trouvé mon trop précoce magicien. Il avait disparu.

Jamshedpur présentait un contraste saisissant après Calcutta. Bien que comptant près d'un million d'habitants, la ville semblait presque déserte. Pas plus de cohues et de foules bariolées dans les rues que de vestiges de la splendeur coloniale. L'une des rares villes de conception moderne en Inde, Jamshedpur était le fruit des cogitations de Jamshedji Tata, richissime industriel parsi et pionnier des aciéries dans la péninsule indienne, qui avait eu soin d'installer sa cité modèle sur l'emplacement de riches gisements de charbon et de chaux. La construction de cette ville entièrement vouée au métal avait commencé en 1908, et quatre ans plus tard, l'acier Tata envahissait tout le marché indien.

Avant de me mettre à la recherche de l'hôpital psychiatrique et du « saint homme » qu'il était censé abriter, je décidai de m'offrir un petit déjeuner. Alors que j'étais bien installé devant un café au lait au Quality Restaurant de la Main Road, j'entendis un discours aux accents curieusement familiers qui provenait de l'extrémité de la salle. Les clients étaient invités à tenter leur chance pour essayer de gagner, moyennant finance, un morceau de roche de la taille d'un palet de hockey qui, selon mon éternel jeune aigrefin, contenait de l'or.

Un ou deux naïfs s'étaient déjà défait d'un billet lorsque me revint à l'esprit la menace du jeune garçon de m'accompagner tout au long de mon voyage. Je pliai alors la carte remise par Gokul et m'en fis une sorte de bonnet que je me plaçai sur la tête, dans l'espoir de ne pas être identifié. Au bout de cinq minutes, n'entendant plus rien, je pensai le danger passé et soulevai avec précaution mon chapeau improvisé. Je ne vis rien, mais on ne tarda pas à me taper sur l'épaule.

— Vous êtes perdu ? me demanda une voix que je ne connaissais que trop bien.

— Non, protestai-je. Tu ne peux pas me laisser tranquille ?

— Je vous l'ai dit, fit le garçon en s'installant tranquillement à ma table. Je viens avec vous. Je vous accompagne dans votre voyage. C'est décidé.

— Si tu ne me fiches pas la paix, dis-je d'un ton ferme, je vais appeler la police !

— Ne vous gênez surtout pas, répondit-il. Les policiers sont si stupides... Je leur prends encore plus d'argent qu'aux autres... Je m'appelle Bhalu.

— Je me contrefiche de savoir comment tu t'appelles ! clamai-je. Tu n'es qu'un sale petit arnaqueur qui devrait être à l'école !

— *Arnaqueur*, répéta alors le garçon d'un ton pensif.

J'aime bien ce mot... Je suis un arnaqueur... À partir de maintenant, je suis l'Arnaqueur !

J'appelai le garçon, payai et sortis en hâte du restaurant. Mais l'Arnaqueur me suivit. Chemin faisant, il se débarrassa de sa prétendue pépite d'or.

— Un objet de valeur comme cela ? fis-je en ricanant.

— C'est un caillou que j'ai ramassé en venant, précisa-t-il. Ces gens étaient si bêtes...

Un vieux taxi passant, je me hâtai de le héler et y montai. Je demandai au chauffeur de me conduire à l'hôpital psychiatrique. Seul.

N'ayant encore jamais visité un établissement de ce genre, je ne pouvais me défendre, je dois l'avouer, d'une certaine appréhension. De plus, nous étions en Inde, où n'importe quoi peut arriver – le pire étant qu'on me prenne pour un pensionnaire et qu'on me jette sans autre forme de procès dans une cellule capitonnée.

Il me fallut vingt bonnes minutes pour me faire admettre dans l'hôpital, et tous mes problèmes n'étaient pas résolus pour autant. Le premier de ces problèmes était tout simplement que personne n'y parlait un traître mot d'anglais. J'essayai d'abord les mimiques, mais mis assez rapidement fin à mes gesticulations de peur qu'on me croie moi-même bon à enfermer sur l'heure. Je répétai à quatre reprises le nom du « saint homme » – Gupta – à un employé qui tapait sur une vieille machine à écrire Triumph. Il se borna à soulever les épaules en un geste d'impuissance.

Maudissant la stupidité qui m'avait fait venir là sans interprète, j'allais sortir du bureau d'accueil lorsque je vis quelqu'un dans l'embrasure de la porte. C'était l'Arnaqueur.

— Comment as-tu fait pour me trouver ici ? m'exclamai-je. Et pourquoi diable m'espionnes-tu ?

— Vous avez besoin de quelqu'un pour parler au personnel ?

— Oui, concédai-je.

S'adressant au dactylographe avec un air de profond respect, l'Arnaqueur lui expliqua alors qui je cherchais. L'employé me regarda, regarda le plancher, regarda le plafond, puis se mit à rire.

— Guptaji ! s'écria-t-il triomphalement.

— Oui, il connaît le « saint homme », confirma l'Arnaqueur. Je peux vous servir d'interprète, si vous voulez.

Avant que j'aie pu protester, il entreprit de me guider à travers l'asile. On aurait dit qu'il s'était déjà trouvé là auparavant. Je pensai malignement qu'il y avait peut-être été détenu, mais c'eût été trop beau.

Les corridors aux murs blanchis à la chaux empestaient le chlore et le musc. Au-delà des dortoirs bondés qui se trouvaient de part et d'autre, on apercevait des chambres de sécurité à six ou sept lits, avec des barreaux aux fenêtres et une unique ampoule électrique au plafond. Bien que toutes grandes ouvertes, les portes avaient des serrures et des verrous d'aspect redoutable. Il n'y avait pas un seul gardien en vue. En me regardant passer, la plupart des malades riaient ou ricanaient, mais certains gardaient un air abattu, résigné.

Le « saint homme », quant à lui, était assis les jambes croisées dans une petite cour au sol recouvert de graviers, entre quatre dortoirs. Une douzaine d'autres internés étaient également là, lisant ou bavardant entre eux.

J'observai attentivement le *swami*. Il était d'un âge extrêmement avancé, avec des membres décharnés et des traits creusés comme par le ciseau d'un sculpteur. Il portait un simple pagne blanc, un vieux maillot de corps ajouré et une amulette de cuir au cou. Je me dis que les informations de Venky étaient sans doute un peu dépassées.

L'employé de l'asile se pencha et tapota l'épaule du vieux mystique. Celui-ci ne bougea pas.

— Il est mort ? demandai-je.

— Non, il est en transe, expliqua Bhalu.

L'employé tapota de nouveau, et, cette fois, le vieillard parut s'éveiller et écouter les explications qui lui étaient données. Bhalu me traduisit sa réponse.

— Des visiteurs ? avait-il dit. Tu sais bien que je n'aime pas les visiteurs.

— Mais, *swami*, avait alors déclaré l'employé, cet homme est venu d'*Englezabad*, la cité des Anglais !

— D'aussi loin que la cité des Anglais ?

L'employé avait fait un signe affirmatif.

— De la frontière du Bangladesh ?

— Oui, avait confirmé l'employé, de la frontière du Bangladesh.

Là, il semblait y avoir confusion. J'avais dit être venu d'Angleterre, du pays des Anglais, et non d'Englezabad – le Bazar des Anglais pour les Bengalis – près de Malda. J'en informai l'employé, qui en informa à son tour le *swami*. Celui-ci me fit signe de m'asseoir sur le sol à ses côtés.

— Oh, grand *swami* ! lui dis-je avec tout le respect que je pouvais mobiliser. J'effectue un voyage de découverte et d'observation, envoyé par mon respecté professeur, Hakim Feroze.

Le « saint homme » ne répondit pas. Il se borna à émettre une petite toux en inclinant la tête. Il semblait, en fait, à demi mort.

— Révéré *swami*, continuai-je en me tournant vers Bhalu pour qu'il traduise au fur et à mesure, je suis venu ici en quête de miracles. J'ai entendu parler des choses merveilleuses que vous faites. Pourriez-vous m'en donner la démonstration ?

Soulevant imperceptiblement ses paupières, le gourou articula quelques paroles rapides.

— Il demande si vous doutez de ses capacités, me dit l'Arnaqueur.

— Non, non ! fis-je en toute hâte. Mais je suis venu de loin pour assister aux miracles qu'il réalise.

— Oui, dit alors solennellement le *swami* – toujours traduit par l'Arnaqueur –, vous êtes venu d'Englezabad. C'est très loin.

Sans une autre parole, il sortit quelque chose de sous son pagne. C'était un clou, mais pas un clou ordinaire. Il avait une bonne douzaine de centimètres de longueur et le diamètre d'un gros crayon. Rejetant la tête en arrière, le *swami* se le glissa dans la narine droite, où, centimètre par centimètre, il l'enfonça complètement. Le clou disparut et je demeurai perplexe. Deux ou trois centimètres auraient été faciles à admettre. Tous les enfants se sont amusés à ce jeu stupide et sont parvenus facilement à de tels résultats. Mais douze centimètres ? Comment le *swami* était-il arrivé à faire disparaître le clou sans se percer le cerveau ? Tranquillement, il retira le clou.

— Il n'y a pas de miracle, me chuchota l'Arnaqueur. Je l'ai fait moi-même une multitude de fois. Le clou remonte dans le sinus. C'est un truc de bonimenteur des rues.

Il avait probablement raison.

Je ne m'en répandis pas moins en compliments qui parurent satisfaire le « saint homme ». Il me précisa que c'étaient ses pouvoirs surnaturels qui avaient empêché le clou de le tuer.

Puis il annonça un autre miracle.

— Maintenant, déclara-t-il lentement, je vais arrêter les battements de mon cœur.

Il demanda à l'employé, qui suivait la démonstration avec passion, d'aller chercher un stéthoscope, ce que l'autre s'empressa de faire.

Le sage souleva alors son maillot de corps, révélant un torse maigre et parcouru de rides profondes. Il indiqua du pouce que le stéthoscope devait être appliqué juste au-dessus de son cœur. L'employé me passa l'instrument et je m'exécutai. Puis j'écoutai et m'exclamai :

— Mais il n'y a pas de battements du tout !

Le *swami,* qui avait refermé les yeux, semblait avoir glissé dans l'inconscience et son cœur ne battait plus. Était-ce en conséquence d'un tour comme celui que Feroze m'avait enseigné avec une noix ? Je cherchai la noix et ne la trouvai pas.

— Il est peut-être vraiment mort, fis-je d'un ton passablement anxieux.

Après tout, j'étais venu dans cet hôpital psychiatrique pour observer des miracles et non pour tuer les patients...

L'employé de l'hôpital semblait beaucoup moins inquiet que moi.

— Il ressuscite toujours, dit-il d'un ton blasé.

— Vous voulez dire qu'il exécute cette démonstration souvent ? lui demandai-je.

— Oh, très souvent !

À ce moment précis, le *swami* commença à émerger de son coma. Je perçus ses battements de cœur, d'abord faibles puis parfaitement normaux.

— J'ai commencé à faire des miracles quand j'étais encore enfant, m'affirma-t-il par le truchement de l'Arnaqueur.

— Là, ce n'était pas du tout un miracle, me dit ce dernier en anglais.

— Mais il n'y avait plus le moindre battement de cœur ! fis-je. Je sais comment les arrêter avec une noix, mais, cette fois, ce n'était pas cela !

Le jeune ruffian m'expliqua complaisamment :

— Quand vous étiez sur le point de poser le stéthoscope sur la poitrine du vieil homme, avez-vous remarqué qu'il s'emplissait les poumons d'air ?

— Oui, je l'ai remarqué.

— Eh bien, dit Bhalu, l'air forme coussin. Il absorbe le battement du cœur – qui, dans son cas, n'est pas très fort, car il est vieux.

C'était moi qui m'étais engagé dans un voyage d'observation, mais c'était l'Arnaqueur qui, je devais le reconnaître, était le plus observateur des deux.

Ce que je me demandais en premier lieu, c'était comment Guptaji avait pu atterrir là où il se trouvait.

— Oh, grand maître, lui demandai-je d'un ton parfaitement obséquieux, pourquoi vous garde-t-on ici ? De quel dérèglement mental vous accuse-t-on ?

Faisant lentement pivoter son long cou comme une tortue, le « saint homme » me regarda.

— Personne ne me garde ici, me répondit-il. Je ne suis pas fou, vous savez.

Je poussai du coude l'Arnaqueur, qui se tourna vers l'employé aux écritures.

— Bien sûr qu'il n'est pas fou, fit celui-ci. La moitié de nos pensionnaires sont totalement sains d'esprit. Ils ont été soignés et guéris. Ils ont même des certificats pour le prouver.

— Mais alors pourquoi ne partent-ils pas ? demandai-je naïvement.

L'employé secoua la tête.

— Ils n'ont aucun endroit où aller, répondit-il. La plupart ont été reniés par leur famille. Beaucoup ne savent même plus où se trouvent leurs plus proches parents. Quand ceux-ci déménagent, ils ne nous en informent pas. Les gens considèrent comme une malédiction d'avoir un parent fou.

— Mais quand le gourou a-t-il été déclaré guéri et autorisé à partir ?

L'employé se gratta la tête et réfléchit un moment.

— En 1969, finit-il par déclarer.

*

Ma rencontre avec le vieux *swami* prit fin de façon prématurée. Épuisé après ses deux miracles, le « saint homme » sombra dans un profond sommeil. L'employé aux écritures m'informa qu'il avait dépassé les quatre-vingt-dix ans et trouvait de plus en plus difficile de réaliser les exploits qui avaient fait sa haute réputation.

L'Arnaqueur me guida vers la sortie à travers le dédale de couloirs de l'hôpital. Je sentais qu'il espérait bien m'imposer sa présence pour le reste de mon voyage, et il ne m'inspirait pas plus confiance qu'auparavant. Je me disais que, tel un membre de la fraternité thug, il était certainement prêt à passer tout le temps nécessaire à gagner ma confiance, et qu'y étant parvenu, il me dévaliserait au moment où je m'y attendrais le moins. Il avait peut-être l'apparence d'un enfant, mais cela ne l'empêchait pas d'être un criminel endurci.

Arrivé aux portes de l'hôpital, je le remerciai de son aide et de ses services d'interprète, juste compensation pour le mauvais tour qu'il m'avait joué à Calcutta. Puis je pris congé.

C'était un bel après-midi, avec un air chaud parfumé de résine. Je saisis ma valise et m'apprêtai à faire à pied les cinq ou six kilomètres me séparant de Jamshedpur. Il n'y avait bien sûr pas de station de taxis devant un établissement qui attirait si peu de visiteurs.

Bhalu me demanda de nouveau s'il pouvait m'accompagner dans mon voyage. Il m'affirma qu'il paierait ses propres frais et éviterait les ennuis. Je lui répondis par la négative et pris la longue piste poussiéreuse menant à la ville. Il se mit à me suivre à dix pas derrière moi.

Comme nous approchions d'un tournant, à une demi-heure environ de Jamshedpur, il se mit brusquement à courir et me poussa dans un fossé atrocement fangeux où je tombai tête baissée.

— Petit sagouin ! hurlai-je en m'extirpant du fossé, couvert de boue. Si je t'attrape, je te tue !

Mais Bhalu ne prit pas la fuite pour autant. Il resta sur place en me désignant quelque chose sur le côté de la route. C'était le corps coupé en deux d'un grand scorpion brun doré. Le jeune garçon en ramassa la partie inférieure pour me la montrer. De l'autre main, il tenait un couteau de chasse.

— Vous étiez sur le point de marcher sur ce scorpion, me dit-il. Je n'avais pas le temps de vous expliquer.

— Mais j'ai des souliers, protestai-je. Le dard n'en aurait jamais traversé la semelle !

— Vous n'avez jamais entendu parler, me demanda-t-il alors, des scorpions sauteurs de Bihari ?

Je regardai successivement le garçon, le couteau et ce qui restait du scorpion. Il était certain que, sans les réflexes du jeune Bhalu, je me serais trouvé dans un très mauvais cas.

L'Arnaqueur jeta la queue du scorpion dans le fossé, puis prit un peu de recul, se préparant visiblement à me suivre comme il l'avait fait auparavant, à une dizaine de pas derrière moi. Il avait les yeux baissés et l'air pathétique.

— Très bien, fis-je avec une froideur très étudiée. Tu peux m'accompagner un peu. Mais je te préviens : le moindre problème, et c'est fini...

*

Le lendemain, au petit déjeuner, prenant les devants, je mis Bhalu au courant de toutes les mésaventures qui m'incitaient dorénavant à la plus grande méfiance. Je lui racontai comment, étudiant, j'avais été escroqué dans le sud de l'Espagne. Comment j'avais eu toutes mes affaires volées au Brésil. Puis comment j'avais été drogué et dévalisé à bord du trop fameux Express de Farakka. Il devait y avoir dans le monde entier des gens voyageant avec mes passeports, circulant avec mes permis de conduire, dépensant mon argent et portant mes vêtements. J'en avais assez. Trop, c'était vraiment trop.

— Ah, le coup du pamplemousse ! fit l'Arnaqueur d'un ton rêveur. C'est l'un des plus astucieux. Je l'utilise souvent.

— Tu veux dire que tu as, *toi*, drogué des gens dans les trains pour les dévaliser ensuite ?

— Bien des fois, répondit le jeune garçon en allumant une *biri*.

— Arrête de fumer ! lui ordonnai-je. Tu es beaucoup trop jeune pour cela. Au fait, quel âge as-tu ?

Bhalu me regarda en plissant les yeux.

— J'ai dix-sept ans, affirma-t-il.

— Jamais de la vie ! rétorquai-je. Tu n'as même pas atteint la puberté.

— Bien, dit-il. Les gens pensent souvent que j'ai dix-sept ans.

— Et depuis combien de temps vis-tu dans les rues, à duper les gens ?

— Environ six ans... J'avais six ans quand je me suis enfui de cette saleté d'orphelinat.

— Alors, tu as passé la moitié de ta vie dans les rues de Calcutta ?

— Exact. Et en gagnant bien ma vie, en même temps.

On ne peut trouver plus prétentieux, en ce bas monde, qu'un arnaqueur de Calcutta. Bhalu m'énuméra l'une après l'autre ses escroqueries favorites en vantant son talent. Beaucoup ressortissaient à l'illusionnisme, et, des tours de cartes et de la manipulation aux tours d'évasion, le répertoire du jeune forban avait de quoi susciter l'envie.

Mais Bhalu était également capable de vendre à des gogos tout et n'importe quoi.

— Voyons voir, me dit-il, j'ai vendu des bouteilles pleines d'eau sale. Si on sait se montrer assez affirmatif, tout le monde croit que c'est de l'eau du Gange. Un jour, j'ai volé les membranes sensibles de vingt téléphones à la gare d'Howrah et je les ai vendues dans les trains. Les vieux les achetaient en s'imaginant que c'étaient des appareils spéciaux pour accroître l'excitation sexuelle, qu'il suffisait de les glisser sous un oreiller et qu'ils émettaient alors des ondes invisibles rendant les femmes folles de passion...

Je me pris la tête à deux mains, et l'Arnaqueur se mit à rire.

— Puis, poursuivit-il, j'ai vendu des queues de rat comme porte-bonheur, de la cendre de cigarette comme produit de beauté miraculeux et des paillettes de savon comme aphrodisiaque.

Il s'interrompit, secoua la tête et reprit :

— Les femmes ! Elles achèteraient n'importe quoi ! Si vous vous glissez dans le wagon réservé aux dames d'un train de banlieue et proposez de faux produits de beauté aux femmes les plus hideuses, vous faites une fortune...

Les propos de l'Arnaqueur pouvaient être fort divertissants quand il le voulait, mais je persistais à me demander pourquoi il avait tenu à m'accompagner dans mon voyage – pourquoi, parmi toutes les personnes massées sur le quai numéro neuf à la gare d'Howrah, il m'avait choisi, moi. Quand je lui posai la question, il se borna à me répondre que c'était le destin qui l'avait voulu.

— Voulez-vous rencontrer l'« Homme Essence » ? me demanda-t-il à brûle-pourpoint, sans doute désireux de changer de sujet.

— Qui est-ce ?

Bhalu prit un air de commisération.

— Il transforme l'eau en essence, bien sûr, me dit-il. Il se trouve un peu au sud d'ici, à Rourkela.

Un homme capable de transformer l'*aqua simplex* en carburant pour automobiles méritait certainement le détour. Nous retournâmes donc à la gare de Tatanagar et montâmes à bord du train omnibus prenant la direction du sud. L'Arnaqueur avait parfaitement compris que j'étais toujours prêt à tout abandonner à l'instant pour partir à la recherche de l'insolite.

Nous trouvâmes deux places libres près des portières. C'est alors qu'un homme d'âge moyen, à l'air prospère, vint s'installer tout contre moi. Il n'avait vraiment aucune raison de me serrer de si près, car le wagon était encore presque vide. Je le regardai d'un air sévère en grognant de façon très audible. Il ne bougea pas pour autant. Je le regardai de nouveau. Il portait, juchée sur le nez, une paire d'énormes lunettes qui lui couvraient une bonne partie du visage et dont les verres lui grossissaient les yeux au moins quatre fois, lui donnant une apparence curieusement rassurante et même attendrissante. Il avait sur les genoux un attaché-case en plastique renforcé de la marque VIP Luggage – la favorite des cadres commerciaux et représentants.

Il ne tarda pas à se présenter.

— P.D. Roy, très heureux vous rencontrer, dit-il en passant la main sur ce qui était, de toute évidence, une perruque avec autant de naturel que s'il s'était agi de ses propres cheveux.

— Très heureux de vous rencontrer, moi aussi, fis-je. Vous êtes de Jamshedpur ?

— Non, non, répondit-il. Je suis voyageur commesse... Je suis dans les perrusses...

— Excusez-moi, je n'ai pas bien compris.

— Les perrusses.

— Les perruches ? demandai-je, en regardant l'Arnaqueur.

— Non, fit celui-ci, il est dans les *perruques* ! Il vend des perruques. Des moumoutes. Vous savez, pour les *taklus*, les chauves !

La calvitie étant un sujet délicat dans n'importe quel pays, j'aurais volontiers orienté la conversation vers un autre secteur. Mais, sans aucun complexe, Bhalu entreprit d'interroger en détail l'homme sur sa profession.

P.D. arborait toute la panoplie du parfait représentant indien – l'attaché-case VIP, la bague de corail rouge à l'annulaire gauche, le stylo à bille en acier inoxydable émergeant de la poche de chemise – mais son expérience personnelle ne manquait pas d'originalité. Il avait commencé, en effet, par vendre des systèmes de freinage pour autorickshaws. Mais il n'avait pas tardé à trouver que cette activité manquait de chaleur, d'imprévu et, pour tout dire, d'âme. Il était impossible de parler de freins avec cette émotion communicative que recherchait P.D. Un système de freinage est un système de freinage. On en a besoin ou on n'en a pas besoin. Si on en a besoin, on achète, et l'aventure n'est jamais présente, le talent du représentant n'est jamais en jeu.

P.D. en avait assez, et c'est alors qu'il avait eu sa grande idée. Pourquoi ne pas créer un produit nouveau spécialement destiné à toute l'armée de représentants parcourant constamment l'Inde en tous sens ? Après tout, VIP Luggage avait réussi cette opération ; nul représentant un peu soucieux de sa classe et de son rang ne saurait être vu sans un attaché-case VIP de bonne apparence. En conséquence, P.D. créa sa perruque « Administrateur », spécialement destinée aux cadres supérieurs – ou à ceux qui voudraient s'en donner les apparences.

Le secret du produit est qu'il n'est pas fondamentalement destiné à dissimuler une calvitie ou une amorce de calvitie. L'idée directrice est beaucoup plus subtile. Ayant tous la même forme et la même couleur, les toupets « Administrateur » sont des symboles d'un rang professionnel. Les clients les portent avec fierté, comme une décoration et un emblème plutôt que comme un substitut capillaire.

Je demandai au marchand de perruques à quelle époque de sa vie il était lui-même devenu chauve. Il retira alors son toupet « Administrateur » de sa tête et me le tendit à bout de bras. Poliment, je caressai l'objet, afin de ne surtout pas vexer son heureux possesseur.

— Vous ne comprenez pas, me dit alors P.D. Je ne suis pas chauve.

Un rapide coup d'œil à son crâne me confirma la vérité du propos.

— Je me rase la tête, expliqua-t-il. Voyez-vous, meilleure chose qu'un représentant commesse puisse faire, c'est de porter lui-même ce qu'il vend. Je n'ai pas besoin perrusse, mais là n'est pas question. Quand les clients me voient porter fièrement « Administrateur » alors que je n'en ai pas besoin, ils ont aussitôt envie d'acheter.

— On devrait vous donner une médaille ! m'exclamai-je. L'idée est brillante !

Même l'Arnaqueur dut reconnaître l'astuce du procédé.

— Et où vous procurez-vous tous les cheveux nécessaires ? lui demandai-je.

Sa réponse tint en un seul mot :

— Tirupati.

— Où est-ce ?

— Dans Tamil Nadu, juste au nord-ouest de Madras. C'est là que se trouve le Temple de Venkateshvara.

— Et qu'est-ce que cela a à voir avec les perruques ?

P.D. Roy eut un large sourire.

— Tirupati, précisa-t-il, est le seul « temple de perrusses » d'Inde.

Et, tandis que le train faisait halte dans une petite gare au nom incertain, il expliqua :

— À Tirupati, les gens étaient très malheureux. Ils n'avaient pas de mines d'or, comme les autres villes de la région, ils ne pouvaient pas faire pousser de blé car le sol était trop rocailleux, et l'eau était naturellement salée. Ils se réunirent donc pour examiner la situation, leur misère et la prospérité de leurs voisins, et ils décidèrent que Tirupati devait être victime d'un mauvais sort. La seule chose à faire était de construire un grand temple à Tirumala, dans les collines dominant le village et d'implorer l'aide des dieux. C'est donc ce qu'ils firent.

P.D. Roy s'interrompit un court instant puis reprit :

— Une fois terminé, ce temple était très impressionnant, avec ses murs de marbre blanc et les pétales de roses qui en recouvraient le sol. Tous les habitants de Tirupati passaient leur temps à y prier, mais leur sort ne s'améliorait pas. L'eau était plus salée que jamais, le sol semblait encore plus rocailleux et il n'y avait toujours pas trace de mines d'or. Mais quelqu'un finit par avoir une idée. Les gens de Tirupati se mirent à répandre le bruit que le fait de prier à leur merveilleux temple de Tirumala guérissait toutes les sortes de maladies, même les pires. La nouvelle se répandit comme un feu de broussailles. Il y eut bientôt une bonne dizaine de milliers de malades et d'infirmes se dirigeant vers le temple. Comme le premier se préparait à y entrer, le grand prêtre leva les bras et ordonna que chaque pèlerin se fasse raser la tête en l'honneur du dieu Venkateshvara. Les malades acceptèrent tous, et les barbiers rasèrent ainsi dix mille têtes dès le premier jour. Chaque jour, dix autres milliers de pèlerins se présentaient et tous se faisaient raser le crâne sur place. Des semaines se passèrent ainsi, puis les habitants de Tirupati se réunirent de nouveau. Ils se félicitèrent du succès remporté par leur temple, mais ne purent que constater que, les pèlerins priant gratuitement, eux-mêmes étaient toujours aussi pauvres. Ce fut alors qu'un enfant présent à la réunion eut une merveilleuse idée. Pourquoi ne pas récolter tous les cheveux qui avaient été coupés depuis des semaines et ne pas les vendre pour faire des perrusses ?

P.D. Roy avait soudain retrouvé son défaut de prononciation. Il continua :

— Les cheveux de Tirumala devinrent très recherchés. Beaucoup des perrusses brunes vendues dans le monde en sont faites. L'ancien village miséreux est devenu une ville extrêmement prospère. Et tout cela à cause des perrusses.

— Il faut que j'aille voir cela moi-même, dis-je alors, en traçant un cercle autour de Tirupati sur la carte de Feroze.

Abandonnant le marchand de perruques à son sort et à ses échantillons, nous descendîmes, Bhalu et moi, à Rourkela afin d'aller voir l'homme qui transformait l'eau en essence. Dès que nous fûmes sur le quai, l'Arnaqueur me poussa du coude.

— C'est vrai, me dit-il, que Tirumala est célèbre pour les cheveux qui y sont coupés, et qu'avec ces cheveux on fait des perruques. Mais le reste de l'histoire, il en a inventé la majeure partie. Croyez-moi, ce sont des boniments de représentant de commerce...

*

Après une nuit passée à tuer les moustiques à l'Hôtel Aspara, l'Arnaqueur me guida dans le dédale des petites rues de Rourkela – des rues où, comme dans bien d'autres villes indiennes, l'activité ne semblait jamais cesser ni même se ralentir. De jour ou de nuit, vous pouviez y acheter un paquet d'engrais, faire réparer votre montre ou prendre un repas en plein air. Des coiffeurs opéraient en permanence, coupant les cheveux ou passant des cubes de glace sur des visages fraîchement rasés. Pendant ce temps, leurs femmes étendaient le linge et leurs enfants filtraient méticuleusement la poussière des caniveaux – peut-être à la recherche de fragments d'or. Un homme tirait une charrette à bras pleine de sandales en plastique jaune. Un groupe de travailleurs syndiqués défilait derrière une bannière.

Bhalu ne tarda pas à repérer l'atelier de l'homme à l'essence. Compte tenu de l'aisance avec laquelle il le fit, il devait en connaître très précisément l'emplacement. Je l'interrogeai à ce sujet, mais il se refusa à me répondre.

La porte de l'atelier avait été taillée dans une unique plaque de cuivre. Une série de symboles religieux y avaient été gravés.

Je reconnus notamment un swastika, une croix, un croissant et une étoile de David. Au bas de la porte s'entassaient une dizaine de bouteilles de bière brisées au milieu desquelles on avait disposé une douzaine de pattes de poulet. S'agissait-il d'une mystérieuse offrande aux dieux ?

Je frappai à deux reprises. Comme la porte s'ouvrait, je me demandai si la baraque délabrée dans laquelle je m'apprêtais à pénétrer était bien un lieu de travail convenable pour un homme revendiquant des pouvoirs miraculeux ?

Un unique rayon de soleil éclairait le centre de l'atelier, paraissant presque le diviser en deux. Trois ou quatre fûts métalliques étaient entassés le long du mur du fond et des caisses poussiéreuses occupaient une bonne partie de la surface. Les parois, qui avaient été peintes en pourpre, s'ornaient de diagrammes assez grossiers, évoquant presque des hiéroglyphes égyptiens. Au centre, baigné tout entier par la lumière solaire, se tenait Mr. Jafar.

Les jambes torses et la peau aussi noire que de l'ébène, Mr. Jafar, qui sentait fortement l'ail, ne parut nullement surpris de nous voir entrer, Bhalu et moi. On aurait presque pu croire qu'il attendait notre visite. Il m'invita aussitôt à m'asseoir sur l'un des fûts et commença à m'entretenir de son extraordinaire découverte.

— Vous pouvez penser que je mens, fit-il d'une voix aiguë. Les sceptiques ont coutume de se moquer de moi, mais je comprends parfaitement leurs soupçons. Mon procédé appartient à la haute chimie. Pourquoi des ignorants y comprendraient-ils quelque chose ?

Sur quoi il me fixa de ses yeux perçants, comme pour m'interdire le moindre doute.

— J'ai passé quinze années dans cet endroit à faire des expériences, poursuivit-il. Chaque jour, je me rapprochais un peu plus de mon but : transformer de l'eau ordinaire en de l'essence. Mais ce n'est que tout à la fin que je suis tombé sur la réponse… sur la clé à tourner dans la serrure de la nature.

On ne pouvait lui reprocher de manquer de poésie dans le propos.

— Et quelle est cette réponse ? lui demandai-je par le truchement de Bhalu.

— La réponse ! clama-t-il. C'est ce que le monde entier voudrait connaître ! Mais, bien sûr, je ne puis révéler la formule.

— Pouvez-vous au moins décrire le processus ?

Mr. Jafar s'empara d'un récipient de verre et l'emplit d'eau au robinet. Il l'éleva à la lumière. L'eau avait presque la couleur du lait, avec, en plus, une légère teinte verte et fluorescente. Je soupçonnais que les résidus des aciéries qui constituaient la principale ressource de Rourkela avaient déjà donné à l'eau réputée potable de l'endroit une haute teneur en octane.

— Voici l'élément de base, proclama le chimiste. De l'eau pure.

— Et qu'en faites-vous ? lui demandai-je.

— D'abord, dit-il, l'eau est filtrée à travers une couche de foin, puis on y mélange des extraits d'écorce et de baies sauvages, comme cela... Quand la solution a été remuée pendant quelques minutes, on la fait chauffer à feu nu.

Jafar s'interrompit pour allumer un bec Bunsen. En quelques secondes, le liquide se mit à fumer.

— Et maintenant, la magie ! s'exclama Jafar avec un sourire épanoui. Voyez-vous ce que je fais ? J'ajoute un ingrédient spécial. C'est un mélange de quinze herbes et épices diverses.

— Et c'est devenu de l'essence ?

— Non. Avant qu'on puisse l'utiliser pour propulser un véhicule, il faut laisser le liquide reposer pendant trente jours bien au frais dans un récipient d'aluminium.

— Trente jours ? m'exclamai-je. Mais je ne peux pas rester un mois ici, à attendre que votre liquide mûrisse...

— Mais heureusement, fit alors Jafar, j'en ai à vous proposer qui a déjà reposé plus d'un mois.

Se dirigeant vers l'un des fûts métalliques de deux cents litres au fond de son atelier, il siphonna vingt litres de son précieux liquide dans un bidon un peu plus maniable.

— Voilà, me dit-il en me tendant le jerrycan en matière plastique. Ce sera six cents roupies.

— Six cents roupies ! fis-je. Mais c'est beaucoup plus cher que de l'essence ordinaire ! Et, de toute façon, je n'ai pas de voiture.

Mr. Jafar parut extrêmement contrarié.

— Pendant quinze ans, j'ai travaillé, j'ai peiné dans cet atelier ! vociféra-t-il. J'ai réalisé quelque chose que les savants de votre pays ont toujours rêvé d'accomplir sans jamais y parvenir. Regardez-moi bien en face, dans les yeux, et répétez-moi que vous repoussez la chance d'acheter une chose qui relève tout simplement de la magie !

Avec la plus grande réticence, je sortis de mon soulier six cents roupies que je remis au chimiste.

— Voici l'argent, lui dis-je.

Mr. Jafar m'arracha presque de la main la liasse de billets, qu'il se mit à examiner soigneusement, comme s'il craignait qu'il s'agisse de fausse monnaie. Quand, finalement, il glissa les billets dans la poche de sa chemise, j'eus la nette impression qu'il contenait difficilement une intense hilarité. Il nous ouvrit la porte. L'entrevue était terminée.

— Sortez vite ! nous dit Jafar. Sinon les chiens vont entrer.

— Les chiens ? Quels chiens ? demandai-je, intrigué.

— Des chiens ! N'importe quels chiens ! Toutes sortes de chiens ! Ils sont attirés par l'odeur de mes produits. Cela les rend fous ! Ils restent là, devant la porte, en attendant une occasion de se glisser dans l'atelier. Mais c'est là qu'ils tombent dans mon piège...

— Votre piège ?

— Les pattes de poulet. Cela les tente, ils se précipitent, et là, ils se coupent sur le verre cassé...

Mr. Jafar laissa échapper un abominable ricanement. Puis il eut la bonté de nous dire :

— Bon voyage ! Mais faites quand même attention : mon essence spéciale ne voyage pas bien.

Peu après notre visite à Mr. Jafar, un autre chimiste indien fabricant d'essence accéda à la célébrité. Il s'agissait d'un simple fermier de la région de Tamil Nadu nommé Poonaiah Pillai. Néanmoins, des savants venus de tout le pays vinrent examiner sa découverte.

L'idée de celle-ci lui était venue lors d'un repas en plein air, dans les années soixante-dix. Il avait vu une étincelle provenant d'un réchaud mettre le feu de façon spectaculaire à un buisson bien déterminé, qui avait brûlé comme s'il avait été arrosé de carburant. Et, après des années d'expériences artisanales, il avait mis au point un procédé chimique par lequel les feuilles de cette plante pouvaient produire de l'essence.

Tout d'abord, les feuilles en question étaient bouillies dans de l'eau pendant dix minutes. Du sel et du jus de citron y étaient ensuite ajoutés, et la décoction qui en résultait était mise à reposer. À mesure que le mélange refroidissait, on y introduisait certains produits chimiques. Peu après, le carburant végétal montait à la surface et pouvait être siphonné.

Malgré ses nombreuses similitudes avec celui de Mr. Jafar, au moins dans la méthode de fabrication, le carburant de Pillai ne revenait qu'à une roupie le litre. Il fut vite très recherché. Si recherché, même, que Pillai finit par être enlevé par des brigands et longuement torturé. Mais, malgré tous les sévices, le fermier refusa de révéler sa formule secrète.

Dans son Tamil Nadu natal, Pillai ne tarda pas à devenir un héros. Des *rickshawallas* aux ministres en exercice, tout le monde parlait de lui et de sa découverte. Le gouvernement de l'État lui alloua une confortable subvention afin qu'il poursuive ses recherches. Des sociétés multinationales pétrochimiques expédièrent des représentants en Inde avec mission de tirer l'affaire au clair. Certains parlaient déjà du prix Nobel de chimie.

Puis vint le moment de la grande démonstration. Les savants les plus respectés d'Inde s'entassèrent dans une salle à Delhi. Si Pillai parvenait à établir l'efficacité de son procédé, l'Inde pouvait se muer du jour au lendemain en une superpuissance économique.

Poonaiah Pillai mit en place lui-même le matériel qui lui avait été fourni pour la circonstance, tandis que l'assistance retenait son souffle. L'échec de la première expérience fut mis sur le compte de la nouveauté du matériel. Avant d'entreprendre sa deuxième tentative, Pillai demanda à utiliser, pour le brassage du mélange, sa propre baguette. Sa requête ne rencontra aucun obstacle, et, peu après, une décoction d'herbes se transforma en une sorte d'essence.

Mais, alors que la majorité de l'assistance éclatait en applaudissements, quelqu'un remarqua un détail qui était, jusque-là, passé inaperçu. La grande baguette servant d'agitateur à Pillai était creuse. Et il semblait que sa cavité ait été tout simplement emplie d'une solution d'essence avant d'être scellée à la cire d'abeille. Lorsqu'on plongeait la baguette dans le liquide chaud, la cire fondait et libérait le carburant.

Tandis que, honteux et confus, les experts regagnaient leurs laboratoires d'origine, quelques mauvais esprits faisaient remarquer qu'on aurait dû se douter dès le début qu'il y avait supercherie. Pillai, en effet, avait poussé l'audace jusqu'à demander préalablement aux témoins s'ils souhaitaient le voir fournir de l'essence ordinaire ou du gazole. Il lui suffisait, pour cela, de choisir l'agitateur adéquat.

*

Nous passâmes, Bhalu et moi, encore deux jours à Rourkela. Nous visitâmes les aciéries et j'écrivis à Feroze en lui faisant part de mes découvertes. Je lui parlai du *sadhu* de Jamshedpur, de la Pykrite, des perruques de Tirumala et de la démonstration de Mr. Jafar. Je me disais que même le Maître devrait être favorablement impressionné par les informations que j'avais déjà recueillies.

Puis, un matin, alors que le jour commençait à peine à se lever, Bhalu me réveilla en sursaut.

— Laisse-moi tranquille ! protestai-je. J'ai l'intention de dormir.

— Mais il nous faut partir, dit alors l'Arnaqueur. Le camion démarre dans vingt minutes.

— Quel camion ?

Il apparut qu'au terme de ténébreuses négociations, le jeune garçon, écartant péremptoirement mon idée initiale, qui était de prendre le train, avait assuré notre transport jusqu'à Sambalpur, à quelque deux cent quarante kilomètres au sud-ouest de Rourkela en échange des vingt litres d'essence herbale de Mr. Jafar.

Tandis que je m'efforçais de lacer mes souliers, j'entendis un horrible grincement de freins martyrisés devant l'hôtel. Je regardai par la fenêtre. Un camion Ashok-Leyland d'une délicate couleur mandarine et chargé à ras bord de cannes à sucre attendait.

Son chauffeur s'empara du jerrycan de vingt litres et le mit en réserve. Il semblait enchanté du marché ainsi conclu. Bhalu aussi. La chance nous avait permis de trouver un Ashok-Leyland consommant de l'essence plutôt que du gazole.

Au bout de trois heures, le camion, cahotant d'ornière en ornière, était arrivé à Sundagarh, à peu près à mi-chemin de Sambalpur. Bhalu mâchait paisiblement une canne à sucre. C'est alors que l'Ashok-Leyland se mit à tousser et s'arrêta après quelques ultimes crachotements. C'était la panne sèche. Le chauffeur émergea de sa cabine et s'en alla chercher sans plus attendre l'essence herbale, qu'il versa dans son réservoir. Bhalu continuait à sucer sa canne à sucre, et je me dorais au soleil, mollement étendu sur la cargaison. Grâce à Mr. Jafar et à son miraculeux mélange, tout était pour le mieux.

Le chauffeur remit son moteur en route. Mais celui-ci ne ronronnait plus harmonieusement. Il grognait comme un éléphant atteint par la lance d'un chasseur. Et ce n'était même plus un grondement de colère, mais plutôt la plainte d'une bête blessée à mort. Le cornac – ou plutôt, en l'occurrence, le chauffeur – jaillit de nouveau de sa cabine, en hurlant au diapason de son véhicule expirant. À demi paralysé par le choc, il resta un moment immobile, puis, ayant eu confirmation du décès de son moteur, il reporta son attention sur Bhalu et sur moi. Nous accusant véhémentement d'avoir administré un poison mortel à son Ashok-Leyland bien-aimé, il nous en chassa *manu militari*, en nous menaçant de nous couper les oreilles si jamais il nous revoyait.

15

LA SORCIÈRE

Fuyant les imprécations et menaces diverses de notre ex-chauffeur, nous parcourûmes, Bhalu et moi, trois kilomètres environ, puis nous nous installâmes au bord de la route, dans l'attente d'un autre camion, mandarine ou non. Mais rien ne venait. Notre seule consolation était qu'au moins, nous savions dorénavant à quoi nous en tenir sur les préparations de Mr. Jafar.

Deux heures s'écoulèrent ainsi. De temps à autre, nous voyions apparaître une vieille guimbarde, mais elle allait invariablement dans la direction opposée à celle que nous souhaitions prendre. Personne ne paraissait soucieux d'aller vers le sud. Trois autres heures passèrent.

Bhalu avait, cependant, lié connaissance avec une fille de son âge qui vendait des paniers d'osier au bord de la route. Elle avait un visage jeune et innocent et un délicat teint d'ambre brun. Un voile brodé recouvrait ses tresses noires, et une profusion de bracelets d'argent ornaient tous ses membres graciles. Ces colifichets devaient, pour le moment, l'encombrer plus qu'autre chose, mais, un jour qui n'était peut-être pas très lointain, ils constitueraient sa dot.

Pour ce qui était de séduire les donzelles de rencontre, l'Arnaqueur se révélait un expert consommé. Un simple battement de cils, et la fille était à son entière merci. Cette fois, je vis que, tournant le dos à l'objet de ses attentions, il avait tiré un objet sombre de sa poche et l'avait glissé dans sa manche. En même temps, ayant vu un véhicule approcher, la fille avait saisi l'un de ses paniers et s'était dirigée vers la route pour le proposer aux occupants de la voiture. Bhalu profita de ce qu'elle ne le voyait plus pour jeter devant lui sur le sol la chose brune qu'il avait dans sa manche. La voiture s'étant éloignée, la fille revenait vers nous à pas comptés. À ce moment, l'Arnaqueur lui cria de s'arrêter et de ne plus bouger. Puis, tirant son couteau de chasse de sa ceinture, il se dirigea vers l'endroit où la belle s'était figée sur place, et, d'un geste théâtral, plongea son arme dans le scorpion brun gisant à ses pieds.

La fille devait se sentir transportée par le courage et le sang-froid de celui qui lui avait si vaillamment sauvé la vie. Mais quant à moi, je bouillais intérieurement. Contrairement à elle, je connaissais l'astuce et l'avais déjà vu pratiquer. Et j'estimais qu'il fallait vraiment être le dernier des truqueurs pour s'abaisser à utiliser un scorpion déjà mort de cette façon. Après avoir dit à Bhalu ma façon de penser, je tentai d'expliquer à la fille la duperie grossière dont elle venait d'être victime. Mais comme elle ne parlait pas anglais, elle ne comprit pas un mot de ce que je lui racontais.

Un petit quart d'heure après avoir fait mine d'arracher sa belle à une mort affreuse, l'Arnaqueur lui donnait la sérénade en la gratifiant de sa version personnelle – et même très personnelle – d'une chanson à succès d'Elton John. La fille riait en se masquant pudiquement la bouche de la main.

S'approchant plus encore, Bhalu saisit la main en question dans la sienne et se mit à y déposer des baisers savamment calculés. Il n'avait peut-être que douze ans, mais il était animé, en ce domaine, d'un bel esprit offensif. Tel un python qui attaque, sa main droite se porta directement vers les amorces de rondeurs de la jeune personne, dont les gloussements joyeux cédèrent soudain la place à un saisissement muet. Elle se leva d'un bond et proclama qu'il lui fallait rentrer chez elle, sinon ses parents allaient se demander où elle était. Bhalu voulut l'accompagner, mais je m'interposai, craignant que ses entreprises amoureuses ne nous conduisent promptement à la catastrophe.

Comme le jour commençait à tomber, je perçus le grondement et le halètement sourd d'un camion – un Ashok-Leyland à n'en pas douter. Et un lourd véhicule couleur mandarine ne tarda pas à apparaître au tournant, se dirigeant vers nous. Bhalu et moi sautâmes aussitôt sur nos pieds. Nous nous précipitâmes vers la route en criant et en agitant les bras.

Le camion ralentit, puis s'arrêta. Nous courûmes vers lui. Mais, au moment précis où nous allions monter à son bord, il redémarra et accéléra au maximum. Ce n'était pas un camion ordinaire. C'était un camion qui revenait d'entre les morts. Et, crispé à son volant, son conducteur nous adressa une grimace de mépris et de dérision.

S'il avait été dans les intentions de l'Arnaqueur de me tuer pour s'emparer de mes maigres biens terrestres, il n'aurait certainement pas manqué de le faire au cours de cette nuit ignominieusement passée dans un fossé désert de l'Orissa. N'importe quel Thug digne de ce nom aurait donné tout ce qu'il avait de plus cher au monde pour une telle occasion – pour se trouver seul avec sa proie dans un endroit aussi désolé. Mais tout ce à quoi pensait Bhalu, c'était au village de la fille aux paniers. Il tentait de me convaincre de m'y rendre, me faisant miroiter les perspectives de somptueuses ripailles, d'une couche moelleuse et de femmes faciles.

— Venez avec moi au village, me répétait-il, et je vous apprendrai la manière de séduire les filles de l'Orissa...

— En leur crachotant sur les mains et en leur susurrant quelques vieilles chansons d'Elton John ?

— Mais non, mais non, protesta-t-il. Cela, ce n'était que le début.

— Et quelle serait la suite ? demandai-je.

— Pourquoi vous le dirais-je ?

— Oh ! fis-je. Tu peux très bien ne pas me le dire. De toute façon, je ne te fais aucune confiance.

— Entendu, dit alors l'Arnaqueur. Je vais vous le dire... Mais seulement si vous me promettez de ne le répéter à personne.

— Marché conclu, je ne le répéterai à personne.

— Eh bien, le moyen d'avoir n'importe quelle femme est très simple : il suffit de lui frotter les orteils avec du miel...

Après une nuit passée à me battre avec les fourmis et les scorpions, je finis par sommeiller et me réveillai en sentant l'odeur du manioc grillé, qui me rappela un voyage au Zaïre, où c'est une denrée de base. Bhalu en avait déterré quelques racines et les avait fait griller en les carbonisant presque, ce qui, apparemment, avait détourné ses préoccupations de la fille aux paniers. J'étais surpris de son aptitude à survivre également dans la campagne, alors que, jusque-là, il m'avait paru essentiellement citadin.

À six heures trente, un employé du barrage d'Hirakud dut freiner très brutalement lorsque l'Arnaqueur se jeta pratiquement sur le capot de sa voiture. Après s'être un peu remis de sa surprise, il accepta avec réticence de nous conduire jusqu'à Sambalpur.

Là, je pris une chambre à l'extravagant Hôtel Uphar. Ayant fait une notable économie en passant la nuit précédente à la belle étoile, j'étais prêt à dépenser un peu plus généreusement qu'à l'habitude. Ensuite, je me rendis directement au bazar pour y admirer ces tissages multicolores qui en faisaient la réputation. Bhalu, qui avait entendu parler de diamants trouvés en grand nombre dans la rivière Mahanadi, partit à la recherche d'un tripot où son habileté dans le maniement des cartes lui permettrait sans doute d'en récupérer quelques-uns.

Comme vers minuit il n'avait pas reparu, je décidai d'aller me coucher. Une heure plus tard, la fenêtre de ma chambre fut ouverte de l'extérieur, faisant brusquement circuler un courant d'air frais dans la pièce.

— Qu'est-ce que c'est ? fis-je, comme les rideaux s'agitaient. Qui est là ?

— C'est moi. C'est Bhalu. Je suis revenu.

Comme à Rourkela, l'Arnaqueur s'était discrètement introduit dans la chambre, louée à mon seul nom, afin d'éviter tous frais de logement. De toute manière, il préférait dormir sur le sol de la salle de bains. Il prétendait que la fraîcheur du carrelage lui rappelait son dortoir à l'orphelinat.

— Va te coucher, Bhalu, lui dis-je. Je compte partir de bonne heure demain matin pour Tirupati.

— Pas question, rétorqua-t-il, à voix basse mais d'un ton résolu.

— J'irai où je veux, fis-je sèchement.

— Il y a une femme qui est jugée comme sorcière près de Bolangir.

— Ah ? Et où est Bolangir ?

— À trois heures de train, répondit Bhalu en gagnant, dans l'obscurité, la salle de bains. Mais ne vous inquiétez pas. Laissez-moi faire.

Notre wagon de deuxième classe transportait des poulets, encore des poulets et toujours des poulets. Il y en avait partout. Les pieds attachés, comme des bagnards à la chaîne, ils emplissaient les travées centrales des compartiments, les filets à bagages et chaque centimètre carré de couloir. L'Arnaqueur me regardait d'un air sombre, tandis que je feuilletais un exemplaire du livre d'Houdini *Les Marchands de miracles et leurs méthodes*. Je me dis qu'une seule chose pouvait donner une expression aussi amère à un jeune aigrefin de son espèce : l'argent. Il n'avait pas dû avoir la chance qu'il escomptait dans les tripots de bas étage de Sambalpur.

— Alors, lui demandai-je malignement sans lever les yeux de mon livre, comment ont marché tes affaires ? Montre-moi un peu les diamants...

Il resta silencieux. Il n'avait pas besoin de dire un mot. Son air misérable était suffisamment éloquent. Il était visible qu'il s'était fait lessiver. On dit qu'il n'y a pas personne plus triste qu'un milliardaire ruiné. C'est peut-être vrai. Mais un escroc bengali pris à son propre jeu n'est pas gai non plus. La différence est qu'il ne tarde pas à se refaire. Pour survivre dans ce métier, à Calcutta, il faut savoir rebondir. Et vite...

Tandis que je revenais à la prose d'Houdini, Bhalu le fit, au propre comme au figuré. Il sauta soudain sur ses pieds et gagna le wagon voisin. Pour lui, un voyage en train n'était pas une occasion de se détendre ou de se plonger dans un livre. C'était une chance de faire un peu de commerce.

Un quart d'heure plus tard, l'Arnaqueur réapparut dans le wagon, et, m'ignorant délibérément, invita les voyageurs à venir admirer ce qu'il mettait en vente. J'allai y jeter un coup d'œil. Tandis que je réglais ma note, Bhalu avait dépouillé ma chambre d'hôtel de tout ce qu'elle pouvait contenir de relativement amovible. Et il proposait maintenant, à des prix défiant toute concurrence, anneaux de rideaux, ressorts de lit, savonnettes miniatures, papier à lettre, abat-jour et boules de naphtaline...

À Bolangir, nous ne perdîmes pas de temps. Bhalu avait entendu dire que le procès en sorcellerie avait lieu dans un village situé à l'ouest, entre Bolangir et Patnagarh. Nous réussîmes à emprunter toute une série de véhicules allant dans cette direction, mais, au bout d'un moment, je commençai à désespérer de trouver l'endroit.

À une trentaine de kilomètres de Bolangir, nous commençâmes, Bhalu et moi, à constater l'horrible sécheresse qui frappait l'Orissa. On ne découvrait, à perte de vue, que des plantes desséchées, presque calcinées par l'impitoyable soleil. Une bonne partie des habitants avaient fui cette campagne brûlée pour se replier sur Bolangir et d'autres villes de la région. Les enfants que l'on apercevait étaient maigres et chétifs, et leurs mères, sous leurs voiles teints aux brillantes couleurs caractéristiques de l'Orissa, semblaient attendre la fin avec une morne résignation. Je me demandai un moment, comme nous attendions, au bord de la route, l'improbable passage d'un véhicule, si nous n'allions pas rebrousser chemin et regagner, nous aussi, la ville.

Bhalu repéra un groupe de personnes travaillant en plein air à un peu plus d'un kilomètre de la grande route. Je les pris pour des fermiers particulièrement obstinés, qui s'étaient refusés à abandonner leur terre. L'Arnaqueur me dit qu'ils auraient certainement un peu d'eau à nous donner, et nous allâmes vers eux. Nous trouvâmes trois hommes, deux femmes et un enfant, qui, au lieu de cultiver le sol, travaillaient à confectionner des briques grossières avec la terre brunâtre de l'endroit.

Bhalu engagea la conversation, mais dès qu'on lui répondit, il parut troublé.

— Que se passe-t-il ? lui demandai-je.

— Ce ne sont pas des fermiers, me dit-il. Ce sont des travailleurs sous contrainte. Des travailleurs forcés.

Peinant pour comprendre le dialecte local, l'Arnaqueur

demanda au plus jeune des trois hommes où étaient allés tous les autres.

— Ils sont partis il y a deux mois, répondit l'homme. Il n'y a pas d'eau ici, et toutes les plantes sont mortes. Il n'y a pas eu de récoltes. Tous les animaux meurent aussi. Nous voudrions bien partir, mais nous n'avons pas d'endroit où aller. Nous n'avons ni argent ni nourriture.

— Et votre maître ?

— Eh bien, il est parti, fit l'homme, en chassant une mouche de son visage. Mais il nous a dit de rester. Alors, nous continuons à travailler.

— Depuis combien de temps travaillez-vous pour ce maître ?

L'homme tordit un peu la bouche et hésita. Il n'avait visiblement pas l'habitude d'être ainsi interrogé par des étrangers.

— Mon père, dit-il à voix basse. C'était mon père qui s'était endetté. Il avait emprunté cinq cents roupies pour constituer la dot de sa sœur. Quand il est mort, j'ai commencé à travailler pour rembourser le prêt.

— Et quand l'argent avait-il été emprunté ?

L'homme secoua la tête.

— Je ne sais pas, fit-il d'un ton morne. Il y a longtemps.

— Les autres, ils sont aussi sous obligation ?

— Oui, tous.

— Pourquoi ne partez-vous pas ? Pourquoi ne fuyez-vous pas ? Vous en avez l'occasion. Le maître est parti.

Tous se regardèrent. La terreur se lisait dans leurs yeux. Une immense terreur, qui se traduisait également dans leur expression. Leur maître les pourchasserait, les retrouverait et leur ferait expier de façon atroce, impensable, leur fuite, avant de les vendre à un propriétaire encore plus épouvantable.

— Pourquoi es-tu là ? demanda Bhalu à l'enfant, qui devait avoir dix ou onze ans.

Le garçon cligna nerveusement des yeux.

— J'ai été pris sans billet dans un train, expliqua-t-il. Un policier, à la gare, m'a emmené travailler chez lui. Il disait qu'il m'enverrait en prison si je ne lui obéissais pas.

— Et qu'est-il arrivé ensuite ?

— Le frère du policier, poursuivit le garçon, devait beaucoup d'argent à un usurier. Comme il ne pouvait pas le rembourser, il m'a vendu à lui en échange de l'annulation de sa dette. Puis l'usurier m'a revendu au fabricant de briques.

J'en restai abasourdi. Et quand je dis à Bhalu que personne, en Occident, ne savait que ce genre de pratiques persistait, je m'aperçus que l'Arnaqueur lui-même avait perdu son habituelle et indécente bonne humeur.

— C'est de l'esclavage, me dit-il. Il n'y a presque pas d'espoir pour ces gens. Aucun d'eux ne pourra rembourser ce qui est dû au maître, avec les intérêts en plus. Certains finissent par vendre un de leurs yeux ou un de leurs reins pour payer ce qui n'était, à l'origine, qu'une toute petite dette.

Comme moi, il était touché par le sort de nos interlocuteurs. Comme je les forçais à accepter un peu d'argent, il leur donna à chacun une savonnette miniature. Dans un endroit où il n'y avait pas d'eau, ce cadeau pouvait sembler étrange, mais c'était le geste qui comptait.

Après une deuxième nuit à la belle étoile et après avoir échangé du savon contre de la nourriture, nous finîmes par arriver au village de la sorcière. Nous avions traversé une demi-douzaine d'autres petites localités vidées de la majeure partie de leur population. L'Arnaqueur demandait à tous ceux que nous rencontrions s'ils avaient entendu parler de la sorcière.

Partout, la sécheresse et la famine qu'elle avait entraînée étaient évidentes. Tous les cours d'eau de cette contrée naguère luxuriante étaient à sec, et ceux des habitants qui n'étaient pas encore partis abattaient les derniers arbres afin d'aller les vendre à Bolangir. L'Orissa est une région qui a connu des famines répétées. Près de quatre-vingts pour cent de sa population vit au-dessous du seuil de pauvreté. Si le précaire équilibre économique de la contrée se trouve altéré, de la façon la plus minime soit-elle, ces gens ne peuvent survivre.

Qui plus est, aucune des personnes auxquelles Bhalu s'adressait n'avait souvenir d'une aussi grave sécheresse. Dans un hameau, nous rencontrâmes une veuve qui s'était refusée à accompagner sa famille, partie tout entière vers la ville. Elle avait la peau parcheminée et presque putréfiée par endroits, mais elle disait n'avoir jamais quitté sa maison depuis son mariage, des dizaines d'années auparavant, et, même face à une mort certaine, elle avait décidé d'y rester.

Dans un autre village, nous apprîmes qu'une jeune mère avait vendu sa dernière fille, encore au berceau. Avec six autres enfants à nourrir, elle avait estimé que c'était la seule solution. Elle avait trop honte pour se montrer, mais quatre autres femmes s'étaient empressées de prendre sa défense, déclarant qu'elles aussi vendraient leurs filles si elles en avaient l'occasion.

Nous poursuivions notre route, un peu plus déprimés à chaque pas. Je pressais Bhalu d'abandonner notre recherche et de retourner vers la grande route lorsque nous tombâmes sur le village de la sorcière.

Entouré de toutes parts par des champs revenus à la poussière, la petite localité n'avait pas dû abriter, en temps normal, plus d'une cinquantaine de paysans et leurs familles. La plupart des modestes maisons aux murs d'argile étaient maintenant vides, et certaines commençaient à se désagréger et à s'effondrer.

Il apparut rapidement que les quelques villageois restés sur place répugnaient fort à admettre qu'il y avait une sorcière parmi eux. Ce ne fut qu'après de longues et tortueuses négociations que Bhalu put apprendre où la femme accusée de sorcellerie, une veuve déjà âgée, était détenue et que l'homme qui s'était institué en la circonstance chef de village consentit à parler de l'affaire.

Les enfants de la veuve avaient quitté le village quelque deux mois auparavant pour aller chercher du travail à Cuttack. C'est alors que la vieille femme, qui avait toujours eu un comportement étrange, avait eu, selon le chef de village, carrément recours à des pratiques de sorcellerie. Déjà, alors que depuis deux ans les récoltes de jute et d'arachides de la localité avaient été perdues, on l'avait remarquée parcourant les champs la nuit en marmonnant des incantations. Mais, cette fois, l'un de ses voisins affirmait l'avoir vue se transformer en un chien sauvage. Un autre avait noté que quelques graines semées par la veuve dans un sol totalement aride et desséché avaient germé, et un autre encore qu'elle avait pollué l'eau d'un réservoir rien qu'en le regardant. Un quatrième soutenait qu'elle avait fait s'évanouir complètement trois œufs. Sur quoi, les villageois restés sur place avaient décidé de se réunir pour décider quelles mesures prendre.

Il était heureux pour la veuve que beaucoup de ses voisins aient fui vers la ville. Si tous avaient été là, l'hystérie collective l'aurait certainement emporté et elle n'aurait même pas eu droit au plus élémentaire des procès. Dans l'Orissa, une femme condamnée pour sorcellerie est habituellement lapidée à mort sur place. Et, alors qu'un homme faisant l'objet de la même accusation peut en tirer au contraire avantage en prétendant être un *sadhu* et qu'une jeune femme a aussi quelques chances, une veuve censée avoir des pouvoirs magiques est invariablement considérée comme une sorcière.

Dans le cas qui nous intéressait, toutefois, les villageois, en l'absence de leurs principaux notables, hésitaient. Je n'eus pas même besoin de pousser Bhalu à en profiter. Il affirma de lui-même au chef de village improvisé que nous avions été envoyés, lui et moi, pour décider du sort de la femme. Et, si invraisemblable qu'ait pu paraître cette soudaine intervention d'un gamin de douze ans et d'un étranger, le chef de village hocha la tête et ouvrit la porte du magasin communal, où la veuve avait été enfermée.

Aveuglée par la brutale lumière solaire et tremblant comme si on allait la traîner à la guillotine, elle fut extraite de force de l'entrepôt obscur et jetée au sol. Sa tête avait été rasée, une écume blanche s'était desséchée sur ses lèvres, ses bras étaient couverts de plaies infectées et son sari déchiré était taché de sang.

La femme semblait avoir aussi peur de moi que du chef de village. Il apparaissait qu'elle n'avait jamais, de sa vie, vu d'étrangers. Bhalu tenta de lui expliquer que nous étions venus trancher de son cas, et que nous allions entendre tous les témoignages l'un après l'autre.

Le premier témoin fut appelé. C'était un homme d'une cinquantaine d'années qui disait avoir vu la veuve errant dans les champs la nuit, à la pleine lune, en parlant à des esprits invisibles.

— Bhalu, dis-je à l'Arnaqueur, demande à la veuve pourquoi elle était dans les champs la nuit, parlant à elle-même.

Bhalu traduisit ma question, puis, avec une difficulté notable, sa réponse :

— Elle dit qu'elle ne pouvait pas dormir. Ses fils l'avaient laissée seule. Elle était malheureuse parce que la récolte de jute de sa famille avait avorté. Alors, elle est sortie dans les champs et elle a demandé à Dieu d'envoyer la pluie.

— Il n'y a aucune sorcellerie là-dedans, proclamai-je. Passons au point suivant. Demande-lui si elle s'est transformée en chien sauvage.

Se voilant la face de son sari, la veuve esquissa une réponse.

— Bhalu, demandai-je, tu peux comprendre ce qu'elle dit ?

— Oui. Elle dit que tout le village connaît bien le problème des chiens sauvages. L'an dernier, deux enfants ont été tués et dévorés par eux. Mais, à ces occasions, elle était avec ses voisins dans le village.

— Demande au chef de village si c'est vrai.

Bhalu traduisit la question, et, à contrecœur, le chef de village hocha affirmativement la tête.

— Venons-en à la suite. Dis-lui de nous conduire à l'endroit où ses fameuses semences ont pris et poussé.

Bhalu aida la veuve à se lever. En trébuchant, elle nous emmena, escortés de tous les spectateurs, à un endroit situé à l'extrémité est du village, et nous désigna une série de petites pousses vertes. Curieusement, cette petite partie du sol était humide, alors que, tout autour, la terre était sèche et craquelée. J'allais demander à Bhalu ce qu'il en pensait lorsqu'il me désigna deux barils à eau installés à l'arrière d'une maison. Sans dire un mot, il alla soulever un peu l'un d'eux. Le sol, au-dessous, était presque noir d'humidité.

— C'est une fuite, expliqua-t-il en nous invitant tous à venir voir. Elle a rendu la terre tout humide par ici.

Acceptant l'explication, le chef du village se tourna vers ses administrés. La plupart restèrent silencieux. Il était évident que la jalousie à l'égard de celle qui avait réussi à faire pousser quelques graines tandis que toutes les autres plantations périclitaient continuait à les habiter.

— Si c'est une sorcière, fis-je remarquer, pourquoi ne fait-elle pas prospérer le champ de sa propre famille au lieu de ce bout de terrain vague ?

Les villageois regardèrent leur chef d'un air maussade. Ils avaient, à leur avis, eu le mérite de s'emparer d'une sorcière, et ils voulaient maintenant avoir la satisfaction de la châtier.

Un homme se mit à vociférer à l'arrière du groupe.

— Que dit-il, Bhalu ? demandai-je.

L'Arnaqueur écouta avec attention les protestations de l'homme, qui furent répétées à plusieurs reprises.

— Il dit que vous avez expliqué pourquoi les graines ont poussé, mais il veut savoir pourquoi l'eau s'est gâtée dans le réservoir du village quand la sorcière l'a regardé.

— Qu'on nous emmène au réservoir, fis-je.

Tout le groupe traversa le village en silence, jusqu'à une citerne se dressant à côté d'un puits en cours de creusement.

— C'est là qu'est l'eau polluée ? demandai-je.

Le chef de village et le protestataire le confirmèrent conjointement.

Bhalu ôta les briques ébréchées entassées sur le couvercle métallique du réservoir et mobilisa trois hommes dans l'assistance pour l'aider à soulever celui-ci. Dès que j'eus jeté un coup d'œil à l'intérieur de la citerne, je compris pourquoi l'eau brunâtre qui s'y trouvait avait provoqué tant d'affections diverses. Les corps enflés de sept gros rats gris flottaient à la surface.

À ce moment, un homme affligé d'un pied-bot gagna l'endroit où Bhalu, le chef de village et moi-même nous tenions. D'une main, il tenait sa béquille et de l'autre il nous tendait une timbale semblable à celle qui était accrochée à la ceinture de Feroze. Elle était pleine à ras bord d'une eau aussi claire que du cristal. Je remarquai que l'Arnaqueur refusait courtoisement de boire, mais, touché par la gentillesse de l'homme au pied-bot et mourant de soif, j'avalai une longue et rafraîchissante gorgée.

Pendant ce temps, Bhalu expliquait avec preuve à l'appui que c'étaient les rats morts qui avaient gâté l'eau de la citerne, et non le regard de la veuve. Les faits étaient là, incontestables, mais les villageois tenaient à un procès un peu moins scientifique. L'homme qui avait déjà protesté demanda qu'on soumette la femme aux épreuves traditionnelles.

L'Orissa est bien connu pour ses procès en sorcellerie. La procédure est presque toujours la même. Un *Jan-guru* – chasseur de sorcières et exorciste – local est convoqué. Souvent, il commence par raser le crâne de la sorcière supposée afin de la priver de ses pouvoirs maléfiques. Puis, quand tout le village est assemblé, on passe à toute une série d'épreuves.

Ces procès se déroulant généralement dans des communautés isolées, pratiquement coupées du monde extérieur, les autorités, qui, de toute manière, ne tiennent guère à aller contre le sentiment populaire, sont à peu près dans l'impossibilité d'intervenir.

C'est devant une foule surexcitée par le *Jan-guru* que la personne accusée de sorcellerie subit les épreuves. Elle doit sortir victorieuse de toutes, sans exception, pour être libérée. On peut, ainsi, lui donner un sabre à tenir entre les mains, devant elle. Si la lame n'en reste pas strictement droite, celle qui le tient est bel et bien une sorcière. On peut aussi lui emplir la bouche de riz blanc sec. Si le riz est toujours sec lorsque la personne mise à l'épreuve le recrache, c'est qu'elle est coupable. On ne tient pas compte, bien sûr, du simple fait qu'on tend à avoir la bouche desséchée lorsqu'on sait affronter la mort.

Le contestataire exigeait maintenant qu'on explique la disparition des trois œufs. Je demandai alors à Bhalu de consulter l'assemblée : si je parvenais à expliquer comment trois œufs parfaitement normaux pouvaient s'évanouir totalement, me jurerait-on solennellement de libérer la veuve ? Les spectateurs firent soudain silence. Ils semblaient mal à l'aise. Et si j'étais moi-même un sorcier, venu là pour sauver une consœur ? Mais la chose fut visiblement jugée invraisemblable. Des murmures se firent alors entendre. Le chef de village demanda à ses administrés quelle était leur décision. Tout excités de pouvoir me mettre moi-même à l'épreuve, ils acceptèrent le marché.

Trois œufs de poule frais furent apportés en grande pompe par un enfant. Les spectateurs se formèrent en arc de cercle autour de moi, observant attentivement mes doigts. Certains s'étaient assis par terre, d'autres s'abritaient les yeux de la main. Le contestataire s'était frayé un chemin jusqu'au premier rang. À côté de moi, se tenait l'Arnaqueur, silencieux lui aussi, tendu.

J'attendais le moment propice. Cinquante paires d'yeux étaient braquées sur moi tandis que je me remémorais toutes les heures passées dans le bureau du Maître, à Calcutta. Nous avions tant de fois pratiqué ce genre de tours ! Trois œufs étaient une broutille pour quelqu'un qu'on avait habitué à avaler des pierres presque aussi grosses. J'imaginais Hakim Feroze assistant de très haut au spectacle. À côté de lui se tenait Hafiz Jan. Le Maître pariait avec lui que j'allais échouer. Et il me semblait entendre le Pashtun me dire : « Allez-y ! Allez-y et faites-le pour Jan Fishan Khan ! »

Un chien errant sortit prudemment de l'ombre d'une des maisons. Il se demandait visiblement pourquoi tous les villageois étaient ainsi rassemblés. Puis, tirant parti de la situation, il galopa vers un petit enfant, à l'extrémité de l'arc de cercle formé par l'assistance et plongea ses crocs dans le bras du gamin. Celui-ci poussa un cri perçant et toutes les têtes se tournèrent vers lui à l'unisson. Profitant de ce court instant je fis disparaître les œufs dans ma chemise. Une fraction de seconde plus tard, les regards des villageois étaient de nouveau braqués sur moi. Mais les œufs avaient disparu.

16

SURTOUT PAS DE FILLES !

Il fallait vraiment être fou pour accepter une timbale d'eau dans un village frappé de sécheresse de l'Orissa. Néanmoins, assoiffé, déshydraté, j'avais avalé d'un trait, et sans me poser de questions, le liquide.

Rétrospectivement, il m'avait bien semblé lui trouver l'ombre d'une saveur un peu particulière – en fait celle du *bandicota indica*, le plus gros et le plus repoussant des rats indiens – mais le temps que mon système d'alarme interne se mette en route, il était déjà trop tard.

Bhalu et moi attendions, sur le bord de la route, un camion qui pourrait nous ramener à Bolangir lorsque je m'effondrai et perdis connaissance. Je ne sais comment l'Arnaqueur parvint à me transporter jusque dans l'une des pensions de famille les plus sordides de Bolangir, tapie au fond d'une ruelle obscure. Et là, pendant dix jours, je restai effondré sur un *charpoy*[1], faible et de nouveau déshydraté.

Je dus faire, durant cette période, tous les cauchemars du monde, mais, curieusement, les seuls rêves dont je me souvins ensuite mettaient en scène des éléphants, et se déroulaient dans l'Égypte ancienne.

Sous les claquements d'un fouet, une cohorte d'éléphants esclaves transportait d'énormes blocs d'une pierre couleur de miel, qui, empilés les uns sur les autres, finissaient par former

1. Lit fait de cordages tendus entre quatre pieds de bois.

une majestueuse pyramide. Non loin de là, dans un somptueux palais aux murs couverts d'hiéroglyphes, la Reine de tous les éléphants se prélassait, couchée sur le dos, tandis qu'une éléphante servante la gavait de grappes de raisin. Deux mâles aux défenses d'ivoire impressionnantes montaient la garde à la porte, tandis qu'une douzaine d'éléphanteaux transportaient des urnes de lait de buffle frais pour le bain royal et qu'un éléphant musicien jouait derrière un écran.

Lorsqu'il m'arrivait de reprendre brièvement conscience, je distinguais auprès de moi le visage de Bhalu. Il ne quittait mon chevet que pour aller me chercher des médicaments et de l'eau minérale.

Le onzième jour, après avoir abondamment transpiré toute la nuit, je me dressai sur mon séant, complètement réveillé. Je savais que ma maladie était arrivée à son terme. Bhalu était accroupi au pied du lit, une bouteille d'eau stérilisée à la main et son sourire à la Charlie Chaplin aux lèvres.

— Pourquoi t'es-tu ainsi occupé de moi ? lui demandai-je d'une voix rauque, dès que j'eus repris mes esprits. Tu n'es pas mon ange gardien, quand même ?

L'Arnaqueur sourit plus largement encore et me dit de me reposer.

Une semaine plus tard, nous étions de nouveau sur la route, nous dirigeant vers le sud et vers Tirupati. Si l'on exceptait quelques spasmes stomacaux, j'étais pratiquement revenu à mon état normal. Notre itinéraire nous conduisait à travers quelques-uns des paysages les plus spectaculaires que j'avais pu contempler dans l'est de l'Inde, avec une alternance d'épaisses forêts et d'étendues où le regard semblait se porter à l'infini. Cependant, la sécheresse persistait partout. Une allumette inconsidérément jetée au sol aurait certainement suffi à faire s'embraser toute la région.

Nous fîmes halte dans la paisible ville de Titlagarth pour laisser passer l'écrasante chaleur du début d'après-midi. Bhalu insistait pour que je ne prenne pas de risques excessifs. Nous avancions maintenant très lentement, et, en fait, compte tenu de ma maladie et de mon séjour forcé à Bolangir, je risquais de ne pas être à Hyderabad à temps pour la cure contre l'asthme.

*

Ce fut encore Bhalu qui remarqua le premier la vaste toile tendue comme un dais entre deux arbres et la foule qui se pressait autour. Les pans de la toile retombaient pour former une sorte de tente, et, pour y pénétrer, des douzaines d'hommes et de femmes remettaient chacun une roupie à un homme de minable apparence qui montait la garde à l'entrée. Il avait une jambe plus courte que l'autre, un visage de gargouille et un long cou évoquant celui d'un vautour.

Je pensai d'abord qu'il s'agissait d'un cinéma ambulant comme on en voit dans de nombreux villages indiens. Mais, dès que nous eûmes payé notre entrée au peu appétissant portier, je m'aperçus qu'il n'en était rien.

La centaine de personnes qui se trouvaient déjà sous la tente, debout ou assises sur le sol, avaient le regard fixé sur une mystérieuse installation reposant sur une table pliante. Elle comportait notamment un clavier miniature, un transformateur et un écran de contrôle comme on en trouve dans les hôpitaux. À côté de la table avait été placé un lit d'examen rudimentaire.

Sept ou huit femmes formaient une file d'attente à proximité. Deux d'entre elles étaient très visiblement enceintes, et je supposai que les autres étaient également en attente d'enfants.

Le portier-appariteur s'approcha des appareils, actionna un ou deux commutateurs, fit tourner un cadran et tira le cordon de mise en route d'un petit générateur. Des fumées et des relents de gaz emplirent la tente, tandis que l'homme, mué cette fois en aboyeur, haussait la voix pour dominer le bruit du moteur.

— Que dit-il, Bhalu ? demandai-je.

— Il souhaite la bienvenue à tout le monde... Et maintenant, il appelle la première patiente.

— La patiente ? Pourquoi la patiente ?

Avant que l'Arnaqueur ait eu le temps de me répondre, la première femme enceinte s'était avancée. Elle salua l'homme – qui devait donc être aussi une sorte de médecin – et lui remit une liasse de roupies. Ce ne fut que lorsque chaque billet eut été dûment compté et examiné que l'examen commença.

On aida la femme à s'étendre sur le lit d'examen, et un écran fut tiré à hauteur de son abdomen tandis que l'écran de contrôle était orienté vers l'assistance. Le « médecin » expliqua alors sa procédure.

— Cette machine, déclara-t-il, a le pouvoir de dire si la femme aura un garçon ou une fille. J'applique une électrode sur son ventre. Regardez bien l'écran. Vous verrez l'enfant tel qu'il est.

L'appareil était, en fait, une sorte de scanner de médiocre qualité. Quand les premières images, fort brumeuses, apparurent sur l'écran, les spectateurs se précipitèrent. Après tout, ils avaient payé pour voir...

Le « médecin », quant à lui, regarda la chose comme s'il lisait dans une boule de cristal. Puis, faisant la grimace, il se tourna vers l'assistance en secouant la tête de gauche à droite.

— Cela veut dire que l'enfant n'est pas en bon état ? demandai-je à Bhalu.

— Non, me répondit celui-ci. Cela veut dire que la femme porte une fille.

Au même moment, la femme éclata en sanglots. Apprendre qu'elle attendait une fille était, pour elle, la pire des nouvelles.

— Qu'est-ce qui se passe maintenant ? demandai-je.

Bhalu s'essuya le nez.

— Elle donne cinquante roupies de plus au médecin pour se faire avorter, me dit-il.

— Par le même ?

— Bien sûr. Mais le public n'assiste pas à cette partie-là. Ce que veulent les gens, c'est savoir si ce sera un garçon ou une fille. Regardez un peu ces types, là-bas. Ils prennent des paris avec l'acolyte du médecin.

Bhalu disait vrai. À l'extrémité de la tente, quatre hommes remettaient des billets à un cinquième.

Une autre femme enceinte, qui ne devait pas avoir plus de quinze ans, remit à son tour son argent au charlatan et prit place sur le lit d'examen. Comme celle qui l'avait précédée, elle devait prier pour que l'enfant qu'elle attendait soit un garçon.

Ce genre de scanner avait été sans aucun doute conçu pour pouvoir déceler d'avance toute anomalie avant naissance d'un enfant, mais, en Inde, il avait trouvé un rôle très différent et d'une importance dramatique. La détermination préalable du sexe d'un enfant est dorénavant illégale dans tout le pays, mais les affaires qu'elle peut engendrer n'en sont que plus prospères. Des appareils occidentaux depuis longtemps réformés se retrouvent un peu partout dans la péninsule indienne, faisant gagner de véritables fortunes à leurs peu scrupuleux possesseurs.

Seul un gynécologue sérieux et bien entraîné peut déterminer le sexe d'un fœtus à l'aide de ce genre de matériel. Mais les charlatans affirment souvent à leur victime qu'elle attend une fille alors qu'ils n'en savent strictement rien. Ainsi, ils s'assurent ensuite le bénéfice supplémentaire d'un avortement.

Ces appareils ne représentent toutefois que la dernière en date des armes contre les naissances féminines. Cette lutte à mort dure, en fait, depuis longtemps. Dans toute l'Inde, certaines communautés ont mis au point des méthodes devenues presque traditionnelles pour éliminer les petites filles indésirables. Dans la tribu Kallar du Tamil Nadu, par exemple, on ne peut payer que la dot d'une seule fille. En conséquence, si une deuxième, troisième ou quatrième naît, on la nourrit avec du lait additionné du jus d'une plante vénéneuse. Le bébé ne tarde pas à succomber à des troubles intestinaux. Dans d'autres tribus, on se borne à l'étouffer.

Ce ne fut toutefois qu'un peu plus tard, alors que Bhalu et moi cheminions vers Bhawanipatna, que toute l'horreur de ce massacre des innocentes m'apparut. J'étais en train de rédiger un rapport à l'intention de Feroze, lui relatant les observations que j'avais pu faire jusque-là au cours de mon voyage. Tout en écrivant, je méditais sur les effets que le genre d'appareil que j'avais vu utiliser par le charlatan aurait sur la société indienne. Portant le regard sur les champs desséchés de Kalahandi, je vis trois garçons lancer des pierres à un chien, tandis que d'autres garçons, plus jeunes, jouaient dans la poussière. Pendant ce temps, un père montrait fièrement son fils nouveau-né à l'un de ses voisins. Cette image me frappa. L'avenir – c'est-à-dire une terre sans petites filles – était déjà arrivé.

Poursuivant mes recherches, j'envoyai Bhalu demander aux pères que nous rencontrions combien ils avaient de filles. Épanouis, la plupart répondirent qu'ils n'avaient que des fils. Il n'y avait pratiquement pas de filles au-dessous de six ans. Avec le temps, le courant s'inversera peut-être – les hommes étant obligés de payer pour obtenir la main de femmes devenues rares et donc chères. Mais, tel qu'il existe encore, le système des dots – versées par la famille de la mariée à celle du marié – a conduit à l'attitude actuelle. Par une logique qu'on peut trouver pour le moins étrange, au lieu de se débarrasser du système des dots, on se débarrasse des filles.

*

Bhalu suggéra que nous nous rendions dans un village situé près de Nandul. Il ne voulut pas me préciser pourquoi, mais, tel que je le connaissais, je me doutais qu'il avait une idée derrière la tête. Mon jeune compagnon de voyage continuait à se révéler une source de précieuses informations. J'ignorais comment et où il pouvait recueillir tous ces renseignements insolites. Son éducation dans les rues de Calcutta lui avait déjà conféré un remarquable sens de la survie, mais, en plus, son don du repérage et de l'orientation, son art de découvrir les lieux et les personnages insolites étaient exceptionnels – presque inquiétants.

Nous nous mîmes en route en ayant recours à tous les moyens de transport que nous prouvions trouver, voyageant aussi bien en char à bœufs que sur le porte-bagages d'une bicyclette lorsque les habituels camions Ashok-Leyland ne se présentaient pas à nous. Les routes devenaient des pistes, de plus en plus rudes à parcourir. Devant les vastes étendues qui s'offraient à nos regards, Bhalu jurait qu'il ne retournerait jamais à Calcutta, dans la pollution et la frénétique agitation urbaines. Malgré la fascination qu'avait exercée sur moi la ville, je ne pouvais que l'approuver.

Dans l'une des villes que nous traversâmes, Sargigora, un homme qui portait une chaussure rouge au pied gauche et une chaussure verte au pied droit – il était visiblement habillé de vêtements provenant d'une organisation charitable occidentale

– nous parla d'un devin opérant à Nandul, endroit qu'il nous présenta comme une grande ville.

Lorsque nous y arrivâmes, nous pûmes nous rendre compte que notre informateur n'y avait vraisemblablement jamais mis ses pieds bicolores. Située sur une petite rivière alors affectée par la sécheresse, Nanul était en fait une petite localité agricole très paisible et comme endormie. En Inde, en effet, le contraste est total entre les grandes villes industrielles, en proie à une perpétuelle agitation et retentissant du vacarme des machines et des moteurs, et les petites cités rurales, paisibles et pratiquement silencieuses. Les autobus et les autorickshaws y sont remplacés par de simples bicyclettes, et les lampes à pétrole se substituent aux lumières électriques et au néon. Mais le plus frappant, dans ce contraste, est peut-être l'impression d'innocence qui se dégage des communautés agricoles. Les rues de Nandul semblaient uniquement peuplées de gens honnêtes et candides, alors qu'on ne peut faire cent mètres dans Calcutta sans tomber sur trois ou quatre représentants du Milieu, une mendiante ayant loué le bébé qu'elle tient dans ses bras, un pickpocket, deux trafiquants d'alcool et une demi-douzaine d'autres personnes prêtes à vous vendre des squelettes, de la vaisselle ou des avertisseurs sonores de motopompes.

Bhalu s'enquit du *sadhu*, qui devait opérer dans les parages. Il reçut, à cet égard, des informations multiples mais contradictoires, et une petite foule ne tarda pas à s'assembler autour de nous. Marchands de thé, de fruits ou de bétel, tous répondaient à nos questions par d'autres questions. Où demeurions-nous ? Étions-nous de la police ? Comment nous appelions-nous ? Étais-je apparenté à Mr. Harshad Shah, de Bombay ? Comment trouvions-nous la ville ? Notre séjour se passait-il bien ? D'où venions-nous ? Où allions-nous ? Avions-nous besoin d'un taxi ? Plus on nous posait de questions et plus de gens s'assemblaient. Plus de gens s'assemblaient et plus on nous posait de questions. Nous n'en sortions pas.

Un petit garçon de huit ans environ, transportant une mangouste dans une cage, parvint jusqu'au premier rang des spectateurs et tomba littéralement en admiration devant Bhalu. Il semblait considérer le jeune aigrefin venu de Calcutta comme une sorte de demi-dieu. Regardant avec extase Bhalu allumer une *biri*, il nous expliqua que le magicien que nous cherchions se rendait d'une localité à l'autre. Il l'avait vu opérer dans un village des environs deux jours auparavant. Il était disposé à nous y emmener immédiatement – si nous lui achetions un peu de viande pour nourrir sa mangouste.

Trois heures plus tard, nous nous trouvions accroupis, l'Arnaqueur et moi, au premier rang d'une importante assistance, réunie sur une place en plein air. Près de deux cents personnes s'y étaient ainsi assemblées, ce qui était impressionnant pour un village aussi dépeuplé. Le jeune garçon qui nous avait servi de guide estimait que la sécheresse avait fortement contribué au succès du « saint homme ». Car lui, et lui seulement, avait le pouvoir d'apaiser les souffrances – et de faire venir la pluie.

Le magicien sortit de façon quelque peu théâtrale d'une maisonnette au toit de chaume. Il se nomma : Narashima. C'était quelque peu superflu, car toutes les personnes présentes savaient déjà qui il était et ce qu'il était venu faire. Beaucoup avaient du mal à contenir leur impatience. Quand le *sadhu* prit position au centre d'un tapis rapiécé, je vis immédiatement pourquoi les villageois étaient si enclins à placer leur foi en lui. Contrairement à la leur, sa peau n'était pas sombre. Elle n'était pas même brune. Elle était blafarde, couleur de craie. Ses cheveux n'étaient pas noirs ; ils avaient la teinte du platine. Et ses yeux perpétuellement humides étaient dépourvus de pigmentation. Le devin était un albinos.

Avant que les tours de magie puissent commencer, le public savait qu'il devait endurer une bonne heure de prêche passablement insipide.

Il subit stoïquement ce discours, mais quand le sage, comprenant peut-être que l'assistance était à bout de patience, annonça qu'il allait illustrer son propos par une série de miracles, un frisson d'excitation parcourut l'assemblée tout entière.

Les miracles sont chose beaucoup plus courante dans l'hindouisme que dans toute autre religion, et ils y sont acceptés comme partie habituelle de la vie de tous les jours.

Notre *sadhu* annonça tout d'abord qu'il allait, par le seul exercice de ses pouvoirs mentaux, faire cuire une marmite de riz, et que toute jeune femme qui avalerait un seul grain de ce riz donnerait naissance ensuite à un fils. Contrairement au commun des mortels, donc, l'albinos n'avait pas besoin d'un fourneau ni même d'un simple réchaud. Une grande marmite en forme d'urne fut placée devant lui sur un petit tapis de paille tressée. Psalmodiant des incantations et tordant en forme de huit le bas de sa robe, il fit à sept reprises le tour de la marmite de riz.

Un lourd silence s'était abattu sur l'assistance. Le regard de tous était concentré sur la marmite. Quelques minutes s'écoulèrent. Puis un mince jet de vapeur commença à s'élever en spirale de la marmite. Le *sadhu* parut alors saisi de convulsions. Les spectateurs, médusés, le regardaient se tordre littéralement sur place. Et plus il se convulsait, plus la vapeur sortait de la marmite. Quinze minutes se passèrent ainsi. Puis, émergeant de sa transe, l'albinos alla jusqu'à la marmite et y pêcha un peu de riz avec une louche. Il était parfaitement cuit.

Puis le magicien sortit d'une boîte plusieurs noix de coco, et demanda cinq volontaires dans le public. Il remit à chacun une noix en lui ordonnant de la briser. Les volontaires obéirent, fracassant la coque de chaque noix avec des pierres. Puis ils reculèrent, effarés. Les noix de coco étaient emplies de fleurs de jasmin.

Ravi de l'émotion provoquée par son deuxième miracle, le « saint homme » passa au tour suivant. Il demanda à un membre de l'assistance de lui prêter un billet de banque. Les spectateurs parurent soudain hésitants et gênés. Aucun n'avait d'argent. Et je me dis que, même s'ils en avaient eu, peu d'entre eux auraient confié leurs précieuses économies à un mage, même de l'envergure de l'albinos. Celui-ci renouvela sa demande, précisant qu'un billet de n'importe quel montant ferait l'affaire. Bhalu s'avança alors et lui remit un billet de dix roupies. Les spectateurs poussèrent un soupir de soulagement. La dernière chose qu'ils souhaitaient était susciter la colère du magicien.

On cita à haute voix les numéros du billet, que l'assistant de l'albinos – un jeune garçon qui louchait horriblement – inscrivit dans la terre à l'aide d'un bâton. Puis, le magicien mit le feu au billet, qui fut bientôt réduit en cendres. Prenant à témoin les spectateurs avec emphase, le *sadhu* mit les cendres dans l'eau d'une timbale, agita la mixture et la but. L'assemblée suivait la démonstration avec une nervosité manifeste. Dix roupies représentent beaucoup d'argent dans les campagnes indiennes, surtout en période de sécheresse. L'albinos contracta l'estomac, émit quatre rots et sortit de sa bouche un billet, apparemment intact. Les numéros étaient identiques à ceux du billet de dix roupies remis par Bhalu.

Ayant accompli ces démonstrations, le magicien demanda aux villageois quels étaient leurs problèmes majeurs. Ceux-ci le regardèrent avec incrédulité. La chose était certainement évidente. Leurs terres étaient sèches comme du parchemin. La plupart de leurs bêtes avaient déjà péri. Des feux de forêts avaient consumé le peu de bois disponible. Sans des pluies abondantes, ils allaient tous mourir de faim à brève échéance. Reprenant position sur son tapis, l'albinos entra de nouveau en transe. Pendant quarante minutes, il psalmodia des mantras. Les spectateurs le regardaient, la bouche ouverte, pleins de confiance. Ils espéraient véritablement qu'il allait leur apporter la pluie.

L'assistant de l'albinos s'esquiva discrètement, tandis que son maître ouvrait les yeux et clamait :

— Un esprit malin est venu dans ce village, et il a chassé les pluies. Je sens les forces du mal tout autour de moi. Aucun d'entre vous n'en a vu les manifestations ?

Les villageois hochèrent la tête. Ils avaient observé de nombreuses manifestations de l'esprit du mal. Plusieurs avaient vu des flammes jaillir du sol à proximité du village. Une femme affirmait que le linge de sa voisine avait pris feu lorsqu'elle l'avait mis à sécher.

L'albinos leva les bras. Il demanda aux villageois d'avoir foi en lui. Il allait leur démontrer qu'il pouvait leur apporter la pluie. Mais, en attendant, tous devaient braquer leurs regards sur lui. Son pouvoir ne serait activé que si tout le monde fixait son plexus solaire, sur lequel convergèrent immédiatement deux cents paires d'yeux. Le magicien, cependant, avait repris ses incantations.

Cinq minutes s'écoulèrent sans que la concentration des villageois parût se relâcher. Puis une chose tout à fait remarquable se produisit. Il commença à pleuvoir.

Brusquement arrosée de fines gouttelettes, la poussière entre nos pieds se mit à dégager l'odeur inoubliable de la première pluie sur un monde desséché. Les villageois se levèrent d'un bond. Certains hurlaient en se léchant les bras. D'autres dansaient sur place. Leur rêve était devenu réalité. Mais, aussi vite qu'elle était arrivée, la pluie s'arrêta.

Le *sadhu* annonça alors qu'il pouvait faire venir d'autres pluies. Lui, et lui seul, pouvait rendre leur fertilité aux champs. Mais les villageois devaient participer aux frais assez considérables requis par cette opération.

Comme l'assistant du « saint homme » s'apprêtait à commencer la collecte, un homme grand et robuste, qui s'était tenu jusque-là dans les derniers rangs de l'assistance, s'avança et, sans se donner la peine d'ôter ses souliers, prit position sur le tapis sacré de l'albinos. Un frisson de terreur parcourut la foule. Qui était cet homme ? Qui osait manquer de respect à ce point au faiseur de pluie ?

Le nouveau venu s'adressa alors aux spectateurs, et Bhalu se hâta de me traduire ses paroles.

— Cet homme est un charlatan ! hurlait-il. Vous ne devez pas lui faire confiance, et je vais vous montrer pourquoi !

Se présentant comme un membre du Mouvement Rationaliste – en plein développement en Inde – et bientôt rejoint par trois de ses camarades, qui osèrent également fouler aux pieds le tapis sacré, l'homme entreprit d'expliquer les « miracles » réalisés par l'albinos, qui, selon lui, n'était qu'un escroc.

Les quatre rationalistes montrèrent d'abord comment le « saint homme » avait subrepticement glissé une tasse de chaux vive dans la marmite en aluminium contenant le riz. Quand la chaux vive était entrée en contact avec l'eau, il s'était produit une réaction chimique dégageant une chaleur suffisante pour faire bouillir l'ensemble et cuire le riz.

Puis, malgré les protestations du *sadhu*, les rationalistes, poursuivant leur campagne de démystification, entreprirent de démonter les autres prodiges accomplis ce jour-là. Ainsi, les noix de coco. Leur lait avait été discrètement extrait par des trous au sommet de chacune, et, le soir précédant la démonstration, des boutons de jasmin y avaient été introduits, que l'humidité interne avait fait s'épanouir durant la nuit. Quant au billet de dix roupies, il ne s'agissait que d'un tour classique de prestidigitation.

Mais, de façon surprenante, les villageois ne semblaient s'intéresser que fort peu à ce qui leur était ainsi exposé. Pour eux, l'albinos restait un faiseur de miracles de haut vol.

Cependant, tout en continuant d'échanger les pires insultes avec le magicien, les rationalistes expliquaient que les flammes aperçues dans les champs ne devaient rien à un esprit malin, mais tout à du kérosène versé sur une torche dans un fossé. Et que la combustion spontanée du linge était simple à assurer si l'on enduisait celui-ci d'une solution de phosphore et de disulfure de carbone.

Pour un Occidental, il peut paraître surprenant qu'un mage de campagne comme Narashima ait disposé d'un tel arsenal de produits chimiques de cette puissance, mais il faut savoir que, dans n'importe quelle petite ville indienne, on peut se procurer librement et à vil prix tous les acides, les poisons et les solvants imaginables. En Inde, on ne cultive guère cette obsession de la sécurité qui caractérise les pays occidentaux.

Les rationalistes en étaient arrivés au clou de leur démonstration : l'explication de l'averse miraculeuse. Elle était, selon eux, scandaleusement simple : l'assistant de l'albinos, utilisant une pompe à bicyclette modifiée, avait aspergé l'assistance de l'arrière. De nouveau, il s'agissait tout simplement d'illusionnisme...

Cependant, l'albinos, connaissant son public, n'allait pas se laisser démonter aussi facilement. Et il n'allait surtout pas laisser les rationalistes le priver aussi facilement de son gagne-pain – et de son ascendant sur les foules.

Quelques minutes plus tard, il avait rassemblé son matériel et était allé s'installer à l'autre bout du village. Et, quelques minutes plus tard aussi, les habitants de celui-ci s'étaient retrouvés assemblés autour du maître, qui, cette fois, avait entrepris de guérir les malades.

Se présenta d'abord une femme avec une fort pénible

maladie de peau. Se voilant la face d'un pan de son sari violet, elle s'efforçait de dissimuler les nombreux abcès qui avaient envahi son visage, mais, la connaissant certainement, les villageois se penchaient pour mieux voir.

Cette femme souffrait, de toute évidence, d'une grave carence de vitamines et un traitement approprié n'eût pas manqué de la guérir assez rapidement, mais l'albinos proclama d'un ton mélodramatique qu'elle avait offensé Yakshi, la déesse des arbres, en coupant des branches à la lisière du village.

— Mais il fallait bien que je trouve du bois à vendre, répondit la femme.

— Voulez-vous être guérie ? aboya alors le magicien.

— Oui, dit la femme. Je ferai tout pour cela.

On lui remit une feuille de *sal* contenant une cuillerée ou deux de permanganate de potassium. Elle devrait se laver chaque matin les mains et les pieds avec un peu de cette poudre. Et, quand elle aurait tout utilisé, elle devrait sortir du village au crépuscule et passer la nuit en méditation devant l'arbre dont elle avait coupé des branches. Elle avait à peine payé les dix roupies représentant le prix de la consultation qu'une autre cliente se présentait.

— Qu'est-ce qui ne va pas ? demanda le magicien à la très jeune mère qui venait de déposer son bébé à ses pieds.

— Il a été mordu par un serpent.

Entourant la tête de l'enfant d'un morceau d'étoffe de couleur ocre, l'albinos marmonna des incantations.

— L'enfant vivra, dit-il, mais seulement si vous suivez mes instructions.

En tremblant, la jeune femme jura obéissance.

— Prenez ces feuilles de *neem* et mélangez-les à du lait de vache, commanda l'albinos. Faites chauffer le mélange et laissez-le reposer une nuit avant de le faire boire à l'enfant.

Comme je demandais à Bhalu de me traduire ce que disait le client suivant, je m'aperçus qu'il se dirigeait lui-même vers le tapis magique, en quête d'une consultation.

— Bhalu ! appelai-je. Où vas-tu ? Tu es fou ?

L'Arnaqueur se retourna.

— Il a toujours mes dix roupies, me répondit-il. J'ai un crédit chez lui.

17

LE DISNEYLAND DE L'ÂME

Près de six semaines s'étaient écoulées depuis que Feroze m'avait pratiquement jeté hors de sa maison, et il me semblait que mon voyage « d'exploration et d'observation » n'avait pas été totalement vain. J'avais rencontré nombre de personnages insolites, y compris une présumée sorcière, un magicien albinos et quelques cadres commerciaux assez originaux. Chaque soir, je griffonnais quelques notes sur mes découvertes de la journée, et je les postais dès le lendemain au Maître. Curieux des réactions de celui-ci, je décidai de téléphoner à Calcutta.

Le préposé à la cabine téléphonique située à l'extrémité du marché aux légumes de Jagdalpur lécha la paume de sa main et la passa sur le siège d'un tabouret, m'invitant à y prendre place. Puis, tirant un petit rideau effrangé, il dévoila un superbe appareil téléphonique en bakélite et composa le numéro de Feroze. Je pris le combiné.

Une conversation en anglais se poursuivait déjà sur la ligne.

— Gangu, demanda la première voix, comment vont les préparatifs pour les meurtres ?

— Très bien, monsieur, répondit l'autre voix. Vraiment très bien. Tout est réglé.

— Qui se chargera des meurtres ?

— Les vampires. C'est bien ce que vous vouliez, monsieur ?

— Oui. Mais les vampires ont-ils leurs costumes ?

— Oui, monsieur. Affirmatif. Ils sont très bien.

— Pourquoi ne prendrions-nous pas un vampire nain ? Ce serait une idée épatante...

Une idée épatante ? Un vampire nain ? Une idée monstrueuse, plutôt... Il fallait empêcher cela. Mais à qui s'adresser ? J'étais sur le point de demander son avis au téléphoniste lorsque je surpris un peu plus de cette inquiétante conversation :

— Mais, Gangu, assurez-vous bien que les vampires ont des dents très caractéristiques, très fines et très pointues. C'est capital. Tout le monde y regardera de très près.

— Oui, patron, je sais. On leur donnera des dentiers spéciaux.

Allons bon ! Des vampires édentés, maintenant...

— Parfait, Gangu. Tout semble en ordre. À quelle heure commencera-t-on à tourner ?

— Monsieur, les figurants sont convoqués pour huit heures, et les électriciens seront là une bonne heure avant.

Tandis que je réprimais de justesse un grand soupir de soulagement, le téléphoniste arriva à me mettre en communication avec la maison de Feroze.

— Allllôôô ! fit-on au bout du fil.

— Gokul, c'est toi ?

— Oui, moi. Quel nom à l'appareil ?

— C'est Tahir Shah... Gokul, j'appelle de Jagdalpur. Pourrais-je parler au Maître ?

Il y eut un silence, puis j'eus de nouveau droit à des bribes de la conversation des cinéastes.

— Non, Tahir Shah *Sahib*, fit enfin Gokul, qui hurlait littéralement dans l'appareil. Maître pas à Alipore... Maître en voyage.

— Quand est-il parti ?

— Parti pour longtemps.

— Où est-il allé ?

— Hors Calcutta... Des affaires ailleurs.

— Mais il a bien reçu mes lettres, Gokul ?

— Tahir Shah *Sahib*, Maître pas lire lettres. Parti depuis longtemps. Très occupé.

Feroze ne m'avait jamais dit qu'il comptait s'absenter de Calcutta, et ce pour assez longtemps. Assis sur mon malheureux tabouret, je revoyais son confortable bureau avec les moelleux tapis et les livres un peu partout. Il me semblait à des millions de kilomètres de la cabine téléphonique de Jagdalpur, et je me surpris à ressentir une bouffée de nostalgie en évoquant cette maison où j'avais pourtant subi les pires sévices.

Le téléphoniste me regardait, attendant patiemment que je le paie.

— Quoi vous faire maintenant ? me demanda-t-il.

— Je vais poursuivre mon voyage, lui dis-je. Voyez-vous, je fais un voyage d'observation, à la recherche de choses qui sortent de l'ordinaire.

Le téléphoniste hocha la tête d'un air entendu.

— Cirque Laxmi très bien, proclama-t-il.

— Où est-ce ? demandai-je.

Il ouvrit un tiroir et en tira un prospectus, qu'il me tendit.

On y lisait, en tête, les mots : « *Cirque Laxmi avec pop-corn* ».

— Et c'est bien ?

Le téléphoniste se lécha les lèvres d'enthousiasme.

— Première classe, affirma-t-il.

De fait, il apparut que le Cirque Laxmi faisait salle comble tous les soirs et que sa réputation s'étendait bien au-delà de Jagdalpur. Mais une partie de ce persistant succès était peut-être due au fait qu'on offrait gratuitement du pop-corn à tous les spectateurs.

Je décidai, de toute manière, d'aller y voir de plus près, et Bhalu m'accompagna, encore qu'avec une certaine réticence. Il avait passé une bonne partie de la nuit à boire dans un bouge pour camionneurs, et il semblait avoir sérieusement mal à la tête.

Lorsque nous arrivâmes devant la vaste tente abondamment raccommodée qui abritait le cirque, l'Arnaqueur y pénétra le premier pour annoncer notre présence. Au bout d'une ou deux minutes, il réapparut, pâle et apparemment ému. Cinq autres minutes s'écoulèrent, et un pan de toile s'écarta, démasquant une fort séduisante jeune personne à qui je souris immédiatement. Âgée d'environ quatorze ans, elle avait de jolis traits, les lèvres peintes en rouge vif, du kohl aux yeux et une épingle d'argent passée dans le nez. Mais, surtout, elle avait deux têtes. Je me frottai les yeux et les fermai un instant. Quand je les rouvris, la jeune fille avait toujours deux têtes, quatre yeux, une paire de nez et vingt doigts. Bhalu gardait son air hébété. Il devait se dire que ce qu'il voyait provenait directement de ses excès de boisson. Quand je le poussai du coude, il sursauta et expliqua que nous étions venus parler aux membres de la troupe.

Nous apprîmes ainsi qu'Anila et Amrita étaient nées dans un village proche de Nagpur, dans l'Inde centrale. Elles étaient sœurs siamoises, reliées entre elles par une épaisse membrane à la hauteur du sternum. Persuadée d'avoir donné naissance à un monstre, leur mère s'était empoisonnée. Leur père, lui, pensait qu'elles étaient l'incarnation de quelque esprit malin. Craignant une vengeance surnaturelle, il avait décidé de ne pas tuer les bébés, mais les avait mis dans un sac pour aller, à Nagpur, les vendre à un trafiquant spécialisé dans la fourniture de créatures monstrueuses.

— On nous a montrées dans des cirques dans toute l'Inde, dit Anila en rejetant en arrière ses longs cheveux noirs. Les propriétaires nous brûlaient les bras avec des cigarettes pour nous faire bouger.

— Si nous pleurions, enchaîna Amrita, nous étions battues. Si l'une pleurait, l'autre était punie. Quand nous avons eu dix ans, un propriétaire de cirque nous a vendues à un bordel.

— Où cela ? demandai-je.

— À Chennai, dans la région de Madras, précisa Anila. Nous étions enfermées dans une chambre juste assez grande pour contenir le lit. Des hommes venaient toute la nuit coucher avec nous. Ils nous trouvaient étranges. Chaque nuit, nous hurlions.

— Quand nos cris dérangeaient les autres filles, dit alors Amrita, le patron arrivait avec un couteau et menaçait de nous couper notre membrane.

Elle s'interrompit pour se passer un peu de rouge sur les joues. Comme sa sœur, elle avait un teint très clair.

— Et vous vous êtes évadées de ce bordel ?

— Au bout de deux ans, dit Anila, le propriétaire a trouvé que nous ne rapportions pas assez d'argent. Alors il nous a jetées à la rue, à Chennai. Nous avons dû mendier pour vivre.

Puis, un jour, Laxmi a entendu parler de nous. Il nous a demandé de venir travailler avec lui et les autres.

— Laxmi est-il ici aujourd'hui ? demandai-je.

Amrita me désigna un homme d'aspect très ordinaire qui se tenait à proximité.

— Vous pouvez aller lui parler, dit-elle.

Ce que je fis sans plus attendre.

Laxmi était de taille et de corpulence moyennes, mais très velu. Il avait d'assez grandes mains, un menton bien carré, avec une verrue sur le côté gauche. Quand je lui demandai quelle était sa spécialité, il me répondit qu'il mangeait des objets.

Doté d'un appareil digestif hors des normes, Laxmi, en fait, se présentait sous le chapiteau et avalait tout ce que le public voulait bien lui lancer : lames de rasoir, clous, boutons de porte ou chausse-pied. Il en régurgitait une partie après son numéro et digérait le reste.

En tant que simple amateur m'étant limité à quelques pierres, je ne pus que rendre hommage à un maître authentique. Il m'expliqua comment tout avait commencé.

— Quand j'étais petit garçon, me dit-il, je m'étais mis à avaler des choses pour m'amuser et amuser mes camarades. J'ai commencé par des pièces de monnaie et des trombones. Puis j'ai essayé des boulons, des billes, des clés et des boucles de ceinture. Et plus j'avalais, plus j'aimais cela.

Plein d'admiration, j'allais lui demander quel était l'objet le plus impressionnant qu'il avait ainsi avalé, mais il me demanda de l'excuser. Il avait une légère indigestion.

Anila et Amrita nous présentèrent ensuite à deux vétérans de la troupe.

Le premier était un colosse avec un turban et une épaisse moustache de phoque. Après m'avoir serré la main, il fit immédiatement la démonstration de ses talents. Se jetant au sol, il exécuta à toute vitesse vingt flexions impeccables. Puis, se remettant sur pied, il nous demanda, à Bhalu et à moi, d'examiner son front. De petites gouttes de sueur y étaient apparues. Mais ce n'était pas de la sueur ordinaire. Elle était noire. J'y regardai de plus près encore, mais rien ne vint attirer mon attention. J'étais cependant sûr qu'il s'agissait d'un tour d'illusionnisme. Peut-être s'était-il passé sur la peau un produit chimique transparent réagissant à la sueur. Il faudrait que j'interroge Feroze à ce sujet quand je le reverrais.

Le second homme en turban, qui s'appelait Vikram Singh, fit ensuite la démonstration de ses talents. Dans la main gauche, il tenait une ampoule allumée qui n'était reliée à aucune prise. Quand il me la remit, elle s'éteignit. Je ne trouvai pas, à sa base, trace de la moindre pile.

Ensuite, Vikram Singh déboutonna sa chemise. Puis il se pencha pour prendre dans un carton un certain nombre d'ustensiles de cuisine : deux cuillers, une passoire, un couvercle de casserole et un décapsuleur. Il les pressa un à un sur sa poitrine nue, et, au lieu de tomber à terre, ils y restèrent collés. Quand je les examinai ensuite, je n'y trouvai pas trace d'un quelconque adhésif. Cela aussi, bien sûr, était de l'illusionnisme, mais exécuté avec un incontestable talent.

Comme nous allions sortir de la tente, Anila et Amrita pressèrent Bhalu de venir les voir après le spectacle. Elles semblaient séduites par lui et se montraient outrageusement aguicheuses. Et, loin d'être insensible à leurs attentions, l'Arnaqueur manifestait un certain enthousiasme à l'idée de prodiguer ses bontés à deux filles à la fois.

— Comment peux-tu même envisager cela ! grognai-je, comme nous nous éloignions du cirque.

L'Arnaqueur se lécha les paumes avant de les plaquer sur ses cheveux malpropres. J'insistai, essayant de lui dire qu'il allait se mettre dans une situation plus que délicate. Le fait d'avoir des relations d'ordre sexuel avec des sœurs siamoises était peut-être même contraire à quelque loi.

M'écoutant à peine, Bhalu se retourna pour saluer les deux filles de la main. Puis il me demanda :

— Quel mal y a-t-il à cela ?

— Bhalu, je ne veux rien savoir de cette affaire, lui dis-je.

— C'est simplement que vous êtes jaloux, m'affirma-t-il froidement.

*

Le lendemain matin, l'Arnaqueur tenait à toutes forces à me raconter sa nuit avec les sœurs siamoises. Soulignant de nouveau que je ne voulais rien entendre de cette sordide histoire, je finis par m'habiller et quitter brusquement la pension de la famille. J'avais l'intention de prendre l'autocar de midi pour Kottagudem. Si l'Arnaqueur n'était pas au départ, je serais tout à fait ravi de voyager sans lui.

Circuler avec un garçon de douze ans qui se comportait comme un vieux bellâtre fatigué n'était pas toujours une expérience enviable. Je me demandai de nouveau ce qui avait d'ailleurs incité ce garçon à se pendre à mes basques. Ce n'était pas comme si je l'avais entretenu. Il avait toujours tenu à payer ses propres frais – même en argent curieusement acquis. Et je n'étais pas, avec lui, le plus aimable des compagnons. Je le traitais comme si j'avais été une mère de famille cruellement rejointe par la ménopause. Je le faisais taire quand il essayait de donner son avis, je tournais publiquement en ridicule ses mauvaises manières, je lui aboyais des ordres comme au dernier des domestiques. Son attitude persistait à m'intriguer, mais je me disais que, tôt ou tard, je découvrirais ce qui avait motivé sa décision de m'accompagner.

Après une heure d'attente à la principale gare routière de la ville, je vis arriver un autocar Tata en piteux état. Ses deux pneus avant émettaient un sifflement aussi énervant qu'inquiétant. Mais ce n'étaient pas quelques petites crevaisons banales qui allaient arrêter dans son élan notre fougueux chauffeur, qui démarra à toute allure. Bhalu n'avait pas paru. J'en vins à me dire qu'il avait peut-être trouvé, la nuit précédente, le véritable amour, et me demandai soudain si un mariage avec des sœurs siamoises pouvait être considéré comme de la bigamie.

Cependant, le car poursuivait sa route vers le sud, franchissant une rivière après l'autre et traversant maintenant les terres fertiles de la vallée du Sabari. L'horrible sécheresse de l'Orissa n'était plus qu'un souvenir. Tous les quarts d'heure environ, notre chauffeur freinait brusquement, et son assistant, une sorte de voyou à la mine servile arborant un superbe collier de corail, sautait à terre pour aller pomper un peu d'air dans nos pneus crevés. Ces arrêts réguliers en vinrent à doubler notre temps normal de route.

Durant les rares moments où le voyage se déroulait un peu harmonieusement, je repensais au mystère de la sueur noire. Puis je me demandais ce qui était arrivé à l'Arnaqueur. Le reverrais-je ? Peut-être avait-il décidé de retourner à Calcutta, qui était sa vraie ville.

Peu avant la tombée de la nuit, le car fut contraint à un arrêt complet à Borgampad, à quelque trente-cinq kilomètres de Kottagudem. Nous étions maintenant dans l'Andhra Pradesh. Le chauffeur annonça qu'en raison d'une grave crevaison, tous les voyageurs étaient invités à passer la nuit dans le véhicule. Quand je lui proposai d'aider à fixer les roues de secours, il se mit à rire. Il n'y avait évidemment pas de roues de secours.

*

Le lendemain dans la matinée, après une nuit inconfortable dans le car, nous vîmes apparaître le chauffeur avec un assortiment de chambres à air qu'il avait acquises en échange du collier de corail de son assistant. Celui-ci, visiblement fort mécontent de cette transaction, entreprit de changer les pneus.

Moins de deux heures plus tard, notre véhicule faisait enfin son entrée dans Kottagudem. Contrairement aux prévisions des mauvais esprits – dont je m'étais fait le porte-parole – nous avions fait le reste de la route sans un seul arrêt.

Après avoir fait une rapide toilette à une pompe, non loin du marché, je gagnai la gare. Par un extraordinaire coup de chance, un train omnibus à destination de Vijayawada, la dernière ville de quelque importance avant Tirupati, était sur le point de partir.

Une fois que je fus bien installé dans mon compartiment de deuxième classe, je me mis à penser de nouveau à Bhalu. S'il s'était trouvé dans le train, il aurait certainement commencé, dès ce moment même, à amasser une petite fortune aux dépens des autres voyageurs. Peut-être avais-je été un peu trop brutal avec lui, mais son comportement avait vraiment eu tendance à se dégrader. Jusqu'où serait-il allé, après sa nuit avec les sœurs siamoises ?

À Khammam, l'une des nombreuses gares où nous fîmes halte, un homme corpulent vint s'installer sur le siège faisant face au mien. Sa calvitie et son attaché-case VIP gris me permirent de le situer immédiatement et je fus sur le point de lui suggérer d'aller très vite s'acheter une perruque « Administrateur ».

Lorsqu'il ouvrit l'attaché-case posé sur ses genoux, je tirai prétexte d'une secousse du train pour essayer de regarder à l'intérieur, mais je ne fus pas assez rapide.

Serais-je en mesure de déterminer la partie où il opérait en l'observant plus attentivement encore ? Ses sandales à bout ouvert étaient en cuir de bonne qualité, sa chemise en soie indigo et sa montre, bien que de fabrication indienne, était d'un certain prix. Il me faisait l'effet d'un agent commercial très prospère.

Incapable de supporter plus longtemps la très ostensible inspection que je lui faisais subir, l'homme tira de son attaché-case un objet ovale et scintillant qu'il me tendit.

— Un œuf ? me dit-il. Voulez-vous un œuf de Pâques ?

— Merci beaucoup, lui répondis-je. C'est certainement la dernière chose que je me serais attendu à trouver à bord d'un train dans l'Andhra Pradesh. Il ne va pas vous manquer ?

L'homme retira ses lunettes pour se frotter les yeux.

— Bien sûr que non, affirma-t-il. J'en ai des milliers.

Je commençais à me poser de sérieuses questions. Pourquoi diable un agent commercial indien distribuait-il des œufs de Pâques en chocolat à bord des trains ? J'examinai mon œuf. Il venait des magasins Safeway [1] et avait dépassé de huit mois la date limite de mise en vente.

— Pardonnez-moi si je suis indiscret, dis-je, mais êtes-vous chrétien ?

L'homme se redressa comme si je l'avais insulté, serrant son attaché-case contre son cœur.

1. L'une des principales chaînes de supermarchés de Grande-Bretagne. *(N.d.T.)*

— Certainement pas ! répliqua-t-il. Je suis hindouiste.

— Alors, pourquoi vous intéressez-vous aux œufs de Pâques ? demandai-je.

— Mariage, répondit-il. Ce sont des œufs de mariage.

Cette fois, j'avais perdu pied. Je me demandais ce que le mariage pouvait avoir à faire avec les œufs de Pâques de chez Safeway. Voyant ma perplexité, mon interlocuteur se fit un plaisir de me renseigner.

— La famille de la mariée, m'expliqua-t-il, en donne un à chaque invité. C'est un symbole... un gage de bonheur et de prospérité.

— Ne serait-ce pas vous, par hasard, qui auriez inventé ce système ?

L'homme s'illumina de joie et de fierté.

— Oui, dit-il. Entièrement mon idée.

— Mais où trouvez-vous ces œufs de Pâques ?

— Mon cousin, à Blackburn, achète après Pâques tous les œufs périmés et me les expédie ici. Je fournis les mariages dans tout le sud de l'Inde.

C'était là, je devais le reconnaître, une entreprise qui valait la Pykrite et les perruques de Tirupati. Avec, en plus, la transmutation d'un symbole d'une religion à une autre. Un régal pour tout ethnologue digne de ce nom. Mais, en même temps, un exemple du génie indien à son plus remarquable niveau. Des œufs de Pâques sont confectionnés par millions dans tous les pays d'Europe et des Amériques. Le lendemain de Pâques, ils deviennent pratiquement sans valeur. Mais c'est là que l'astuce commerciale indienne prend le relais.

*

Installée sur la rive nord du majestueux fleuve Krishna, Vijayawada est une des cités les plus anciennes de l'Inde orientale, au passé historique impressionnant. M'étant installé dans un salon de thé en plein air, j'ouvris mon guide Cadogan pour voir en quels termes grandioses l'endroit était présenté aux touristes. Et j'eus la surprise d'y lire : *« Vijayawada est l'exemple classique du coin d'enfer à éviter à toutes forces. »*

Je regardai à droite, puis à gauche. Rien ne paraissait aussi épouvantable que le laissait prévoir le guide. Certes, l'air était un peu étouffant et il y avait effectivement peu de touristes, mais tout le reste paraissait fort convenable. Je me dis que j'allais sans doute passer un ou deux jours sur place. De toute manière, s'il s'agissait vraiment d'un « coin d'enfer », cela ne pouvait qu'être intéressant.

Me renversant sur ma chaise, je commandai un autre gâteau de riz et une deuxième tasse de thé. Puis je sortis mon bloc-notes et rédigeai un rapport à l'intention de Feroze ; celui-ci serait sûrement intéressé par l'affaire des œufs de Pâques. Et, même s'il se trouvait hors de Calcutta, j'étais à peu près sûr qu'il s'arrangerait pour qu'on lui fasse suivre mes lettres.

Comme je terminais mes travaux d'écriture, un gigantesque Occidental fit son apparition dans le salon de thé. Il devait avoir un peu plus de la cinquantaine, il était grand et fort comme un chêne et son visage aux larges bajoues portait les traces de diverses affections tropicales. J'eus peu de peine à deviner qu'il était australien. Outre qu'il semblait tout à fait le genre d'homme à avoir arpenté le *bush* avant d'aller se colleter avec des crocodiles, il portait un chapeau à larges bords, avec, tout autour, des bouchons accrochés à des ficelles.

— B'jour, fit-il, visiblement surpris qu'un autre étranger que lui n'ait pas tenu compte des avertissements du guide.

— Bonjour, répondis-je.

— Pas beaucoup d'étrangers par ici, enchaîna-t-il en retirant son chapeau. Vu un couple de Kiwis [1] le mois dernier. Ce sont eux qui ont mis les bouchons à mon chapeau. Écarte bien les mouches...

— Je ne suis pas surpris qu'il y ait si peu de touristes, lui dis-je. Les guides les supplient presque d'éviter Vijayawada.

Comme je demandais à l'Australien ce qui l'avait amené là, je remarquai une cicatrice ancienne en haut de son front, rendue assez évidente par sa calvitie avancée. Elle était de faible diamètre mais semblait résulter d'une blessure réellement profonde.

---

1. Surnom familier donné aux Néo-Zélandais. *(N.d.T.)*

— Je fais des recherches sur les mangeurs de terre, déclara-t-il en réponse à ma question.

— Les mangeurs de terre ? dis-je. Que font-ils ?

Avant même d'avoir fini de parler, je me mis à rougir de l'épaisse stupidité de mon propos.

— Les mangeurs de terre, fit l'Australien avec une amère ironie, mangent de la terre.

— Ciel ! dis-je à tout hasard.

— Les penchants inhabituels sont ma spécialité, ajouta mon interlocuteur.

Il me dit s'appeler Fisher, mais précisa aussitôt qu'ainsi qu'il en était de mode en Australie, son nom avait été abrégé en « Fish ».

— Manger de la terre me semble plus un signe de dérangement mental qu'un penchant, lui fis-je remarquer.

Cela ne parut pas lui plaire.

— La géophagie est rare en Asie, me dit-il d'un ton froid. Mais j'ai quand même découvert ici une femme enceinte qui mange près d'une demi-livre de terre par jour.

— Peut-être est-elle affamée, lui répondis-je.

Sortant de sa poche une paire de lunettes à double foyer, peut-être pour donner un poids scientifique à son argumentation, Fish la fit tourner au bout de ses doigts. J'imaginai qu'il ne condescendait à me parler que parce que personne d'autre, à Vijayawada, ne s'intéressait le moins du monde aux « géophages », comme il disait.

— Mais pourquoi les gens mangent-ils de la terre ? demandai-je, dans l'espoir de conclure cette conversation. Cela ne peut pas être si bon que cela, sinon tout le monde s'en gorgerait.

À défaut de terre, Fish se mit à sucer l'une des branches de ses lunettes.

— Il y a beaucoup plus de personnes que vous ne pensez qui en mangent, affirma-t-il.

— Vraiment ?

— Oh, oui ! fit-il. Au Ghana, on extrait chaque année cinq mille tonnes d'argile. Pas pour faire de la poterie ou construire des cases, mais pour manger. Elle est passée au tamis et mélangée d'eau pour former une sorte de galette.

— Oui, mais toutes sortes de choses extraordinaires arrivent, en Afrique...

— Très bien, concéda-t-il. Mais sur le Mississippi, alors ?

— Comment cela, sur le Mississippi ?

— Il y a là, fit-il, doctoral, une tradition de géophagie bien établie. Les gens qui habitent près du fleuve disent que leur terre se mange comme un sorbet. Et les esclaves d'Amérique ? Chacun sait que, lorsqu'on les y a amenés, ils se sont mis, par peur, à manger de la terre. Et ils y ont pris goût.

— Et y a-t-il une similitude entre la terre que l'on mange au Ghana, sur le Mississippi et à Vijayawada ?

— Cela, répondit-il, c'est la question à cent mille dollars !

Mais, à la façon dont il se frottait les mains, je crus sentir que Fish en savait plus long qu'il ne voulait bien en dire.

— La géophagie, reprit-il après quelques instants de silence, traduit probablement l'intervention et l'entrée en action de la partie la plus primitive de notre cerveau. Et si quelqu'un parvenait à éveiller ce secteur chez tout le monde ? Pensez un peu à ce que cela représenterait, commercialement parlant...

— Fish, lui dis-je, je ne voudrais pas avoir l'air de dénigrer ni de sous-estimer les mangeurs de terre, mais je ne vois pas très bien le monde des affaires entrant en révolution à leur sujet.

L'Australien appela le serveur et commanda un thé au lait.

— Vous ne comprenez pas, fit-il sur un ton de léger dédain. Les implications de tout cela sont extraordinaires. Découvrez le mécanisme réel de cette partie primitive du cerveau, comment elle entre en action – pourquoi certains individus sont gouvernés par leurs goûts ancestraux – et vous pourrez contrôler la façon dont les gens pensent. Puis vous pourrez déterminer ce qu'ils achètent...

— Mais, demandai-je, qui voudrait acheter des aliments sentant la terre ?

— Oubliez les aliments sentant la terre ! répondit Fish. Cela n'entre même pas en ligne de compte. Les mangeurs de terre sont juste la clé d'un vaste problème.

Si j'avais vu Fish en complet trois pièces dans un somptueux bureau de Los Angeles, je dois avouer que j'aurais peut-être été impressionné par ses propos. Mais le fait qu'il traînait la savate à Vijayawada en exposant complaisamment ses théories grandioses à de parfaits étrangers éveilla quelque peu ma suspicion. J'aurais bien aimé que Bhalu soit là. Il aurait eu vite fait d'analyser les intentions et l'état mental de mon interlocuteur. Quant à moi, plus la conversation se poursuivait, plus j'étais persuadé avoir affaire à un doux maniaque.

Mais la majorité des Occidentaux que l'on rencontre en Inde sont à la recherche de quelque chose – de la vérité, de la lumière, de l'enrichissement spirituel ou, plus simplement, de l'étrange. Et, contrairement à l'Occident, l'Inde, terre de la quête initiatique, les berces et les renforce dans leurs particularités.

Fish et moi discutâmes de toutes sortes de sujets jusqu'à la fin de l'après-midi. Il avait une incontestable faconde. Son propos était brillant, mais avec parfois certains traits un peu troublants. Il prétendait parler six langues, dont le tagalog, avoir écrit un ouvrage très complet sur le jeu de *Go* et jouer de la cithare. Je ne me permis à aucun moment de mettre en doute l'étendue de ses talents, mais, pour bien faire, il aurait dû s'arrêter à la cithare.

Conformément aux instructions données par Feroze, je bombardai l'Australien de questions qui l'amenèrent à me parler de sa folle jeunesse.

— Bien sûr, me dit-il quand je lui eus demandé s'il était déjà venu en Inde auparavant. C'était au début des années soixante-dix. Suis allé à Goa, au Cachemire, au Bengale... Pas mieux que ce pays. Du moins à l'époque.

— Pourquoi ? Qu'est-ce que l'Inde avait de si particulier ?

— Parce que, tonitrua Fish, nous étions en quête...

— En quête de quoi ? demandai-je.

— D'un troisième œil. Voyez-vous, dans les années soixante-dix, l'Inde, c'était Disneyland... C'était le Disneyland de l'âme...

Le serveur tournait autour de notre table comme un requin affamé autour d'une épave. Cela faisait longtemps que nous n'avions rien commandé, et la direction de l'établissement commençait à s'impatienter quelque peu. Pour apaiser les esprits, je sortis de ma poche un billet de cent roupies que je fis complaisamment crisser dans ma main.

Ce répit permit à Fish de me révéler sa véritable obsession : la trépanation.

Il avait commencé, me dit-il, par s'intéresser aux travaux d'un médecin hollandais, le docteur Bart Huges. En 1962, celui-ci avait vu, au cours d'une soirée amicale, un homme se tenir sur la tête, et ce spectacle lui avait soudain donné une idée. Il s'était dit que, sûrement, plus on avait de sang affluant au cerveau, plus le degré de conscience devenait élevé. Huges se livra donc à des expériences répétées, se tenant sur la tête lui-même et bloquant les veines de son cou pour essayer de maintenir le sang à son cerveau. Les résultats furent encourageants, mais Huges voulait encore plus et encore mieux. Il voulait retourner au degré de conscience de la prime enfance. Et pour cela, à son avis, il fallait que son crâne soit débloqué, comme celui d'un enfant dont les fontanelles ne sont pas encore ossifiées. Il se dit qu'il pouvait, en fait, acquérir un troisième œil en ôtant, avec une perceuse électrique, une petite parcelle d'os de sa boîte crânienne.

Quand il entreprit d'exposer ses théories en public, il fut dirigé vers l'asile d'aliénés le plus proche, mais un Anglais nommé Mellen prit sa succession. Il se creusa un trou dans le crâne avec une perceuse ultrasonique, et, comme il n'était pas satisfait de sa forme, il en creusa un second. Sa compagne, une certaine Amanda Fielding, crut déceler chez lui de tels progrès intellectuels et moraux qu'elle se convertit à ses idées et se perça, elle aussi, le crâne. Elle fut si satisfaite de la suite qu'elle estima de son devoir d'entrer en campagne pour la trépanation de tout malheureux ou de toute malheureuse ne disposant que de deux yeux. Elle se présenta comme candidate indépendante aux élections législatives de 1979 et de 1983. Le point principal de son programme était le remboursement par la Sécurité sociale de la trépanation.

— Et vous ? demandai-je, à ce point de l'exposé. Vous êtes-vous fait trépaner ?

Fish se mit un doigt dans la bouche, le regard vague, et resta trois ou quatre bonnes minutes silencieux. Peut-être ma question avait-elle fait remonter en lui de douloureux souvenirs.

— Sydney 1976, finit-il par murmurer. Nous étions tous à la recherche de sensations... De vraies sensations.

— Seigneur ! fis-je, presque malgré moi.

— Quelques-uns d'entre nous, poursuivit Fish, avaient entendu parler de Huges et de Mellen, et nous nous sommes dit que nous allions essayer, nous aussi. Voyez-vous, nous étions tous allés en Inde en quête du troisième œil, et tout ce que nous en avions rapporté, c'était la dysenterie...

— Et quelle impression avez-vous eue quand la perceuse est entrée en action ? demandai-je. Avez-vous atteint un état de plus grande conscience ? Recommandez-vous qu'on se fasse creuser un troisième œil ? Qu'en pensez-vous, maintenant ?

Fish se caressa le menton.

— Je ne puis vous répondre qu'une chose, fit-il d'une voix douce.

— Oui. Laquelle ?

— Si cela vous intéresse à ce point, dit-il alors, faites-vous percer le crâne vous-même...

18

LE DERNIER SOUFFLE DU YOGI

Les énormes corbeaux perchés sur les poutrelles de la gare de Vijayawada contemplaient avec dédain la foule qui s'agitait au-dessous d'eux. Au milieu des voyageurs chargés de colis enveloppés de papier journal et des porteurs en chemise rouge, des petits cireurs de souliers se faufilaient en faisant claquer leurs brosses les unes contre les autres pour attirer la clientèle. Un fou sautait d'un pied sur l'autre en débitant tout un chapelet d'imprécations. Quinze pendules affichaient toutes des heures différentes. Un représentant de commerce à perruque recrachait du bétel contre un mur en toussant bruyamment. Des camelots passaient d'un quai à l'autre, proposant des cadenas et des chaînes de chasse d'eau, des gants de caoutchouc et des rouleaux à pâtisserie. Ce n'était qu'un matin comme tant d'autres dans le Trou Noir ferroviaire.

Je m'étais levé à l'aube pour gagner la gare, et, après une heure d'attente, j'avais pu prendre un billet pour le train direct de huit heures dix à destination de Tirupati. Il n'y avait plus de place en deuxième classe, ce qui signifiait que j'allais devoir endurer les troisièmes.

Une vingtaine de minutes avant l'arrivée du train, je vis une foule se former à l'extrémité du quai. Toujours curieux d'un nouveau spectacle, je me glissai dans l'assistance et réussis à gagner le premier rang. Mais il ne s'agissait pas d'un nouveau spectacle. C'était tout simplement Bhalu dans son numéro habituel.

— Ah ! s'exclama-t-il en me voyant. Je me demandais quand vous alliez vous décider à arriver.

— Je croyais que tu étais parti avec les sœurs siamoises.

L'Arnaqueur me gratifia de son sourire à la Charlie Chaplin et me demanda :

— Comment avez-vous réussi à vous débrouiller sans moi ? J'ai dû drôlement vous manquer...

Hafiz Jan m'avait un jour raconté qu'en apprenant la construction de la première ligne de chemin de fer en Inde, mon ancêtre Jan Fishan Khan avait simplement éclaté de rire. C'était en 1853, et la ligne, longue de trente-quatre kilomètres, allait de Bombay à Thane. Jan Fishan Khan avait exprimé tout son dédain pour cette ridicule invention occidentale et proclamé qu'il n'y aurait jamais de chemins de fer dans son pays, l'Afghanistan.

Sa prédiction s'est confirmée sur ce dernier point – l'Afghanistan n'a toujours pas de réseau ferroviaire – mais les trains sont devenus une partie importante de la vie indienne.

Même pour un être aussi endurci que Bhalu, un voyage en troisième classe dans un train indien était loin d'être paradisiaque. D'autant que l'Arnaqueur avait l'habitude d'opérer ses louches trafics aux dépens de voyageurs relativement aisés, et qu'il allait devoir mettre au point des systèmes entièrement différents s'il voulait tirer quelque profit de tous les impécunieux au visage sombre et émacié qui occupaient les inconfortables banquettes de bois de notre wagon. Sans parler de ceux, encore plus démunis sans doute, qui voyageaient sur le toit.

Mais, comme nous traversions sans ralentir une petite gare, un homme réalisa le remarquable exploit physique de sauter à bord et de pénétrer dans le wagon. Et, sans plus tarder, sous l'œil anxieux de Bhalu, fort mécontent de voir quelqu'un marcher sur ses brisées, il se mit à solliciter les voyageurs. Un à un, ceux-ci secouaient la tête d'un air sombre, et il ne fallut que quelques minutes au démarcheur pour arriver devant nous.

C'était un massif gaillard vêtu d'un chandail grossièrement tricoté et d'un pantalon jaune canari. Ses yeux, presque assortis à son pantalon, avaient la couleur de jaune d'œuf et d'épaisses touffes de poils noirs jaillissaient de son nez. Bhalu allait l'éconduire brutalement, mais, toujours curieux, j'intervins :

— Peux-tu lui demander ce qu'il a à proposer, Bhalu ?

L'Arnaqueur grinça des dents mais posa la question. Clignant de ses yeux jaunes, l'homme tira alors de sa poche une ancienne demi-bouteille de vodka manifestement vide.

— Il dit, me traduisit l'Arnaqueur, qu'il est un disciple du yogi Radhakrishan et qu'il a quelque chose de très spécial à offrir... moyennant un don.

— Et qu'est-ce que c'est ? demandai-je. Qu'a-t-il à vendre dont personne ne veut dans un compartiment de troisième classe ?

Bhalu posa la question, et l'homme y répondit très longuement.

— Que dit-il, Bhalu ? insistai-je. Et que vend-il ?

L'Arnaqueur semblait passablement impressionné, non par la marchandise proposée, mais par l'histoire qui accompagnait la proposition.

— Cet homme, m'expliqua-t-il finalement, a passé quinze ans de sa vie à servir le yogi Radhakrishan, le fameux *sadhu* du Madhya Pradesh. Son maître pratiquait de multiples *tapasyas* – des exercices de pénitence. Ainsi, pendant ses trente dernières années, le yogi n'a consommé que du lait. Il avait quatre-vingt-dix ans quand il est mort, mais il n'avait pas relâché ses efforts. Une autre pénitence, une *ek-bahu*, lui a fait passer vingt ans un bras levé, posé sur une béquille. Dans sa jeunesse, il avait attaché une chaîne de fer autour de ses parties génitales pour éliminer toute tentation de luxure. L'homme que vous voyez là est resté avec lui jusqu'à ses derniers moments.

— Tout cela est très bien, dis-je alors, mais qu'y a-t-il dans la bouteille ? Elle me paraît parfaitement vide.

L'Arnaqueur posa quelques nouvelles questions à l'ex-disciple du « saint homme ».

— Vous avez raison, me dit-il ensuite. Il n'y a rien dans la bouteille. Que de l'air – mais c'est de l'air *spécial*. C'est le dernier souffle du yogi...

*

Je n'avais encore entendu parler qu'une seule fois d'un dernier soupir mis en bouteille. Mais celui-là n'avait pas été mis en vente sur la place publique. Grand admirateur de Thomas Edison, le magnat de l'automobile Henry Ford passait pour avoir acheté tout ce qui pouvait se rapporter au grand inventeur. Et le clou de sa collection était une petite fiole de verre portant l'étiquette : « Dernier souffle d'Edison ».

Si j'en avais eu les moyens, je me serais allégrement défait de cent roupies pour acquérir l'ultime soupir du yogi, mais, comme à l'habitude, la modestie de mon budget me l'interdisait. Bhalu fut horrifié de ma naïveté lorsque je lui fis part de ma tentation, alors que, quant à lui, il aurait parfaitement pu se permettre d'y céder. Il avait des liasses de billets, généralement usés et crasseux, dans toutes ses poches, dans une bourse accrochée à son cou et jusque dans son caleçon. Malgré quelques revers de faible importance, il avait accumulé de l'argent depuis le début de notre voyage. Pour lui, rien n'était plus facile que de plumer les citoyens innocents des provinces. Je me disais que c'était peut-être là, au fond, ce qui l'avait amené à tant insister pour m'accompagner.

Après notre départ de Vijayawada, je n'avais guère eu l'occasion d'admirer le paysage. Mon champ de vision se trouvait, en fait, complètement bloqué par une caisse de mangues trop mûres. Je pouvais néanmoins m'apercevoir que, dans ce wagon de troisième classe, l'armée des cadres commerciaux à attachés-cases VIP et perruques « Administrateur » peuplant habituellement les compartiments de deuxième classe, avait été remplacée par une autre corporation : celle des astrologues.

L'Inde est, en fait, la nation la plus profondément capitaliste du monde entier. Les pays occidentaux peuvent penser qu'ils ont un sens et une tradition du commerce à nuls autres pareils, mais ils se font, à cet égard, de graves illusions. Donnez à un homme d'affaires de Londres ou de Francfort une cuiller à dessert pour tout bagage et lâchez-le brusquement dans l'Andhra Pradesh, et vous pouvez être sûr qu'il mourra de faim en moins d'une semaine. Donnez le même équipement à un Indien, et vous lui livrerez le moyen d'entretenir à vie sa vaste famille.

Deux facteurs viennent en renfort, en Inde, de ce talent inné. Le premier est la population. Dans la péninsule indienne, vous avez, pour n'importe quel produit, un milliard de consommateurs potentiels. L'autre facteur est cette croyance absolue au surnaturel que nous avons déjà maintes fois évoquée. C'est très exactement ce qui peut faire d'une cuiller à dessert un outil de choix pour la fructueuse exploitation de l'économie de marché.

Lorsque notre train s'était arrêté à Ongole, toute une série de petits marchands étaient venus tenter leur chance à son bord, proposant des cacahuètes et des sifflets, des jeux de patience et des pistolets à eau. L'indifférence des voyageurs, qui n'avaient manifestement pas de temps ni d'argent à perdre avec ces enfantillages, n'avait pas tardé à les décourager.

C'était alors que, profitant de l'instant propice, l'armée des astrologues était montée à l'assaut. Chacun de ses soldats avait mis au point sa méthode personnelle d'exploration de l'inconnu. L'un lisait votre destin dans votre ombre. Un autre examinait la façon dont les mouches se posaient sur une tranche de mangue. Un troisième scrutait une mèche de vos cheveux, tandis qu'un quatrième parvenait à établir votre horoscope rien qu'en vous tâtant le pouls.

Mais, avant que j'aie pu choisir le mode de divination me semblant le plus alléchant, un homme coiffé d'un énorme turban blanc, un œil couvert d'un carré noir et une amulette attachée au bras m'avait braqué devant la figure une cuiller à dessert. Il se mit à débiter d'une voix rauque des mots que je ne comprenais pas. Chose curieuse, si je ne reconnaissais ni les traits de l'homme ni sa vêture, il y avait quelque chose de vaguement familier en lui. Je cherchai et trouvai. C'était son odeur. Il sentait la lavande, parfum favori de Feroze. Et, aussi, ses mains ressemblaient à celles du magicien...

Une idée folle me traversa l'esprit. Je me demandai un court instant si le Maître, grimé, ne me suivait pas dans mon voyage. Je chassai presque immédiatement cette pensée stupide. Il était exclu que Feroze, tel que je le connaissais, ait accepté de se déguiser en vagabond et de voyager en troisième classe.

Mais en attendant, l'homme au turban continuait à agiter sa cuiller devant mon visage, menaçant de m'éborgner à tout instant.

— Qu'est-ce qui se passe ? clamai-je. Qu'on retire immédiatement cette cuiller de ma vue !

Mais la cuiller, allant de droite à gauche et de gauche à droite, se mouvait de plus en plus vite devant moi. S'agissait-il d'une tentative grossière d'hypnotisme ? Je demandai à Bhalu ce qui se passait.

— L'homme, m'expliqua l'Arnaqueur, dit qu'il peut vous apprendre votre destin. Regardez bien la cuiller, et il lira dans vos yeux.

— Mais je ne veux pas qu'on lise dans mes yeux ! protestai-je. Propriété privée ! Entrée interdite ! Qu'il me fiche la paix !

Trop tard. Psalmodiant des mantras et approchant du mien son visage hirsute, l'astrologue me fixait dans les yeux. Il s'interrompit pour lécher la cuiller d'un bref coup de langue et commença à parler. Bhalu traduisait au fur et à mesure :

— Vous êtes venu en Inde étudier l'illusionnisme. Après avoir visité le tombeau d'un de vos ancêtres, vous vous êtes rendu à Calcutta pour commencer votre apprentissage avec Hakim Feroze, le maître magicien. Et maintenant vous faites un grand voyage... d'observation.

— C'est impossible ! m'exclamai-je. Comment pourrait-il savoir tout cela rien qu'en me regardant dans les yeux ?

Mais l'Arnaqueur continua à traduire d'un air blasé :

— Maintenant, vous vous rendez à Tirupati, puis au temple de Tirumala. Après cela, vous irez à Bangalore puis à Hyderabad, pour la mystérieuse cure de l'asthme.

De nouveau, l'astrologue lécha brièvement la cuiller. Apparemment, sans une bonne couche de salive, la magie n'opérait pas. Il se remit ensuite à me regarder dans les yeux.

— Très bien, fis-je. Assez sur mon passé et sur mes projets. Qu'on me donne des détails sur mon avenir.

Bhalu se pencha un peu plus vers l'astrologue, lui dit quelques mots et recommença à traduire.

— L'avenir, dit-il, vous apportera beaucoup de bonnes

choses. Mais si vous les connaissez à l'avance, vos actes pourraient changer. Cela vous ferait prendre une autre voie, vous conduisant à un sort différent et moins heureux.

— Mais il ne peut pas me donner un seul détail sur ce qui va m'arriver ? Ce n'est pas du travail, ça ! Après tout, il est censé dire l'avenir...

La cuiller fut léchée une troisième fois.

— Tout ce qu'il dit, m'affirma Bhalu, c'est que votre voyage va connaître une extraordinaire conclusion.

Je donnai au lecteur de pupilles une roupie pour sa peine. Puis je m'efforçai d'analyser méthodiquement ce qu'il m'avait dit, certain qu'il devait y avoir une supercherie quelque part. Depuis qu'un jour, à Bombay, un diseur de bonne aventure aveugle et son complice m'avaient subtilisé mon portefeuille pour apprendre tout ce qu'il y avait à savoir d'essentiel sur ma modeste personne, je me méfiais quelque peu des devins trop bien informés. Mais, même en mobilisant tout mon scepticisme, je persistais à me demander où et comment l'homme à la cuiller avait pu recueillir toutes ses informations. Je ruminai si longuement que l'Arnaqueur finit par s'impatienter, d'autant qu'il louchait ostensiblement sur une fille assise en face de nous.

Comme, au bout d'une heure, je recommençais à énoncer à haute voix toutes les données du problème, il me lança :

— Vous ne pouvez pas arrêter un peu ? Vous faites peur à cette demoiselle.

*

Dix heures après avoir quitté Vijayawada, notre train se décida à atteindre Tirupati. Très souvent, quand un train indien faisait halte, je me demandais si c'était bien à ma gare de destination, les panneaux étant peu visibles ou rédigés en caractères indéchiffrables. Mais, cette fois, je sus immédiatement que j'étais bien arrivé à Tirupati : personne n'avait plus de cheveux.

Nous descendîmes sur le quai, Bhalu et moi, et commençâmes à fendre comme nous le pouvions la foule compacte des pèlerins. Je regardais ceux-ci avec attention. Leurs têtes tondues étaient d'un blanc malsain et ils avaient l'air mornes et las. Ils ressemblaient à des déportés qu'on pousse en troupeau vers un camp de concentration. Mais je savais que cette impression de tristesse et de léthargie était trompeuse. En fait, chacun de ces pèlerins avait réalisé l'ambition de toute une vie : venir prier au temple de Venkateshvara.

Partout en Inde, j'avais toujours eu l'impression que tous savaient ce qui se passait et ce qu'ils faisaient – à ma seule exception. Mais à Tirupati, c'était différent. Nous étions tous des étrangers, incertains et anxieux. Tous, sauf Bhalu, très à l'aise au milieu de la foule et comptant déjà, visiblement, ses bénéfices futurs. Là où tout être normalement constitué considérait avec émotion la piété de toute une foule, il ne voyait, lui, qu'un immense troupeau de clients.

Le lendemain matin, comme nous montions à bord du vieux car brinquebalant qui devait nous conduire à Tirumala et au temple, je demandai à l'Arnaqueur ses impressions.

— Formidable, n'est-ce pas ? me dit-il.

— Certainement, fis-je. Je suis heureux que cela t'ait touché.

— De quoi se faire des masses d'argent...

— Bhalu ! m'exclamai-je. Comment peux-tu penser à l'argent en un moment pareil ? C'est un lieu de pèlerinage ! Regarde un peu ces gens. Ils sont vêtus si simplement, si pauvrement. La plupart d'entre eux sont pieds nus...

L'Arnaqueur ne m'écoutait que distraitement, tout à ses sombres projets.

— Ne vous y trompez pas, me dit-il. Il y a beaucoup d'argent à se faire. Personne n'est aussi généreux qu'un pèlerin entouré d'autres pèlerins...

La route menant de Tirupati à Tirumala n'était qu'une suite de tournants en épingle à cheveux. Et, en fait, les fainéants qui, comme Bhalu et moi, prenaient le car risquaient leur vie. Les pèlerins vraiment pieux n'y auraient jamais pensé une minute. Ils faisaient la route à pied et parfois même à genoux. Ils devaient nous maudire chaque fois qu'un autocar les dépassait en grondant et brinquebalant, troublant la paix et la sérénité du paysage.

Tirumala était une pimpante localité installée dans ce qui devait avoir été à l'origine une vaste clairière, au milieu des bois de santal et de manguiers. L'air y était pur et doux, et l'ordre qui régnait aurait pu être celui d'un cantonnement militaire. Il n'y avait, là, ni tas d'ordures ni chiens errants ni musique pop à l'indienne. On ne sentait nulle part l'odeur âcre des *biris* et personne ne crachait du bétel par terre. Cela ne ressemblait pas du tout à une Inde réelle.

Les voyageurs descendirent du car avec des allures de conscrits arrivant au camp d'instruction. Ils avaient hâte de s'intégrer à la communauté des pèlerins, mais ils ne savaient que faire ni où aller. Ils semblaient étrangement déplacés : ils avaient encore des cheveux...

Au lieu de suivre les nouveaux arrivants vers le lieu de la tonte, Bhalu suggéra que nous opérions d'abord une petite reconnaissance des lieux. Je m'assis au pied d'un arbre tandis qu'il allait explorer une sorte de marché en plein air donnant à l'endroit un certain air de fête. En effet, rien de pratique n'y était vendu. On y proposait des ballons attachés à des bambous, des jouets en peluche, de la barbe à papa rose et jaune, des fleurs en matière plastique et des yoyos. Bhalu errait d'un étal à l'autre. Je le connaissais maintenant assez pour savoir que ce n'était pas pour examiner la marchandise offerte mais pour chercher un endroit où il pourrait éventuellement s'installer.

— Il fait chaud, me dit-il en revenant.

— Exact, répondis-je. Il n'est encore que neuf heures et demie et on cuit déjà. Imagine ce que cela doit être pour tous ces gens au crâne rasé. Leur peau va se mettre à frire...

— Précisément, fit alors l'Arnaqueur. Et des peaux brûlées n'exigent qu'une chose...

Cette fois, je complétai sa phrase :

— Une lotion adoucissante.

Bhalu fit mine d'applaudir.

— Va concocter ta potion, lui dis-je. Je te retrouve tout à l'heure.

Dans la salle réservée aux coiffeurs, à quelque distance du temple principal, plusieurs milliers de pèlerins faisaient queue pour se faire couper les cheveux. On rasait jusqu'à cinquante mille crânes par jour à Tirumala. La plupart des pèlerins avaient, préalablement, laissé pousser leurs cheveux pendant des mois afin de les avoir le plus longs possibles. En effet, plus longs étaient les cheveux et plus grand était le sacrifice. Cela avait, en outre, l'avantage de fournir encore plus de matière première pour la fabrication des perruques. Je me plaçai dans la file d'attente des néophytes dans l'espoir de voir la salle de tonte de l'intérieur avant de m'esquiver discrètement. En près d'une heure, je n'avais gagné que quelques mètres. L'homme qui se trouvait juste derrière moi ne cessait de me faire part de sa passion pour le club de football des Wycombe Wanderers. Il avait tenu pendant dix ans une épicerie en Angleterre – à High Wycombe, précisément – mais son arthrite l'avait conduit peu auparavant à revenir en Inde. Son pèlerinage à Tirumala représentait pour lui le dernier espoir de vaincre sa douloureuse affection. Nous parlâmes football : les passes mémorables, les buts inoubliables, les coups francs, l'état des terrains. Une heure de plus se passa. Pour quelqu'un n'ayant, comme moi, qu'une connaissance superficielle du sport en question, cette heure fut longue.

Pendant ce temps, nous avions à peine avancé. J'estimai que j'avais encore devant moi au moins six heures de football à endurer. Incapable d'encaisser un but de plus, je prétendis avoir oublié mon argent. Le supporter des Wycombe Wanderers me répondit que la tonte complète ne coûtait que deux roupies, et qu'au nom de la solidarité entre adeptes du ballon rond, il était tout disposé à me les avancer. Il me fallut alors mettre en avant toute une série d'excuses aussi peu convaincantes les unes que les autres. Je venais de voir, au bout de la file, un ami que j'avais perdu de vue depuis longtemps... J'étais sur le point d'avoir un saignement de nez... J'étais claustrophobe... Dès que j'eus réussi à prendre congé de mon trop sportif épicier, je me mis à chercher une issue de secours à la salle de tonte.

J'en trouvai une, à laquelle menait une volée de marches. Mais, en haut de ces marches se tenait un *chowkidar* – un gardien – en uniforme. Il me surprit alors que je tentais de m'introduire dans la salle et me prit aussitôt pour un resquilleur tentant d'aller se faire tondre sans faire la queue réglementaire. Je tentai de lui expliquer que je n'étais nullement candidat à la tonte, mais que, me trouvant dans le commerce de la perruque, je n'étais intéressé que par l'aspect technique et commercial des opérations en cours. Il ne voulut rien savoir et me chassa avec encore plus de hargne.

J'étais assis au bas des marches, me demandant comment déjouer la vigilance du gardien, lorsque Bhalu, qui avait ouvert boutique non loin de là, vint voir où j'en étais. Il transportait une marmite pleine d'un liquide malodorant.

— Ne t'approche pas de moi avec cela, lui dis-je.

— Vous en prenez une cuillerée et vous vous frottez avec, et vos coups de soleil disparaîtront, proclama-t-il.

— Mais je n'ai pas de coups de soleil !

— Eh bien, cela guérira toutes vos autres maladies de peau, rétorqua-t-il.

— Qu'est-ce qu'il y a là-dedans ?

L'Arnaqueur détestait livrer ses recettes exactes, de peur qu'un autre aigrefin ne les copie. J'examinai le contenu de la marmite. Il semblait, à défaut d'autre chose, exercer une grande attraction sur les mouches de l'endroit.

— Il doit y avoir quelque chose de sucré là-dedans, dis-je. Les mouches ont l'air d'adorer. Et les mouches à miel aussi...

Au bout d'un long moment, Bhalu consentit à me dévoiler la composition de sa mixture. Les principaux éléments en étaient un kilo de sucre, deux cuillerées à café de sel, un morceau de beurre fondu et un litre de créosote volé on ne savait où.

Bhalu me dit qu'il m'indiquerait le moyen d'entrer dans la salle où opéraient les coiffeurs – ou, plus exactement, les tondeurs – si je m'engageais à y faire de la publicité pour son extraordinaire lotion solaire. J'acceptai le marché, et, sans plus tarder, il me livra son secret. Il attendit simplement qu'un groupe de pèlerins fraîchement tondus sorte de la salle et me dit d'en profiter pour y entrer en marchant à reculons. Ainsi, me dit-il, tout le monde penserait que je sortais. Et cela marcha...

Il y avait, en fait, plusieurs salles en enfilade, aussi peu hospitalières les unes que les autres. Dallées de marbre, éclairées par des tubes fluorescents, dépourvues de la moindre ventilation, avec des mèches noires entassées en meules comme du foin, elles semblaient une sorte de compromis entre des hangars de tonte des moutons dans l'Australie profonde et des bains turcs particulièrement mal tenus. Les « coiffeurs », au nombre d'une cinquantaine, étaient assis sur de petits tabourets de bois, et, tout en bavardant entre eux, opéraient sur les crânes des pèlerins accroupis devant eux.

L'opération était promptement exécutée. On trempait d'abord la tête de la victime dans un seau d'eau, puis, après avoir un peu essoré les cheveux de la main, le tondeur s'y attaquait avec compétence et rapidité, allant d'un seul coup de rasoir du sommet du crâne jusqu'à la nuque. Quatre autres mouvements exécutés d'une main aussi experte et c'était fini : le pèlerin était totalement chauve...

À l'extrémité de l'une des salles, des aide-tondeurs à l'air hagard entassaient dûment les cheveux ainsi coupés. Des mèches particulièrement soyeuses étaient, de temps à autre, mises de côté sur décision d'une sorte de contremaître. Elles étaient, en principe, destinées à prendre une place de choix dans les ventes aux enchères régulièrement organisées. Cependant, bien des chevelures échappaient au commerce régulier et s'égaraient dans les ténébreuses allées d'un marché noir florissant. P.D. Roy m'avait bien précisé que ses agents se rendaient régulièrement à Tirumala pour s'assurer le meilleur de la récolte.

Me rappelant la promesse que j'avais faite à Bhalu, j'entrepris un groupe de pèlerins qui se préparaient à quitter la salle après tonte intégrale. Je leur vantai la miraculeuse lotion de l'Arnaqueur, en leur précisant bien qu'elle n'était disponible qu'en quantité limitée, et qu'il fallait se hâter si l'on voulait profiter de ses bienfaits. Je fus aussitôt assailli de questions diverses. La lotion convenait-elle aux peaux sensibles ? Combien coûtait-elle ? Ne comportait-elle que des ingrédients compatibles avec les règles de l'hygiène comme de la religion ? Protégeait-elle vraiment le cuir chevelu d'un soleil particulièrement violent ? Je répondis à ces interrogations avec toute la présence d'esprit et l'imagination dont j'étais capable, puis allai directement m'adresser aux candidats à la tonte attendant encore leur tour afin de leur tenir le même langage.

Peut-être grisé par ma propre éloquence, je trouvai les

termes les plus vibrants pour exalter les innombrables mérites de la lotion. Je ne tardai pas à la présenter comme une sorte de panacée. Non contente de protéger des radiations solaires excessives, elle prévenait les pellicules, tuait les poux, écartait la vermine et guérissait les maux de tête. Et tout client n'étant pas pleinement satisfait du produit pouvait demander un remboursement intégral. Je me sentais soudain aussi fort, habile et sûr de moi que si j'avais eu au poing un attaché-case VIP et porté une perruque « Administrateur »...

C'est malheureusement à ce moment que Bhalu se précipita vers moi et, me saisissant par la chemise, me dit :

— Il faut que nous fichions le camp d'ici en vitesse !

— Qu'est-ce que tu racontes ? protestai-je. Écoute un peu... Je suis un sacrément bon vendeur !

— Peut-être trop bon, fit alors l'Arnaqueur. Tout le monde demande le remboursement...

— Qu'est-ce qui ne va pas avec ta lotion ? Je croyais qu'elle était de première qualité...

Pour la première fois depuis que je le connaissais, Bhalu me parut vraiment nerveux.

— Ce sont les mouches, me dit-il. Elles adorent la lotion... Elles se précipitent vers les têtes qui en sont enduites et ne veulent plus en décoller !

19

LA BOSSE QUI DISPARAÎT

Quand j'avais entendu dire qu'un refuge pour bétail maltraité organisait une « journée portes ouvertes », j'avais d'abord cru à une mauvaise plaisanterie. Mais Bhalu lui-même avait alors trouvé moyen de réprouver mon mauvais esprit. Car, en Inde, même pour un arnaqueur notoire, les vaches ne sont pas à prendre à la légère.

Le refuge, où nous fûmes accueillis par une vaste banderole nous invitant à manifester notre affection pour les pensionnaires, abritait quelque soixante-dix vaches ayant connu des malheurs. Certaines avaient été heurtées par des véhicules et parfois laissées pour mortes, d'autres avaient été affamées ou malades. Et le refuge n'était pas, pour elles, un simple centre de repos. Toute une suite de traitements complémentaires leur étaient prodigués, allant de l'acupuncture au massage, en passant par la médecine des plantes.

La plupart des pensionnaires appartenaient à la catégorie des zébus, la plus populaire en Inde, avec ses longues cornes et sa bosse caractéristique. Chaque année, deux cents millions de ces bovidés y font un travail équivalent à celui de quinze millions de tracteurs. Mais ces vaches bossues font beaucoup plus que tirer des chars ou des charrues. Elles fournissent le lait qui nourrit les enfants, la bouse qui sert de combustible à bien des adultes, et, enfin, jouent un rôle de premier plan dans les préoccupations religieuses du pays.

Dès mon entrée, une jeune dame à la haute taille et à la mine sévère vint vers moi. Elle s'était habillée avec recherche pour l'occasion et une superbe robe bleu vif moulait ses formes maigres. Je m'efforçai de rentrer dans mon pantalon ma chemise plus que douteuse, et nous échangeâmes quelques plaisantes banalités. Mais, quand elle apprit que je venais d'Angleterre, sa courtoisie initiale tourna à l'hostilité déclarée.

— Assassin ! lança-t-elle d'une voix aiguë.

Quelques membres de la bonne société de Madras – où se déroulait la manifestation bovine – tournèrent la tête pour voir ce qui se passait.

— Qu'est-ce qui vous prend ? demandai-je. Je n'ai assassiné personne de ma vie.

— Et l'encéphalopathie spongiforme bovine ? martela-t-elle. Vous autres, les Britanniques, vous traitez si mal vos vaches qu'elles meurent d'une atroce maladie !

Il me semblait passablement injuste qu'on tente de me mettre sur le dos la responsabilité de la « vache folle ». D'autant que je n'avais plus mangé de bœuf britannique depuis des années, ayant lu, longtemps avant que l'affaire ne fasse les manchettes des journaux, un rapport confidentiel que m'avait glissé un ami bien placé dans la presse.

Mais la femme m'avait maintenant dans son collimateur.

— Maintenant, les dieux vous punissent, maudits Anglais ! clama-t-elle devant les notables et bestiaux assemblés. Vous êtes tous malades d'avoir mangé notre animal sacré. C'est bien fait pour vous !

J'estimai que la sagesse résidait dans le silence et l'abstention. Mais cela ne désarma nullement mon aimable interlocutrice.

— Quand arrêterez-vous d'attaquer la nature ? aboya-t-elle en me plantant un index vengeur dans le plexus solaire. C'est de là que vient le problème, de vos attaques contre la nature...

— Essayez de comprendre ! protestai-je faiblement. Je n'y suis pour rien. Je n'ai jamais pris part...

Mais en vain.

— D'abord, vous maltraitez les vaches, clama la femme. Ensuite, vous faites des expériences sur les lapins pour fabriquer des produits de beauté. Vous êtes l'incarnation du mal ! Pourquoi croyez-vous que nos pauvres vaches indiennes perdent leur bosse ?

Elle se mit à repousser ses bracelets rouges jusque vers ses coudes, comme si elle s'apprêtait à me frapper.

— Perdent leur bosse ? fis-je. Qu'est-ce que vous entendez par là ?

— Les bosses ! Les bosses ! répéta la femme. Elles disparaissent, bien sûr... Encore quelques années, et il n'y aura plus une seule bosse de zébu en Inde !

J'avais déjà entendu parler de ce problème. Il avait commencé lorsque des vaches européennes « profanes » avaient été importées en Inde et croisées avec des vaches locales à bosse. Cette entreprise, qui visait à obtenir une meilleure qualité de lait, marcha mieux que nul ne pouvait l'espérer. Mais ce qui n'était jamais venu à l'esprit des scientifiques, c'est que, dans le processus, la fameuse bosse de zébu pouvait être perdue. Ce qui n'a peut-être l'air de rien mais représente, en fait, une catastrophe d'une ampleur difficile à concevoir.

Pendant trois mille ans, les bestiaux à bosse de zébu ont été utilisés, en Inde, pour tirer des chars et surtout des charrues. Le joug classique, utilisé dans toute la péninsule indienne, consistait en une simple pièce de bois qui se plaçait sur la bosse de l'animal. Sans la bosse, impossible de labourer. Près de quatre-vingt-trois millions de jougs se trouvaient à refaire, avec tout ce que cela supposait pour l'économie du pays.

Je présentai donc mes plus plates excuses à la militante bovinophile. Je lui dis que, jusque-là, j'avais été inconscient des véritables problèmes de ce monde, mais que j'allais m'efforcer de me racheter. J'allais dorénavant consacrer ma vie à la sauvegarde de la bosse de zébu. J'irais vivre dans un ermitage, dans la montagne, pour y élever des vaches à bosse et ne plus boire que leur lait.

Mon attitude facétieuse n'eut pas l'heur de plaire à mon interlocutrice.

— Comment osez-vous plaisanter à propos de lait ? me dit-elle sèchement. Le lait est miraculeux... Il y a eu le Miracle du Lait !

— Le Miracle du Lait ? répétai-je bêtement.

— Ganesh buvait du lait... Je l'ai vu de mes propres yeux !

Le Miracle du Lait... bien sûr ! Tout me revenait maintenant en mémoire. Dans le domaine des phénomènes surnaturels, chaque pays semble avoir sa spécialité. En Angleterre, on a vu des poissons tomber du ciel. Aux États-Unis, la combustion spontanée des personnes est régulièrement observée. En Inde, les dieux boivent du lait. Plus exactement, un jour de 1995, toutes les effigies du dieu-éléphant Ganesh de par le monde ont bu du lait.

Ce jour de délire commença lorsqu'un homme, à Delhi, affirma avoir vu, chez l'un de ses voisins, une statue de Ganesh boire une cuillerée de lait. La nouvelle du miracle se répandit. D'abord dans les rues et ruelles du vieux Delhi, puis dans toute la capitale, puis dans toute l'Inde et enfin dans le monde entier – où la chose ne tarda pas à faire la une des journaux et le sujet d'ouverture des bulletins d'informations télévisés.

À l'aube, les Indiens de tous les pays de la planète se précipitaient pour apporter du lait – de vache, bien sûr – à l'effigie de Ganesh la plus proche. À Londres, on pouvait voir des employés de la City en costume trois pièces, cadres virtuoses de la finance ou de l'informatique, faire queue dans les supermarchés pour acheter leur pinte de lait. Les temples étaient partout envahis. De Calcutta à New York et de Bombay à Manchester, des millions d'Indiens soutenaient qu'ils avaient été eux-mêmes témoins du phénomène. Puis, à la fin du deuxième jour, tout s'arrêta. Le dieu n'avait plus soif.

*

Ignominieusement chassé du refuge bovin pour ma complicité dans les atrocités britanniques et mes plaisanteries déplacées sur le lait de vache, j'étais allé me morfondre dans une librairie d'Anna Salai Road, feuilletant distraitement quelques ouvrages sur les sujets les plus divers, lorsqu'on vint me taper sur l'épaule. C'était Bhalu, souriant de toutes ses dents.

— C'est OK ! m'annonça-t-il, radieux. J'ai tout arrangé.

— Comment as-tu fait pour me trouver ici ? lui demandai-je. Et qu'est-ce que tu as arrangé ?

— Nous devons y aller immédiatement, dit-il.

— Où cela ?

— Voir Sri Gobind... Il vous attend.

J'en restai un instant éberlué. Le *swami* Sri Gobind était le fameux gourou que j'étais venu voir à Madras. Nous avions fait, l'Arnaqueur et moi, une première tentative le jour même, mais la foule de quelque trois mille personnes fanatisées, hors d'elles, qui attendait de le voir m'avait provisoirement découragé.

*

L'avant-cour de l'*ashram* étant encore plus bondé que quelques heures plus tôt. Des milliers de personnes avaient traversé toute l'Inde simplement pour apercevoir un instant un homme qu'elles révéraient comme un dieu. D'autres venaient chercher le salut. D'autres encore, plus nombreuses, munies de béquilles, de cannes blanches, de pansements et de minerves, aspiraient à la guérison.

— Bhalu, dis-je, comme nous approchions de cette foule compacte, regarde un peu ! Nous ne passerons jamais.

Mais, à ce moment, l'Arnaqueur accrocha l'un des acolytes du gourou et lui murmura quelque chose à l'oreille. Mystérieusement, la meute des infirmes et des fanatiques s'écarta, comme une motte de beurre fendue par une lame de couteau chauffée à blanc, et l'agent du gourou nous fit signe de le suivre à l'intérieur.

L'organisation et les activités apparentes d'un grand *ashram* ne sont pas sans évoquer, à certains égards, celles d'un camp militaire. Il y a des sentinelles à toutes les issues, et des sortes de sous-officiers supervisent constamment les repas, les séances de méditation, les séminaires et les ateliers. On se trouve en présence d'un monde clos, régi selon des principes stricts et immuables.

La grande différence, toutefois, avec un cantonnement régimentaire est que nul n'élève jamais la voix ni ne semble se hâter. Tout le monde parle à voix basse, et les disciples évoluent, pieds nus et la mine rêveuse, comme des mangeurs de lotus.

Ce climat me parut à la fois si lointain et si oppressant que mon premier mouvement aurait été de m'enfuir, mais il nous fallait bien suivre l'acolyte qui nous guidait le long de couloirs éclairés d'une douce lumière jaune, nous faisant passer devant des bureaux où opéraient des ordinateurs. Je me demandais comment Bhalu avait réussi à nous faire introduire ainsi au cœur de la place. Mais quand je lui demandai à voix basse quel mensonge il avait bien pu raconter, il se borna à sourire et à me faire signe d'avancer.

Un secrétaire au crâne rasé nous fit traverser une salle de conférence au sol recouvert d'une moquette, avec une table marquetée en son centre, et nous introduisit dans une bibliothèque de modestes dimensions. Des douzaines de volumes merveilleusement reliés, la plupart en cuir turquoise, s'alignaient sur les murs, dont l'un s'ornait également d'un portrait au pastel du gourou, les paumes jointes et le visage tout imprégné d'une infinie douceur. Deux guirlandes de soucis encadraient le portrait. Le secrétaire nous fit asseoir sur un divan recouvert de chintz, puis il quitta la pièce. Je revins à la charge auprès de l'Arnaqueur.

— Qu'est-ce que tu leur as dit, Bhalu ? lui demandai-je de façon pressante.

Il n'eut pas le temps de répondre. La porte fut brusquement ouverte par un gigantesque garde du corps américain qui semblait nous dominer comme une montagne. Deux jeunes femmes se glissèrent alors dans la pièce, arrosant la moquette de pétales de roses. Une autre fille suivit, pinçant les cordes d'une lyre de ses ongles délicatement manucurés. Après les vestales, vint le maître lui-même, arborant la même expression rêveuse que ses disciples. Une cour d'une douzaine de personnes, toutes vêtues, hommes et femmes, de robes roses, le suivait. En quelques secondes, la petite pièce où nous nous trouvions parut bondée.

Le *swami* se dirigea vers Bhalu et vers moi. Il était revêtu d'une vaste robe couleur lavande et un *tikka* blanc marquait son front brunâtre. Ses traits me faisaient vaguement penser à ceux de Bhola Das, l'infatigable bourreau du Bengale.

— Tahir Shah, me dit-il cérémonieusement, c'est un grand honneur que de vous rencontrer enfin.

Fortement intrigué par la chaleur inattendue de cet accueil, je lui répondis que tout l'honneur était pour moi. Après tout, ce n'est pas tous les jours qu'on rencontre un dieu vivant. Le gourou referma alors les doigts de sa main droite, et, d'un mouvement rapide du poignet, matérialisa un objet. Je levai un sourcil. C'était un tour de prestidigitation que Feroze m'avait fait exécuter et répéter sans relâche. Le gourou pressa l'objet dans ma paume. Il était dur et froid. Je regardai. Il s'agissait d'une petite effigie en argent de Ganesh.

Je remerciai chaleureusement Sri Gobind. Écartant mes expressions de gratitude, il claqua des doigts en direction de son entourage. Il ne donnait pas d'instructions directes, mais, pendant un moment, tels des automates, les membres de sa suite exécutèrent les mouvements correspondant à leur rôle. Le garde du corps fit bouger ses muscles, les filles aux pétales reprirent leur arrosage systématique de la moquette, la joueuse de lyre joua de la lyre, les secrétaires se mirent à écrire et les autres hochèrent respectueusement la tête.

Je me dis que c'était cela le pouvoir. Le vrai.

— Vous allez rester quelques jours avec nous, bien sûr, reprit le « saint homme ». Si vous avez besoin de la moindre chose, je vous en prie, n'hésitez pas à la demander. Dites à mon secrétaire où il peut faire prendre vos bagages.

Bhalu n'attendait que cela. L'idée qu'on exécute ses quatre volontés le transportait visiblement d'aise. Dès que le *swami* – toujours précédé par les filles aux pétales de roses qui marchaient à reculons – se fut éloigné, il dressa une interminable liste de requêtes.

De plus en plus sidéré par l'accueil qui nous était fait, je suppliai l'Arnaqueur de passer aux aveux, mais il persista à ne pas me révéler la nature de ses mensonges. Je me résignai à rester dans l'ignorance et décidai de profiter des circonstances pour étudier de plus près encore les méthodes du gourou.

Trois heures plus tard, les membres de l'*ashram* entraient en file indienne dans l'auditorium central en forme de cœur. La plupart étaient pieds nus, et tous étaient revêtus de la robe rose orchidée qui marquait leur appartenance à la communauté. Ils semblaient venir d'un peu tous les milieux indiens, et il y avait aussi des étrangers. J'entendis des murmures en japonais, en français, en espagnol, en arabe et en russe. Mais peu importait, d'ailleurs, leur lieu d'origine. L'allégeance à Sri Gobind abolissait les frontières nationales. Chaque disciple portait, de plus, une mince bande de coton rose autour du poignet gauche, gage d'obéissance absolue.

Je cherchai des yeux Bhalu, mais il était absent. Il était, sans nul doute, en train d'user et d'abuser des bains mixtes de la communauté. L'idée de voir nues des lanceuses de pétales de roses l'enchantait plus que la contemplation d'un dieu vivant en action.

Avant que le *swami* fasse son apparition, les disciples joignirent leurs mains de façon à former une chaîne. Puis, à l'unisson, ils se mirent à psalmodier un court mantra, constamment répété. Au début, les paroles, prononcées lentement, étaient parfaitement distinctes. Mais, à chaque répétition, le rythme s'accélérait et les syllabes devenaient de plus en plus indistinctes. Les paroles étaient accompagnées de frénétiques contorsions, et, l'un après l'autre, les disciples rompaient la chaîne pour aller s'agiter chacun de son côté, faisant pivoter leur torse et leur tête ou, pour certains, se passant les mains sur les cuisses d'un mouvement lascif.

De nouveau, les filles aux pétales de roses annoncèrent l'arrivée du maître et de sa cour. Quand les premiers pétales vinrent effleurer le sol, un silence total s'abattit sur la salle. Le maître était là, parmi ses disciples. Ou plutôt au-dessus d'eux, soudain installé sur un trône doré, au milieu de l'estrade centrale. Ce fut là que je saisis l'essence de ce genre de culte, fondé sur l'insondable – pour ne pas dire l'incompréhensible – et nourri par le merveilleux.

Donnez à vos disciples une symbolique commune – qu'elle se traduise par un mot de passe, par un emblème, une couleur ou un mouvement de la main. Dites-leur d'oublier tous leurs soucis pour s'en remettre entièrement à vous. Ou, plutôt que de le dire vraiment, laissez-le entendre. Prêchez une doctrine que nul ne peut pleinement saisir. Prônez des idées allant à l'encontre de ce que tous ceux qui vous écoutent ont appris jusque-là. Remplissez une salle de quelques centaines de personnes en leur rappelant sans cesse que chacune ne communique avec l'autre que par vous, à travers vous. Sans vous, elles sont aveugles, sourdes et muettes. Et, le plus important, prouvez-leur votre pouvoir occulte par de véritables manifestations. Par des miracles...

Ce soir-là, une demi-douzaine d'hommes d'affaires chinois assistaient à la *darshan*, la cérémonie. Ils avaient été, je l'appris plus tard, amenés d'autorité à l'*ashram* par un politicien local.

Lorsqu'il fut confortablement installé sur son trône doré, le gourou nous invita, les Chinois et moi-même, à le rejoindre sur l'estrade. Notre vêture nous distinguait déjà du reste de l'assistance qui portait la robe rose de la communauté. Je m'installai sur un coussin de satin rose à la gauche du « saint homme », un peu en retrait de son trône.

Dès que nous eûmes pris place, la joueuse de lyre fit résonner quelques accords, et, à ce moment, les disciples se prosternèrent, la tête sur le sol, et se mirent à prier ensemble à haute voix. Je compris alors, avec des sentiments plus que mitigés, ce que devait ressentir un gourou à cette occasion, l'impression de toute-puissance qui devait l'envahir.

Debout, la joueuse de lyre recommença à se faire entendre, accompagnée, cette fois, par un joueur de *sitar*, et le *swami* entama son prêche. Il parlait d'amour, de vérité, d'espoir et de paix en ces termes sirupeux généralement réservés aux cartes de vœux à bon marché. Les Chinois restaient de marbre, contemplant d'un œil glacial les coussins de satin devant eux. Sentant peut-être que la patience de ses invités d'honneur n'était pas illimitée, Sri Gobind passa soudain à la magie.

En trois mouvements du poignet, il fit apparaître, comme si elle surgissait de nulle part, de la *vibhuti*, cette cendre grise qu'il projeta sur les paumes offertes des Chinois ainsi que sur les miennes. Puis, portant la main gauche à son oreille, il en tira un objet ovale et brillant. L'objet avait environ trois centimètres de hauteur et était fait de chocolat au lait. C'était tout simplement un œuf de Pâques. Le gourou-magicien me le remit solennellement en me disant qu'il était le symbole d'une vie et d'une pureté nouvelles. Les disciples applaudirent frénétiquement. Plus cynique, je vérifiai discrètement la date limite de mise en vente. Comme je m'y attendais, elle était dépassée de trois mois. Mon vendeur d'œufs de Pâques du train avait visiblement trouvé un débouché supplémentaire pour sa marchandise.

Puis le *swami* passa au tour suivant. Il demanda que quelqu'un dans l'assistance vienne lui donner une pièce de monnaie. De la plus faible valeur possible, précisa-t-il. Une Bavaroise aux formes voluptueuses bondit vers l'estrade et remit au maître une pièce de dix *paisas*[1]. Il la montra au public, comme un illusionniste de province à une matinée enfantine. Mais ce public-là frémit d'aise et d'excitation. Sur quoi, psalmodiant des mantras et se contorsionnant lentement comme un danseur de disco, Sri Gobind tomba dans une sorte de transe. Un court moment après, la pièce de monnaie avait disparu, puis réapparu. Le gourou la porta à son front, puis la rendit à sa fidèle disciple teutonne. Les Chinois suivaient les opérations de tous leurs yeux. Les disciples retenaient leur souffle. Quant à moi, je concentrais mon attention sur les mains du « saint homme ».

Soudain, l'Allemande se mit à crier que la pièce de monnaie sécrétait de la cendre. C'était un miracle, et elle tenait à ce que nul ne l'ignore.

À Calcutta, Feroze m'avait fait à plusieurs reprises la démonstration de ce tour « de la pièce et de la cendre », en me signalant que c'était l'un des favoris des *sadhus* indiens.

Le secret en est très simple. On doit simplement utiliser des pièces de cinq, de dix ou de vingt *paisas*. Ce sont les seules pièces en aluminium en circulation en Inde. Détournant l'attention des spectateurs en dansant et se contorsionnant, le *sadhu* frotte la pièce sur une éponge dissimulée dans une poche de sa robe. Cette éponge a été trempée dans une solution saturée de chlorure de mercure, et, quand elle entre en contact avec le métal doux qu'est l'aluminium, une réaction chimique se produit. Après quelques instants passés dans la main chaude du spectateur auquel la pièce de monnaie a été restituée, l'aluminium se met à « suer » en produisant de la cendre grise. Le phénomène se poursuit d'ailleurs même si on passe la pièce à l'eau.

La Bavaroise voltigeant de toutes parts en brandissant sa pièce, le gourou, pour ne pas faire de jaloux, fit se matérialiser

1. Une *paisa* représente un centième de roupie.

toute une série de petits œufs de Pâques, qui furent jetés en pâture à l'assistance. Contrairement aux Chinois et à moi-même, qui nous étions hâtés de gober nos œufs, les disciples de Sri Gobind conservaient les leurs comme des objets sacrés.

Après un nouveau discours très prolongé, le gourou demanda un volontaire. Cinquante disciples se dressèrent aussitôt, suppliant d'être choisis. Désignant un petit Indien rondouillard, Sri Gobind lui commanda de tracer une figure de son choix sur une carte blanche.

Le disciple s'exécuta, et la carte fut placée dans une enveloppe, qui fut fermée et scellée avec une bande adhésive, sur laquelle l'auteur du dessin griffonna sa signature. Après quoi l'enveloppe fut remise au gourou, qui entra aussitôt dans une intense méditation. De nouveau, le silence le plus complet régnait dans l'assistance, tandis que les Chinois et moi attendions la suite des événements.

Quand je m'étais exercé sous la direction de Feroze, j'avais pu me rendre compte que, sans l'art scénique, le plus brillant des tours d'illusionnisme ne saurait atteindre son plein effet. Mais, dans cet *ashram*, j'assistais pour la première fois à des tours exécutés devant un vaste public par un formidable comédien.

Sri Gobind manipulait ses spectateurs en authentique professionnel. Il modelait leurs émotions, créait leurs réactions, les envoûtait et les faisait changer d'univers. Je sentais de façon presque palpable leur excitation dans l'attente du miracle. C'était une performance qui aurait certainement passionné Feroze lui-même. En fait, plus j'y réfléchissais, plus je découvrais de similitudes entre les méthodes de Sri Gobind et celles de mon professeur.

Et, après cinq ou six minutes, le gourou dévoila ce que son disciple avait dessiné sur la carte toujours cachée : une Main de Fatima.

Puis, éventrant l'enveloppe, il montra la carte à l'assistance. Elle portait effectivement, grossièrement dessinée, une Main de Fatima.

Des acclamations assourdissantes se mirent alors à retentir dans la salle tout entière. Au fond de celle-ci, une femme, hystérique, commença à s'arracher les cheveux au sens le plus littéral du terme, en jetant au sol de pleines poignées. Un grand Anglo-Saxon, à côté d'elle, s'était prosterné en hurlant que Sri Gobind était « le vrai Dieu ». Mais il prêchait, d'une façon générale, des convertis. Même les hommes d'affaires chinois semblaient maintenant ébranlés.

J'étais le seul lucide. Mais je n'en devais pas moins applaudir moi aussi – applaudir, en fait, la maîtrise avec laquelle le gourou avait exécuté son tour de pur illusionnisme.

D'une main experte et rapide, il avait furtivement frotté l'avant de l'enveloppe contre un pan de sa robe, dont le tissu avait probablement été traité à l'aide d'une essence à briquet ordinaire. Quand cette essence était entrée en contact avec le papier, elle l'avait rendu transparent, permettant au magicien d'apercevoir ce qu'il y avait à l'intérieur de l'enveloppe. Quelques minutes plus tard, l'essence s'étant évaporée, le papier était redevenu opaque.

Quand la séance eut pris fin, je me mis à la recherche de l'Arnaqueur. Celui-ci avait tout simplement opéré une razzia sur le magasin où le personnel de l'*ashram* entreposait les menus objets mis à la disposition des invités. Je le trouvai en train d'emplir une taie d'oreiller de rasoirs jetables Bic, de bonnets de douche, de brosses à dents, de petites savonnettes et de sachets d'eau de toilette.

Je lui demandai s'il n'avait pas honte d'abuser ainsi de l'hospitalité qui nous était offerte. Très occupé à décrocher un rideau de douche dans la salle de bains, il me répondit que c'était plus fort que lui ; il avait le vol dans le sang.

Le lendemain matin, Bhalu avait réussi à remplir d'objets divers huit taies d'oreiller, qu'il avait entassées, tels des sacs de sable, dans son placard. Ce pillage en règle, dont je lui fis de nouveau reproche en pure perte, allait sans aucun doute lui permettre, dès que nous reprendrions un train, des opérations commerciales sans précédent.

Le laissant à ses turpitudes, je me rendis à une nouvelle séance avec Sri Gobind, en profitant pour explorer, chemin faisant, les lieux.

Tout comme l'auditorium, l'*ashram* tout entier avait été construit en forme de cœur. Car, comme se plaisait à le répéter le gourou, tout ce que nous possédons et connaissons a été créé par l'amour – l'amour au sens le plus direct du terme. En conséquence, cinq constructions en forme de cœur constituaient l'essentiel de l'ensemble. Là, dans des pièces également en forme de cœur, les disciples méditaient, lisaient, dormaient et mangeaient, quand ils n'étaient pas occupés à se baigner dans une piscine... en forme de cœur.

Chemin faisant, je remarquai, le long des allées, un certain nombre de petits autels de pierre devant lesquels des fidèles étaient en méditation. Ils avaient un peu moins d'un mètre de hauteur et, au lieu d'abriter une quelconque effigie, ils s'ornaient de beaucoup plus précieux : l'empreinte de la main du gourou.

Tous les « saints hommes » – de même, d'ailleurs, que les « saintes femmes » – sont censés faire preuve d'excentricité. On l'attend d'eux. Et, plus honorés et plus riches ils sont, plus grandes doivent être leurs extravagances. Certains gourous ont acheté dix Rolls d'un coup, d'autres ont bu publiquement leur propre urine, bien d'autres, enfin, ont préconisé les pratiques sexuelles les plus impensables.

Sri Gobind ne faisait pas exception à la règle, et ses disciples se répétaient avec jubilation et orgueil les curieux exploits de leur maître. Il lui arrivait fréquemment, poussé par de soudaines envies, de jaillir nu de son lit, de se précipiter dans les jardins et d'aller se soulager dans les buissons. Il lui était arrivé, en plein milieu d'une harangue, d'arracher tous ses vêtements et d'enduire son ventre flasque de beurre de lait de buffle. Chaque matin, aussi, le « saint homme » se plongeait dans un bain de permanganate de potassium, ce qui donnait à sa peau un coloris brun-pourpre tout à fait particulier. Il se passait sur les cheveux une pommade faite de blancs d'œufs spécialement assaisonnés et s'aspergeait les parties inférieures du corps de sa propre sorte d'eau de Cologne.

Lorsque j'arrivai dans la grande salle en forme de cœur, plusieurs centaines de disciples, leur éternel sourire aux lèvres, s'y trouvaient déjà, ainsi que d'autres personnes, presque aussi nombreuses, venues là dans l'espoir d'une cure miraculeuse aux maux les plus divers. Le spectacle de ces malades et de ces infirmes attendant le prodige me rappelait ce que j'avais vu dans les marais proches de Calcutta, mais là, à Madras, on se trouvait à plusieurs degrés au-dessus. Sri Gobind n'était pas un simple petit magicien de village. C'était l'initiateur et la cheville ouvrière d'une immense opération financière.

Comme tout potentat qui se respecte, il n'avait pas à aller chercher des recrues ; celles-ci venaient à lui d'elles-mêmes, et se prosternaient à ses pieds. Politiciens et érudits, acteurs d'Hollywood et vieux hippies prolongés, commerçants et ouvriers, tous adoraient le maître avec une égale ferveur et déposaient devant lui tous leurs soucis et tous leurs problèmes, qu'ils soient religieux, matrimoniaux, financiers ou, bien souvent, physiques.

Comme à l'habitude, ce furent quelques légers accords de lyre qui annoncèrent l'arrivée du « saint homme » et de sa cour. Venaient d'abord les lanceuses de pétales de roses, suivies de la classique cohorte d'admirateurs, de secrétaires, de factotums, de porteurs, de gardes du corps et de musiciens. Au centre, rafraîchi par une douzaine d'éventails en forme de cœur, avançait le yogi lui-même.

Lorsqu'il monta sur l'estrade, le premier prodige se produisit. Deux rangées de tulipes rouges, plantées dans des bacs de part et d'autre de la scène, s'inclinèrent devant le dieu vivant.

Devant ce miracle, le délire s'empara de l'assistance. Une femme brandissait vers le plafond ses ongles peints de turquoise en hurlant son amour et sa foi. Un contingent de beatniks uruguayens restait bouche bée, tandis qu'un vieil homme originaire du Punjab, incapable de se contenir, se précipitait sur l'estrade, rampait jusqu'au maître et entreprenait de lui lécher les pieds. L'énorme garde du corps américain saisit alors le vieillard par la nuque et le rejeta dans la foule.

Dans son laboratoire, Feroze m'avait fait la démonstration du tour des « fleurs qui s'inclinent ». Une seringue dissimulée projette discrètement sur celles-ci un jet de chloroforme. Comme les humains, les plantes peuvent être anesthésiées et s'incliner presque immédiatement.

Comme il l'avait déjà fait auparavant, Sri Gobind m'invita, d'un signe de la main, à le rejoindre sur l'estrade. Je remarquai alors que ses yeux avaient changé de couleur depuis la veille. Ils étaient passés d'un marron foncé à un pourpre s'harmonisant fort bien avec les robes de soie lavande du gourou. Je jetai un regard rapide à l'assistance. Celle-ci ne semblait nullement s'étonner de la couleur d'yeux étonnante du « saint homme ». Après tout, que pouvait représenter un aussi mince détail après tous les prodiges qu'on avait déjà vus s'accomplir ? J'avais entendu parler d'un autre *sadhu* qui circulait dans les villages indiens avec des verres de contact réfléchissant les images, comme des miroirs. Qui, après l'avoir regardé bien dans les yeux, pouvait douter de ses pouvoirs surnaturels ?

Chaque jeudi, Sri Gobind traitait les malades et les mourants. Ceux qui pouvaient marcher se rassemblaient d'un côté de l'estrade. Les autres étaient transportés sur celle-ci et alignés sur des civières. Ce jour-là, quelque quatre-vingts malades avaient été admis dans l'*ashram*. Aucun d'eux ne verserait le moindre sou, la séance étant considérée comme une opération de relations publiques et non comme une manifestation commerciale. De toute manière, Sri Gobind n'avait vraisemblablement nul besoin d'accepter les modestes rétributions qu'auraient pu lui offrir les malades. Avec les donations de ses disciples et admirateurs, les coffres étaient déjà pleins à craquer.

Avant de commencer à soigner, le gourou exécuta quelques « miracles » destinés à mettre malades et spectateurs en condition.

D'abord, il fit se matérialiser de la *vibhuti* et en arrosa les paumes tendues d'un infirme. Puis il fit jaillir de nulle part un bracelet d'or, qu'il offrit à l'épouse d'un riche homme d'affaires, venue faire traiter une angine de poitrine. Ensuite, quatre gros cierges placés aux quatre coins de l'estrade s'allumèrent spontanément. Sri Gobind proclama que c'était l'ardente chaleur de l'amour qui avait produit ce résultat. J'avais, quant à moi, une autre idée à ce sujet. Feroze m'avait enseigné le tour. Les mèches des cierges ou des bougies sont trempées dans une solution de phosphore blanc et de disulfure de carbone. Dès que le solvant s'est évaporé, les mèches prennent feu.

Le dernier tour se révéla le plus difficile à percer. J'étais sûr qu'il s'agissait d'illusionnisme, mais je n'arrivais pas à voir, sur le moment, comment la chose avait été exécutée. Une boîte métallique rouillée, qui semblait tout à fait légère, fut apportée par le gourou au centre de l'estrade. Elle était remplie de sucreries en forme de cœur, qui furent distribuées aux malades et aux infirmes. Puis Sri Gobind invita des membres de l'assistance à venir prendre la boîte pour l'emporter. Une vingtaine de personnes fébriles se précipitèrent et tentèrent de soulever la boîte. Mais nulle d'entre elles ne parvint à la faire décoller du sol. Sur quoi le gourou, déclarant que seul l'amour véritable conférait la force, alla jusqu'à la boîte et la souleva jusqu'au-dessus de sa tête sans effort apparent.

Pendant les trois heures qui suivirent, Sri Gobind traita un malade après l'autre. Cancer, emphysème, angine de poitrine, hémorragies intestinales, tuberculose, rien ne le rebutait – et tout était soigné sans médicaments ni interventions chirurgicales. Ces choses, insistait le gourou, étaient bonnes pour les charlatans. Lui se bornait à agiter une moitié de noix de coco au-dessus de la tête de chaque patient. Un assistant nouait ensuite une bande en coton rose autour de la cheville gauche de toutes les personnes venant d'être ainsi traitées.

Dans la soirée, alors que les disciples s'ébattaient dans la piscine en forme de cœur, je retournai à l'auditorium et entrepris d'examiner soigneusement l'estrade. Je remarquai tout d'abord une série de petites seringues dissimulées aux endroits où s'étaient trouvées les tulipes. C'étaient vraisemblablement celles qui avaient servi à émettre la vapeur de chloroforme.

Puis, à la gauche de l'estrade, je repérai une trappe. M'assurant que personne ne m'épiait, je l'ouvris et descendis dans une pièce située au-dessous. Il y avait assez de lumière filtrant entre les lames du parquet de l'estrade pour me permettre de distinguer ce que contenait cette salle secrète. Au centre se trouvait une installation électrique dont le sommet était en contact avec une plaque de métal incorporée au plancher de l'estrade. Reliée par des câbles à des prises de courant, elle comprenait notamment deux électroaimants – qui avaient évidemment servi à clouer la boîte de métal au sol quand les disciples avaient tenté de la soulever. Après quoi, on avait coupé le courant, et le gourou avait pu manier la boîte sans effort.

À la différence des petits *sadhus* opérant modestement dans les villages, Sri Gobind avait les moyens de mettre la technique de son côté.

Un peu plus tard, je racontai à Bhalu ce que j'avais découvert. Mais l'Arnaqueur était trop plein de ses propres exploits pour prêter grande attention à mon récit. Tandis que j'enquêtais sur les « miracles » du gourou, il avait réussi à faire sortir son butin de l'*ashram* à bord du camion d'un artisan. Les huit taies d'oreiller bourrées de savonnettes et de brosses à dents se trouvaient maintenant entassées sous des buissons derrière l'enceinte. Bhalu insista pour que nous prenions la fuite aussitôt, alors que nous jouissions encore de la faveur générale.

Après m'être fait tirer l'oreille, je rédigeai une lettre à l'intention du gourou, le remerciant de son hospitalité et de mon initiation à l'amour véritable. Nous remîmes la missive au gardien de la porte principale au moment où, bien avant l'aube, nous nous éclipsâmes hors de l'*ashram*.

Nous arrivâmes donc fort tôt à la gare centrale de Chennai, mais le premier express à destination de Bangalore ne devait pas partir avant 13 heures 30. Nous passâmes les sept heures d'attente à nous relayer pour veiller sur les huit taies d'oreiller de l'Arnaqueur.

À bord du train, je m'installai près d'une portière, tandis que les taies d'oreiller s'empilaient sur les râteliers à bagages, au-dessus de ma tête. Bhalu, pendant ce temps, arpentait les couloirs, fier et avantageux. Il se sentait déjà maître absolu de notre train. Quel petit commerçant, en effet, pourrait rivaliser avec lui ? Les habituels vendeurs de limes à ongles et d'épluche-légumes hantant le réseau ferroviaire n'avaient plus qu'à plier bagage. Qui voudrait acheter un épluche-légumes quand on pouvait investir ses économies dans de la lotion après-rasage Givenchy en sachets miniatures ?

Lorsque, peu avant minuit, l'express numéro 6023 fit son entrée dans la gare de Bangalore, presque tous ses passagers étaient munis d'un enviable assortiment d'objets de toilette et de produits de beauté. Serviettes et gants de toilette, talc et trousses à couture, chausse-pieds et lotion solaire, shampooing et dentifrice, les fruits du pillage de l'Arnaqueur avaient connu un succès sans précédent. Et Bhalu comptait sa fortune nouvelle acquise avec son sourire à la Chaplin...

20

LE MILLIARDAIRE SANS LE SOU

Bhalu, qui n'avait jamais possédé grand-chose auparavant, faisait le douloureux apprentissage des soucis occasionnés par la propriété mobilière. Voyager avec ses taies d'oreiller encore pleines, malgré les ventes déjà réalisées, de biens précieux était un véritable cauchemar. Pour la première fois de sa vie, l'Arnaqueur avait peur des voleurs – peur au point d'en devenir presque paranoïaque. C'est pour cette raison – et aussi parce que nous étions arrivés fort tard – qu'il me convainquit de passer la nuit dans la salle d'attente de la gare de Bangalore.

Il y resta, en fait, toute la journée du lendemain, veillant jalousement sur ses richesses. Il renifla avec dédain lorsque je lui proposai de venir visiter la ville avec moi. Pensais-je vraiment qu'un riche homme d'affaires allait négliger ses responsabilités pour jouer les touristes ?

Bangalore a souvent été décrite comme la Silicon Valley de l'Inde. Dans les bunkers à air conditionné disséminés tout autour de la ville, on approvisionne les ordinateurs du monde entier. Mais, si intéressant que puisse paraître cet aspect des choses, c'était la vieille ville et ses monuments que je désirais voir. En tête de ma liste figurait le Temple du Taureau, à Basavanagudi. On disait que sa statue en granit gris de Nandi, le taureau de Shiva, grandissait régulièrement.

Parti de la gare, je descendis Bhashyam Road en direction du sud. Il faisait une chaleur étouffante, oppressante. Au bout de très peu de temps, la sueur se mit à dégouliner de mon front et je ressentis un début de malaise. Me disant qu'il me fallait quelques pilules adéquates, je m'engageai dans le quartier du Bazar Gandhi à la recherche d'une pharmacie.

J'en trouvai une de belle apparence, entre un magasin de location de vidéocassettes et une boutique de tissu. Une volée de marches conduisait à la porte. Je la montai et entrai. J'eus l'impression de me retrouver dans l'antre d'un pirate venant de prendre à l'abordage un navire-hôpital. Tout le matériel médical possible et imaginable s'y trouvait entassé : civières, fauteuils roulants, potences de goutte-à-goutte, forceps, seringues de toutes les tailles... Je me dis, à cette vue, que le stock de médicaments devait être au moins comparable et me précipitai au comptoir. Avant que j'aie pu ouvrir la bouche, le pharmacien déposa bruyamment devant moi une boîte d'un kilo de cristaux de permanganate de potassium.

— Voilà ! fit-il d'un ton définitif.

— Non, lui dis-je, vous ne comprenez pas. Je voudrais quelques pilules...

— Avoir seulement permanganate de potassium, me répondit-il d'un ton encore plus définitif.

Empestant l'alcool, il fit un grand geste du bras pour me montrer les rayons derrière lui. Tous étaient bondés du haut en bas de boîtes d'un kilo de permanganate de potassium.

— Je vois, fis-je alors, vous êtes spécialisé, en quelque sorte...

Le pharmacien poussa un grognement en oscillant d'avant en arrière sur ses pieds. Sur le comptoir, une bouteille de whisky Mohgul Monarch largement entamée fournissait un début d'explication.

Brusquement, pour des raisons difficiles à expliquer, la perspective d'un bain au permanganate de potassium me parut très tentante. Après tout, le grand Sri Gobind semblait en être un adepte. Pourquoi ne pas suivre son exemple ? Ou celui de mon propre grand-père paternel, Sirdar Ikbal Ali Shah ? Comme le gourou de Madras, mon grand-père était un fanatique du permanganate de potassium. Il s'en servait pour stériliser ses aliments, habitude qu'il avait prise quand il vivait avec les Bédouins dans les années trente. Tout ce qu'il mangeait était d'abord nettoyé au permanganate de potassium, ce qui faisait que, du poulet aux fraises, ce qui se retrouvait dans son assiette avait toujours la même couleur brun-rouge.

Cependant, le pharmacien avait entrepris d'emballer ma boîte de permanganate. Ses mouvements étaient pour le moins incertains.

— Vous êtes ivre ? lui demandai-je poliment.

— Non, *Sahib*, pas ivle.

— Au fait, combien vous dois-je ?

— Combien quoi ?

Je lui désignai la boîte, maintenant à peu près enveloppée.

— Deux cent vingt loupies, me dit le pharmacien en cherchant ses syllabes.

— C'est affreusement cher ! protestai-je. Je ne pourrais pas avoir un rabais ?

Le pharmacien secoua violemment la tête de droite à gauche et de gauche à droite. Trop violemment, sans doute, car il se mit à vomir sur le comptoir.

— Qu'est-ce qui vous prend ? lui demandai-je, passablement écœuré.

— Désolé, *Sahib*. Sens pas tlès bien.

— Pourquoi ne prenez-vous pas un médicament ? lui dis-je perfidement.

De nouveau, le pharmacien secoua la tête. Sans vomir, toutefois.

— Médicaments indiens saloplies, fit-il. Bons à lien. Pelmanganate tlès bon.

— Vous avez une attitude indûment négative, proclamai-je pompeusement. Il se trouve que je suis grand amateur de médicaments indiens. En fait, j'ai du mal à m'en passer. C'est mon problème.

Je sortis de ma poche quelques billets froissés et les brandis devant lui.

— Écoutez, lui dis-je, je n'ai pas beaucoup d'argent. Des revers de fortune, vous savez...

Tout en nettoyant mon paquet de quelques traces de vomissures, le pharmacien éclata soudain de rire.

— Pas comme Krishnan ! s'exclama-t-il.

— Qui est Krishnan ? demandai-je.

Le pharmacien me regarda d'un air incrédule, comme sidéré par mon ignorance.

— Homme plus liche du monde ! dit-il.

— Le plus riche du monde, vraiment ? fis-je. Et où vit-il ?

— Coin de la lue, Bugle Rock Lane.

— Vous êtes sûr ?

— Sûl ! affirma le pharmacien. Tout le monde savoil, pal ici !

Je me dis alors que si j'étais l'homme le plus riche du monde, j'irais m'installer de préférence dans une somptueuse villa au sommet d'une falaise dominant Monte-Carlo ou dans une île paradisiaque des Caraïbes. Sans doute pas dans une ruelle obscure de Bangalore.

Le pharmacien produisit un annuaire téléphonique. Je le feuilletai, arrivai aux « K » et parcourus les colonnes.

— Voilà, me dit le pharmacien. « Krishnan B. »... Bugle Rock Lane... Vous voil ?

— Et vous êtes sûr qu'il a plus d'argent que qui que ce soit au monde ? lui demandai-je, tout en commençant à composer le numéro.

— Bien sûl que non ! répliqua mon interlocuteur en s'octroyant une nouvelle lampée de whisky dont il n'avait nul besoin. Krishnan pas d'algent du tout !

De plus en plus intrigué, j'obtins Mr. Krishnan au téléphone, lui prodiguai les plus basses flatteries et obtins ainsi un rendez-vous.

Une demi-heure plus tard, je me retrouvai à attendre mon milliardaire en un endroit secret qu'il m'avait indiqué dans le centre de la ville. Je m'efforçais de me tenir très droit sur ma chaise et de prendre mon allure la plus correcte, mais mes vêtements sentaient encore le vomi, mes souliers se désintégraient et mes cheveux avaient sérieusement besoin d'être coupés. Je ne me sentais nullement en état de rencontrer l'homme le plus riche du monde. De quoi aurais-je l'air si, à bord de son jet privé, il m'emmenait dans le plus somptueux de ses palais, en plein désert...

Puis Mr. Krishnan arriva. Prenant ses deux mains dans les miennes, je m'inclinai en lui adressant mes salutations les plus empressées. Après tout, mon avenir dépendait peut-être de cette rencontre inespérée.

Krishnan me fit signe de me rasseoir et prit lui-même un

siège. C'était un petit homme, d'un mètre soixante au plus, au visage aimable mais très ridé – sans doute en raison des lourdes responsabilités que lui imposait son immense fortune. Sa mise, néanmoins, était des plus modestes. En fait, elle était presque aussi minable que la mienne. De plus, il était enveloppé dans une couverture beige rapiécée et il avait aux pieds des pantoufles de tapisserie. Je me dis que l'homme était si riche qu'il n'avait plus à se soucier le moins du monde de la façon dont il était habillé. Il n'avait personne à impressionner...

Puis, tout en sirotant un verre de thé sucré, Mr. B. Krishnan me raconta une extraordinaire histoire : comment il était devenu l'homme le plus riche du monde.

Il était né un peu plus de soixante ans auparavant dans une famille de fermiers appauvris habitant un village des alentours de Bangalore. Décidé à acquérir gloire et fortune, il l'avait quitté pour aller faire carrière dans la grande ville.

— Mes ancêtres, poursuivit Krishnan en un anglais lent mais précis, étaient les descendants directs des anciens rois de Vijayanagaram. Notre famille avait descendu la pente, mais certains objets continuaient à être transmis d'une génération à l'autre. Ils semblaient sans la moindre valeur, mais ils n'en avaient pas moins été révérés dans la famille pendant des siècles.

Il s'interrompit pour s'essuyer la bouche d'un revers de main.

— Une pièce spéciale avait été installée à cet effet dans notre ferme, reprit Krishnan. Parmi tous les objets, les statuettes et les icônes, il y avait quatre lingots noirs de forme étrange. Nul ne savait exactement ce qu'ils étaient ni ce qu'ils pouvaient représenter, mais on les considérait comme des choses tout à fait spéciales, que l'on devrait toujours préserver et vénérer.

Les années passant, Krishnan alla s'installer à Bangalore, où il embrassa la carrière juridique. Il prit un petit appartement, se maria, eut quatre enfants et, après trente-deux ans de pratique comme avocat, sa santé le contraignit à prendre sa retraite. Son existence avait jusque-là été très ordinaire, et rien ne le préparait à ce qui allait suivre.

Krishnan n'avait jamais eu de grandes convictions religieuses. Mais, quand ses parents et les autres représentants de sa propre génération eurent disparu, il hérita du contenu de la chambre spéciale – y compris les quatre lingots noirs. Peu préoccupé par ces choses, il se borna à enfermer le tout dans un placard et à n'y plus penser.

— Mais ma femme, me dit-il, me reprochait constamment, elle, d'avoir mis ainsi sous clé les reliques. Elle a toujours été beaucoup plus portée sur la religion que moi. Aussi, pour lui faire plaisir, je décidai que nous allions faire don de tout, et notamment des lingots noirs, au temple de Nanjundeswara, à Nanjangud, au sud-ouest d'ici.

Mais, au temple, Krishnan se heurta à la bureaucratie. Il fallait, pour faire le don, se soumettre à de multiples formalités administratives. Refusant de se soumettre à toutes ces tracasseries, il repartit pour Bangalore avec toute sa famille et les objets dont il avait projeté de faire offrande. En chemin, sa femme se remit à l'accabler de reproches. Elle craignait que le mauvais sort s'abatte sur la famille si les objets ne recevaient pas les hommages qui leur étaient dus. Mais Krishnan avait déjà d'autres idées en tête.

— J'avais remarqué, me raconta-t-il, que les lingots noirs étaient très lourds. Je me dis qu'ils contenaient peut-être de l'or, et que si je réussissais à l'extraire, j'arriverais à me faire un peu d'argent. Mais quand j'en parlai à ma femme, elle fut horrifiée. Elle me pressa de ne pas toucher aux lingots.

Cependant, l'idée de cet or continuait à tracasser Krishnan. Il tenta de n'y plus penser, mais n'y parvint pas. Et, un soir, il envoya sa femme et ses enfants au cinéma et se mit au travail.

— Je commençai par bien examiner les lingots, me dit-il de sa voix douce, en un parfait anglais. Une épaisse couche de crasse et de suie noires les recouvrait. Je pris une vieille brosse à dents, un morceau de savon et entrepris de les nettoyer. C'était une rude besogne. La couche de saleté était si durcie que je ne réussis à en enlever qu'une partie. Ensuite, je regardai les lingots à la lumière. Dans l'un, je pouvais distinguer des reflets rouges, et dans un autre des reflets bleus. C'est alors que je compris qu'il ne s'agissait pas de métal, mais d'une substance minérale qui pouvait peut-être avoir une très grosse valeur.

Pendant des mois, Krishnan garda secrète sa découverte. Il emprunta des livres à la bibliothèque publique de Bangalore pour se plonger dans l'étude des pierres précieuses. Il se disait qu'il ne pouvait mettre personne dans la confidence.

— Je pensais, dit-il, que si j'allais montrer les lingots à un joaillier, je risquais de me faire duper et escroquer. Ces gens sont prompts à tout exploiter à leur bénéfice. Alors, j'ai étudié les sciences adéquates pendant un an ou deux.

L'avocat en retraite apprit ainsi les expériences propres à identifier les pierres précieuses, et finit par les réaliser dans le secret de son cabinet.

Trois des pierres étaient d'énormes rubis roses de la plus belle eau, et la quatrième était un saphir colossal.

Les bijoux devaient provenir tout simplement du trésor des ancêtres de Krishnan – les rois de Vijayanagaram – et avoir été recouverts d'une matière noire pour des raisons de sécurité. Avec le temps, les membres de la famille avaient vraisemblablement oublié ce qu'ils étaient exactement, leur donnant simplement le caractère d'objets sacrés.

Après sa découverte, Krishnan ne cessa plus de trembler pour sa sécurité. Ses constantes angoisses, les longues heures consacrées à l'étude de la gemmologie, jointes au diabète dont il était déjà atteint, finirent par compromettre gravement sa santé. Mais il n'en poursuivit pas moins ses efforts secrets. Il acheta un tour de bijoutier à main, et, un soir, dans son cabinet, il se mit au travail sur les pierres.

Pendant des mois, il maintint le secret. Il poursuivait ses activités habituelles dans la journée et s'occupait des pierres la nuit. Un à un, il fit tailler les trois rubis et le saphir par un professionnel de confiance. Puis, progressivement, au cours des mois et des années qui suivirent, il révéla leur existence.

Krishnan sidéra le monde de la joaillerie en produisant d'abord un énorme rubis de 215 carats. Un deuxième rubis suivit. Il était de 650 carats, et avait été taillé à partir d'une pierre d'origine de 1 125 carats.

Pendant les deux années qui suivirent, Krishnan se tint coi. Puis, de façon tout à fait inattendue, il annonça qu'il était en possession d'un rubis aux dimensions phénoménales. Il pesait, taillé, 2 475 carats.

— Il avait à peu près la taille d'une balle de tennis, me précisa Krishnan en achevant de vider son verre de thé.

Si son héritage avait été constitué de quelques pièces d'or ou même d'une série de plus petites pierres précieuses, l'ancien avocat se serait, en fait, trouvé dans une position beaucoup plus confortable. Car les rubis et les saphirs de la taille d'une balle de tennis valent beaucoup d'argent. Trop d'argent. Tant d'argent que personne, sur cette terre, ne peut se les offrir.

Pour en calculer la valeur, Krishnan – qui m'avoua se mordre les doigts d'avoir, dans sa relative ignorance du marché, fait précipitamment tailler ses pierres à leurs vraies dimensions – avait eu recours à la règle énoncée par le joaillier français Jean-Baptiste Tavernier, selon laquelle la valeur d'une pierre précieuse est directement proportionnelle au carré de son poids. En conséquence, si un carat d'un rubis vaut 2 000 livres sterling, la valeur du plus gros rubis de Krishnan serait de 2 000 livres x 2 475 – soit plus de 12 milliards de livres. Krishnan ajouta que la rareté de la pierre doublant son prix, on devait, en fait, l'estimer à 24 milliards de livres.

Mais le trésor de Krishnan ne se limitait pas aux rubis. Sa collection comprenait également l'un des plus gros saphirs connus. Pesant 1 370 carats, il valait, selon son propriétaire, environ 3 milliards de livres.

— On dit que je suis l'homme le plus riche du monde ! s'exclama-t-il, en comptant les milliards sur ses doigts. Viennent ensuite le sultan de Brunei, Bill Gates et quelques autres. Ces gens ont de l'argent, alors qu'ils viennent acheter mes pierres !

B. Krishnan, le milliardaire vivant dans un appartement de location à cent cinquante roupies par mois, était disposé à faire des prix. Il avait besoin d'argent. De véritable argent. Ses filles allaient se marier sous peu, et il se préoccupait de leurs dots.

— Un mariage, en Inde, revient très cher, ces temps-ci, me dit-il. Cela coûte du bon argent – de l'argent que je n'ai pas.

Un beau matin, la presse eut vent de l'histoire des pierres sans prix de l'avocat de Bangalore. C'est alors que commença son obsession à l'égard du *Livre Guinness des records*. C'est une obsession qui semble, curieusement, habiter de nombreux Indiens. Après des mois de correspondance, Krishnan avait réussi à faire inclure ses pierres précieuses dans cet ouvrage tant révéré. Rien n'aurait pu le rendre plus heureux. En fait, il semblait plus intéressé par ses quelques lignes dans le livre que par la valeur réelle de son trésor.

Krishnan, en réalité, était un homme qui ne savait plus où donner de la tête. Las de la pauvreté, tremblant pour le bien-être et la sécurité de sa famille, il se trouvait dans une situation sans issue pour lui. Il pouvait faire tailler ses pierres en des joyaux plus petits et donc vendables – mais alors, son bien le plus cher, sa mention dans le *Guinness*, serait perdu.

Krishnan l'incroyant commençait à se demander si les pierres précieuses ne représentaient pas une mise à l'épreuve divine. Et sa conversation s'émaillait de multiples allusions à Dieu et au surnaturel. Une vieille histoire s'était mise à le hanter.

— Quand j'étais jeune homme, me raconta-t-il, j'ai été emmené par un ami chez un célèbre astrologue. L'homme me dit que, dans ma vie, toutes les choses ordinaires échoueraient, mais il me demanda alors de choisir une carte. Sur la mienne, il était dit en sanscrit que la puissance solaire était dominante chez moi, et l'astrologue me déclara que cette puissance solaire m'apporterait gloire et fortune, qu'après la cinquantaine, je deviendrais célèbre et extrêmement riche. Or les rubis sont associés à la puissance solaire.

Mais où étaient ces fabuleuses pierres ? Existaient-elles seulement ? Krishnan esquivait toutes les questions par trop précises.

— Elles sont enfermées dans des coffres de banque, mais personne ne sait où à ce moment précis, même moi, m'affirma-t-il.

Puis il se leva et s'en alla en traînant les pieds dans ses pantoufles. Sa femme l'attendait. Il serrait sous son bras sa bible : *Le Livre Guinness des records.*

— Oh, à propos ! me lança-t-il en partant. Connaissez-vous quelqu'un qui achèterait mes pierres ? Si la personne est sérieuse, je l'emmènerai les voir. Nous pourrions ensuite négocier un prix.

21

LE SALUT PAR LE POISSON

Pendant quinze heures d'affilée, l'Arnaqueur s'interrogea – et le plus souvent à haute voix – sur les moyens de soulager Mr. Krishnan du fardeau que constituaient ses pierres précieuses. Il trouvait indécent qu'une telle fortune soit tombée entre les mains d'un homme manquant à ce point de discernement.

Nous nous trouvions à bord d'un autocar se dirigeant vers Hyderabad. Et Bhalu, dont les taies d'oreiller avaient été dûment entreposées sur le toit du véhicule, multipliait les plans les plus divers.

— Je me présenterai comme un acheteur, me disait-il, après m'être habillé en conséquence, vous m'emmènerez voir Krishnan, et je mettrai la main sur les pierres...

— Il n'en est pas question ! clamai-je. D'abord, tu n'as que douze ans. Comment veux-tu qu'il te prenne pour un acheteur ?

Je m'étais laissé aller à lui parler d'Arsène Lupin, le gentleman-cambrioleur, et il se voyait très bien dans ce rôle. Il en rêvait ! Mais Arsène Lupin avait deux ou trois fois son âge. Et, de toute manière, le terme de « gentleman » ne s'imposait guère dans le cas de Bhalu.

Lorsque le car se décida à arriver à Kurnool, sur les bords de la rivière Tungabhadra, il était extrêmement tard. Avec une remarquable autorité, Bhalu claqua deux fois dans ses doigts et un autorickshaw plus que fatigué surgit de nulle part. Chargeant à bord de l'engin les trois taies d'oreiller maintenant fort crasseuses qui lui restaient, mon futur gentleman-cambrioleur échangea avec le conducteur quelques mots en telugu. Bhalu ne cessait décidément de me surprendre. Son don des langues semblait sans égal.

Le rickshaw démarra, mais, au lieu d'aller vers le centre de la ville, il se mit à emprunter, en zigzaguant, une suite de ruelles obscures et infestées de rats avant de faire halte devant ce qui me semblait la construction la plus repoussante qu'il m'ait jamais été donné de voir. Nous déchargeâmes nos taies d'oreiller, et le *rickshawalla* nous fournit ce qui semblait être des indications avant de disparaître dans la nuit.

— Bhalu, murmurai-je, je ne crois pas que le conducteur ait compris ce que tu lui as dit. C'est l'endroit le plus épouvantable où je me sois jamais trouvé. C'est encore pire que l'Hôtel de la Béatitude à Delhi.

— Du calme ! me dit l'Arnaqueur. Il a compris exactement ce que je voulais.

— C'est un hôtel ?

— Eh bien, c'est une sorte d'hôtel, marmonna Bhalu.

Portant nos bagages, taies d'oreiller comprises, nous empruntâmes une sorte de sentier qui faisait le tour du bâtiment. Bien qu'on ne vît strictement personne dans les parages, le petit chemin, qui empestait l'urine, semblait, d'après l'état du sol, avoir été beaucoup fréquenté dans la journée.

Arrivé à l'arrière du prétendu hôtel, Bhalu tâtonna un peu dans l'obscurité, puis ramassa sur le sol une vieille bouteille de Fanta.

— Qu'est-ce que tu fais ? demandai-je avec impatience. Frappons simplement à la porte.

— Avez-vous une pièce de monnaie ?

— Tu veux donner un pourboire ?

— Donnez-moi simplement une pièce, n'importe laquelle...

Je lui donnai une pièce d'une roupie. Bhalu la frotta sur le verre de la bouteille, émettant une sorte de crissement particulier.

À ce moment, une sorte de trappe menant à une cave s'ouvrit de l'intérieur, et un jeune homme nous fit signe d'entrer. Je crus comprendre : la bouteille et la pièce tenaient lieu de sonnette dans cet hôtel très particulier. Mais, quand mes yeux se furent habitués à la demi-obscurité régnant dans la cave, seulement éclairée par des bougies, je me rendis compte que nous n'étions pas dans un hôtel. Et que la bouteille et la pièce ne remplaçaient pas une sonnette, mais servaient à donner un signal de reconnaissance.

La cave était très vaste, avec un plafond bas et des murs en briques tachés d'humidité. Une soixantaine d'hommes y étaient installés. Certains faisaient se mouvoir des capsules de bouteille en guise de pions sur des damiers improvisés. D'autres se bornaient à rester assis en silence.

L'Arnaqueur me guida vers deux anciens sièges de voiture à l'une des extrémités de la cave, et nous nous y installâmes. Déjà à demi asphyxié par les vapeurs et les odeurs envahissant l'endroit, je saisis le bras de mon compagnon, le secouai et lui dis que nous ferions mieux de partir au plus vite et d'aller nous mettre en quête d'un endroit décent où passer la nuit. Mais il n'en tint aucun compte. Il semblait beaucoup se plaire dans sa cave, et, au bout de quelques instants, quelqu'un vint déposer devant nous deux verres emplis d'un liquide vert fluorescent.

Les vapeurs qui s'en dégageaient me firent presque monter les larmes aux yeux et je me mis à redouter une crise d'asthme.

— Que faisons-nous là, Bhalu ? demandai-je. Ce que je veux, c'est un bain chaud et un dîner correct. De plus, ces gens ne devraient pas servir d'alcool. Ils ne savent pas que c'est interdit dans l'Andhra Pradesh [1] ?

Bhalu vida son verre d'un trait. Puis il but le mien.

— C'est de la bonne qualité, fit-il en toussant.

Et il fit signe au serveur d'apporter une autre tournée.

— Alors, fis-je, tu bois de l'alcool dans un État au régime sec ?

— Il faut ce qu'il faut, me dit-il, sans vergogne. Ici, c'est un « parle-doucement »...

1. Peu après notre passage dans l'Andhra Pradesh, le gouvernement de l'État a supprimé la prohibition. *(N.d.A.)*

— Tu veux dire un « *speakeasy* »[1] ?

À travers les films, la Prohibition semble avoir été, aux États-Unis, une merveilleuse époque. Certes, il y avait des gangsters se massacrant les uns les autres en nombre impressionnant, mais tous les autres paraissaient prendre du bon temps. Et dans le *speakeasy* moyen, c'était la belle vie : piano jouant des ragtimes, girls levant la jambe, roulettes avec croupiers fumant de gros cigares, cocktails raffinés, lustres en cristal, demoiselles dansant le charleston avec des messieurs bien gominés...

Je regardai autour de moi dans la cave. Personne ne fumait le moindre havane. Il n'y avait ni piano ni girls ni croupiers ni cocktails. De quoi se sentir frustré.

Un homme âgé et d'allure assez distinguée prit une chaise et vint s'asseoir avec nous. Il se pencha et passa son bras autour des épaules de Bhalu.

— Une simple gorgée de ce breuvage, dit-il, et vous vous sentez une soif inextinguible !

— Mais, fis-je vertueusement, il est illégal de boire de l'alcool dans l'Andhra Pradesh. En conséquence, tous les gens qui sont ici violent la loi.

— Mon ami, répondit le vieil homme en sifflant son verre de tord-boyaux comme s'il s'était agi de jus d'orange, ce breuvage est une médecine... une médecine de l'âme.

— Mais qui détruit le corps, ajoutai-je.

L'homme me lança un regard glacial.

— Ce n'est pas ma faute, fit-il, si l'élixir de l'âme est le poison de la chair.

Comme le serveur nous versait une nouvelle tournée, notre interlocuteur se présenta. Il s'agissait d'un homme d'affaires de religion chrétienne répondant au nom d'A.B. Robert. Je lui demandai quel genre d'affaires il faisait. Il leva son verre plein à la lumière et me dit :

---

1. Littéralement « parle-doucement ». Nom donné aux établissements où, aux États-Unis, à l'époque de la Prohibition, on servait clandestinement de l'alcool. *(N.d.T.)*

— Je suis dans ceci, précisément.

— Vous distillez de l'alcool clandestin ?

— Je le distille, je le fournis, je suis propriétaire de plusieurs endroits où on le vend...

— Mais que dit la police ?

A.B. Robert haussa les épaules.

— La police adore cela, affirma-t-il. Le problème, ce sont les femmes.

— Les femmes policiers ?

— Non, soupira le vieil homme. Comme je vous l'ai dit, les policiers ne posent aucun problème. Ce sont les épouses qui nous font des ennuis. Quand la Prohibition a été décidée, elles ont cru que leurs maris allaient arrêter de boire. Mais les hommes aiment beaucoup ce que nous faisons. C'est plus fort que toutes les boissons habituelles.

— Mais quels ennuis, exactement, vous causent les femmes ?

De nouveau, A.B. soupira.

— Elles cassent toutes nos bouteilles, dit-il. Elles brûlent nos entrepôts et détruisent notre matériel. Elles sont devenues horriblement violentes. Nous, nous disons aux maris de ne pas exagérer – mais ils ne veulent pas nous écouter. Bien sûr, s'ils boivent trop, ils risquent d'en mourir. C'est un alcool puissant...

— Mais il n'y a pas, précisément, demandai-je, des clients qui trouvent votre *chullu* trop puissant ?

— Si, me répondit A.B. Robert, quelques-uns ne le supportent pas. Nous leur donnons autre chose.

— Des boissons non alcoolisées ?

A.B. Robert me regarda comme si je venais de proférer une infâme grossièreté.

— Non ! fit-il, sévère. Pas de boissons non alcoolisées !

— Mais quoi, alors ? demandai-je.

— Des *cocktails* ! Nous donnons des cocktails à ceux qui ne supportent pas notre alcool...

Des cocktails ! Cela évoquait tout un monde d'élégance un peu surannée. Je voyais déjà un rose, une white lady ou un daiquiri avec un zeste de citron...

Sur l'ordre d'A.B. on m'apporta une petite bouteille brune

enveloppée dans un chiffon douteux et contenant un liquide un peu épais sentant vaguement la menthe.

— C'est un petit cocktail maison très doux et rafraîchissant, expliqua le magnat de l'alcool de bois.

J'écartai un peu le chiffon et découvris, sur le flacon, une étiquette blanche et orange portant en grosses lettres le mot *MUKUF* – avec, au-dessous, en plus petits caractères : *Sirop herbal contre la toux. Deux cuillerées à café trois fois par jour.*

*

L'après-midi tirait à sa fin lorsque notre autocar poussif et cacochyme nous déposa à Hyderabad. Huit heures d'intense circulation et d'encombrements avaient rendu l'air ambiant gris anthracite à force de pollution. Mon asthme me taraudait au point que chaque respiration devenait douloureuse. J'aurais bien aimé explorer la ville, du Rock Castle Hotel cher à Thesiger au Fort Golconda, mais j'avais, de toute évidence, plus urgent à faire.

Bhalu héla un autorickshaw et demanda au conducteur de gagner au plus vite la Vieille Ville, où résidaient les frères Gowd, détenteurs du secret de la cure miraculeuse. Curieusement, l'Arnaqueur semblait réellement compatir à mon sort malheureux d'asthmatique. C'était d'autant plus frappant que lui-même paraissait jouir d'une constitution à toute épreuve. Ses poumons étaient en fer forgé, son estomac en acier trempé et sa vitalité aurait écœuré une troupe de singes. C'était, sans aucun doute, le produit d'une enfance passée dans les rues de Calcutta. Tout comme mes maux et ma fragilité résultaient de la vie dans notre monde trop douillet, avec chauffage central, aliments stérilisés et doses régulières d'antibiotiques.

Le rickshaw fit halte près de la porte de Charminar et des quatre minarets qui marquent le centre de la Vieille Ville. Bhalu commanda alors au conducteur de nous conduire à la maison des Gowd.

— C'est pour la cure de l'asthme, expliquai-je.

Le conducteur se mordit la lèvre inférieure.

— Médecine poisson ? fit-il.

— Non, cure de *l'asthme*, répondis-je.

— *Haa*. Médecine poisson soigner asthme.

Gokul ne m'avait jamais parlé de poisson. Peut-être, sachant que je n'aimais pas cela, avait-il volontairement omis ce détail.

Avant que j'aie eu le temps de protester, le rickshaw avait brutalement viré à droite pour s'engager dans un labyrinthe de ruelles où des femmes voilées de noir se pressaient devant une suite d'étals où s'entassaient aussi bien des melons et des fruits que de la verroterie, tandis que des vieillards discutaient entre eux et que des enfants promenaient des cerfs-volants, les pieds dans la fange et les yeux levés vers un modeste coin de ciel. Nous tournâmes enfin dans Dood Bholi, la rue où étaient installés les frères Gowd.

Dès qu'il eut tourné le coin, le *rickshawalla* freina de toutes ses forces en laissant échapper un cri aigu. Bhalu, peu enclin, pourtant, à manifester son émoi, fit de même. Je fus le seul à rester silencieux. Le choc m'avait laissé muet.

Nous découvrions brusquement devant nous un océan humain. Des dizaines de milliers de personnes étaient là, serrées les unes contre les autres comme des grains de blé dans un sac. Chaque centimètre carré de pavé était occupé, envahi. Des bras jaillissaient en tous sens de la foule, tandis que les mieux portants piétinaient allégrement les infirmes pour essayer de gagner, en haletant et ahanant, la porte bleue d'une petite maison aux murs blanchis à la chaux.

Il ne faisait guère de doute que nous étions venus à la bonne adresse, mais j'envoyai Bhalu quérir quelques renseignements complémentaires. En revenant, il m'informa que le traitement miraculeux commencerait le lendemain, avec l'apparition de l'étoile Margashirsa Karthe. Depuis des jours ou peut-être même des semaines, des trains spéciaux, des cars et des avions avaient amené à Hyderabad des gens venus de toutes les régions d'Inde. Plus d'un demi-million de personnes étaient déjà arrivées. Certaines avaient sacrifié les économies de toute une vie pour faire le voyage. D'autres s'étaient présentées avec toute leur famille. En une rarissime manifestation d'unité, on pouvait voir mêlés devant la maison des Gowd des musulmans, des bouddhistes et des hindous de toutes les castes. Dans la ville entière, les hôtels et les pensions de famille étaient pleins à craquer. Les mosquées et les temples, les cafés et les gares étaient également bondés d'asthmatiques pantelants attendant le miracle.

J'expliquai sans trop de mal à l'Arnaqueur qu'un brin de resquille ne serait peut-être pas déplacé en pareil cas. Le procédé peut paraître discutable, mais lorsqu'on est en « voyage d'exploration et d'observation », on se doit parfois d'aller droit au but. En conséquence nous montâmes sur un toit à l'extrémité de la rue, et, progressant sur les mains et les genoux d'une maison à l'autre, parvînmes jusqu'à la retraite des frères Gowd.

Harinath Gowd, le deuxième des cinq frères, se tenait dans la cour de la maison familiale, regardant d'un œil inquiet la porte bleue qui menaçait presque de céder sous la pression du demi-million d'asthmatiques se pressant contre elle. Il nous accueillit cordialement, sans même paraître se demander pourquoi nous étions arrivés chez lui par le toit.

Il était tout absorbé par les préparatifs de dernière minute. Deux cents kilos de pâte magique avaient été composés, mélangés et malaxés conformément à une recette secrète. Des rites d'exorcisme étaient accomplis sans arrêt pour écarter les forces du mal. On humait partout un air lourd d'encens qui aggravait mes difficultés respiratoires. La police avait été requise pour maintenir un semblant d'ordre. Les tables astrologiques avaient été vérifiées et revérifiées.

Harinath nous invita à nous asseoir. Il s'excusa un moment pour aller renforcer d'une planche supplémentaire la porte extérieure de la maison, puis, s'étant installé lui-même sur un *charpoy*, il nous fit l'historique du traitement familial.

— Chaque année, commença-t-il par nous dire en se balançant de droite à gauche sur son siège, de plus en plus de gens viennent. Voyez vous-mêmes comme ce miracle des miracles est populaire ! Tout a commencé avec mon ancêtre.

— Lequel ? demandai-je.

— Mon arrière-arrière-arrière-grand-père, répondit Harinath. Voyez-vous, c'était un homme très généreux. Il était connu dans toute la ville pour ses bonnes actions. Pendant la mousson de 1845, il vit un jour un *sadhu* qui restait assis sous une pluie battante. Le « saint homme » avait froid et avait faim.

Il était abandonné par le monde entier. Par conséquent, mon ancêtre – Veerana Gowd – l'amena ici, dans sa maison. Il le nourrit, le soigna, lui redonna la santé. Des semaines passèrent. Puis, juste avant de partir, le *sadhu* révéla à mon aïeul le miracle du poisson.

— Le miracle du poisson ? répétai-je. Qu'est-ce que le poisson a à voir là-dedans ?

Harinath Gowd s'était interrompu pour donner toute une série d'ordres à son fils.

— Le « saint homme » lui dit, poursuivit-il sans répondre à ma question, que le puits de la cour serait désormais plein d'une eau magique qui devrait être utilisée pour confectionner une pâte spéciale. L'eau, les ingrédients de la pâte et la date astrologique représentent ensemble les composantes du miracle. Le *sadhu* dit ensuite que ma famille devrait assurer une guérison gratuite de l'asthme le premier jour de la mousson. Si l'on faisait payer ce traitement, il n'aurait aucun effet. C'était il y a environ cent cinquante ans, et, fidèle à son serment, ma famille n'a jamais fait payer personne.

Au début, la nouvelle de cette cure miraculeuse fut lente à se répandre. Les premières années, seuls les asthmatiques habitant le quartier se présentèrent à la maison Gowd. Mais, avec le passage du temps, de plus en plus de gens entendirent parler du traitement, vinrent l'essayer et en parlèrent autour d'eux. La rumeur allait de plus en plus vite et de plus en plus loin.

Dans n'importe quel autre pays, si un demi-million de personnes se présentaient chez vous dans l'attente d'un miracle, les autorités interviendraient, enquêteraient et codifieraient au besoin la chose. Mais en Inde, de tels phénomènes font partie de la vie quotidienne et sont pris simplement, dans la foulée.

Le soir précédant la cure, les cinq frères Gowd regardaient un film indien à la télévision et semblaient parfaitement détendus. Cela ne les inquiétait-il pas d'avoir cinq cent mille asthmatiques se pressant contre leur porte ?

— Bien sûr que non ! me dit Shivram Gowd, l'aîné des frères en haussant le son de la télévision pour ne rien entendre de ce qui se passait au-dehors. Tout ira bien. Rappelez-vous que ce n'est pas n'importe quel petit traitement médical. C'est une cure miraculeuse.

Devant le nombre croissant de gens les sollicitant chaque année, les frères Gowd avaient dû prendre du personnel supplémentaire. Plus de cinq cents volontaires étaient là pour les aider et veiller à ce que les opérations se déroulent normalement. Quelques centaines de plus se préparaient à distribuer à la foule l'eau et les biscuits fournis par des organisations charitables locales. Les points où le traitement était administré avaient été multipliés afin de pouvoir s'occuper du maximum de personnes durant la période de vingt-quatre heures prévue et requise.

Conformément aux ordres du *sadhu*, les Gowd ne réalisaient aucun profit en cette affaire, mais il était évident qu'ils ne détestaient pas être, une fois par an, le centre de l'attention générale.

— Nous sommes fiers de pouvoir aider les gens de cette façon, proclama Shivram Gowd.

Mais quand je lui demandai s'il ne préférerait que le traitement miraculeux puisse être administré plus d'un jour par an, il me chuchota en roulant des yeux :

— Non, un jour par an est bien suffisant...

Nous trouvant dans l'impossibilité totale de quitter la maison des Gowd, qui était maintenant complètement assiégée par les asthmatiques, nous nous installâmes pour la nuit sur le toit plat de la demeure.

Comme l'aube se levait sur Hyderabad, tout un rituel s'amorça dans la cour fermée de la maison Gowd. Revêtus de la robe safran traditionnelle, les cinq frères prirent place sur une estrade, entourés de leurs familles, comme l'avaient fait leurs ancêtres avant eux. Ensemble, ils bénirent les grandes bassines où avaient été préparée une mystérieuse pâte ayant la couleur de la cire d'abeille. Le miracle se préparait.

Peu après sept heures du matin, je me hasardai à jeter un coup d'œil dans la rue. En tête de l'interminable file d'attente se trouvait un vieux paysan de l'Orissa, qui me dit s'appeler Krishna Punji. Il tenait à la main un sac de plastique transparent, et dans ce sac se trouvait un poisson vivant de couleur grise.

— Il y a six semaines que je suis ici, précisa Krishna Punji. Je ne savais pas exactement quand le miracle allait avoir lieu, alors je suis venu un peu en avance. Voyez-vous, je souffre beaucoup de l'asthme.

Et, comme pour renforcer ses dires, il émit un ronflement déchirant.

— Et le poisson ? lui demandai-je. C'est pour quoi faire ?

Le vieux paysan se gratta la tête.

— C'est un traitement miraculeux avec un poisson, répondit-il. Alors, j'ai apporté un poisson... C'est une anguille, d'ailleurs.

Je parcourus alors la foule des yeux. Chacun avait un sac en plastique identique. Et dans chaque sac, il y avait un poisson vivant. Plusieurs personnes levèrent le bras pour bien me montrer leur poisson. Mais personne ne me fournit la moindre explication cohérente.

Me repliant dans la cour, j'allai trouver Harinath, qui s'était montré dès le début de très bonne volonté, pour lui demander ce que signifiaient tous ces poissons. Mais, cette fois, il ne put me répondre. Comme son frère Shivram, il était occupé à prier devant l'autel de la famille. Bhalu ne fut pas d'un plus grand secours ; ayant repéré une jolie fille dans la foule, il avait escaladé le mur pour aller la rejoindre. Je restai donc seul avec mes pensées et mes interrogations.

Sur le coup de huit heures, Harinath Gowd annonça que le moment crucial était arrivé. Les membres de la famille revinrent alors se grouper autour des cinq frères. Shivram m'informa que les Gowd commençaient toujours par administrer le traitement à leurs proches, puis à eux-mêmes. En tant qu'hôte, j'allais passer le premier.

Ainsi donc, me dis-je, j'avais réussi à dépasser cinq cent mille personnes ! Si ce n'était pas de la débrouillardise, je me demandais vraiment ce que c'était...

Mais cette impression de bonheur et d'indécente fierté ne persista pas très longtemps.

Je vis Shivram s'emparer d'un sac en polyéthylène et en extraire une petite anguille longue de sept ou huit centimètres. La tenant fermement en main, il écarta les minuscules mâchoires de la repoussante créature et y introduisit de force une noisette de la pâte jaune malodorante pieusement préparée durant la nuit. Toute la famille Gowd, réunie autour de moi, guettait avidement mes réactions enthousiastes. Quelqu'un me dit alors d'ouvrir la bouche et d'avancer la langue. L'anguille et moi échangeâmes un regard plus que perplexe. La bête me demandait visiblement une explication que j'étais bien incapable de lui fournir.

À ce moment, d'un geste expert, Shivram Gowd me plongea jusqu'au fond de la gorge la main qui tenait l'anguille. Avoir la bouche subitement envahie par une grosse main masculine procure déjà une sensation assez déplaisante, mais ce n'est rien à côté de ce que l'on éprouve en sentant une jeune anguille vivante et terrifiée descendre en se tortillant dans son œsophage...

Plié en deux, parcouru tout entier d'horribles spasmes tandis que le petit poisson tentait de remonter vers ma gorge et qu'instinctivement mon organisme s'efforçait de le rejeter, je vis s'ouvrir les portes de la maison Gowd et une marée humaine déferler dans la cour. En tête se trouvait Krishna Punji. Toujours secoué par les spasmes, je le vis remettre son poisson aux frères Gowd et ouvrir bien docilement sa bouche édentée, avant de céder la place à un autre candidat fanatique.

On entendait dans la rue des voix crier d'un peu toutes parts :

— *Machhi ! Machhi !* – Poisson ! Poisson !

La féroce concurrence entre les vendeurs ambulants maintenait les prix à un niveau raisonnable, mais c'était sur la taille des poissons proposés que s'engageait la véritable compétition. Presque tous pensaient, en effet, que plus le poisson était gros, plus le traitement était efficace.

— Les mouvements du poisson à l'intérieur sont très importants, très bénéfiques, m'assura Harinath Gowd, tout en plongeant complètement la main dans la gorge d'une femme.

La patiente se mit à s'étrangler puis à s'étouffer. Son poisson avait près d'une vingtaine de centimètres de longueur. Il semblait beaucoup trop gros pour être avalé tel quel par qui que ce soit. Une violente claque dans le dos de la patiente le délogea. On put voir sa queue émerger entre les dents de la femme alors que, poussé par un obscur instinct de conservation, il tentait d'aller à reculons, pour sortir à tout prix. Mais Harinath Gowd plongea de nouveau les doigts dans la bouche puis dans la gorge de la femme, et le gros poisson s'engouffra dans l'œsophage de celle-ci pour ne plus reparaître.

Je pus me rendre compte de la difficulté physique qu'il y avait à administrer cet horrifique traitement, surtout au milieu d'une foule aussi dense, et de tous les mérites des frères Gowd. Le faire une fois représentait déjà un exploit digne d'éloges. Mais le faire un demi-million de fois en un seul jour était, en soi, un miracle.

Toutes les classes sociales, toutes les professions, toutes les villes et toutes les régions de la péninsule semblaient représentées ce jour-là à la maison des Gowd. Il y avait là des moines bouddhistes, des cultivateurs de thé de l'Assam, des hommes d'affaires de Bangalore, des gens de Goa, des Tamouls, des Pashtuns et des Sikhs, tous asthmatiques et tous réunis dans l'attente du miracle.

La foule se faisait de plus en plus compacte et de plus en plus frénétique, d'autant que des rumeurs alarmantes commençaient à circuler : « Les réserves de poissons s'épuisent... On va manquer de pâte magique... » Une gigantesque bousculade s'ensuivit. Des parents brandissaient leurs bébés au-dessus de leurs têtes pour leur éviter d'être écrasés. Des hurlements s'élevaient. Finalement, les cinq cent mille poissons avalés ce jour-là ne furent pas les seules victimes. Deux vieillards périrent aussi, piétinés par la foule.

Depuis que la rumeur publique a fait connaître, dans toute l'Inde et même au-delà, le traitement miraculeux des frères Gowd, des charlatans de tous genres ont régulièrement cherché à en tirer avantage. La plupart se prétendent parents des Gowd, et, contrairement à ceux-ci, ils exigent des sommes considérables pour prodiguer leurs prétendus soins.

— Il était à prévoir que certains essaient de tirer avantage de la situation, me dit Harinath Gowd avec philosophie. Des compagnies pharmaceutiques multinationales nous ont offert des millions de roupies pour la formule. Mais nous ne craignons ni les escrocs ni les faussaires. Ils peuvent essayer de nous copier tant qu'ils voudront, nous avons une chose qu'ils n'auront jamais : la bénédiction du *sadhu*.

Bien sûr, le traitement magique de la famille Gowd a été longtemps la risée des pontes de la médecine. Guérir l'asthme en faisant avaler un poisson au malade semblait relever de la farce. Mais on s'est avisé depuis peu qu'il y avait peut-être, après tout, un fondement scientifique à la chose. Des chercheurs de l'Institut royal Prince Alfred de médecine respiratoire, installé à Sydney, ont récemment publié une étude montrant que l'absorption de poissons gras *très frais* pouvait peut-être contribuer à soigner l'asthme en raison des propriétés anti-inflammatoires s'attachant à la chair de ces poissons.

Cependant, devant la maison familiale des Gowd, la police locale avait pratiquement renoncé à exercer le moindre contrôle. En revanche, des pickpockets venus de l'Inde tout entière opéraient fructueusement au milieu de la foule.

Le traitement continua à être administré toute la journée et toute la nuit. Puis, vers six heures le lendemain matin, les dernières personnes se dispersèrent. Les pickpockets avaient déjà repris le train pour d'autres secteurs opérationnels. Les mendiants, les vendeurs de ballons rouges et la plupart des asthmatiques avaient pareillement disparu. À sept heures, les marchands de poisson commençaient à solder désespérément ce qui restait de leurs stocks...

22

LE DIEU ELVIS

Je ne ressentais pratiquement plus mon asthme. Mon état s'était amélioré du jour au lendemain. Mais je ne savais pas exactement s'il fallait attribuer le phénomène au traitement traditionnel des frères Gowd ou à l'agréable climat d'Hyderabad. Il me fallait maintenant décider de ce que j'allais faire. Devais-je regagner Calcutta sans plus attendre ? Feroze était certainement revenu de son voyage, et je pouvais prendre le train de Madras de façon à être de retour à la villa d'Alipore dès le lendemain soir. C'était tentant. J'avais tant de choses à raconter au magicien...

Mais je demeurais incertain – et, à vrai dire, soupçonneux. Si je revenais à Calcutta sans avoir traversé toute la péninsule indienne, du golfe de Bengale à la mer d'Oman, le Maître allait sans nul doute se sentir obligé de me faire honte. Il ne m'avait pas explicitement ordonné de parcourir l'Inde entière, mais j'avais le sentiment que c'était à peu près ce qu'il entendait. Ne tenant pas à subir les effets de son mécontentement, je décidai de poursuivre ma route vers l'ouest – jusqu'à Bombay.

Comme il fallait s'y attendre, l'Arnaqueur était enchanté de voir notre voyage se poursuivre. Il s'était créé entre nous une curieuse situation de symbiose. J'avais besoin de lui comme traducteur et aussi comme auditeur fidèle, et j'étais sans doute la seule personne à laquelle il faisait confiance pour l'aider à transporter et à surveiller les taies d'oreiller contenant le reste de son butin.

Comme nous arrivions à la gare de Nampally afin de

prendre le train pour Bombay, je lançai un regard en coin à Bhalu, espérant qu'il allait peut-être daigner me révéler les raisons pour lesquelles il s'était ainsi attaché à ma personne. Il se borna à me sourire en se frottant le nez, avant de détourner les yeux. Je me dis qu'avec un peu de chance, je finirais bien quand même par découvrir ses mobiles secrets.

Peu après quinze heures trente, le Minar Express quitta Hyderabad à destination de Bombay, traversant d'abord des sortes de bidonvilles qui paraissaient sans fin. Des chiffonniers et des chèvres y fouillaient des amas de détritus, tandis que des enfants suivaient des cerfs-volants improvisés à l'aide de sacs en plastique et de vieilles ficelles. Non loin de là, une famille endeuillée transportait un cadavre enveloppé de son linceul.

Puis, soudain, la lumière se fit plus crue, l'air extérieur se refroidit légèrement et un curieux silence parut s'installer. On avait l'impression de ne plus entendre le bruit de la locomotive, mais seulement le crissement des feuilles des arbres. Des nuées d'orage virèrent à l'indigo, puis s'assombrirent encore, le vent se leva et la lumière devint presque bleue. À ce moment, et à ce moment seulement, les premières gouttes de la pluie de mousson se mirent à tomber.

J'avais passé ma tête par la portière, gloussant de joie sous l'averse. Quand je me décidai à la rentrer, un couple étranger était installé à côté de moi dans le compartiment. Avant même que l'homme et la femme se décident à ouvrir la bouche, je sus qu'ils étaient du sud des États-Unis. Tous deux étaient habillés exactement de la même façon : imperméables London Fog, chaussures Reebok et ceintures-bourses étanches. Il n'y avait rien, chez eux, de l'ostentation californienne ni du négligé de rigueur chez les New-Yorkais. Ils étaient indiscutablement du Sud profond.

Ils approchaient l'un et l'autre de la soixantaine et leur physique robuste semblait indiquer un appétit qui ne l'était pas moins. Ce devait être des amateurs de viande rôtie et poisson-chat frit. Durant mon séjour au Tennessee, je m'étais découvert une petite passion pour ce dernier plat, cher au cœur de tout Sudiste qui se respecte.

Tous deux me gratifièrent avec une parfaite simultanéité

d'un large sourire. L'amabilité à l'égard des personnes de rencontre est également l'une des règles sacrées du Sud.

— Je m'appelle Jake Dorfman, me dit l'homme d'un ton chaleureux, et voici ma femme Matilda.

Je me nommai à mon tour. Comme je m'y attendais, Jake et Matilda eurent quelque mal à assimiler la prononciation de mon nom. Ils le répétèrent un certain nombre de fois, comme s'ils apprenaient une langue étrangère à l'aide de cassettes.

— Pas de poisson-chat par ici, finis-je par dire, faute de mieux.

Je me rendis compte rétrospectivement que ce n'était pas une façon géniale d'engager la conversation.

— Dieu merci ! fit Jake en riant et en rajustant sa casquette marron. Nous sommes végétariens. Pouvons pas supporter le poisson-chat. Horrible chose !

— Vous ne mangez pas de viande ? demandai-je, de plus en plus stupidement.

— Non, intervint Matilda. Nous ne trouvons pas bien de tuer des animaux pour se nourrir.

— Oh ! Moi, j'adore la viande ! fis-je alors, comme si j'avais été décidé à aggraver mon cas à tout prix. Je ne m'en lasse pas. Et le poisson-chat, donc ! Bien frit et bien croustillant ! C'est le seul poisson que j'aime. À Memphis, je ne mangeais que cela...

Mari et femme échangèrent un long regard perplexe. Ils semblaient extrêmement surpris de mon manque de tact. Il fallait que j'essaie de me rattraper à toutes forces. Et je priais le Ciel qu'ils ne me demandent pas ce qui m'avait amené dans le sud des États-Unis. Mais le Ciel ne m'exauça pas cette fois-là.

— Et qu'est-ce qui vous a amené dans le Tennessee, Turhur ? me demanda Jake.

— Eh bien... Heu... J'écrivais quelque chose... Un sujet, là-bas...

— Oh ! dit Jake, apparemment très intéressé. Et quoi donc ?

— Eh bien... Des affaires locales...

— Oh, très bien ! Et quelles affaires ?

— Eh bien...

J'aurais souhaité, à ce moment, que le train déraille ou que nous soyons brusquement assaillis par une nuée de sauterelles. Mais le train resta fermement sur ses rails et aucune sauterelle ne se présenta à l'horizon.

— J'écrivais quelque chose, dis-je reprendre, sur un groupe de gens à Pulaski.

— Ah oui ? firent Jake et Matilda en chœur. Et qui donc ?

— Le Ku Klux Klan, finis-je par dire.

Sur quoi Jake commença à tapoter la main de sa femme, qui s'était mise à pleurer dans un kleenex. Je trouvais sa réaction un peu excessive.

— Chéri, gémit-elle, je te l'avais bien dit. Quand les gens pensent au Tennessee, ils pensent toujours au Klan...

— Mais non ! m'empressai-je de lui dire. Il y a bien plus que le Ku Klux Klan, au Tennessee...

Jake déposa un petit baiser sur la joue de sa femme et, se tournant vers moi, me demanda :

— Ah oui ? Et quoi donc ? Qu'est-ce que le Tennessee a d'autre ?

Posée ainsi, à brûle-pourpoint, la question était difficile. Bhalu, qui était venu se réapprovisionner en savonnettes, haussa les épaules. Les autres voyageurs regardaient obstinément leurs pieds.

— Eh bien, déclarai-je finalement, vous avez le poisson-chat !

— Et quoi d'autre ? insista Jake.

Je me remis à réfléchir. À réfléchir très dur. Puis l'inspiration me vint.

— Vous avez Elvis ! m'exclamai-je triomphalement. Enfin, vous l'aviez...

Un large sourire illumina le visage de Jake. Il donna un coup de coude à Matilda et elle se mit à sourire elle aussi.

— Comment le savez-vous ? demandèrent-ils en chœur.

— Quoi donc ? fis-je. Pour Elvis ? Mais tout le monde le sait...

— Non, non ! dit Matilda. Pour Elvis et *nous* ?

— Vous aimez Elvis ? C'est cela ?

Cette fois-ci, je me méfiais. Je n'avais jamais rencontré un aborigène du Tennesses n'aimant pas Elvis, mais je n'en avais pas rencontré non plus, avant ce jour, qui n'aime pas le poisson-chat. Et j'avais déjà eu mon compte de gaffes pour la journée. J'attendis donc la réaction avec un brin d'inquiétude.

— Si nous aimons Elvis ? s'exclama Jake. Mais nous l'adorons !

Se tenant par la main, Jake et Matilda me révélèrent la véritable raison de leur voyage en Inde. L'ami d'un ami leur avait envoyé une coupure de journal que Jake sortit de sa poche-revolver pour me la montrer. C'était un article racontant qu'un nommé V.N. Gajarajan, vivant dans un hameau proche de Bangalore, vénérait une photographie d'Elvis Presley qu'il avait affichée sur l'autel de ses ancêtres. Ce même Gajarajan avait également écrit un petit livre intitulé *Pourquoi ma fille a épousé Michael Jackson.*

Je rendis la coupure de journal à Jake.

— C'est drôle, n'est-ce pas ? dis-je. C'est un peu comme ce temple – le temple de Karnidevi, près de Bikaner – où l'on vénère les rats. Il paraît qu'il y en a des milliers, et que des adorateurs viennent de l'Inde tout entière pour leur apporter à manger. Pour les gaver, en fait, car c'est seulement quand les rats sont rassasiés que leurs adorateurs se sentent autorisés à manger les restes.

— Vénérer des rats ? fit Jake d'un air dégoûté. Ce n'est certainement pas la même chose que d'adorer le père de la musique universelle.

— Vous voulez dire…

Je les regardai, un peu affolé.

— Oui, reprit Jake avec emphase. Je veux parler de Mr. Elvis Presley, et de nul autre…

Ainsi donc, Jake et Matilda Dorfman étaient venus jusqu'en Inde pour prier devant l'autel du dieu Elvis. Et moi, j'avais perdu plusieurs bonnes occasions de me taire.

Mais avaient-ils, eux, apporté une offrande ?

Jake Dorfman regarda sa femme d'un air interrogateur. Elle le regarda à son tour, et il se décida à extraire de sa poche de ceinture une boîte à tabac métallique.

— C'est notre humble contribution, dit-il. C'est bien peu de chose, mais nous pensons que c'est approprié.

Il me tendit la boîte. Je l'ouvris avec les plus grandes précautions. Je ne sais ce que j'avais pensé trouver à l'intérieur, mais ce n'était pas cela.

— C'est de la terre, fis-je remarquer.

— C'est vrai, fit Jake d'un air recueilli. Mais ce n'est pas de la terre ordinaire. C'est de la terre de Graceland, le haut-lieu d'Elvis.

23

DUEL DES MIRACLES

À Gulbarga, Jake et Matilda me serrèrent la main avec des sourires qui se voulaient aimables et descendirent du train. Je leur aurais volontiers demandé pourquoi ils adoptaient cet itinéraire étrange pour se rendre à Bangalore, mais j'avais conscience d'avoir déjà posé assez de questions comme cela.

Le Minar Express pénétra ensuite dans le Maharashtra, l'État dont Bombay est la capitale. Je m'assoupis doucement en rêvant à la gare de Churchgate, à l'hôtel du Château Windsor, à l'Eros Cinema et Gaylord, mon restaurant de prédilection. Je sombrais dans un sommeil plus profond encore lorsqu'on me tira le lobe de l'oreille. Je n'eus pas besoin d'ouvrir les yeux pour savoir qui était là.

— Bhalu, fis-je, va vendre tes saletés de savonnettes où tu voudras, mais fiche-moi la paix !

— Désolé, me dit alors l'Arnaqueur. Arrêt non prévu. Nous descendons à la prochaine : Sholapur…

— Qu'est-ce que tu racontes ? Et Bombay, alors ? C'est encore à dix heures d'ici. Et c'est là que nous allons !

— Dépêchez-vous si vous voulez descendre du train. Il est déjà en train de ralentir…

— Je te retrouverai à Bombay, lui déclarai-je avec force. Je n'ai rien à faire à Sholapur.

Mais l'Arnaqueur avait déjà pris la décision à ma place. Il descendait ses taies d'oreiller crasseuses du porte-bagages et les traînait dans le couloir. Je finis par le suivre en maugréant et me retrouvai sur le quai.

Après avoir frété à grands frais deux taxis pour nous conduire, nous et la totalité de nos bagages, à l'Hôtel Khajuraho, Bhalu disparut, en me laissant le soin de régler les chauffeurs. Ce n'était pas dans sa manière, car il payait habituellement sa part, et il était également curieux qu'il me laisse la responsabilité de son butin. Mais, sans y attacher plus d'importance, je me fis enregistrer à l'hôtel, où je payai un supplément de quatre-vingts pour cent en raison de l'heure tardive.

Le lendemain matin, un formidable coup de poing vint ébranler la porte de ma chambre. L'esprit frappeur – un garçon d'étage trop zélé – m'annonça qu'un visiteur m'attendait à la réception. Je me demandai de qui il pouvait bien s'agir. Ce n'était, à coup sûr, pas Bhalu, qui n'avait toujours pas reparu ; il serait entré par la fenêtre.

Je descendis et, avant même que j'aie pu m'enquérir de mon visiteur, un homme s'avança vers moi et me prit les deux mains. Âgé d'une quarantaine d'années, il était moyen de taille, moyen de corpulence, moyen en tout, si ce n'est qu'il arborait une superbe barbe en pointe à la Van Dyck.

— Bonjour, bonjour, bonjour, me dit-il en me secouant les mains en cadence. Je suis venu voir Mr. Shah.

— Je suis Mr. Shah.

La barbe à la Van Dyck parut frémir de plaisir.

— Pouvons-nous aller nous asseoir ? me demanda alors l'homme.

Il parlait comme si, conformément à l'enseignement de Démosthène, il avait eu des cailloux dans la bouche.

— Excusez-moi d'être aussi direct, lui dis-je, mais est-ce que je vous connais ?

— Je suis Goadbaba, me répondit-il.

C'était un nom que même ma faible connaissance du marathe me permettait de traduire.

— Cela veut dire Mr. Doux, n'est-ce pas ?

— Exactement.

Il m'entraîna sur la terrasse de l'hôtel, où tout un contingent de jardiniers et d'aide-jardiniers arrosaient les plantes et briquaient les dalles. Nous nous installâmes, Goadbaba et moi, sous un vaste parasol, afin de nous abriter du brillant soleil matinal.

Un serveur surgit avec un plateau à thé. Il posa sur notre table la théière, les cuillers, deux tasses, des tranches de citron et un pot à lait. Comme il allait faire de même avec le sucrier, l'homme à la barbe à la Van Dyck lui fit un geste négatif.

— Vous permettez ? lui dis-je assez sèchement. J'aimerais bien un peu de sucre.

Goadbaba se croisa benoîtement les mains, et j'eus, à ce moment, l'intuition que j'allais apprendre l'objet de sa visite.

— Combien de cuillerées prenez-vous ? me demanda-t-il.

— Deux, fis-je. J'aime bien avoir deux cuillerées de sucre dans mon thé.

Sur quoi, sans la moindre hésitation, mon visiteur plongea le pouce et l'index de sa main gauche dans mon thé. En Orient, il est important d'observer à la lettre certaines règles de courtoisie, et on est ainsi amené à tolérer d'un invité – même s'il s'est imposé lui-même – beaucoup plus qu'on ne le ferait en Occident. Mais en Orient, il y a aussi une règle qu'il ne faut pas oublier : c'est qu'on se sert toujours de sa main gauche pour s'essuyer le derrière...

Lorsque Goadbaba eut retiré ses doigts de ma tasse de thé, je me tordis le cou pour examiner ses ongles. Un véritable croissant de crasse noire était incrusté sous chacun d'eux.

— Allez-y ! me dit-il à ce moment précis. Essayez. Goûtez votre thé.

Je marmonnai une série de vagues excuses. Goadbaba saisit alors ma tasse et me la porta lui-même aux lèvres comme un calice. Je me résignai à avaler une demi-gorgée du liquide.

— Du Darjeeling, dis-je. J'aime beaucoup le Darjeeling.

— Mais pour ce qui est du sucre ? me demanda mon visiteur.

— Vous avez raison, fis-je. Ce thé est parfaitement sucré. Peut-être l'avait-on fait d'avance, par erreur...

— Non, *Sahib*, déclara Goadbaba avec force. Ce n'est pas une erreur. C'est mon *talent*.

— Et quel est ce talent ? demandai-je.

L'homme s'essuya les doigts sur sa barbe.

— Je rends les choses sucrées, me dit-il.

Je me dis que mes pires craintes s'étaient réalisées. Le bruit s'était répandu que Tahir Shah – le pire gogo du monde entier – était arrivé à Sholapur, et je n'allais pas tarder à voir tous les charlatans de la région défiler à ma porte.

Sur quoi Goadbaba se mit à toucher tout ce qu'il y avait sur la table et me demanda de vérifier les effets de son don particulier.

— Goûtez cette cuiller, me dit-il. Ou bien goûtez la tasse, ou la table elle-même.

Je donnai de prudents coups de langue sur quelques objets pris au hasard. Il était vrai qu'ils étaient tous anormalement sucrés.

— Mais comment avez-vous acquis ce talent ? demandai-je alors à « Mr. Doux ».

Joignant ses doigts apparemment magiques, Goadbaba m'expliqua :

— J'étais employé dans un bureau ici, à Sholapur. L'an dernier, après un bon repas, j'ai touché une chose, puis, par hasard, je l'ai goûtée. À ma grande surprise, elle était sucrée alors qu'elle n'aurait pas dû l'être. Et, soudain, je me suis rendu compte que tout ce que je touchais devenait sucré.

— Et quel genre de choses avez-vous touchées ?

— Toutes sortes de choses, fit-il d'un air innocent. Un bol de riz, une miche de pain, une cigarette, un soulier de ma compagne, un portefeuille, une voiture...

— Et alors ? demandai-je

— Et alors, tout est devenu sucré... très sucré.

Au cours de la conversation, il avait relevé ses manches pour bien me montrer qu'il n'avait pas de morceaux de sucre dissimulés là. De fait, j'avais soupçonné quelque simple tour de passe-passe.

— Merci de cette démonstration, finis-je par lui dire. Mais moi, que puis-je faire pour vous ?

— J'espérais que vous pourriez m'emmener à Londres, fit-il, d'une voix que l'espoir faisait vibrer.

— Et pourquoi cela ?

— Je veux démontrer mon talent aux gens du *Livre Guinness des records*, déclara Goadbaba, épanoui. Je pense qu'ils m'apprécieront beaucoup...

Ah, non ! Pas encore ! Que devais-je faire pour échapper à cette obsession indienne du *Livre Guinness des records* ?

Il faut savoir qu'un bon cinquième du courrier adressé à l'équipe du *Guinness* provient d'Inde. Il en arrive tous les jours. La légende veut qu'un habitant de Delhi ait expédié aux malheureux responsables du *Livre des records* un fax de cent mètres de long. L'intérêt porté à l'ouvrage dans la péninsule indienne est si grand qu'il est publié en quatre langues locales.

Des douzaines d'Indiens détiennent déjà des records mondiaux reconnus. Surendra Apharya, par exemple, est titulaire du record d'inscription sur un grain de riz. Utilisant une loupe, il a réussi à y faire figurer 1 749 caractères. D'autres ont réalisé des records de reptation (1 392 kilomètres), de marche avec une bouteille de lait en équilibre (106 kilomètres), de maintien de la position debout (17 ans)...

De nombreux escrocs parcourent les petites localités indiennes en se faisant passer pour des représentants du *Livre Guinness des records*. Pour une forte somme, ils soumettent les candidats à un prétendu examen, et promettent l'inclusion dans l'ouvrage sacré.

J'assurai à Goadbaba que je ne manquerais pas d'informer l'équipe du *Guinness* de son exceptionnel talent. Émus, il me serra longuement la main. Quand il fut parti, je me léchai la paume. Elle était très sucrée.

Peu après ma rencontre avec Goadbaba, j'eus une conversation édifiante avec un journaliste indien. Quand je lui parlai du talent de mon visiteur barbu, il me cita une demi-douzaine d'autres personnes, en Inde, affirmant posséder ce même don. La plupart de ces hommes, selon lui, n'étaient que des illusionnistes utilisant le même procédé. Ils se lavaient les mains dans une forte solution de saccharine – substance qui, à poids égal, est trois cents fois plus sucrée que le sucre lui-même – et le tour était joué...

*

Bhalu n'avait toujours pas reparu. Il lui arrivait souvent de s'en aller un jour ou deux. Mais, cette fois, cela faisait six jours qu'il avait disparu. Je devenais de plus en plus furieux, d'autant que c'était lui qui m'avait pratiquement contraint à m'arrêter à Sholapur.

Le septième jour, je me levai à l'aube pour prendre le car à destination de Bombay. Comme j'émergeais de la douche, un bruit me fit me retourner. C'était Bhalu qui entrait dans ma chambre par la fenêtre.

— Venez et suivez-moi, me dit-il en repassant immédiatement à l'extérieur.

— Bhalu, où étais-tu passé ? lui demandai-je.

— Je vous le dirai plus tard. Pour le moment, suivez-moi !

Avec la plus grande réticence, j'entrepris de le suivre. Ma chambre, qui se trouvait au troisième étage de l'hôtel, jouissait d'une très belle vue sur toute la partie sud de Sholapur. Mais, tandis que je cherchais désespérément des prises pour descendre le long du tuyau d'évacuation de la gouttière, j'avoue que la qualité de la vue était la dernière de mes préoccupations.

Arrivé à terre, je laissai libre cours à mon mécontentement.

— Que diable as-tu encore inventé ? dis-je à Bhalu. Tu disparais pendant une semaine, et, quand tu daignes revenir, la première chose que tu fais, c'est d'essayer de me tuer en me faisant tomber du troisième étage. Pourquoi ne pas prendre l'escalier comme des civilisés ?

— Arrêtez de rouspéter, fit-il en allumant une *biri*. Il y a quelque chose que vous devez voir.

Tandis que Bhalu m'entraînait à toute allure dans les rues de la ville, je me demandais quelle louche combinaison il avait en tête ce jour-là. La semaine que j'avais passée sans lui m'avait un peu reposé de mon rôle habituel de complice d'aigrefin. Chaque jour, en effet, l'Arnaqueur me poussait à aller un peu plus loin dans la voie, sinon du crime, du moins de l'illégalité flagrante. Il me soutenait que j'apprenais ainsi des choses qui pourraient m'être bien utiles dans l'avenir. Je ne voyais pas, quant à moi, à quoi me servirait de savoir fabriquer des produits de beauté avec du détergent, des vieilles feuilles de thé et de la graisse à moteur, des aphrodisiaques avec des pelures de mangue séchées, des suppositoires avec des savonnettes miniatures Lux, de l'eau du Gange avec ce qui coulait dans le caniveau. C'étaient là des talents de société dont je me serais personnellement passé.

Mais l'enfance de Bhalu en avait fait, il fallait le reconnaître, un virtuose de l'arnaque. Il ignorait peut-être les dates clés de l'histoire indienne ou l'art de peler une pomme avec un couteau et une fourchette, mais c'étaient des connaissances dont il n'avait que faire. Ses qualifications étaient ailleurs. Il avait une langue de représentant de commerce, des doigts de faussaire, un sang-froid de joueur professionnel, un sourire de présentateur de télévision et le sens mathématique d'un prix Nobel. Il parlait un anglais sans fautes, un italien et un allemand passables et pouvait communiquer dans une bonne douzaine de dialectes indiens. Et il possédait une chose plus rare et indéfinissable : un charme naturel.

Vingt minutes environ après avoir quitté l'Hôtel Khajuraho par les voies les moins orthodoxes, nous nous retrouvions sur une pelouse, à l'extrémité d'un terrain de hockey, dans la proche banlieue de Sholapur.

J'allais protester de nouveau lorsqu'un bruit propre à glacer le sang s'éleva de derrière une rangée d'épais buissons bordant, à l'autre extrémité, le terrain de hockey. On eût dit les hurlements de plusieurs monstres s'affrontant en un combat incertain, et ils étaient entrecoupés de sortes de gémissements et de glapissements suraigus.

Commandant à Bhalu d'aller chercher du secours si la chose tournait mal, je gagnai la rangée de buissons et me penchai pour regarder, prêt à tout… sauf à ce qui m'attendait en réalité.

Dix personnes, hommes et femmes, en tenue de sport, s'entraînaient. Mais, au lieu de s'adonner aux exercices physiques habituels en pareil cas, elles riaient. Elles riaient d'un rire énorme, débridé, presque agressif.

— Excusez-moi, dis-je, mais que faites-vous ?

En m'entendant, celui qui paraissait le responsable du groupe s'interrompit dans sa crise d'hilarité, et, remontant ses socquettes blanches, proclama d'un ton assez pompeux :

— Nous sommes membres du Club du Rire de Sholapur.

— Membres de quoi ?

— Du Club du Rire… Nous nous réunissons ici tous les matins pour rire ensemble.

— Pardonnez mon ignorance, fis-je, mais *pourquoi* riez-vous ?

L'homme me lança un regard sévère.

— Pour la valeur de l'exercice, bien sûr ! répondit-il. Le rire est la meilleure méthode pour garder le cœur et les poumons en bon état. Une séance intensive de rire matinal équivaut à un jogging de cinq kilomètres.

— Vraiment ?

— Oui, vraiment ! firent en chœur parfait les membres du groupe.

— Et qui raconte les blagues ? demandai-je imprudemment.

— Nous n'utilisons pas de « blagues », comme vous dites, intervint une femme à la mine revêche. C'est interdit.

— Interdit ? répétai-je. Cela me paraît un peu excessif – surtout pour une séance de rire collectif...

Cette fois, le responsable du groupe parut vraiment s'impatienter. Il avait hâte de reprendre la séance, et il était visiblement las de mes interruptions et de mes questions absurdes. Il n'en répondit pas moins :

— Tôt ou tard, une plaisanterie offenserait quelqu'un. Aussi avons-nous banni une fois pour toutes ce genre de choses... Et maintenant, tous ensemble !

Il claqua deux fois dans ses mains, et un gigantesque rire collectif lui répondit.

*

À huit heures, le premier spectateur se présenta.

— Ce sera bien ici ? demanda-t-il à Bhalu.

Celui-ci hocha la tête en désignant le centre du terrain de hockey. L'homme lui remit deux roupies et alla s'asseoir sur la pelouse. Je me mis à interroger fébrilement l'Arnaqueur :

— Qu'est-ce qui va se passer ici ? Et pourquoi ce type t'a-t-il donné deux roupies ?

Bhalu me fit signe de me taire.

À neuf heures, le soleil était déjà haut. Cinq cents personnes s'étaient présentées en vue de la mystérieuse séance. Chacune, en arrivant, avait laissé deux roupies dans le pot de peinture vide que tenait l'Arnaqueur.

Une heure plus tard, ils étaient un bon millier sur le terrain, et d'autres ne cessaient d'arriver. Tous mettaient docilement deux roupies dans la boîte. Je n'avais jamais vu des Indiens payer aussi volontiers.

— Bhalu, demandai-je d'un ton pressant, qu'est-ce que tu mijotes ? Tu risques de te mettre dans les ennuis jusqu'au cou...

L'Arnaqueur continua à m'ignorer. Il était trop occupé à récolter les droits d'entrée.

À dix heures et demie, un personnage officiel revêtu d'un uniforme en piteux état vint trouver Bhalu. Une sacoche qui semblait assez lourde changea de mains. Sur quoi l'homme tourna les talons et s'éloigna.

J'étais de plus en plus inquiet. J'avais toujours vu mon compagnon de voyage échafauder les plus louches combinaisons, mais, cette fois, j'avais l'impression qu'il allait trop loin. J'essayai de nouveau de le mettre en garde, mais, de nouveau, il m'ignora.

Puis, sur le coup de midi, un homme et une femme se présentèrent sur le terrain. Tous deux étaient lourdement chargés d'accessoires divers. Ils parurent s'ignorer, mais leur arrivée fut saluée par des applaudissements retentissants.

— Tu vas me dire ce qui se passe, à la fin ? lançai-je à Bhalu, qui semblait soulagé de voir le couple arriver.

— Préparez-vous à assister à un spectacle fantastique, me dit-il. J'ai entendu dire que deux gourous se disputaient le « contrôle » d'un groupe de villages du côté de Tirth – un peu à l'ouest d'ici. Les deux prétendent posséder des pouvoirs surnaturels. Je suis allé les voir de votre part.

— Pourquoi ne m'as-tu pas emmené ?

— Parce qu'ils n'auraient jamais accepté si un étranger avait été présent.

— Accepté quoi ?

— Accepté un duel.

— Ils vont essayer de se tuer ?

— Bien sûr que non ! fit l'Arnaqueur. Ils vont se livrer à un duel de miracles.

— Mais comment as-tu fait pour les traîner jusqu'ici ? demandai-je.

Il leva le nez d'un air avantageux.

— Ils m'ont pris comme arbitre, déclara-t-il. Et, en tant qu'arbitre, j'ai décidé que le duel devait se dérouler en terrain neutre.

— Et ton pot de peinture plein d'argent ?

— J'ai bien droit à une honnête rétribution pour mes services, non ?

La foule commençait à s'agiter. Bhalu s'était arrangé pour assurer une large publicité au duel qui allait se dérouler. Il avait embauché toute une armée de gamins des rues pour répandre la nouvelle dans les villages entourant Sholapur. Et il avait bien souligné que l'un des deux *sadhus* allait subir, à l'issue du combat, une terrible humiliation publique. Or, la seule chose qu'un villageois indien apprécie encore plus qu'un miracle, c'est l'humiliation d'autrui.

L'Arnaqueur avait déjà gagné un argent considérable avec les droits d'entrée, mais il ne fallait pas s'attendre à ce qu'un aigrefin de Calcutta s'en tienne là.

Pour Bhalu, la foule rassemblée ce jour-là ne représentait pas seulement des spectateurs, mais aussi une masse de clients potentiels. Il avait demandé aux gourous de ne pas commencer avant qu'il en ait donné le signal, et, en attendant, il avait envoyé ses gamins des rues parcourir l'assistance en vendant le contenu de ses fameuses taies d'oreiller. Savonnettes, serviettes de toilette et sachets de parfum continuaient ainsi à être bradés à vil prix.

Mais ensuite, s'avisant qu'il devait bien rester encore un peu d'argent dans la foule, l'Arnaqueur passa du rôle de commerçant à celui de bookmaker. Il entreprit de prendre des paris sur les *sadhus* qui devaient s'affronter. Cette faculté de discerner en une fraction de seconde tous les marchés disponibles est celle qui fait les milliardaires. Bhalu la possédait indiscutablement.

Pendant que l'Arnaqueur faisait ses affaires, j'allai jeter un coup d'œil aux deux concurrents. Ils valaient sans aucun doute le détour.

Sur la gauche se trouvait Sri Kasbekar. Âgé d'une cinquantaine d'années, il semblait avoir été retiré un instant plus tôt de sous les roues d'un camion poids lourd. Ses membres étaient déjetés, ses traits convulsés et sa mise débraillée au-delà de toute description. Des tatouages grossiers recouvraient ses mains, mais ce n'était pas la seule particularité de celles-ci. L'homme était polydactyle. Il avait six doigts à chaque main, ce qui n'est pas totalement exceptionnel en Inde.

Les deux doigts supplémentaires étant parfaitement formés, j'aurais pu, si j'avais été moins attentif, ne pas remarquer cette particularité, mais celle-ci n'aurait pas, de toute manière, échappé aux deux mille spectateurs se trouvant maintenant sur le terrain. Tandis qu'en Occident, tout appendice supplémentaire est considéré comme une sorte de monstruosité, il tendrait, en Inde, à indiquer une qualité suprahumaine. Après tout, bien des divinités indiennes sont représentées avec de multiples membres.

Sur la droite, dans l'arène improvisée, se tenait Srimati Kulkarni. Elle était mince mais sans fragilité aucune. Elle avait de longs cheveux d'un roux foncé, une bouche carrée dévoilant de fortes dents et de beaux yeux noirs. Elle était revêtue d'un sari de coton couleur fuchsia. Mais c'étaient ses oreilles qui attiraient surtout l'attention. Elles étaient couvertes, à l'extérieur, de poils très drus prenant à peu près la forme et l'épaisseur d'un sourcil bien fourni. On eût dit qu'une grosse chenille velue lui sortait de chaque oreille.

L'Arnaqueur se mit à haranguer l'assistance, portant l'excitation de celle-ci à son comble. Puis il énonça les règles de la rencontre. Chaque *sadhu* pourrait accomplir quatre miracles. Du matériel pourrait être utilisé, mais aucun membre de l'assistance ne serait admis à participer. L'arbitre pourrait disqualifier les concurrents à sa discrétion. Enfin, le gourou ayant réalisé les plus grands exploits serait autorisé à exercer son influence divine dans les villages entourant Sholapur.

Puis, Bhalu siffla dans ses doigts, et le duel commença.

Vint d'abord Srimati Kulkarni. Rejetant en arrière ses cheveux roux, elle s'adressa à l'assistance en marathe, déclarant que, bien que n'aimant pas à user de ses pouvoirs de façon négative ou superflue, elle se devait de prouver que son rival était un charlatan – pire même qu'un charlatan, *Shaitan*, le Diable.

Son discours connut un vif succès. Et Bhalu dut interrompre la traduction qu'il faisait à mon intention pour noter une demi-douzaine de paris de dernière minute.

Kulkarni, sans plus attendre, commença sa démonstration. Elle sortit de son sari un billet de cent roupies, le trempa dans l'eau et y mit le feu. Bien qu'entouré de flammes, le billet ne brûla pas. C'était le premier miracle.

Feroze m'avait enseigné ce tour avec toutes ses variantes. Il peut s'exécuter avec presque toutes les sortes de papier, du tissu ou même du bois. En ce cas, le papier avait probablement été traité avec une solution de disulfure de carbone et de tétrachlorure de carbone.

Puis Srimati Kulkarni affirma que *Shaitan* avait créé un climat maléfique, et que si elle ne levait pas, grâce à ses pouvoirs divins, cette malédiction, tous les membres de l'assistance allaient succomber à un mal collectif. Cette perspective d'anéantissement, loin d'affoler les spectateurs, parut les exciter agréablement et tous se rapprochèrent de la « sainte femme ».

Celle-ci s'empara d'une grosse noix de coco qu'elle brandit au-dessus de sa tête. Glapissant des incantations, elle invita les démons à sortir de leurs diverses cachettes pour aller s'engouffrer à l'intérieur de la noix. Elle serra d'abord la noix de coco entre ses jambes, puis la tint à bout de bras en direction de la foule, tandis que deux mille paires d'yeux légèrement exorbités restaient fixées sur elle. Une minute se passa. La même pensée vint assaillir tous les esprits. Le miracle avait-il échoué ? Une autre minute s'écoula. Puis, alors que les spectateurs retenaient leur souffle, l'extrémité de la noix de coco explosa, projetant un jet de flamme et de fumée noirâtre. Tout le monde resta bouche bée. Mais ce n'était pas tout.

Saisissant la noix à deux mains, Srimati Kulkarni la lança sur une sorte de terre-plein pierreux dans l'arène. La noix éclata, répandant sur le sol une quantité considérable de ce qui semblait être du sang. Dressée devant l'assistance, la « sainte femme » clama alors que, dorénavant, les villageois étaient à l'abri du mauvais sort jeté par son rival, le sang répandu étant celui des démons.

Ce ne fut que plus tard que je sus comment le tour avait été réalisé. Les noix de coco ont, à leur extrémité, trois « yeux » dont l'un est facile à pénétrer. Le gourou le perfore et remplit la noix d'une solution saturée de permanganate de potassium – qui, à une certaine distance, ressemble à s'y méprendre à du sang. Le trou est ensuite scellé à la cire. Pour l'explosion, le magicien introduit subrepticement par le même trou une boule de sodium. Au contact de l'eau contenue dans la solution de permanganate, la réaction est violente.

Les deux miracles de Kulkarni avaient soulevé l'enthousiasme de la foule. Avec un grand sens de l'effet dramatique,

Bhalu décida que Sri Kasbekar devait maintenant présenter, en alternance, ses deux premiers miracles. Cette décision rencontra l'approbation générale.

Srimati Kulkarni dut donc s'écarter provisoirement pour céder la place à l'homme aux douze doigts, qui harangua à son tour l'assistance. Il dit aux villageois présents qu'il ne prétendait pas être leur dieu mais leur serviteur. Il les soignerait mais ne tenterait pas de leur imposer sa volonté, tandis que s'ils choisissaient sa rivale, ils se condamneraient à vivre sous un nuage maléfique. Il broda sur ce thème pendant quinze bonnes minutes. On aurait cru entendre un discours électoral.

Bhalu finit par intervenir en invitant les deux rivaux à cesser de s'attaquer verbalement et en commandant à Sri Kasbekar de commencer sa démonstration.

Avant de s'exécuter, le gourou eut soin d'agiter ses douze doigts devant une assistance ravie.

Puis il apporta au centre de l'arène un seau plein de citrons verdâtres. Après avoir brandi une aiguille déjà enfilée, il ôta sa chemise. Saisissant un bourrelet de chair sur son estomac, il y passa l'aiguille et y cousit ainsi un premier citron. Puis de la même façon, il en cousit d'autres tout autour de son abdomen en psalmodiant des mantras, l'air impassible.

— Cela ne lui fait pas mal ? demandai-je à l'Arnaqueur.

— Ne soyez pas stupide, me répondit celui-ci. Regardez comme il pince le bourrelet de graisse avec ses doigts avant d'enfoncer l'aiguille. Quand on procède ainsi, cela ne fait aucunement mal. Cela saigne à peine.

Il avait raison. On ne voyait pas de sang. En dix minutes, Sri Kasbekar s'était ainsi accroché une douzaine de citrons à l'abdomen sans donner le moindre signe d'inconfort...

Il passa alors à son deuxième miracle. Avec des gestes soigneux, il sortit d'un sac une vipère de près d'un mètre de longueur en expliquant à l'assistance qu'elle était extrêmement venimeuse. Elle venait, selon lui, du grand désert de Thar et une seule goutte de son venin entraînait une mort atroce.

Les spectateurs reculèrent d'effroi. À ce moment, triturant la vipère de ses douze doigts, le gourou invita tout volontaire, dans la foule, à venir tenter sa chance avec le reptile.

Bhalu intervint alors en tant qu'arbitre pour rappeler qu'aux termes des règles fixées pour cette rencontre, la participation des spectateurs était rigoureusement interdite. Un soupir de soulagement général monta de l'assistance. Ce respect du règlement permettait aux plus vaniteux des villageois présents de sauver la face : ce n'étaient pas eux qui se dérobaient, c'était l'arbitre qui leur interdisait d'affronter le risque.

Privé de ses volontaires de la mort, Sri Kasbekar fit tourner le serpent au-dessus de sa tête comme un lasso, puis il lui ouvrit de force la gueule, qu'il porta, toujours de force, à son propre cou. Un filet de sang jaillit et se mit à couler le long de sa pomme d'Adam. Après quoi il jeta la vipère au sol et lui écrasa la tête d'un coup de talon. La morsure ne l'avait apparemment pas affecté.

Tandis que la foule applaudissait à tout rompre, je me rappelai ce que Feroze m'avait dit un matin à Calcutta. Il m'avait appris que quatre-vingt-dix pour cent des serpents que l'on pouvait trouver en Inde n'étaient aucunement venimeux. Néanmoins, le paysan indien moyen pense que toute morsure de serpent est mortelle. Sri Kasbekar avait tout simplement utilisé un reptile inoffensif. Mieux, le malheureux serpent n'avait même plus de crocs. Le sang que l'on avait vu couler provenait d'une petite éponge dissimulée dans la main du magicien et adroitement pressée au moment où celui-ci faisait mine d'arracher la vipère de son cou.

Deux miracles partout. Le score était encore nul. Soucieux de bien entretenir la tension, Bhalu invita Srimati Kulkarni à effectuer la démonstration suivante.

Prenant place au centre de l'arène, la « sainte femme » commença par informer à pleine voix l'assistance que son rival à douze doigts avait utilisé un serpent inoffensif pour faire sa prétendue démonstration. Elle avait sans doute espéré s'assurer ainsi une victoire immédiate, mais elle en fut pour ses frais. Les villageois n'étaient nullement décidés à laisser proclamer un vainqueur et un vaincu à la moitié seulement de la rencontre. Ils avaient payé chacun deux roupies, et ils entendaient en avoir pour leur argent.

Pour entreprendre son troisième miracle, Srimati Kulkarni releva un peu son sari et se trempa les pieds dans un seau d'eau, où elle se mit à patauger allégrement en poussant de petits cris aigus, ce qui ne parut impressionner que fort peu les spectateurs. J'eus le sentiment que l'opinion avait commencé à se retourner contre elle, peut-être à cause de la façon dont elle avait dénoncé son rival.

Après cinq ou six minutes de bain de pieds, le corps de Srimati Kulkarni se contracta comme s'il était soudain visité par des forces surnaturelles. Elle repoussa le seau et se mit à marcher à pas comptés sur une longue pièce de tissu jaune, qui fut, quelques instants plus tard, montrée au public avec les traces du miracle accompli. Les empreintes des pas de la « sainte femme » s'y étaient inscrites en rouge vif.

La réaction de l'assistance fut assez tiède. Des traces de pas, même rouges, ne valaient visiblement pas, à ses yeux, une bonne morsure de serpent ou des citrons cousus à la peau du ventre...

Comme beaucoup d'autres tours d'illusionnisme auxquels j'avais assisté au cours de mon voyage, celui-là m'avait été expliqué et montré auparavant par Feroze. Il était très simple, en fait. Ce n'était pas de l'eau ordinaire dans laquelle on se trempait les pieds. Dans le seau ou dans le baquet se trouvait un mélange de chaux éteinte et d'eau. D'autre part, peu avant usage, la pièce de tissu sur laquelle on devait marcher avait été trempée dans une solution de curcuma – ce végétal fréquemment utilisé comme colorant de certains aliments – puis séchée. Quand les pieds du magicien – ou de la magicienne – se trouvaient pressés sur le tissu, une réaction chimique intervenait, et la trace laissée était une empreinte rouge.

Ce fut dans un silence impressionnant que Sri Kasbekar revint dans l'arène pour son troisième miracle. Il était évident qu'il avait subjugué l'assistance.

Le gourou, qui avait ôté les citrons de son abdomen et remis sa chemise, sortit un objet de son pagne et le déposa sur le sol, devant lui. C'était un gros stylo à bille noir avec quatre petits boutons sur le côté. Psalmodiant à voix très basse un mantra inintelligible, le magicien se mit à tourner autour du stylo à bille en décrivant une sorte de huit. Il le fit à sept reprises, puis il ramassa le stylo.

Je m'attendais à moitié à voir l'instrument projeter du sang ou écrire à l'encre invisible, mais ce qui se passa me prit totalement par surprise. L'homme aux douze doigts tenait le stylo devant lui comme un escrimeur tiendrait un fleuret. Puis, alors qu'il se concentrait en fermant les yeux, le stylo se mit à parler. Et ce avec la voix même du magicien. Sri Kasbekar parlait par l'intermédiaire du stylo.

Le public se déchaîna littéralement. Bhalu lui-même avait l'air ébranlé. Mais, par chance, j'étais en mesure d'expliquer le phénomène. Environ un an auparavant, feuilletant, en avion, l'un de ces magazines gratuits offerts par les compagnies, j'étais tombé sur une publicité vantant les mérites de la « Memo Pen », un stylo à bille avec un petit enregistreur incorporé, permettant à l'homme d'affaires en déplacement de noter verbalement les brillantes idées qui lui venaient soudain. Les fabricants américains de cet intéressant gadget n'avaient certainement jamais imaginé que leur stylo, capable d'enregistrer et de reproduire la voix de son propriétaire, servirait un jour à prouver les dons surnaturels d'un gourou indien.

Dès ce moment, les villageois avaient bel et bien fait leur choix ; ils étaient manifestement pour l'homme aux douze doigts. Mais ils n'en demandaient pas moins les deux derniers miracles.

Bhalu claqua dans ses mains et invita Sri Kasbekar à passer le premier. Une fosse peu profonde avait été creusée au milieu du terrain de hockey et remplie de charbons ardents. J'avais prévenu l'Arnaqueur qu'il risquait de sérieuses poursuites pour les déprédations auxquelles il se livrait sur un bien communal, mais il n'avait, bien sûr, tenu aucun compte de mes remarques.

Le gourou s'approcha des charbons ardents en prononçant toute une série d'incantations et, sans hésiter, se mit à y marcher. À mi-chemin, son visage parut se contracter de douleur, mais il poursuivit stoïquement sa marche sans laisser échapper le moindre gémissement.

La marche sur des charbons ardents est pratiquée depuis des millénaires en Orient, et elle a même été récemment introduite en Occident. Elle fait partie du programme de quelques « séminaires d'endurcissement » pour cadres supérieurs surmenés. Contrairement à ce qu'on pourrait croire, l'exercice ne présente ni danger ni difficulté réelle. La peau de la plante des pieds et la cendre qui se forme sur les charbons en combustion sont l'une et l'autre mauvaises conductrices de la chaleur. Tout le monde peut le faire, mais cela, les villageois ne le savaient pas. Et pour eux, Sri Kasbekar était le héros du jour.

Un rapide regard à ses pieds permettait, en fait, de constater qu'il était vraiment un héros. Mais cela pour une raison qui n'avait pas été prévue au programme – le sabotage. Pendant qu'il avait le dos tourné, sa rivale avait subrepticement et perfidement répandu du sucre sur les charbons. Le sucre avait fondu et adhéré aux pieds du magicien, les brûlant pour de bon.

Mais, bien décidé à ne pas céder devant cette manœuvre subversive, Sri Kasbekar avait serré les dents et dominé la douleur. Après tout, des galons de dieu vivant, cela se gagne.

Quand vint le moment de son dernier miracle, Srimati Kulkarni alla se placer en rampant sous une lourde couverture étendue au centre de l'arène. Le silence régnait de nouveau, mais on sentait que la grande majorité des spectateurs souhaitaient qu'elle échoue.

Très lentement, sa tête puis son corps commencèrent à quitter le sol. Centimètre par centimètre, ils s'élevaient au-dessus de la pelouse. À un peu moins d'un mètre, la « sainte femme » s'arrêta, le corps tremblant légèrement sous la couverture. C'était la première fois que j'assistais à une lévitation totale.

J'allais demander à Bhalu comment, à son avis, ce tour d'illusionnisme était exécuté, lorsqu'il se produisit quelque chose d'assez embarrassant, tout au moins pour Srimati Kulkarni. L'épaisse couverture de laine qui la recouvrait glissa de côté, et, en un instant, le secret de sa lévitation fut révélé à tous. Or, le secret était qu'il n'y avait pas de lévitation. Srimati Kulkarni était restée debout sous la couverture, tenant à bout de bras devant elle deux crosses de hockey dont les extrémités, pointées vers le haut, figuraient ses pieds.

Rouge comme une betterave, elle protesta que Sri Kasbekar – *Shaitan* – lui avait jeté un sort. Mais personne ne l'écoutait. Tous étaient maintenant tournés vers son rival, le faiseur de miracles.

24

JIMMY, LE DIEU À MI-TEMPS

Le duel de miracles terminé, Bhalu avait pris avec moi l'Express Netravati, à destination de Bombay. Il avait passé l'essentiel du voyage à compter ses bénéfices qui étaient plus que considérables, mais entièrement en petite monnaie.

Revenir dans une ville qu'on a déjà connue et aimée procure toujours une agréable impression de chaleur. C'était l'appât du gain qui m'avait attiré à Bombay assez longtemps auparavant. Comme l'Arnaqueur, j'avais espéré me tailler une petite fortune en exploitant la naïveté d'autrui. Mais contrairement à lui, je n'avais pas grandi dans les rues de Calcutta. Ma grande idée – acheter à bas prix des antiquités européennes au Chor Bazaar de Bombay, éloquemment surnommé le Marché des Voleurs, pour les revendre très cher en Angleterre – n'avait débouché sur rien. Rétrospectivement, je me demandais comment j'avais pu être assez naïf pour me croire capable de rouler dans la farine les redoutables brocanteurs de Bombay.

À notre arrivée, l'Arnaqueur partit à la recherche de l'un de ses vieux amis de Calcutta, et je pris contact, quant à moi, avec D. Blake, qui me fixa rendez-vous dans la salle de lecture de la Bibliothèque générale indigène de Bombay.

Avec ses vitrines pleines de volumes en voie de désintégration, ses petites lampes, ses bustes de marbre poussiéreux, son horloge en noyer et ses meubles luisants d'encaustique, cette bibliothèque tient lieu de club et de lieu de rencontre à l'élite de la communauté parsi locale.

Ami m'ayant servi à la fois de confident et de mentor, Blake était un musicien américain qui s'était définitivement installé à Bombay, où il avait déjà passé de longues années. Il y avait appris beaucoup de choses, et s'il y avait un homme capable de m'y guider vers l'insolite, c'était bien lui.

Le seul point noir était que Blake n'avait que trop bien assimilé les mœurs locales – l'indice le plus clair en étant qu'il était toujours très en retard à ses rendez-vous.

Comme l'horloge sonnait trois heures, un très respectable Parsi aux cheveux blancs vint s'installer dans le fauteuil voisin de celui où j'attendais patiemment. Il pouvait bien avoir quatre-vingt-dix ans. Je lui souhaitai un bon après-midi et hasardai l'idée qu'il risquait de pleuvoir. L'homme respira à fond et laissa échapper une toux sèche et inquiétante.

— Vous avez de l'asthme ? lui demandai-je. Si tel est le cas, je puis vous recommander un merveilleux traitement à Hyderabad. C'est un tout petit peu pénible, mais cela m'a guéri.

Le vieux monsieur se frappa la poitrine du poing.

— Ce n'est pas de l'asthme, affirma-t-il. Je ne suis pas asthmatique.

— Heureux de l'apprendre, dis-je. Alors, tout va bien !

Toussant et crachant dans son mouchoir, le vieux Parsi se présenta comme Mr. Sodawaterwalla [1]. C'était un nom pour le moins étrange, mais il convenait de se souvenir que, du temps de la colonisation britannique, les membres de la communauté parsi prenaient souvent comme patronyme le nom du métier qu'ils exerçaient.

— Vous voulez que je vous dise quelque chose ? me demanda Mr. Sodawaterwalla.

— Bien sûr. Quoi donc ?

— Eh bien, me dit-il, lorsque j'étais encore au berceau, mes parents ont fait établir mon horoscope. L'astrologue a fait très consciencieusement son travail. Il a prédit que je deviendrais un industriel, ce que je suis devenu. Que j'aurais trois fils, ce qui est le cas. Mais il a prédit aussi que je mourrais noyé.

— Oh, ciel ! fis-je. J'espère que vous savez nager...

---

1. « Marchand-d'eau-gazeuse ». *(N.d.T.)*

— Non, précisément, répondit Mr. Sodawaterwalla. Cette prédiction a tellement impressionné mes parents qu'ils ont veillé à ce que je n'apprenne surtout pas. Ils pensaient que, si je savais nager, je serais peut-être tenté d'aller dans l'eau. J'ai donc passé ma vie entière à éviter cet élément. Je n'ai jamais pataugé dans une rivière, comme les autres enfants. Je ne me suis jamais baigné dans la mer ni dans une piscine. Je n'ai même jamais utilisé une baignoire. Imaginez combien cet horoscope m'a fait souffrir durant toutes ces années !

— Mais tout cela semble avoir été très sage, dis-je alors.

Mr. Sodawaterwalla me regarda un instant sans rien dire, puis reprit :

— Peut-être pas si sage que cela. Voyez-vous, je reviens de chez mon médecin. J'ai un problème cardiaque. Mon cœur ne fonctionne pas comme il le devrait. Il devrait battre assez fort pour pomper le liquide que j'ai dans les poumons, mais il ne le fait pas. Bref, je suis en train de me noyer...

Quand Blake se présenta, avec plus de trois heures de retard, jc lui parlai de Mr. Sodawaterwalla, qui était rentré chez lui entre-temps.

— Est-ce que tu n'adores pas cet endroit ? me dit-il. C'est le plus intéressant de toute la ville. Quand il y a des Parsis, on ne s'ennuie pas une minute.

Blake avait peu changé depuis mon précédent séjour à Bombay. Il était toujours déguisé en révolutionnaire cubain : béret noir, lunettes noires et barbe en broussaille.

— Alors, me demanda-t-il après que nous eûmes échangé les plaisanteries d'usage, qu'est-ce que c'est que cette histoire ? Tu apprends l'illusionnisme ?

— Tu sais, lui dis-je, j'ai toujours été fasciné par la chose. Toujours, depuis que le gardien du tombeau de Jan Fishan me l'a fait connaître, alors que j'étais gamin.

Blake ôta ses lunettes noires et se mit à les faire tourner au bout de ses doigts.

— Ah, oui ? fit-il. Alors, sors-moi un lapin de mon béret, là, tout de suite !

— Je ne suis pas ici en ce moment, pour faire de l'illusionnisme. Je fais un voyage d'exploration et d'observation.

Blake remit son béret, parut méditer un instant et demanda :

— Et qui t'a envoyé faire ce voyage ?

— Feroze, bien sûr.

— Feroze ?

— Oui, Feroze. C'est mon professeur.

Blake fit soudain grise mine. À son avis, c'était lui mon professeur

— Feroze est un illusionniste, lui expliquai-je. Et il m'enseigne la magie.

— Je sais toujours quand je suis de trop, fit alors Blake. Je me retire sous ma tente...

— Écoute un peu, Blake ! lui dis-je. J'ai besoin que tu m'aides. Qu'est-ce qui se passe ici, en ville ? D'un peu insolite, tu sais ?

Il se rasséréna un peu. Comme moi, il avait un penchant pour le bizarre.

— Tu sais qu'on ne manque ni de cinglés ni de drôles d'histoires, par ici, fit-il. Que dirais-tu du type qui fabrique des gilets pare-balles avec des toiles d'araignées ? Ou de l'affaire des gamins des rues qu'on enlève pour les envoyer sur le Golfe persique travailler illégalement comme jockeys dans les courses de chameaux ? Ou du zigoto qui fait du fromage avec du lait de dauphin ?... Ou, surtout, de Jimmy, le dieu à mi-temps ?

Blake me raconta qu'à sa connaissance, Jimmy organisait une *darshan*, une séance de prière et de dévotion un mardi sur deux, dans le quartier nord de Bombay. Des milliers de fidèles venus de toute la ville s'y précipitaient à chaque fois. Quand je l'interrogeai sur les origines de ce culte, il me dit de me débrouiller moi-même pour le savoir.

J'entrepris donc une patiente enquête. Au hammam irakien proche de la Mohammed Ali Road, un robuste masseur me révéla que l'emblème de Jimmy était le cobra et qu'il avait cent mille fidèles. Puis il m'envoya voir, pour plus amples informations, l'une de ses relations à un bazar tout proche. L'ami du masseur me précisa que Jimmy était toujours accompagné de sa mère adoptive, une « sainte femme » nommée

Gururani. Il m'apprit également que Jimmy avait été employé de banque jusqu'au moment où sa situation était devenue impossible : le directeur de la banque était l'un de ses fidèles et devait ramper sur les mains et les genoux devant son subordonné chaque fois qu'il le rencontrait. Après avoir dû quitter la banque, Jimmy s'était mis à son compte en créant sa propre marque d'encens.

Toutes ces informations me semblant quelque peu sujettes à caution, je me dis que seule une rencontre directe avec le dieu Jimmy me permettrait d'établir la vérité. Je me rendis donc au Chor Bazaar – le Bazar des Voleurs – pour y consulter une vieille connaissance, un brocanteur spécialisé dans les objets européens répondant, croyez-le ou non, au nom d'Anouar el Sadate.

Quiconque, à Bombay, est à la recherche d'une fraise de dentiste de l'époque de la Première Guerre mondiale, d'un gramophone La Voix de Son Maître à remontoir, d'un tuba fabriqué à Berlin ou d'une série de clubs de golf en provenance d'Écosse se doit d'aller fureter dans la vaste caverne d'Ali-Baba tenant lieu de boutique à Anouar. Depuis deux siècles, sa famille a exercé ce genre de commerce et son antre possède le charme étrange d'un grenier où se seraient lentement accumulés les souvenirs de famille les plus hétéroclites, Pénétrant de nouveau chez lui après plusieurs années, je me retrouvai au milieu de l'assortiment habituel de sextants et de stéthoscopes, de lustres et de chandeliers, de baromètres et de couteaux à poisson, de maisons de poupée et d'appareils photographiques à plaque, de violoncelles désaccordés et de maquettes de trois-mâts.

Contrairement à beaucoup de ses confrères du bazar, Anouar el Sadate était un homme aussi honnête que courtois, qui me reconnut aussitôt. Après m'avoir offert du thé, il appela son jeune fils afin que celui-ci vienne me saluer. C'était un enfant charmant dont j'aurais eu du mal à oublier le nom. Il s'appelait Saddam Hussein.

Anouar m'écouta très attentivement. Nous avions déjà englouti le contenu de deux théières et une troisième arrivait. Quand j'eus fini, il se mit à contempler le dallage de sa boutique tout en réfléchissant, le sourcil froncé. Sa chèvre apprivoisée, Rustam, vint fureter autour de nous, en quête de quelque nourriture. Il était évident qu'en bon musulman, Anouar ne pouvait admettre l'idée d'un dieu à temps partiel et à forme humaine. Mais je savais qu'en tant qu'ami, il allait certainement s'efforcer de m'aider à le trouver.

— Je ne sais pas où va le monde, dit-il en attendant. Toutes ces choses incroyables qui se passent ! Regardez un peu cela...

Il me tendait le journal du matin en m'indiquant du doigt un article. On y parlait d'un médecin occidental étudiant la possibilité de greffer des cœurs de porcs sur des humains. C'était sans doute un moyen de sauver des vies, mais pour un musulman, l'idée semblait monstrueuse.

— D'abord des cœurs de cochons, et maintenant un dieu nommé Jimmy ! reprit Anouar el Sadate. Je vous le dis, je me demande où va le monde ! Mais nous ne sommes que des spectateurs, n'est-ce pas ?

Il chassa Rustam, qui avait commencé à grignoter le neuvième volume d'une vieille édition de l'*Encyclopaedia Britannica*, puis il inscrivit quelque chose sur un coin de son journal. Il le déchira et me le tendit.

— Allez voir cet homme, me dit-il. Il a tout simplement une entreprise de transport, mais j'ai l'impression qu'il connaît votre dieu.

L'adresse était celle d'une maison au nord de la ville, près de l'aéroport des lignes intérieures. Je crus d'abord m'être trompé, car l'endroit ne ressemblait nullement au siège d'une compagnie de transport mais plutôt à celui d'une entreprise de pompes funèbres. Des cercueils étaient empilés de part et d'autre de la porte, et, à l'intérieur, des menuisiers étaient au travail pour en fabriquer d'autres au milieu de l'âcre fumée des *biris*.

Je remis néanmoins mon fragment de journal à un homme d'allure assez fringante installé derrière un bureau. Il avait devant lui sept appareils téléphoniques, tous de couleur différente. Il me serra chaleureusement la main.

— Vous êtes un ami d'Anouar el Sadate ? lui demandai-je.

— Ah, Anouar ! fit-il. Cela fait bien longtemps que je ne suis pas allé le voir. Comment va le petit Saddam Hussein ?

— Très bien. Mais Anouar m'avait dit que vous étiez dans les transports. Je suis un peu surpris de voir tous ces cercueils...

— Mais *je suis* dans les transports ! répondit l'homme. Je transporte des cadavres. J'en expédie dans toute l'Inde, et même à l'étranger.

Après quelques minutes de conversation à bâtons rompus, je lui demandai s'il connaissait Jimmy.

— Sri Jimmy Nagputhra et Gururani Nagkanya ! s'exclama-t-il. Bien sûr que je les connais ! Deux de mes employés sont leurs disciples.

Il fit alors venir de l'atelier deux vieux menuisiers qui portaient l'un et l'autre un insigne représentant un cobra à plusieurs têtes. Le plus âgé des deux m'invita aussitôt à la *darshan* qui devait se dérouler le mardi soir, quarante-huit heures plus tard. Il me dit que tous étaient les bienvenus aux assemblées de Jimmy. La séance commencerait à vingt heures et se poursuivrait tard dans la nuit.

Puis, sur un signe impératif de leur patron, les deux menuisiers regagnèrent l'atelier.

— C'est merveilleux, vous ne trouvez pas ? dis-je alors au transporteur de cadavres. Imaginez un peu un dieu à mi-temps qui s'appelle Jimmy, dont l'emblème est le cobra et qui a cent mille fidèles !

Mon hôte rectifia la position des appareils téléphoniques sur son bureau. Puis, très lentement, il secoua la tête.

— Pourquoi ? me demanda-t-il. Pourquoi perdez-vous votre temps avec ces sottises ?

*

Il n'empêche que lorsqu'arriva le mardi soir, j'avais du mal à contenir mon enthousiasme. J'avais invité Bhalu à dîner chez Gaylord à seule fin de le convaincre de m'accompagner à la réunion, après quoi nous prîmes un taxi pour nous rendre à Lalbag. Si on m'avait dit que j'en arriverais un jour à presque supplier l'Arnaqueur de venir avec moi !

Nous arrivâmes peu après vingt et une heures au Samaj Mandir Hall autour duquel se pressaient quelque quatre mille personnes de tous les âges et tous les milieux. Toutes les femmes avaient des foulards sur la tête et les hommes, sans exception, de simples mouchoirs blancs. Bhalu et moi les imitâmes pour ne pas nous faire remarquer. De toute évidence, les deux divinités n'étaient pas encore arrivées, car on pouvait sentir une véritable tension dans la foule des fidèles.

Peu après vingt-deux heures, cette tension se mua en une sorte de terreur sacrée.

Une voiture entièrement décorée de fleurs arrivait en roulant au ralenti, majestueusement. Certains des fidèles se prosternèrent, d'autres s'abritèrent les yeux, comme éblouis, tandis que le véhicule faisait halte devant un tapis rouge déjà déroulé. Très lentement, les portes s'ouvrirent et les dieux descendirent.

Ce fut Gururani qui sortit la première. Âgée de soixante à soixante-dix ans, elle avait une apparence assez ordinaire, une expression un peu lasse de vedette sur le retour. Elle était revêtue d'une vaste robe chatoyante couleur de framboise, avec plusieurs guirlandes de fleurs autour de son cou, mince et un sac à main de bon cuir bien solide qui pendait à l'un de ses poignets.

Jimmy la suivit. Grand et fort, il n'avait pas plus de quarante ans et un visage carré masqué en bonne part par une barbe. Il portait une robe bleu-argent aussi scintillante que celle de sa mère adoptive et une couronne dorée.

Traînant les pieds dans leurs chaussures à triple semelle, les dieux vivants pénétrèrent dans la salle, arrosés de pétales de roses que des fidèles alignés de part et d'autre puisaient dans des paniers, tandis que d'autres adorateurs tombaient simplement à genoux.

Quelque cinq cents personnes, pieds nus, eurent accès derrière eux à la salle. Aidé par Bhalu, qui ne cessait de me pousser en avant, je fus du nombre. Plus de huit mille autres restèrent groupées à l'extérieur.

Arrivés à l'intérieur, les êtres suprêmes prirent place sur une estrade, tandis que leurs disciples s'installaient sur le sol, les hommes à gauche et les femmes à droite. Assis avec Bhalu au milieu des hommes, je me demandai si j'aurais, à un moment ou à un autre, l'occasion de parler à Jimmy. Comme s'il avait lu dans mes pensées, un vieux Parsi me tapa sur l'épaule.

— Les Divines Lumières, me dit-il, sont les plus purs de tous les êtres. Bien sûr, nul ne peut leur parler directement s'il n'a pas été lui-même purifié.

— Vraiment ? fis-je.

Le Parsi hocha vigoureusement la tête.

— Et pourrais-je être purifié ? demandai-je.

Il me regarda de la tête aux pieds et fit la grimace.

— Certainement pas ! décréta-t-il. Mais vous pouvez essayer d'avoir des pensées pures. Les Divines Lumières peuvent déchiffrer ce que vous pensez.

Cependant, derrière Jimmy et Gururani, seuls sur l'estrade, commença à se dresser un extraordinaire décor, une toile peinte représentant des montagnes enneigées, des forêts sauvages, des créatures mythiques et, surtout, des cobras à dix têtes. Directement au-dessus des Divines Lumières tournait un immense parasol portant les noms « Jimmy » et « Gururani » tandis que, derrière leurs têtes, des auréoles dorées avec des dents semblables à celles d'une scie circulaire étaient animées d'un mouvement de rotation analogue.

Les règles de pureté énoncées par mon interlocuteur parsi semblant exclure toute perspective d'interview en direct, je dus me renseigner auprès de fidèles, qui, fort heureusement, n'étaient que trop contents de pouvoir me parler de leurs dieux favoris.

Selon eux, c'était Gururani qui avait constaté, alors que Jimmy n'avait encore que sept ans, qu'une lumière divine émanait de lui. Elle avait alors adopté le jeune garçon et l'avait élevé au rang de dieu. Comme Gururani, Jimmy était un Parsi, mais tous deux se proclamaient au-dessus de toute religion déjà instituée.

L'un des dévots interrogés tint à souligner qu'étant donné leur qualité divine, Jimmy et Gururani ne portaient jamais deux fois la même robe. Un producteur de films que je rencontrai ultérieurement m'assura qu'en fait les deux divinités louaient régulièrement leurs vêtements à un costumier de spectacles, et que les plus spectaculaires de leurs robes avaient déjà été utilisées dans le fameux feuilleton télévisé indien *Ramayana*.

Jimmy et Gururani commencèrent par tenir audience à

l'intention de leurs fidèles disciples, qui semblaient les bombarder de suppliques. Puis, ils se préparèrent pour la suite du programme. La déesse Gururani ouvrit son sac à main de dame patronnesse et en tira un bâton de rouge à lèvres. Lorsqu'elle eut dûment retouché son maquillage, les festivités commencèrent.

Un accordéoniste se mit à jouer, et un flot de musique ne tarda pas à emplir la salle. Un système de haut-parleurs assez primitif permettait aux milliers de fidèles toujours assemblés à l'extérieur d'en profiter également. Assis sur les trônes, leurs auréoles électriques continuant à tourner derrière leurs têtes, Jimmy et Gururani avaient levé le bras droit, la paume en l'air, comme des chefs Peaux-Rouges saluant un visiteur dans un western de deuxième catégorie.

Quand le climat musical fut jugé assez chaud, Gururani gagna le centre de l'estrade, prit le micro dans sa main droite et commença à chanter. L'un de mes amis arabes prétend qu'à son oreille inexperte, l'opéra italien sonne comme le vagissement d'une chamelle en détresse. Pour des raisons analogues, je me trouvai incapable d'apprécier à leur juste valeur les talents vocaux de la déesse.

J'étais déjà resté près d'une heure assis par terre, les jambes croisées, et je commençais à souffrir lorsque Gururani regagna son trône. Son auréole électrique se remit aussitôt en marche. Jimmy s'empara du microphone et les haut-parleurs commencèrent à répercuter les accents bien rythmés de sa voix de basse.

Dehors, il s'était mis à pleuvoir – et il ne s'agissait pas d'une modeste averse printanière mais d'un authentique déluge de la période de mousson. Cependant, les huit mille fidèles, captivés par la voix puissante de Jimmy, restaient stoïquement assis, trempés jusqu'aux os.

Bien que ne comprenant pas un mot de gujarati, j'étais moi-même un peu envoûté, et je me disais qu'avec la puissance de son organe vocal, le pittoresque de sa mise et sa parfaite connaissance du commerce de l'encens, Jimmy aurait sûrement fait un malheur en Californie. Seul problème : comment trouver un producteur de disques ou de spectacles assez pur pour pouvoir négocier un contrat avec lui ?

Lorsque la séance musicale eut pris fin, chaque fidèle alluma une petite lampe où le beurre clarifié tenait lieu d'huile. Ces lampes étaient ensuite remises à des sortes d'appariteurs qui les portaient jusqu'à la divine estrade sur des plateaux d'argent. Elles étaient bénies, puis rapportées à ceux qui les avaient allumées.

C'est à ce moment que l'assistance commença vraiment à s'animer. Tenant leur lampe en équilibre instable sur leurs genoux, les fidèles se balançaient d'avant en arrière, la mine extatique. De temps à autre, l'un d'eux, saisi par la divine lumière, se levait d'un bond et commençait à courir de toutes parts. À un moment, le sari d'une femme prit feu. Elle se mit à s'agiter, mais il se passa un moment avant que ses voisins, tout à leur méditation, se rendent compte de ce qui se passait et éteignent le feu.

Dehors, les huit mille fidèles trempés se battaient contre les éléments pour tenter d'allumer leurs lampes avec des allumettes détrempées.

Quand toutes les lampes eurent été bénies, la musique reprit. Je regardai autour de moi, et, enregistrant le décor, les personnages et les sons, je me mis soudain à penser à un gigantesque campement de romanichels. Je poussai Bhalu du coude et lui demandai ce qu'il pensait de ma comparaison. Comme il n'avait jamais vu de campements de romanichels, il fut bien incapable de me répondre, mais un barbu qui se trouvait à proximité intervint pour me dire que si je continuais à diffamer ainsi Sri Jimmy, il allait personnellement se charger de me faire taire par les moyens les plus radicaux.

Mais ce fidèle zélateur se trompait sur un point important : je n'avais plus aucune envie de dénigrer Mr. Jimmy, le dieu à mi-temps. À côté des milliardaires du charlatanisme opérant dans tout le pays, il paraissait, malgré ses robes chatoyantes et ses auréoles giratoires, honnête. Il n'escroquait pas ses fidèles, ne leur extorquait pas de perpétuelles donations. Il n'essayait même pas de les éblouir avec de faux miracles.

Certes, l'encens de Jimmy était en vente à la sortie de la salle. Mais, à dix roupies la boîte, le produit était moins cher que ce qu'on trouvait couramment dans le commerce. Les insignes et les porte-clés à l'effigie du cobra à têtes multiples n'étaient pas non plus ruineux. Et lorsque la séance se termina brusquement, à trois heures du matin, je me dis que je n'avais même pas envie, après tout, de voir en Jimmy un objet de dérision.

*

Hafiz Jan avait eu l'occasion de me raconter tout ce qu'il savait des sanglantes guerres anglo-afghanes et de la façon dont, à trois reprises, les troupes britanniques avaient dû se replier d'Afghanistan.

Or, si beaucoup de Britanniques ont oublié ces affrontements meurtriers, il est un coin de Bombay où leur souvenir subsiste. C'était également Hafiz Jan qui m'avait parlé le premier de l'église afghanc, à l'extrémité méridionale de Colaba. Je lui avais d'abord dit que le terme d'église afghane me semblait paradoxal, presque tous les Afghans étant musulmans. Il avait alors éclaté de rire en m'expliquant qu'il s'agissait du surnom donné à l'église de St. John, où était honorée la mémoire des soldats britanniques tombés lors des trois campagnes d'Afghanistan.

Avant un retour que je prévoyais triomphal à Calcutta, il me restait une journée à passer à Bombay, et je décidai d'en profiter pour me rendre, en souvenir de ma conversation avec Hafiz Jan, dans cette église oubliée de tant de personnes. La chose n'intéressant guère Bhalu, je me mis en route tout seul.

Il était encore tôt lorsque je descendis le Colaba Causeway. Les vendeurs des rues commençaient juste à dresser leurs étals, et, dans les hôtels du front de mer, les clients étaient sans doute encore dans leurs lits. Dans Strand Road, un camelot était déjà en action, proposant toute une série de crayons à bille japonais dont il faisait cliqueter le mécanisme. Comme je refusais ce qu'il me tendait, il se mit à jeter des pierres à un malheureux chien errant n'ayant déjà que trois pattes. Il comptait lâchement sur la sensiblerie bien connue des Occidentaux, et je dois dire que sa méprisable manœuvre porta ses fruits. Pour qu'il arrête de persécuter le chien, je lui achetai un crayon-feutre.

Près des Sassoon Docks, je croisai toute une série de

femmes portant sur la tête des paniers de poisson, denrée rare et précieuse en période de mousson. Je ne tardai pas à me retrouver sur une route qu'encadrait une luxuriante végétation dominée par des palmiers. Il était difficile d'imaginer que les rues populeuses de Bombay se trouvaient à moins d'un kilomètre et demi derrière moi.

Passé un tournant, je me retrouvai devant l'église afghane, une massive construction néogothique que dominait un clocher de soixante mètres de hauteur. Sa façade de basalte, vieille de cent trente ans, demeurait en fort bel état.

Comme j'arrivais, de larges gouttes de pluie isolées se mirent à tomber annonçant l'une de ces terribles averses qu'engendre la mousson. Je me ruai vers la lourde porte de l'église, en tournai la poignée de fer, et en un instant, me trouvai reporté très loin en arrière.

Tout, dans ce lieu austère et silencieux, rappelait le temps où la Couronne britannique dominait les Indes, le temps du Raj. En avançant sur les larges dalles de pierre, on pouvait presque sentir la présence, sur les bancs, des survivants des campagnes anglo-afghanes venus prier là pour leurs camarades morts. L'air était confiné, et une faible et diffuse lumière de mousson filtrait à travers les vitraux. Cette église évoquait une île perdue au milieu du tumulte et de l'effervescence du Bombay moderne, mais où un fragment du passé s'était figé à jamais. C'était comme si les fantômes des soldats morts continuaient à occuper la place, se refusant à la rendre à l'ennemi.

Les traces, même minuscules, de leur présence étaient partout : l'éraflure laissée par un brodequin clouté au bas d'un banc ou les initiales d'un fantassin inconnu gravées dans le bois d'un pupitre. Et, plus émouvants encore que tout le reste, les drapeaux, étendards et fanions britanniques de la Première Guerre anglo-afghane. Protégés par des vitres poussiéreuses, comme des spécimens entomologiques rares, ils semblaient proches de la désintégration. Et, en même temps, devenus délicats comme des ailes de papillon, ils évoquaient ces pennons qui, dans les tournois médiévaux, ornaient les lances des chevaliers. Mon ancêtre Jan Fishan Khan les avaient-il vus devant lui lors des combats de 1842 ?

Au-dehors, le déluge avait commencé. La pluie tambourinait sur le toit et, s'introduisant par ses multiples fissures, venait s'écraser en grosses gouttes sur le dallage. Je passai la main sur le dossier de plusieurs des chaises alignées au fond de l'église. Chaque dossier avait un cran destiné à y faire reposer un fusil – mesure de précaution instituée après la Révolte des Cipayes de 1857.

Soudain, j'eus un petit sursaut de saisissement. Un homme était assis au premier rang dans l'église.

D'où je me trouvais, je ne voyais que l'arrière de sa tête. Il avait des cheveux gris rejetés en arrière. Je me dis d'abord qu'il s'agissait peut-être d'un fantôme. Peut-être celui d'un des soldats tombés face aux Afghans. Avait-il été tué par Jan Fishan Khan et, sachant qui j'étais, était-il venu me demander réparation ? Mon ancêtre aurait, j'en étais sûr, attendu de moi que j'affronte carrément et directement un tel revenant. Aussi avançai-je bravement dans l'allée centrale.

À cinq rangs de l'autel, je ressentis une bizarre contraction de l'estomac. Était-ce un avertissement ? Ne ferais-je pas mieux de tourner les talons et de m'enfuir à toutes jambes ? Après trois rangs de plus, un parfum vint me caresser les narines. Un pas encore, et je me retrouvai à quelques dizaines de centimètres du personnage. J'allais lui toucher l'épaule quand il se retourna brusquement pour me faire face.

Nulle vision n'aurait pu me sidérer à ce point.

L'homme n'était autre que Feroze.

Je m'effondrai sur la chaise voisine de la sienne, mais, à ce moment, il se leva.

— Surpris de me voir ? fit-il d'un ton sardonique.

— Eh bien...

Il traça du bout de sa fidèle cravache, un « F » dans l'air. Il paraissait jubiler.

— Cela faisait un temps fou que je n'avais plus de vos nouvelles, me dit-il. J'ai pensé qu'il valait mieux que je vienne voir moi-même si vous n'aviez pas pris la poudre d'escampette.

J'essuyai la sueur qui perlait sur ma lèvre supérieure.

— Comment saviez-vous que vous alliez me trouver ici ? lui

demandai-je. Et attendez une minute... Pas seulement à Bombay, mais *ici* même ?

Le magicien rejeta la tête en arrière et se caressa la pomme d'Adam d'un air infiniment satisfait.

— Vous me sous-estimez, fit-il.

— Jamais de la vie ! répondis-je. Mais c'était vraiment le dernier endroit où je m'attendais à vous voir...

— Pourquoi n'avez-vous pas envoyé le moindre rapport les deux dernières semaines ?

— J'avais renoncé à le faire. J'avais appelé la maison, et Gokul m'avait dit que vous étiez absent. Et que vous étiez parti pour longtemps.

— Oui, dit-il en regardant la voûte d'un air absent. J'ai moi-même fait un voyage.

— Vraiment ? Quelle sorte de voyage ?

Claquant des talons comme un sous-officier à la parade, le Maître se retourna vers moi.

— J'effectuais un voyage d'observation, déclara-t-il.

J'avais déjà entendu cela quelque part.

— Qu'est-ce que vous entendez par là ? demandai-je.

— Vous devriez le savoir... Un œil étudie le détail, tandis que l'autre considère l'ensemble.

Je réfléchis un moment, puis je sentis un horrible soupçon m'envahir et me glacer la moelle épinière.

— Votre voyage, dis-je à Feroze, aurait-il par hasard coïncidé en quelque manière avec le mien ?

Le magicien se pencha pour renouer l'un de ses lacets de soulier.

— Vous aurait-on lu dans les yeux, récemment ? demanda-t-il.

— Lu dans les yeux ? Oui, effectivement...

Je reportai mon regard sur le Maître et le vis totalement métamorphosé. Un turban d'un blanc crasseux lui recouvrait la tête et un carré noir cachait son œil droit. Il tira de sa poche une cuiller à dessert et la lécha.

— Le devin d'Ongole, balbutiai-je, c'était vous...

Le magicien eut un sourire énigmatique. Il me laissait visiblement tirer mes conclusions moi-même. Il avait toujours eu horreur de faire le travail des autres.

— Alors, fis-je, le voyage, *mon* voyage, était en fait *votre* voyage. Et l'observation était à mes dépens. C'était vous qui vouliez m'observer, moi.

Hakim Feroze se débarrassa de son déguisement et fit disparaître sa cuiller.

— Ainsi donc, reprit-il, vous avez eu beaucoup de chance. Vous avez eu un voyage très intéressant. Vous avez rencontré beaucoup de gens passionnants, n'est-il pas vrai ?

C'était vrai. Même pour l'Inde, terre des miracles et des bizarreries, j'avais multiplié les rencontres les plus improbables. Elles me revinrent en mémoire, avec cette fois un soupçon qui se renforçait d'instant en instant.

— Sri Gobind à Madras... c'est pourquoi il m'a si bien accueilli ? Et le duel de miracles à Sholapur ?

Feroze me regardait en souriant.

— Mr. Jafar et sa saleté d'essence aux herbes, poursuivis-je. Vous y étiez pour quelque chose ? Et le *sadhu* de Nandul... la sorcière... Goadbaba ?

Allant jusqu'à l'autel, le magicien éclata de rire en se frottant les mains.

— Nous avons tous besoin d'un petit peu d'aide de temps en temps, proclama-t-il.

— Un petit peu d'aide ?

Feroze claqua cinq fois dans ses mains et le bruit se répercuta dans toute la nef. Dehors, la pluie continuait à tomber à verse. Il me sembla entendre la porte de l'église s'ouvrir puis se refermer, mais je me dis que c'était le vent.

— En quoi consistait cette aide ? insistai-je.

Comme à son habitude, le Maître ne m'écoutait même pas. Il regardait quelque chose se trouvant derrière moi. Je finis par me retourner. Debout au milieu de l'allée centrale, se tenait Bhalu.

En silence, il alla vers Feroze et lui prit les mains. Puis il se retourna vers moi en se grattant l'oreille.

— Qu'est-ce que vous auriez fait sans moi ? me dit-il en riant doucement.

— Je n'arrive pas à y croire ! bégayai-je. C'est impossible !

— Impossible comme votre rencontre fortuite avec Guptaji à Jamshedpur ?

— De quoi parlez-vous ? C'était une idée de Venky !

Je me mordis aussitôt les lèvres ; je venais bêtement de révéler ma source secrète d'information...

— Ah, oui ! fit alors Feroze. Venkatraman, le *rickshawalla*. Très gentil garçon, n'est-ce pas ?

— Vous le connaissez ? Vous connaissez Venky ?

Il leva un sourcil.

— Et maintenant, poursuivis-je, vous allez me dire que ma rencontre avec Watson et le *sadhu* de Varanasi, c'était également vous ?

Feroze regarda le dallage d'un air faussement contrit, puis alla s'asseoir à côté de moi.

— Alors, dis-je, vous saviez depuis le début que je venais à Calcutta ? Et la rencontre à l'Albert Hall ne devait rien au hasard ?

Le Maître ne répondait toujours pas. Il avait sorti sa chère montre et semblait chronométrer sa respiration.

— Et je suppose, repris-je, que c'est vous qui vous êtes arrangé pour que je me fasse dévaliser dans l'Express de Farakka.

Là, Feroze réagit. Il se leva d'un bond et me dit :

— Mon ami, ne me rendez pas responsable de votre négligence !

Un lourd silence s'ensuivit, que je rompis en demandant :

— Et maintenant, qu'est-ce que je fais ? Quelle est la suite de mon stage d'instruction ?

À ce moment, Hakim Feroze lança violemment sa cravache sur le sol. Je ne l'avais encore jamais vu dans un tel état de fureur.

— Le stage est terminé ! hurla-t-il.

— *Terminé* ? m'exclamai-je. Comment cela ? Si brusquement ?

— Pourquoi devrais-je vous faire part à l'avance de mes décisions ?

— Ai-je passé l'examen ? Ai-je réussi ?

— Comment osez-vous, me dit alors le magicien d'un ton glacial, essayer de rabaisser ce travail en employant de tels termes ? On n'étudie pas l'illusionnisme pour passer ou ne pas passer des examens, pour remporter des prix. Il n'est pas question de bon ou de mauvais, de réussite ou d'échec. Je vous ai révélé les principes de base et vous ai montré en quelle direction chercher. Le reste dépend de vous...

La tirade du Maître fut interrompue par un coup frappé à la porte de l'église. Puis il y en eut un autre, plus violent. Je trouvai la chose étrange, car, lorsque Bhalu était entré, la porte n'était pas fermée. Je demandai à Feroze ce que cela pouvait être, et, au même moment, on frappa une troisième fois.

— Vous êtes curieux ? dit le magicien. Eh bien, vous feriez mieux d'aller voir...

Je me levai et descendis la nef comme un somnambule. Bien sûr, j'étais curieux. Mais, après tout ce qui venait de se passer, il allait en falloir beaucoup pour me surprendre. Je tournai la poignée et tirai vers moi la lourde porte de chêne.

Il n'y avait personne à l'extérieur. Je claquai la porte et remontai l'allée centrale en direction de l'autel.

Mais Feroze et Bhalu avaient disparu.

Je les appelai. Il n'y eut pas de réponse.

GLOSSAIRE

Ashram : centre de formation spirituelle.

Bandicota indica : gros rat à dos gris très répandu en Inde et réputé l'un des plus robustes et les plus voraces du monde.

Barafwalla : marchand de glace livrant celle-ci à domicile par blocs entiers.

Bezoar : pierre rougeâtre trouvée dans les entrailles d'un animal. Cette concrétion, semblable à un calcul rénal, passe pour un puissant talisman, particulièrement efficace contre les poisons de toutes sortes.

Bharh : minuscule coupe de terre cuite utilisée pour boire le thé et devant être jetée après usage.

Biri : petite cigarette roulée à la main.

Brahmane : la plus haute caste de la hiérarchie.

Chakotra : pamplemousse.

Chapatti : pain de froment sans levure.

Chappal : sandale.

Charpoy : littéralement « quatre pieds », lit de cordes tressées, sans matelas, courant en Inde.

Chor : voleur.

Chor Bazaar : « Marché des Voleurs », l'endroit où, à Bombay, se tiennent la plupart des antiquaires et brocanteurs.

Chullu : alcool de grain distillé clandestinement.

Dada : littéralement « Grand Frère », membre de l'équivalent indien de la Mafia.

Das : dix.

Dhobi : blanchisserie ou blanchisseur.

Ek : un.

Ek-bahu : pénitence rituelle.

Fenny : boisson distillée à partir de noix de coco ou de noix de cajou.

Ganesh : l'une des principales divinités hindoues, généralement représentée avec la tête d'un éléphant et le corps d'un homme. Dieu de la prospérité et du bonheur.

Ghamela : pelle rudimentaire utilisée par les ghamelawallas.

Ghamelawalla : personnage recherchant des résidus d'or dans les détritus des bijouteries.

Ghat : marche conduisant à un fleuve ou un autre cours d'eau.

Gourou : maître, guide spirituel.

Haa : oui.

Hadj ou *hadji* : musulman ayant accompli le pèlerinage de La Mecque.

Jadoo : magie.
Jadoowalla : magicien.
Jalebi : sorte de beignet jaune-orange populaire dans l'Inde entière.
Jan-guru : exorciste et chasseur de sorcières.
Kali : (« noire » en sanscrit), déesse de la mort et de la destruction.
Kanji : eau amidonnée dans laquelle on a lavé du riz.
Kishmish : mélange de noix et de fruits très apprécié en Afghanistan, au Pakistan et dans le nord de l'Inde.
Konkalwalla : marchand de squelettes.
Mahout : conducteur ou dresseur d'éléphants.
Maidan : terrain découvert ou parc au milieu d'une ville.
Mandir : temple.
Namaskar : salut d'accueil hindou consistant à incliner la tête en joignant les paumes.
Neem : grand arbre à feuilles persistantes très répandu en Inde. Fournit des bâtonnets généralement utilisés pour se nettoyer les dents.
Paisa : un centième de roupie. Mot également utilisé pour désigner l'argent en général.
Panch : cinq.
Parsis : Persans zoroastriens installés à Bombay en 1670 à l'invitation des Britanniques. Ils avaient d'abord fui la Perse au septième siècle pour aller s'implanter dans ce qui est maintenant l'État indien de Gujarat.
Pashtu : langue des Pashtuns.
Pashtuns : parfois appelés à tort « Pathans », ils forment un peuple montagnard de douze millions de membres environ, réputés pour leurs qualités guerrières et installés généralement dans l'est de l'Afghanistan et le nord-ouest du Pakistan.
Raj : terme anglo-indien pour désigner le « gouvernement ». Mot généralement employé pour désigner la période où les Britanniques administraient les Indes.
Ramasi : langage secret des Thugs.
Rickshaw : version indienne du pousse-pousse. À l'origine tiré par un porteur, mais se présentant souvent, maintenant, sous la forme d'un vélo-taxi et pouvant même être équipé d'un moteur (« autorickshaws »).
Rickshawalla : conducteur ou tireur de rickshaws.
Ruddiwalla : chiffonnier.
Rumaal : foulard noué qu'utilisent les Thugs pour étrangler leurs victimes.
Sadhu : saint homme, mage.
Sal : arbre à bois dur, presque aussi estimé que le teck.
Salwar kameez : ensemble composé d'une chemise et d'un pantalon bouffant très répandu dans le nord de l'Inde, au Pakistan et en Afghanistan.

Samadhi : état de profonde méditation.
Sari : longue pièce d'étoffe servant de robe aux Indiennes.
Sati : immolation par le feu d'une veuve.
Sayed : titre honorifique porté par les descendants de Mahomet.
Shaitan : le Diable (mot emprunté à l'origine à l'arabe).
Sitar : instrument de musique indien un peu semblable au luth.
Swami : catéchiste hindou.
Taklu : chauve (terme d'argot à caractère assez nettement péjoratif).
Tandoori : plat cuisiné dans un *tandoor*, c'est-à-dire un four en terre cuite de forme cylindrique.
Tapasya : régime de pénitence et de macération pratiqué par les *sadhus.*
Telugu : langue dravidienne parlée dans l'État d'Andhra Pradesh.
Thugs : meurtriers rituels adorateurs de la déesse Kali, responsables autrefois du meurtre par étranglement de dizaines de milliers de voyageurs.
Tikka ou *tilak* : marque vermillon portée sur le front à l'occasion de cérémonies religieuses, mais également arborée par les femmes à titre purement décoratif.
Vibhuti : cendre grise que font apparaître les *sadhus* avant d'en arroser les mains de leurs disciples.
Zarathoustra ou *Zoroastre* : sage ayant vécu en Perse au sixième siècle avant J.-C., révéré comme un dieu par les Parsis.

TABLE

Première Partie

Deuxième Partie

Troisième Partie

Impression réalisée sur CAMERON par

BUSSIÈRE CAMEDAN IMPRIMERIES

GROUPE CPI

à Saint-Amand-Montrond (Cher)
en juin 2001

N° d'édition : 402. N° d'impression : 012927/4.
Dépôt légal : juin 2001.
1er dépôt légal : avril 2001.

Imprimé en France